岩波文庫

32-001-1

楚　辞

小南一郎訳注

岩波書店

凡例

本書は、王逸《おういつ》本「楚辞章句《そじしょうく》」所収の楚辞作品十七篇のうち、前半部分、戦国時代後半期から前漢時代の早い時期に形成されたと推測される九篇の作品に訳と注釈とを付けたものである。

テキストには、「楚辞章句」、洪興祖《こうこうそ》「楚辞補注」などの本文部分を用い、黄霊庚《こうれいこう》『楚辞集校《しゅうこう》』(二〇〇九年、上海古籍出版社)などを参照して、少しだけ文字に校訂を加えた。

テキスト本文には正字を、読み下し文や注釈には基本として常用漢字を用いた。正字部分では、特殊な字を通用の正字に改めたところがある。たとえば、旹→時など。

楚辞作品に付けられた注釈は、歴代の書目などに著録されているだけでも数百種に上るであろう。ここで主に参考にした注釈書は次の六種である。本文中では必要に応じて〔 〕内の略称を用いる。

後漢時代　王逸「楚辞章句」(黄省曾による明正徳覆宋本、大阪大学懐徳堂文庫蔵)〔「章句」〕

宋代　洪興祖「楚辞補注」(汲古閣本、一九八一年、中華書局点校排印本)(「補注」)
宋代　朱熹《しゅき》「楚辞集注《しっちゅう》」(宋端平本、一九七二年、中華書局香港分局影印本)(「集注」)
明代　汪瑗《おうえん》「楚辞集解《しっかい》」(明万暦本、二〇一七年、上海古籍出版社点校排印本)(「集解」)
清代初年　王夫之《おうふし》「楚辞通釈」(一九五九年、中華書局上海編輯所点校排印本)(「通釈」)
近人　姜亮夫《きょうりょうふ》『屈原賦《くつげんふ》校注』(重訂本、一九八七年、天津古籍出版社)(『校注』)

文献資料の引用に際しては、古い時代の典籍や作品の名はみな「　」で囲んで示し、洋装本出現以降の文献についてのみ、著書には『　』を、論文には「　」を用いて区別をした。注釈などの中で引用した文献の読み下しについては、助辞などをひらがなで表記することが多い。

目　次

楚辞

離《り》騒《そう》第一

龍船で昇天する男性(長沙子弾庫《しだんこ》楚墓帛画)

離騒には、誇り高き主人公の、現実世界での挫折と、その現実から離脱して行なう天上遊行とが、第一人称で記述されている。主人公は、天上世界においてもまた不遇であるが、その探索を断念することがない。そうした苦悩する主人公が設定された背後には、戦国時代末期の社会変動の中で、混乱する現実を直視しつつ、みずからの生き方を探し求めようとする人々の群れが存在したのであり、かれらは、多くの困難に直面しつつも、強健な精神でもって、社会へ問いかけることを断念することがなかった。そうした精神の軌跡が離騒の主人公像に結実し、苦悩を通しての思索がこの作品に深い内実を付与することとなった。

古来のテキストは、この篇の表題を「離騒経《りそうけい》第一」としている。離騒を「経」とし、それ以外の篇は、その経を理解するために参考する作品だと編纂者が位置づけたものであろう。なお、王逸《おういつ》「楚辞章句」本がこの作品の篇頭に載せる序では、離騒は楚の王族であった屈原《くつげん》が作った作品。屈原は、一時は楚の懐王《かいおう》の信任を受けたが、讒言《ざんげん》を被って放逐された。屈原は憂いの中にあって、懐王を諷諫しようとしてこの作品を作ったのだと説明している。離騒という篇名について、「史記」屈原伝は「騒《うれ》いに離《かか》る」という意味だとし、「章句」は「離れてあることの愁い」の意だとするなど、さまざまな解釈があるが、いずれも不確か。

六十巻本「文選《もんぜん》」は巻三十二に「離騒経」を収め、李善《りぜん》注本は王逸の「章句」をそのまま転載している。

左の図版は楚の文物から採ったもの。以下の篇についても同様である。

帝高陽之苗裔兮
朕皇考曰伯庸
攝提貞于孟陬兮
惟庚寅吾以降
皇覽揆余于初度兮
肇錫余以嘉名
名余曰正則兮
字余曰靈均

帝《てい》 高陽《こうよう》の苗裔《びょうえい》にして 1
朕《わ》が皇考《こうこう》を伯庸《はくよう》と曰《い》う 2
摂提《せってい》 孟陬《もうそう》に貞《あ》たり 3
惟《こ》れ庚寅《こういん》に 吾《われ》 以《も》って降《くだ》る 4
皇《ちち》 覧《み》て余《われ》を初度《しょど》に揆《はか》り 5
肇《はじ》めて余《われ》に錫《たま》うに嘉名《かめい》を以《も》ってす
余《われ》に名《な》づくるに正則《せいそく》と曰《い》い
余《われ》に字《あざな》するに霊均《れいきん》と曰《い》う 6

帝《てい》なる高陽《こうよう》（顓頊《せんぎょく》）の遠き子孫にして
我が輝かしき父君は、その名を伯庸《はくよう》という
摂提《せってい》の星が孟陬《もうそう》（寅《とら》）の方向を正しく指すとき
庚寅《こういん》の日に、わたしはこの地上に生まれ落ちた

父君は、わたしの誕生の日時を見て、思いを巡らされ
まず最初に、わたしにすばらしい名前を賜った
わたしを正則《せいそく》と名づけ
わたしに霊均《れいきん》という字《あざな》を付けてくださったのである

1 太古の時代、顓頊が天下を治めていたときに、顓頊は高陽氏と名のった。「史記」楚世家に「楚の先祖は帝顓頊・高陽より出《い》ず」とあり、王逸《おういつ》「章句」が引用する「帝繫」には「顓頊は騰隍墳氏《とうこうふんし》の女《むすめ》を娶り老僮《ろうどう》を生む。これ楚の先《せん》たり」というように、楚国の祖先は顓頊・高陽氏から出たとされる。主人公が「帝高陽の苗裔だ」と名のっているのは、自分が楚の王室につらなる貴種なのだという表明でもある。この句の最後に付いている兮《けい》の字は、リズムを調えるための助辞。「詩経《しきょう》」でも使われているが、とりわけ楚辞の中に多く出現する助辞である。兮の字が阿の字に書き替えられる例があることから、兮は元来、アーと発音されていたとする推測もある。

2 朕皇考の朕は、第一人称の代名詞。秦の始皇帝以降、皇帝しか使えない代名詞となったとされるが、西周時期の金文などでは、そうした制限なく朕の字が第一人称として盛んに使われている。皇は大きい、あるいは輝かしいという意味。考はすでに逝去した父

親。ちなみに、朕・余・吾など第一人称を多用するのが離騒という作品の大きな特徴で、自分という存在を他と区別しようとする強い意識が背後にあったと推測される。離騒を形成した人々が、社会的、意識的に自己の位置づけを探求し、被害者意識を強く抱きながらも、みずからの存在の独自性を表明しようとしているのだと理解できるのである。

3 摂提は北斗星のしっぽの部分。それが孟陬(寅の方向)を貞する(まっすぐに指す)とき、すなわち孟春の正月。あるいは、摂提は摂提格《せっていかく》の意で、寅歳《とらどし》をいうとする説もある。「史記」天官書に「摂提は斗杓の指すところに直《ちょく》し、以って時節を建つ。ゆえに摂提格という」とあり、「爾雅《じが》」釈天篇には「大歳《たいさい》の寅にあるを摂提格という」という。いずれにしろ、主人公が寅の歳、もしくは寅の月、寅の日に生まれた特別の存在であることが強調されている。

4 庚寅という日付は、楚王室の始祖伝説の中で、特別の日であった。「史記」楚世家に「共工氏《きょうこうし》の乱をなすや、帝嚳《ていこく》は重黎《ちょうれい》をしてこれを誅せしむるも尽くさず。帝は乃《すなわ》ち庚寅の日を以って重黎を誅し、その弟の呉回《ごかい》を以って重黎の後《のち》たらしむ」とあり、この呉回の末むすこが、楚王室の直接の祖先なのである。離騒の主人公が寅の月の寅の日に生まれたとされていることには宗教的な意味があったのであろう。

5 初度を、朱熹《しゅき》「集注《しっちゅう》」は誕生の時節だと説明する。

6 字《あざな》は、本名(忌み名)で呼ぶことを避けるために用いられ[illegible]加冠儀礼(成人式)の中で、父親の友人から字を授けられる。名の方は、生まれて三月、親が子供に与えるとされる。霊均という字のうち、霊は巫覡《ふげき》との関係を示唆する。楚においては、シャマンを霊子《れいし》と呼ぶという。主人公の原像としてシャマン的な存在があり、それが主人公が天上遊行を行なうことにも結びついている。なお旧注は、正則という名、霊均という字と、屈原《くつげん》(屈平《くつへい》)の原や平という呼び名と結びつけて解釈しようとしているが、強いてそうする必要はないであろう。ちなみに屈平が本名で、原はその字だとされる。

紛吾既有此内美兮
又重之以脩能
扈江離與辟芷兮
紉秋蘭以爲佩
汨余若將不及兮
恐年歲之不吾與

紛《ふん》として吾《われ》 既《すで》に此《こ》の内美《ないび》を有《たも》ち
又《ま》たこ《こ》れに重《かさ》ぬるに脩能《しゅうのう》を以《も》ってす 1
江離《こうり》と辟芷《へきし》を扈《こうむ》り
秋蘭《しゅうらん》を紉《つづ》りて以《も》って佩《はい》と為《な》す 2
汨《いっ》として余《われ》 将《まさ》に及《およ》ばざらんとするが若《ごと》くし
年歳《ねんさい》の吾《われ》に与《くみ》せざるを恐《おそ》る 3

わたしは、かくも多彩な内なる美質を持つほかに
それに加えて優れた能力をも兼ね具えている
江離《せんきゅう》と辟芷《よろいぐさ》とを衣服とし
秋の蘭《らん》を綴《つづ》って腰の佩《お》びものとしているのだ
流れ去る時間の中で、逃げるものを追いかけるようにして努力をしているのは
歳月がわたしを置いてけぼりにしてゆくだろうことを恐れているからだ

1 紛は入り乱れて目もあやな様子、盛んなる様子。脩能の脩は、元来は距離的な遠さをいう。楚辞の中では凡俗を越えた優秀さの意に用いられることが多い。美が天性のものであるのに対して、脩は修に通じ、後天的な努力で身に着けた能力。離騒では脩の語が高い価値を持つものとして使われており、主人公はみずからを脩を好む者と規定し、また古代の理想的な支配者も前脩と呼んでいる。このように自己の努力で身に着けた才能を強調するのは、家柄などを重んじる西周時代以来の価値観を越えて、賢や能を重んじる戦国時代の新しい気風を反映している。

2 江離、辟芷、秋蘭などは、まとめて香草《こうそう》と呼ばれる。主人公の高潔さ、祭祀者のまごこ
高い草。香草は、元来、儀式の場において神に奉げられるものであり

わたしは、かくも多彩な内なる美質を持つほかに
それに加えて優れた能力をも兼ね具えている
江離《せんきゅう》と辟芷《よろいぐさ》とを衣服とし
秋の蘭《らん》を綴《つづ》って腰の佩《お》びものとしているのだ
流れ去る時間の中で、逃げるものを追いかけるようにして努力をしているのは
歳月がわたしを置いてけぼりにしてゆくだろうことを恐れているからだ

1 紛は入り乱れて目もあやな様子、盛んなる様子。脩能の脩は、元来は距離的な遠さをいう。楚辞の中では凡俗を越えた優秀さの意に用いられることが多い。美が天性のものであるのに対して、脩は修に通じ、後天的な努力で身に着けた能力。離騒では脩の語が高い価値を持つものとして使われており、主人公はみずからを脩を好む者と規定し、また古代の理想的な支配者も前脩と呼んでいる。このように自己の努力で身に着けた才能を強調するのは、家柄などを重んじる西周時代以来の価値観を越えて、賢や能を重んじる戦国時代の新しい気風を反映している。

2 江離、辟芷、秋蘭などは、まとめて香草《こうそう》と呼ばれる。主人公の高潔さを象徴する薫り高い草。香草は、元来、儀式の場において神に奉げられるものであり、祭祀者のまごこ

6 字《あざな》は、本名(忌み名)で呼ぶことを避けるために用いられる別称。普通には、加冠儀礼(成人式)の中で、父親の友人から字を授けられる。名の方は、生まれて三ケ月して、父親が子供に与えるとされる。霊均という字のうち、霊は巫覡《ふげき》との関係を示唆する。楚においては、シャマンを霊子《れいし》と呼ぶという。主人公の原像としてシャマン的な存在があり、それが主人公が天上遊行を行なうことにも結びついている。なお旧注は、正則という名、霊均という字を、屈原《くつげん》(屈平《くつぺい》)の原や平という呼び名と結びつけて解釈しようとしているが、強いてそうする必要はないであろう。ちなみに屈平が本名で、原はその字だとされる。

紛吾既有此内美兮
又重之以脩能
扈江離與辟芷兮
紉秋蘭以爲佩
汩余若將不及兮
恐年歳之不吾與

紛《ふん》として吾《われ》　既《すで》に此《こ》の内美《ないび》を有《たも》ち
又《ま》た之《こ》れに重《かさ》ぬるに脩能《しゅうのう》を以《も》ってす 1
江離《こうり》と辟芷《へきし》を扈《こうむ》り
秋蘭《しゅうらん》を紉《つづ》りて以《も》って佩《はい》と為《な》す 2
汩《いっ》として余《われ》　将《まさ》に及《およ》ばざらんとするが若《ごと》くし
年歳《ねんさい》の吾《われ》に与《くみ》せざるを恐《おそ》る 3

朝搴阰之木蘭兮
夕攬洲之宿莽
日月忽其不淹兮
春與秋其代序
惟草木之零落兮
恐美人之遅暮

朝《あした》に阰《ひ》の木蘭《もくらん》を搴《と》り
夕《ゆう》べに洲《なかす》の宿莽《しゅくぼう》を攬《つ》む 1
日月《じつげつ》　忽《こつ》として其《そ》れ淹《とど》まらず
春《はる》と秋《あき》と　其《そ》れ代序《だいじょ》す
草木《そうもく》の零落《れいらく》を惟《おも》い
美人《びじん》の遅暮《ちぼ》を恐《おそ》る 2

朝《あさ》には岡辺《おかのべ》の木蘭《もくらん》を採取し
夕方には中洲《なかす》の宿莽《かずのこぐさ》を摘んで〔みずからの身を修めただす〕
〔そうしている間にも〕日月はたちまちのうちに過ぎゆき
春と秋とが次々と入れ替わる
〔時間の流れの中で〕草も木も衰えゆくだろうことを思い
あの方（ご主君）もやがては老年を迎えられることを心配する

1　阰を「章句」は山名とするが、洲と対になっていることからすれば、小高い丘の意味に取ればよいだろう。木蘭について「章句」は、皮を剝かれても枯れないと注をする。

ろを神に伝える媒介物であったのだろう。そうした香草が楚辞文芸の中では、さまざまに象徴的な意味を託して使用されている。ここで、主人公が江離と辟芷とを衣服とし、腰には佩玉《はいぎょく》の代わりに秋蘭を佩びていると自称して、みずからの高潔さを強調する。佩は中国古代の服飾の一種で、玉などを腰に垂らすこと。「礼記《らいき》」玉藻篇に「君子…行けば則ち佩玉を鳴らす」とあるように、すずやかに玉が鳴るように行動に気を付ける。ここでは玉の代わりに香草を腰に佩びており、玉と香草とが等価値で置換することは、楚辞文芸にしばしば見えるところ。ちなみに香草を腰に佩びる風習は、現在の香嚢《においぶくろ》を身に着ける習慣にも通じるのであろう。江離や辟芷などの香草が、現実のいかなる植物にあたるかについては議論が多い。潘富俊『草木零落、美人遅暮――楚辞植物図鑑』(二〇一四年、九州出版社〔北京〕)が比定する学名を参照し、作品中の植物名にふりがなをふったが、これらはひとまずの比定であって、不確かなところが多い。

3 汩《いつ》は水が流れ去る様子。地名の汨羅《べきら》の汨《べき》とは別字。不及は追いつけない。不吾与の吾与は、自分に味方すること。不吾与で、時間が自分に敵対していることを意味する。主人公は、年月の流れが自分を棄てていってしまうことに痛切な焦燥を懐いている。離騒(より広くいえば楚辞文芸全体)の隠れた主題は、主人公が流れ去る現実の時間に絶望し、絶対的な時間を探求しようとすることにあった。

逆境に強い樹木。宿莽について「章句」は、冬を生き延びる草を指していう楚地域の言葉だと説明する。

2 美人は理想の人物。九歌などでは神を指していうことが多いが、ここでは主君を意味するとされる。遅暮は人生の暮れがた、老年。主人公は、主君のもとで手腕を振るいたいと願っているが、その主君がぐずぐずして決心がつかぬうちに、老年を迎えることにならないか、それが心配だ。

不撫壮而棄穢兮　壮《そう》を撫《ぶ》して穢《わい》を棄《す》てず 1
何不改此度也　何《なん》ぞ此《こ》の度《ど》を改《あらた》めざる
乘騏驥以馳騁兮　騏驥《きき》に乗《の》りて以《も》って馳騁《ちてい》せんとすれば
來吾道夫先路　来《き》たれ、吾《われ》　夫《か》の先路《せんろ》に道《みちび》かん 2

盛んに茂る草木を大切にし、蕪雑《ぶざつ》なものは棄て去るべきなのに、それをされない
〔ご主君は〕どうして、そうしたやり方を改められないのか
〔ご主君が〕もし駿馬に乗って、力いっぱい馳せようとされるのであれば
わたしこそが、先君たちが取られた道へとご案内いたしましょう

1 この一句は、草木の成長の様子を比喩に使う。壮は意気の盛んさ。そこから引伸して、草木が盛んに茂ること。穢は草木が乱雑に成長すること。美人(あの方、主君)は、成長期にある草木を大切にし、蕪雑に茂ってしまったものは棄て去るべきなのに、その区別がわかっておられない。次句の度は人の行動規範。

2 主君が騏驥を馳せるというのは、政治的な場で手腕を振るうこと。そうされた場合には、自分がその先導をするというのである。先路について「章句」は、聖王の道だとする。次の段に見える、三后の純粋な時代に行なわれていた正しい道である。

昔三后之純粋兮
固衆芳之所在
雑申椒與菌桂兮
豈維紉夫蕙茝

昔《むかし》　三后《さんこう》の純粋《じゅんすい》なる 1
固《もと》より衆芳《しゅうほう》の在《あ》る所《ところ》
申椒《しんしょう》と菌桂《きんけい》とを雑《まじ》え
豈《あ》に維《た》だ夫《か》の蕙茝《けいし》を紉《つな》ぐのみならんや 2

むかし、三人の聖君が統治した麗しく調和した時代には
多くの香り草が主君のもとにあった
その中には、申椒《はじかみ》や菌桂《むくげ》もまじえられて

蕙草《めぼうき》や茝芎《よろいぐさ》だけが、佩《お》びものとして腰に綴られたのではなかった

1 后は主君をいう。三后について「章句」は、夏《か》の禹王《うおう》、殷の湯王《とうおう》、周の文王の三人の主君を挙げる。汪瑗《おうえん》「集解《しっかい》」がいうように、楚王室の先王の中から三人の優れた君主が挙げられたのかも知れない。純粋の語について、「章句」は「至美なるを純といい、斉同なるを粋という」と説明する。純は衣服について、粋は酒について、上質で混じりけのないものをいう。

2 蕙草や茝草といった最上級の香草が用いられるだけでなく、申椒や菌桂といった一般の香草も、三后のもとに集められ、それぞれに役立っていた。離騒の主人公も、みずからを普通の香草の一つとして位置づけ、他の優れた人物たちとともに、主君のお役に立ちたいと願っている。ちなみに蕙は、零陵香《れいりょうこう》ともいう。『楚辞植物図鑑』の比定ではメボウキ(バジリコ)に当てられるが、あまりぱっとしない植物。なぜ香草の代表になったのか解らない。薬効のあることが重んじられたのであろうか。

彼堯舜之耿介兮
既遵道而得路

彼《か》の堯舜《ぎょうしゅん》の耿介《こうかい》なる
既《すで》に道《みち》に遵《したが》いて路《みち》を得《え》たり 1

何桀紂之猖披兮
夫唯捷徑以窘歩
惟黨人之偸樂兮
路幽昧以險隘
豈余身之憚殃兮
恐皇輿之敗績
忽奔走以先後兮
及前王之踵武

何《なん》ぞ桀紂《けつちゅう》の猖披《しょうひ》なる
夫《そ》れ唯《た》だ捷径《しょうけい》を以《も》って窘歩《きんほ》す[2]
党人《とうじん》の偸楽《とうらく》するを惟《おも》うに[3]
路《みち》 幽昧《ゆうまい》にして以《も》って険隘《けんあい》なり
豈《あ》に余《わ》が身《み》の殃《わざわ》いを憚《はばか》らんや
皇輿《こうよ》の敗績《はいせき》せんことを恐《おそ》る
忽《たちま》ち奔走《ほんそう》して以《も》って先後《せんご》し
前王《ぜんおう》の踵武《しょうぶ》に及《およ》ばんとす[4]
かの堯帝《ぎょうてい》、舜帝《しゅんてい》の輝かしく立派なことよ
正しい道にのっとりつつ、行くべき経路《みち》を見定めたのであった
桀王《けつおう》や紂王《ちゅうおう》は、なんと自堕落なことか
ひたすら抜け道を捜して、前に進むことばかりを考えた
朋党をなす人々がおざなりな生き方を楽しんでいることを思いめぐらせるに
かれらが導き行く先の路は、暗く険しい

わたし自身が殃《わざわ》いを被ることなどどうでもよい
ご主君の乗り物が〔そうした路を取れば〕壊れてしまうだろうことを心配するのだ
力いっぱい馳せ、ご主君の乗り物に付き添い、それを導いて
先王さまたちの歩まれた足跡《そくせき》を追ってゆきたい

1 耿は光り輝くこと、介は大きい。道は正しい道、路は実際の経路。
2 猖披について、「章句」などは衣服を着ても帯を結ばない、しどけない様子と解する。径は小道、抜け道。「論語」雍也篇に「行くに径に由らず」。窘歩は、急ぎ足。
3 党人は、朋党をなす人々。「論語」述而篇に「君子は党せず」とあるように、党することは基本的に悪だとされた。離騒には、後にも「惟れ此の党人の諒ならざる」（本書九〇頁）などと見える。あるいは「世は並びに挙げて朋を好む」（四七頁）とある朋も同類の人々。党人の内実について、離騒には具体的な言及がないが、強いて推測をすれば古くからの貴族制度に執着する人々であろうか。そうした人々が主君の周りにいて、心を合わせて主君を間違った方向に導こうとしている。戦国時代、楚国においても変法運動があったが、その改革の動きは貴族勢力のために押しつぶされてしまった。離騒の主人公の原像は、国君の指揮のもとに変法を行ない、古い身分制度に替わって、個人の品性と

能力とが評価される社会が到来することを願っていた人々の中にあったのだろうか。

4　踵武はかかと、足跡。

荃不察余之中情兮　荃《せん》　余《われ》の中情《ちゅうじょう》を察《さっ》せず **1**
反信讒而齌怒　反《かえ》って讒《ざん》を信《しん》じて齌怒《せいど》す
余固知謇謇之爲患兮　余《われ》　固《もと》より謇謇《けんけん》の患《かん》を為《な》すを知《し》るも
忍而不能舍也　忍《しの》びて舎《や》む能《あた》わざるなり **2**
指九天以爲正兮　九天《きゅうてん》を指《ゆび》さして以《も》って正《せい》と為《な》さん **3**
夫唯靈脩之故也　夫《そ》れ唯《た》だ霊脩《れいしゅう》の故《ゆえ》なり **4**

荃《あやめ》（ご主君）は、わたしの真情を察してはくださらず
かえって讒言を信じて、激怒された
わたしは、もちろん、正論を述べることが我が身に患《わざわ》いを招くことを知っている
しかし、どうしても云わないわけにはいかなかったのだ
九重の天を指さして、わたしの行動の証人となってもらおう

わたしの行ないは、ひたすら霊脩《れいしゅう》(ご主君)のためを思ってのことであったのだと

1 荃は蓀と同一物だとされ、香草の一種。あやめ・菖蒲の類。この場合は、香草の代表として、主君を指す。

2 謇謇は、主君の耳には痛くても、正しい意見を述べること。「周易」蹇卦《けんか》の六二《ろくに》に「王臣の蹇蹇《けんけん》(謇謇)たるは、おのれのために匪《あら》ざるなり」。舎は留まる、止めるの意。

3 九天は九層の天。八方と中央の天とを合わせて九方向の天というとする解釈は取らない。正は証に通じる。天に公平な判断を下してもらおうというのである。

4 霊脩は主君をいう。脩は、楚辞では優れた能力を形容する言葉として使われており、霊的能力を具えた存在という意味で主君を霊脩と呼ぶ伝承があったのであろう。霊の語については、離騒の主人公も霊均と名づけられていることに注意。

曰黄昏以爲期兮　曰《い》わく、黄昏《こうこん》に以《も》って期《き》と為《な》さんと 1

羌中道而改路　羌《ああ》 中道《ちゅうどう》にして路《みち》を改《あらた》む 2

初既與余成言兮　初《はじ》め既《すで》に余《われ》と言《げん》を成《な》すも

後悔遁而有他　後《のち》に悔《く》い遁《のが》れて他《た》有《あ》り

余既不難夫離別兮　余《われ》既《すで》に夫《か》の離《り》別《べつ》を難《かた》しとせざるも
傷靈脩之數化　霊《れい》脩《しゅう》の数《しば》しば化《か》するを傷《いた》む3

〔ご主君は〕黄昏にはいっしょに会おうと申されたのに
ああ、道の半ばで、行く先を変更された
初め、わたしと固い約束をされたのに
後には、それを悔いて、わたしを離れ、他に心を遷された
わたしには、こうした別れがつらいわけではないが
霊脩《れいしゅう》(ご主君)がしばしば心変わりをされることに心が痛む

1　この一段は、主人公と主君との関係が恋人どうしになぞらえられ、主君が心変わりをして、主人公を遠ざけたことを、以前の約束が守られなかったと表現している。黄昏の期というのは、結婚の約束だともされる。「儀礼《ぎらい》」士昏礼《しこんれい》篇にも見えるように、黄昏時に、花婿は花嫁を迎えに行き、婚姻の儀式が始まる。なお、曰黄昏以下の二句は「文選」が載せる離騒には見えず、「章句」もこの句に注を施していないところから、衍文《えんぶん》である可能性が大きい。九章の抽思篇に「昔　君　我と誠言し、曰わく、黄昏に以って

期と為さんと。羌 中道にして回畔し、反って既に此の他志有り」(二九五頁)と、類似する表現が見えている。それを縮めてここに挿入したものか。

2 羌は、楚の人々に特徴的な表現で、「卿何為(あんたはどうして)」の意味だとされる。「卿《けい》何《か》為《い》」を短く発音すれば「羌《きょう》」となるというのである。なんとしたことかという意をこめた嘆声。

3 化は、ものの本質が変化してしまうこと。変が外形的な変化をいうのとは同じくない。楚辞文芸の伝承者たちは、時間の中ですべて事物が悪い方向へ「化」してゆくことを常に恐れている。

余既滋蘭之九畹兮
又樹蕙之百畝
畦留夷與掲車兮
雑杜蘅與芳芷
冀枝葉之峻茂兮
願竢時乎吾將刈

余《われ》 既《すで》に蘭《らん》の九畹《きゅうえん》なるを滋《ま》き
又《ま》た蕙《けい》の百畝《ひゃくほ》なるを樹《う》う 1
留夷《りゅうい》と掲車《けつしゃ》を畦《うね》にし
杜蘅《とこう》と芳芷《ほうし》とを雑《まじ》う
枝葉《しよう》の峻茂《しゅんも》せんことを冀《こいねが》い
時《とき》を竢《ま》ちて、吾《われ》 将《まさ》に刈《か》らんことを願《ねが》う

雖萎絶其亦何傷兮　萎《い》絶《ぜつ》すると雖《いえど》も其《そ》れ亦《ま》た何《なに》をか傷《いた》まん
哀衆芳之蕪穢　衆芳《しゅうほう》の蕪穢《ぶわい》するを哀《かな》しむ 2

わたしは、九畹《きゅうえん》の土地に蘭《らん》の種《たね》を蒔《ま》き
くわえて蕙《めぼうき》を百畝《ひゃくほ》の土地に植えつけた
留夷《しゃくやく》と掲車《おかとらのお》とを畦《あぜ》ごとに植えならべ
それに杜衡《つぶねぐさ》と芳芷《よろいぐさ》とを交えたのであった
これらの香草が盛んに茂ることを期待し
やがて時が来たら、収穫したいと願っていた
かれらが枯れてしまったのであれば、心を痛めることもなかったのだが
香草たちが無秩序に繁茂しているのが悲しい

1 この一段は、主人公が香草の栽培に努めたことをいう。具体的には弟子たちを育てて、かれらに未来を託そうとしたことをいうのであろう。その弟子たちの具体的な内実は知られない。貴族階層の子弟だけでなく、孔子のもとに集まった弟子たちのように、もう少し広い階層の若者たちを含んでいたのかも知れない。しかし、その弟子たちも、主人

公の期待に背いてしまった。九畹の畹は、十二畝、あるいは三十畝の広さの土地。なお一畝の面積についても、六尺四方を歩となし、百歩を畝となす、あるいは二百四十歩を畝となすなど、いろいろな説がある。

2 萎絶は、霜などにあたって植物が枯れてしまうこと。育てた香草たちは、世間の風の厳しさに立ち向かって枯れてしまうのでなく、無原則に妥協して繁茂している。香草もまた時間の中で「化」してしまった。それが悲しい。弟子たちは、主人公の教育を忘れて、世間と馴れ合い、時得顔《ときえがお》で勢力を伸ばしている。そんな弟子たちなら、死んでくれていた方がよかった。

衆皆競進以貪婪兮
憑不猒乎求索
羌内恕己以量人兮
各興心而嫉妬
忽馳騖以追逐兮
非余心之所急

衆《しゅう》 皆《み》な競《きそ》い進《すす》みて以《も》って貪婪《たんらん》し 1
憑《み》つれども求索《きゅうさく》に猒《あ》かず
羌《ああ》 内《うち》に己《おのれ》を恕《じょ》して以《も》って人《ひと》を量《はか》り
各《おの》おの 心《こころ》を興《おこ》して嫉妬《しっと》す 2
忽《たちま》ち馳騖《ちぶ》して以《も》って追逐《ついちく》するは
余《わ》が心《こころ》の急《きゅう》とする所《ところ》に非《あら》ず

老冉冉其將至兮
恐脩名之不立

老《お》いの冉冉《ぜんぜん》として其《そ》れ将《まさ》に至《いた》らんとし3
脩名《しゅうめい》の立《た》たざるを恐《おそ》る4

人々はみな競いあって財物や飲食を貪り
もう十分であるはずなのに、なお追い求めることを止めない
ああ、かれらは内心、おのれを基準にして他人のことも推し量り
それゆえ、〔わたしに対して〕嫉妬の心を燃やしているのだ
しかし、やみくもに駆け回り、利益を追い求めることなど
わたしの心が切望していることからは、ほど遠い
わたしにとって、老いが、ゆるやかであるが確実に迫って来ているとき
後世に伝えるべき立派な名を打ち立てられないことこそが、心懸かりなのである

1 「章句」は、財に執着するのが貪、食に執着するのが婪だと説明する。

2 己を恕して人を量るとは、財物を貪っている衆人たちが、主人公も自分たちと同様に貪婪の心があると邪推すること。それゆえ、主人公を競争者として嫉妬するのである。主人公としては、かれらと同レベルだとされるのが心外である。

3 主人公の現世的な時間は老いによって限られている。それゆえ、急き立てられるようにして生きねばならない。前に見た「美人の遅暮を恐る」(一八頁)のも同様の心情である。冉冉は、事態が見た目には緩やかでも確実に進行するさま。

4 脩名の脩も、前の霊脩の句にも見えたように、現在の時間を越えて価値を持つものという意味なのであろう。脩名を立てたいという主人公の願いは、「論語」衛霊公篇の「君子は世を没して名の称せられざるを疾《にく》む」の語に通じる。

朝飲木蘭之墜露兮
夕餐秋菊之落英
苟余情其信姱以練要兮
長顑頷亦何傷
掔木根以結茝兮
貫薜荔之落蕊
矯菌桂以紉蕙兮
索胡縄之纚纚

朝《あした》に木蘭《もくらん》の墜露《ついろ》を飲《の》み
夕《ゆう》べに秋菊《しゅうきく》の落英《らくえい》を餐《くら》う **1**
苟《いやし》くも余《わ》が情《じょう》の其《そ》れ信《まこと》に姱《か》にして以《も》って練要《れんよう》ならば **2**
長《なが》く顑頷《かんがん》たるも亦《ま》た何《なに》をか傷《いた》まん **3**
木根《もくこん》を掔《と》りて以《も》って茝《し》に結《むす》び **4**
薜荔《へいれい》の落蕊《らくずい》を貫《つらぬ》く
菌桂《きんけい》を矯《た》めて以《も》って蕙《けい》に紉《つな》ぎ
胡縄《こじょう》の纚纚《しし》たるを索《つな》にす

謇吾法夫前脩兮
非世俗之所服
雖不周於今之人兮
願依彭咸之遺則

謇《けん》として吾《われ》 夫《か》の前脩《ぜんしゅう》に法《のっと》り 5
世俗《せぞく》の服《ふく》する所《ところ》に非《あら》ず
今《いま》の人《ひと》に周《あ》わずと雖《いえど》も
願《ねが》わくは彭咸《ほうかん》の遺則《いそく》に依《よ》らん 6

朝《あした》には木蘭《もくらん》にびっしりと降りた露を飲み
夕べには秋の菊の咲いたばかりの花びらを食べる
わたしの心が、本当に麗しく、正しい道から外れてさえいなければ
たとえひもじい思いをしたとしても、なんの悲しむことがあろう
木蘭の根を取って、それを茝草《よろいぐさ》に結び付け
薜荔《まさきのかずら》の咲きそめた蕊《しべ》を重ねてそれを貫いた
菌桂《むくげ》を曲げて、そこに蕙《めぼうき》をつなぎ
胡縄《つるくさ》の長い蔦《つた》を佩《お》び紐《ひも》とした
たとえそれがいかに困難であろうとも、わたしは遠い昔の優れた人々を模範とし
世俗の人々が身に着けているような服飾を拒否する

いまの世の人々と調子を合わせることはできないのではあるが
彭咸《ほうかん》が遺したおきてに従って行動したいと願っている

1 落英は、そのまま取れば、落ちた花びら。ただ、菊は枯れても花びらを落とさないところから、この落の字についてはいろいろな解釈がある。ひとまず「爾雅」釈詁上篇の「落は始なり」とする訓に従う。

2 姱はうるわしいという意。練要の語、よく解らない。ものごとのかなめ(要)に習熟(練)しているという意であろうか。

3 顑頷はお腹が減ったさま。香草の露を飲み、香草の花びらを食べてばかりでは、お腹が減るばかり。

4 香草の類で身を飾るという描写は、楚辞文芸にしばしば見え、みずからの行ないを整えることを象徴する。服飾を介して主人公の真情を表明している。

5 謇は蹇《けん》に通じる。楚辞文芸の中では、ものごとが順調に進まぬことを嘆く言葉として、謇の語がしばしば使われている。

6 彭咸は古《いにしえ》の賢者。後にも「既に与に美政を為すに足る莫し。吾 将に彭咸の居る所に従わんとす」(一〇五頁)とあり、九章の各篇にも彭咸の名が見える。彭咸がいかなる人物であったのかについては、さまざまな推測がある。「章句」は、殷王朝の賢大夫で、主君を諫《いさ》めたが聴かれず、水に身を投げて死んだという。汪瑗「集解」がいうように、屈原が汨羅の淵に身を投げたという伝説に基づいて、彭咸の経歴も創作されたと考えるべきであろう。楚辞文芸の中で、彭咸は、我々が法るべきおきてを定めた、前脩たちの中でも特に重視すべき人物だとされているが、その生きざまについては具体的な言及がない。

長太息以掩涕兮
哀民生之多艱
余雖好脩姱以鞿羈兮
謇朝誶而夕替
既替余以蕙纕兮
又申之以攬茝
亦余心之所善兮
雖九死其猶未悔

長《なが》く太息《たいそく》して以《も》って涕《なみだ》を掩《ぬぐ》い
民生《みんせい》の多艱《たかん》なるを哀《あわ》れむ[1]
余《われ》 雖《た》だ好《よ》く脩姱《しゅうか》して以《も》って鞿羈《きき》し[2]
謇《ああ》 朝《あした》に誶《いさ》めて夕《ゆう》べに替《か》えらる
既《すで》に余《われ》を替《か》うるに蕙《けい》の纕《じょう》を以《も》ってし[3]
又《ま》た之《こ》れに申《かさ》ぬるに茝《し》を攬《と》るを以《も》ってす
亦《ま》た余《わ》が心《こころ》の善《よ》しとする所《ところ》
九死《きゅうし》すと雖《いえど》も其《そ》れ猶《な》お未《いま》だ悔《く》いず

怨靈脩之浩蕩兮
終不察夫民心

霊脩《れいしゅう》の浩蕩《こうとう》として 4
終《つい》に夫《か》の民心《みんしん》を察《さっ》せざるを怨《うら》む

大きなため息をついて、涙を拭い
人々が生きて行く道には、困難が多いことを哀しむ
わたしは、ひたすら自身を立派にせんとして、身を引き締めてきたのであるが
なんということか、朝《あした》に諫言をしたところ、夕方には職務から外されてしまった
わたしが退けられたのは、蕙《めぼうき》を佩《お》び紐《ひも》としていることが理由となっただけでなく
茝草《よろいぐさ》を採取したことまでが非難をされたのであった
しかし、こうした行動は、わたしが心に善しとするところ
たとえ九たび死ぬことになっても、後悔など最後まですることがない
ただ心残りであるのは、霊脩《れいしゅう》(ご主君)がものごとを深く考えることなく
人々の心を察してくださらぬこと

1　民生の民は、主君から、主人公をも含め、一般の人々まで、人間全般を指していう。前出の衆という観念よりも広い範囲の人々を指すのであろう。人々を一味同仁に民と呼

ぶのは、天上からの視点であるかも知れない。すぐ後にも「民生　各おの楽う所有り」(四四頁)とある。「国語」晋語四に、晋の重耳《ちょうじ》(文公)の言葉として「民生は安楽、誰かその它《た》を知らん(人たるもの、安楽が第一、それ以外はどうでもいい)」とある。

2 雖は唯に通じる。元来は雖も唯も共に隹と書かれていたのであろう。鞿羈は、馬にくつわとおもがいを着けること。身を戒めていることの比喩。

3 纕は腰に佩びる飾り紐。後にも「佩纕を解きて以って言を結ぶ」(七〇頁)とあるように、まごころを伝える媒介ともなる。この句の「蕙の纕」や次の句の「茝を攬る」は、香草を身に着けることをいう。おのれを香草で盛んに飾った(おのれの修養に努めた)ことが、かえって非難を受けることになった。

4 浩蕩は法度のないさま。捉えどころのないさま。

衆女嫉余之蛾眉兮
謠諑謂余以善淫
固時俗之工巧兮
偭規矩而改錯

衆女《しゅうじょ》　余《われ》の蛾眉《がび》を嫉《ねた》み **1**
謡諑《ようたく》して余《われ》を謂《い》うに善淫《ぜんいん》を以《も》ってす **2**
固《もと》より時俗《じぞく》の工巧《こうこう》なる
規矩《きく》に偭《そむ》きて改《あらた》め錯《お》く **3**

背縄墨以追曲兮　縄墨《じょうぼく》に背《そむ》きて以《も》って曲《きょく》を追《お》い
競周容以爲度　競《きそ》いて周容《しゅうよう》するを以《も》って度《ど》と為《な》す 4

女たちはわたしの美しい眉(美貌)に嫉妬をし
讒言を流し、わたしが巧みに色じかけを使っているなどと云った
時流に乗る人々の器用さは、いまさら言うまでもないこと
定規やコンパスを軽んじて、自分勝手に設計図を画く
墨縄《すみなわ》による直線は無視して、曲がった方向へと歩を進め
互いに馴れ合うことを生き方の基本としている

1 衆女は、主君の周辺にいる后妃や女官たち。主君の寵愛を得ようと争う女たちに比喩を取る。前に「黄昏に以って期と為す」(二五頁)などとあったように、主人公はみずからを主君と恋愛関係にある女性に仮託している。衆女は主人公と主君との関係をじゃまする者たち、具体的には宮廷内の権臣たちとその一味である。

2 謡諑は悪口を云って相手を傷つけること。

3 偭は背く。規矩の規は円を画くためのコンパス。矩は方形を画くための曲尺《かねじゃく》。

4 周容は互いを容れ合い、馴れ合って角を立てないこと。

忳鬱邑余侘傺兮
吾獨窮困乎此時也
寧溘死以流亡兮
余不忍爲此態也

忳鬱邑《とんうつゆう》として余《われ》 侘傺《たてい》し **1**
吾《われ》 独《ひと》り此《こ》の時《とき》に窮困《きゅうこん》す
寧《むし》ろ溘死《こうし》して以《も》って流亡《りゅうぼう》するも **2**
余《われ》 此《こ》の態《たい》を為《な》すに忍《しの》びざるなり

心は憂いにふさがって、わたしは途方にくれ
わたし一人が、この現在という時間の中で行き詰まってしまった
たとえ、このまま死んでしまい、あるいは遠く放浪することになろうとも
わたしには、かれらのような生き方は、どうしてもできない

1 忳も鬱邑も心が憂えるさま。忳鬱邑のように、二つの形容語が結合して、句頭で三字句を成すのが、楚辞文芸の定型リズムの一つ。侘傺は前に進めない様子。傺について揚《よう》雄《ゆう》「方言」七は、逗の意味で、南楚の言葉だという。

2 溘死の溘はたちまちの意。流亡は故郷を離れて放浪すること。「詩経」大雅・召旻《しょうびん》篇

に「民は卒《ことごと》く流亡す」。溘死以流亡の句を、溘死而流亡に作るテキストも多いが、溘死と流亡とを並列したものとして、以の字を取る。

鷙鳥之不群兮
自前世而固然
何方圜之能周兮
夫孰異道而相安
屈心而抑志兮
忍尤而攘詬
伏清白以死直兮
固前聖之所厚

鷙鳥《しちょう》の群《むれ》せざるは [1]
前世《ぜんせい》自《よ》りして固《もと》より然《しか》り
何《なん》ぞ方《ほう》と圜《えん》との能《よ》く周《あ》わん [2]
夫《そ》れ孰《いず》れか道《みち》を異《こと》にして相《あ》い安《やす》んぜん
心《こころ》を屈《くっ》して志《こころざし》を抑《おさ》え
尤《とが》を忍《しの》びて詬《はじ》を攘《はら》わん [3]
清白《せいはく》に伏《ふく》して以《も》って直《ちょく》に死《し》するは [4]
固《もと》より前聖《ぜんせい》の厚《あつ》くする所《ところ》

猛禽が群れをなさないのは
遠いむかしから変わることのない、あり方なのだ
どうして四角い存在と円い存在とが馴れ合うことができよう

進む道が異なるものどうしが仲良くすることなど出来るはずがない
みずからの心を強いて抑え、思うところを正面には出さず
非難に耐え、悪評は無視して、甘受する
行動の清潔さを守り抜き、まっすぐな道を貫いたゆえに死ぬことになるのは
むかしの世の聖人たちも高く評価されたところであるのだ

1 鷙鳥は鷹やハヤブサなどの猛禽。主人公は、みずからのあり方を猛禽の孤独に譬える。
2 方圜について「章句」は、四角いほぞと円いほぞ穴のことだとする。円いほぞ穴に四角いほぞは嵌《はま》らない。
3 志は方向性を持った意向。日本語の、具体的な目標を持ったココロザシとは同じくない。攘詬について、「集注」が「或いは恥辱あるも、また当《まさ》に理を以って解遣すること、これを攘却するが若《ごと》くして、懐《おも》いに受けず」という解釈に従う。
4 清白の語は前漢時代の清白銘鏡にもしばしば見える。「潔清白にして君に事《つか》う」(「文物」二〇〇七年十二期)など。清白銘鏡、昭明銘鏡などと呼ばれている青銅鏡の銘文と楚辞文芸との間には伝承関係があっただろうと指摘されている。

悔相道之不察兮
延佇乎吾將反
回朕車以復路兮
及行迷之未遠
步余馬於蘭皐兮
馳椒丘且焉止息
進不入以離尤兮
退將復脩吾初服

道《みち》を相《み》るの察《つまび》らかならざるを悔《く》い
延佇《えんちょ》して吾《われ》　将《まさ》に反《かえ》らんとす 1
朕《わ》が車《くるま》を回《めぐ》らせて以《も》って路《みち》に復《ふく》し
行迷《こうめい》の未《いま》だ遠《とお》からざるに及《およ》ばんとす
余《わ》が馬《うま》を蘭皐《らんこう》に歩《あゆ》ませ 2
椒丘《しょうきゅう》を馳《は》せて且《か》つは焉《ここ》に止息《しそく》す
進《すす》みて入《い》れられず、以《も》って尤《とが》に離《かか》り
退《しりぞ》きて将《まさ》に復《ま》た吾《わ》が初服《しょふく》を脩《おさ》めんとす 3

〔最初に〕進むべき道をしっかりと見定めておかなかったことを反省し
しばし立ち止まったあと、わたしは引き返すことにした
わたしの馬車を廻らせて、元来の路にもどり
迷い道をあまり遠くまで行かぬうちに事態を立て直すのだ
わたしの馬を蘭《らん》の生える水辺に歩ませ
椒《はじかみ》の茂る丘を駆けたあと、しばし休息をした

積極的に行動したが受け容れられず、かえって非難されることになり
身を引いて、もう一度、わたしの元来の服飾を調えることにしたい

1 延佇は、しばしたたずむこと。
2 皐は、丘と水とが接する、いりくんだ水辺。
3 初服は、がんらい身に着けていた服飾。もともとの生き方を象徴する。世俗と交わるために当世風の服装をしてみたが、そうした無理はもうしない。以下に述べられる香草を製して作られた衣裳が、基本的な初服である。

製芰荷以爲衣兮　芰荷《きか》を製《せい》して以《も》って衣《い》と為《な》し
集芙蓉以爲裳　芙蓉《ふよう》を集《あつ》めて以《も》って裳《しょう》と為《な》す 1
不吾知其亦已兮　吾《われ》を知《し》らざるも其《そ》れ亦《ま》た已《や》まん
苟余情其信芳　苟《いやし》くも余《わ》が情《じょう》の其《そ》れ信《まこと》に芳《かんば》しければ
高余冠之岌岌兮　余《わ》が冠《かん》の岌岌《きゅうきゅう》たるを高《たか》くし
長余佩之陸離　余《わ》が佩《はい》の陸離《りくり》たるを長《なが》くす 2

芳與澤其雜糅兮
唯昭質其猶未虧

芳《ほう》と沢《たく》と其《そ》れ雑糅《ざつじゅう》するも　3
唯《た》だ昭質《しょうしつ》　其《そ》れ猶《な》お未《いま》だ虧《か》けず

蓮《はす》の葉を縫い合わせて上衣《うわぎ》をつくり
蓮の花を綴りあわせて裳《はかま》をつくった
わたしが理解されなくても、それはそれでしかたがない
わたしの真情が芳《かお》り高いものでありさえすれば、どうでもよいことなのだ
わたしの冠を高々とそびやかせ
わたしの佩《お》びものを美々しく、長く垂らした
わたしの具える芳香が、ひとときは俗人たちの悪臭と雑《ま》じりあったりもしたが
明らかなわたしの本質は、そうした中にあっても損ずることがなかったのだ

1 この一段では、主人公の香草を用いた衣裳の美々しさが述べられる。その人目に立つ服飾は、主人公の自恃の反映であるとともに、神々の世界への新しい出発のための準備でもあった。ちなみに、こうした「奇服」(九章の渉江篇の語)は、その根底でシャマンが儀式の場で身に着ける巫服と通じ合っているのであろう。荷は蓮の葉、芙蓉は蓮の花。

揚雄《ようゆう》「反離騒」に「芰茄の緑衣を衿《き》て、夫蓉の朱裳を被《き》る」とあるのに拠れば、上衣が緑、はかまは朱色の衣服。蓮の葉を上衣に、蓮の花をはかまとするのに対応する。

2 岌岌は高くそびえるさま。陸離はさまざまな色が入り混じって目にあやなるさま。

3 沢は芳の反対物で、悪臭をいう（姜亮夫《きょうりょうふ》『屈原賦《くつげんふ》校注』）。九章の思美人篇と惜往日篇にも「芳と沢と其れ雑糅す」（三二九、三三八頁）。香草たる自分が悪草たる衆人と一旦は雑じりあうこともあった。しかし香草としての本質は失われなかった。

忽反顧以遊目兮
將往觀乎四荒
佩繽紛其繁飾兮
芳菲菲其彌章
民生各有所樂兮
余獨好脩以爲常
雖體解吾猶未變兮
豈余心之可懲

忽《たちま》ち反顧《はんこ》して以《も》って遊目《ゆうもく》し
将《まさ》に往《ゆ》きて四荒《しこう》を観《み》んとす 1
佩《はい》 繽紛《ひんぷん》として其《そ》れ繁飾《はんしょく》し
芳《ほう》 菲菲《ひひ》として其《そ》れ弥《いよ》いよ章《あき》らかなり
民生《みんせい》 各《おの》おの楽《ねが》う所《ところ》有《あ》り
余《われ》 独《ひと》り脩《しゅう》を好《この》みて以《も》って常《つね》と為《な》す 2
体解《たいかい》すと雖《いえど》も吾《われ》 猶《な》お未《いま》だ変《か》わらず
豈《あ》に余《わ》が心《こころ》の懲《こ》らす可《べ》けんや

ものに憑かれたように、来し方を振り返り、目を遠く行く方《かた》に遊ばせて
いまから出発をし、四方の最果ての地を観てみようと決心をした
腰に帯びる佩《お》びものは、彩り豊かに、その美々しさはいや増し
その芳香は、あたりに広がって、いよいよ鮮やかである

人々は、その生活の中で、それぞれに心に願うところがあるのだが
わたし一人は、高潔な生き方を貫きたいと常に考えてきた
たとえ手足を斬られたとしても、わたしは生き方を変えることがない
わたしの心を思い止まらせることなど、どうしてできようか

1　四荒は、四方の地の果ての地域。「爾雅」釈地篇に「觚竹《こちく》、北戸《ほくこ》、西王母《せいおうぼ》、日下《にちか》、これを四荒という」とある。また「山海経《さんかいけい》」にも、大荒東経以下、四つの大荒と呼ばれる地域が見える。ここで主人公は、現実的な世界を離れて四荒の地域を観てこようと決心するのであるが、英雄による異域への旅が、一方で太古に向かって時間をさかのぼる旅でもあるのは、神話的な思考の一つのかたちである。「四荒を観る」とある観の字は、その本質をじっくりと見て取ること。「周易」観卦の六四に「国の光りを観る」(観光の語の来源)などとあるのを参照。

2 好脩の脩を、旧注は身を清潔に処することだとする。おそらく現世を越えた、遠いむかしの人々の生き方の中に示された規範をいうのであろう。主人公は四荒への旅を通じて、そうした前脩たちと接触することを希求していた。次の段にも「汝　何ぞ博謇にして脩を好むや」とある。好脩というあり方は、主人公の生き方の根本をなしている。

女嬃之嬋媛兮
申申其詈予
曰鯀婞直以亡身兮
終然殀乎羽之野
汝何博謇而好脩兮
紛獨有此姱節
薋菉葹以盈室兮
判獨離而不服
衆不可戸說兮
孰云察余之中情

女嬃《じょしゅ》の嬋媛《せんえん》なる
申申《しんしん》として其《そ》れ予《われ》を詈《ののし》る 1
曰《い》わく、鯀《こん》は婞直《けいちょく》にして以《も》って身《み》を亡《ほろ》ぼし
終《つい》然に羽《う》の野《や》に殀《よう》す 2
汝《なんじ》　何《なん》ぞ博謇《はくけん》にして脩《しゅう》を好《この》み
紛《ふん》として独《ひと》り此《こ》の姱節《かせつ》を有《ゆう》するや 3
薋《し》と菉《りょく》と葹《し》と以《も》って室《しつ》を盈《み》たすに
判《はん》として独《ひと》り離《はな》れて服《ふく》せざる 4
衆《しゅう》は戸《こ》ごとに説《と》く可《べ》からず
孰《たれ》か云《ここ》に余《われ》の中情《ちゅうじょう》を察《さっ》せん 5

世並擧而好朋兮
夫何煢獨而不予聽

世《よ》は並《なら》びに挙《あ》げて朋《ほう》を好《この》むに
夫《そ》れ何《なん》ぞ煢独《けいどく》にして予《われ》に聴《き》かざる 6

女嬃《じょしゅ》は、わたしのことを心から気遣って
情理を尽くして、わたしが間違っていると説いた
云うには、鯀《こん》はおのれの信ずるところをまっすぐ行なったために身を亡ぼし
結局は、羽山《うざん》の原野で非命に倒れることとなったのだ
おまえは、どうして人々に逆らってまでも、自分を正すことばかりに心を寄せ
おまえだけがすばらしいと考えている生き方を貫いて、棄てることがないのか
部屋を満たしているのは、薋《はまびし》や菉《かりやす》や葹《おなもみ》などの雑草たち
しかるに、おまえはそうした雑草を拒否して、身に着けることがない
世間の人々に向かって、一軒一軒と説得してまわることは不可能であり
自分の真情を察してくれる人がどこにいるというのか
世間はみな朋党を結んで行動することを好んでいるのに
おまえはなぜ、孤高を守って、わたしの言うことを聴かないのか

1 女嬃を「章句」は、主人公(屈原)の姉の名だとする。おそらくは、姉とは限らず、英雄伝説に登場し、主人公を気遣い、かれを守護する、母であり、叔母であり、妻であり、妹でもある女性たちの一人なのであろう。そうした女性の一人である女嬃が、主人公の出発にあたって、忠告を与える。女嬃の説得は、世間と折り合うようにと勧めるのであるが、それは主人公の生き方が結局は破滅に直面するだろうことを心配してのことであった。「漢書」広陵厲王胥伝に、楚地出身の李女須という人物が、神を降ろし、また巫《ふ》山《ざん》で祈禱を行なったりしているとある。女須(女嬃)という名は、楚地域のシャマニズムと関わるところがあったのであろう。嬋媛は、心があることに引っ張られること、大いに気遣うこと。申申は、諄々と説き聞かせる様子。詈は間違いを問いただすという意味か。

2 鯀(鮌)は、禹王《うおう》の父親。洪水の治水に失敗して、羽山のもとで誅殺された。その神話は、天問の「鴻を汨むるに任えざるに、師　何を以って之れを尚ぶ…永く遏して…に在り…伯禹　鯀に腹す」(一八四頁)の段に詳しい。「尚書」洪範篇に「むかし鯀は洪水を陻《ふさ》ぎ、その五行《ごぎょう》を汨《みだ》し陳《なら》ぶ。帝は乃ち震怒し…鯀は則ち殛死《きょくし》す」とあって、儒家的観念では鯀は大悪人とされているが、楚辞では、婞直で、おのれの信ずるところをまっすぐに行なうという点で、離騒の主人公の生き方と共通するところがあるとされている。

章の惜誦篇にも「婞直を行ないて豫あらず、鯀の功　用って就らず」（二六〇頁）とある。

3 博謇について、「章句」は、博く昔の道を選択し、謇謇の行ないを好んで脩すると釈するが不確か。謇は蹇《けん》に通じる。周囲の抵抗で行動が行き詰まる意であるが、そうした抵抗を排しようとする気持ちをこめて、楚辞文芸の中でしばしば蹇の語が用いられている。紛は盛んなる様子。

4 薋・菉・葹は、香草と対照をなす悪草だとされる。

5「衆け戸ごとに説く可からず」という句は、主人公の孤独が、根本的には古来の共同体の崩壊に由来するだろうことを示唆する。人々はばらばらになり、みずからの真情はだれからも理解されないという社会状況があった。そうした中で、世間の人々が取ったのは朋党を結ぶという方法であって、ばらばらの人間関係を擬制的に結合しなおそうとしたのである。主人公は、そうした偽りの人間関係の回復を拒否し、むしろ孤独を甘受しようとする。なお、旧注は「衆は戸ごとに説く可からず」以下を、主人公が女嬃に答えた言葉としているが、ここでは、この段の最後までを女嬃の忠告だと取りたい。

6 煢独は孤独に同じ。「尚書」洪範篇に「煢独を虐するなかれ」とあり、その偽孔伝に、兄弟がないのが煢、子供がないのが独だと注している。

依前聖以節中兮
喟憑心而歴茲
濟沅湘以南征兮
就重華而陳詞

前聖《ぜんせい》に依《よ》りて以《も》って中《ちゅう》を節《せっ》せんとするも
喟《なげ》き　心《こころ》に憑《み》ちて茲《ここ》に歴《いた》る[1]
沅湘《げんしょう》を済《わた》りて以《も》って南征《なんせい》し
重華《ちょうか》に就《つ》きて詞《ことば》を陳《の》ぶ[2]

古き世の聖人たちの教えに従って、偏《かたよ》らない生き方をしてきたのであるが
嘆きと憤懣とで心がいっぱいになり、結局、こんな立場に陥ってしまった
沅水《げんすい》・湘水《しょうすい》を渡って南に旅をし
舜帝《しゅんてい》のもとに行き、思うところを申し上げようとする

1　女嬃《じょしゅ》の忠告を受けた主人公は、それでも新しい道を求めて出発しようとする。その出発にあたって、前聖の一人で、楚国と関係の深い舜帝に向かって、思いを伝えようと試みる。憑《ひょう》は満ちること。歴茲は、こんな境遇に直面することになったという意味。

2　沅湘は楚国南方の二つの大河。それらの河のかなたにある九疑山《きゅうぎさん》(九嶷山)は、重華(舜帝)が巡狩の途上に死んだ場所であり、その廟があるとされた。重華は舜の本名、あるいは号だともされる。「尚書」舜典篇に「帝舜、重華という」とある。九章の懐沙篇

に「重華　還う可からず、孰か余の従容を知らん」（三一五頁）とあり、もし重華に遭えるならば、主人公の行動が理解してもらえるとしている。

啓九辯與九歌兮
夏康娯以自縱
不顧難以圖後兮
五子用失乎家巷
羿淫遊以佚畋兮
又好射夫封狐
固亂流其鮮終兮
浞又貪夫厥家
澆身被服强圉兮
縱欲而不忍
日康娯而自忘兮
厥首用夫顚隕

啓《けい》に九辯《きゅうべん》と九歌《きゅうか》とあり [1]
夏《か》康《こう》　娯《たの》しみて以《も》って自《みずか》ら縦《ほしいまま》にす
難《なん》を顧《かえり》みて以《も》って後《あと》を図《はか》らず
五子《ごし》　用《も》って家巷《かこう》を失《うしな》う [2]
羿《げい》　淫遊《いんゆう》して以《も》って畋《でん》に佚《いっ》し
又《ま》た好《この》んで夫《か》の封狐《ほうこ》を射《い》る
固《もと》より流《なが》れを乱《みだ》せば其《そ》れ終《お》わること鮮《すくな》し
浞《さく》も又《ま》た厥《そ》の家《いえ》を貪《むさぼ》る [3]
澆《ぎょう》　身《み》に強圉《きょうぎょ》を被服《ひふく》し [4]
欲《よく》を縦《ほしいまま》にして忍《しの》びず
日《ひ》びに康娯《こうご》して自《みずか》ら忘《わす》れ
厥《そ》の首《かしら》　用《も》って顚隕《てんいん》す

啓王《けいおう》は、天上から九辯《きゅうべん》と九歌《きゅうか》とをもたらして〔夏《か》王朝の基礎を築いたのですが〕
そのむすこの太康《たいこう》は、楽しみを追い求めて、みずからを制御できませんでした
困難が起こるだろうことを顧慮して将来への配慮をすることがなかったため
五人の王子たちは、身を寄せるべき家まで失ってしまったのでした
羿《げい》は遊びにふけり、とりわけ狩猟にうつつをぬかし
封狐《ほうこ》(神話的な大狐)を射ることに執着したのでした
当然ながら、秩序を乱すようなことをすれば、終わりを全うすることはできず
寒浞《かんさく》が、こんどは羿《げい》の妻を自分のものとしてしまいました
澆《ぎょう》は、身に着けた強引さを押し通し
その欲望を抑えることができませんでした
来る日も来る日も楽しみを追い求めて、みずからを顧みることもなく
その結果、かれの首は斬りおとされてしまったのです

1 以下は、主人公が舜の廟で申し述べた言葉。みずからの処世の可否を問うために、夏王朝の歴史故事(それも混乱の歴史)が主として取り上げられている。特殊な歴史意識だ

といえよう。夏王朝の王位簒奪劇については天問にも詳しく見える。以下の歴史故事の列挙は、四句が一単位となっているが、ここでは、それらの単位をいくつか合わせて解釈を付けた。啓は禹王《うおう》のむすこ。啓と九辯・九歌との関係については、天問に「啓棘賓商　九辯九歌」(二〇〇頁)とあり、このうち第一句には文字の乱れがあるが、天上に昇った啓が、天上の音楽である九辯と九歌とを地上にもたらしたことをいうとされる。「山海経」大荒西経にも、「開(啓)は、上りて三たび天に嬪し、九辯と九歌とを得て以って下る」とある。九辯と九歌とは、元来は天上に由来する音楽だとされ、そうした音楽が夏王朝に安寧をもたらすはずであった。

2 夏康は啓のむすこの太康。太康が遊びほうけたために、その弟である五人の王子たちが行きどころを失った。「尚書」五子之歌《ごししか》篇(偽古文の篇であるが)に、次のように見える、「太康は位に尸《つ》くも以って逸豫し、その徳を滅す。…盤遊すること度《ど》なく、有洛《ゆうらく》の表《かなた》に畋《かり》して、十旬も反らず。有窮《ゆうきゅう》の后《きみ》の羿は…河に距《へだ》つ。その弟五人は、その母に御して以って従い、洛の汭《とつ》に徯《ま》つ」。五人の王子たちは、反乱を起こした羿のために、帰るべき家を失ってしまった。

3 反乱を起こした羿も、その終わりを全うすることができなかった。羿は弓の名手として知られる。天問に「帝　夷羿を降し、孽いを夏民に革えんとす。…馮珧と利決もて、封豨を是れ射る」(二〇二頁)とある。羿が封豨を射たことと封狐を射たことは、同じ伝説の異伝であろう。浞は羿の臣下であった寒浞。美人の妻にそそのかされて羿を弑《しい》した。天問に「浞　純狐に娶り、眩妻　爰に謀る。何ぞ羿の革を射るに、交ごも呑みて之れを揆る」(二〇二頁)とある部分がその事件のことをいう。

4 澆《そう》は、寒浞が羿の妻に生ませたむすこ。多力で人の云うことを聴かず、夏王朝の主君の相を弑した。しかし、相のむすこの少康《しょうこう》に誅殺され、その首が斬りおとされた。このあたりの事件の経過については、「春秋左氏伝」襄公四年に詳しい。

夏桀之常違兮
乃遂焉而逢殃
后辛之菹醢兮
殷宗用而不長
湯禹儼而祗敬兮
周論道而莫差
舉賢才而授能兮

夏桀《かけつ》の常《つね》に違《たが》う
乃《すなわ》ち遂焉《つい》に殃《わざわ》いに逢《あ》う
后辛《こうしん》の菹醢《しょかい》す 1
殷宗《いんそう》　用《も》って長《なが》からず
湯禹《とうう》の儼《つつし》みて祗敬《しけい》し 2
周《あまね》く道《みち》を論《ろん》じて差《さ》ある莫《な》し
賢才《けんさい》を挙《あ》げて能《のう》に授《さず》け 3

循縄墨而不頗　　縄墨《じょうぼく》に循《したが》いて頗《は》ならず

夏《か》王朝の桀王《けつおう》は、ことごとに無法をなし
その結果、王朝滅亡という憂き目にあったのでした
殷王朝の帝辛《ていしん》(紂王《ちゅうおう》)は、臣下たちを殺して、その肉を菹醢《しおから》にしたため
殷の王系は、かれのところで絶たれてしまいました

大いなる禹王《うおう》は、身を慎んで、敬虔に神々に仕え
進むべき道を詳しく検討して、見誤ることがありませんでした
賢者を職位につけ、能力あるものには仕事を授け
墨縄で引かれたようなまっすぐな道を進んで、偏ることがなかったのです

1 「章句」は、菹は野菜の保存食(酢漬け)、醢は肉のしおからと区別して説明するが、この場合は肉のしおから(シシビシオ)の方をいう。殷の紂王が人肉で菹醢を作ったことについては、「史記」殷本紀に「九侯を醢《かい》とし…鄂侯を脯《ほしにく》とす」と見える。

2 湯禹について、旧注は殷の湯王と夏の禹王との二王のこととするが、湯を大の意味とする姜亮夫『校注』の説を取る。次の句の周論道の周についても、旧注は周王朝のこと

とするが、あまねくの意に取る。

3「賢才を挙げて能に授く」というのは、西周的な身分制度が崩れたあと、能力主義の視点で官職任用を行なうべきだとする戦国時期に主張されたスローガン。「礼記」儒行篇に、儒者は「賢を挙げ、能を援《たす》く」ことに努めるという。

皇天無私阿兮　　皇天《こうてん》　私阿《しあ》無《な》く
覽民徳焉錯輔　　民《たみ》の徳《とく》を覧《み》て焉《ここ》に輔《ほ》を錯《お》く1
夫維聖哲以茂行兮　　夫《そ》れ維《た》だ聖哲《せいてつ》にして以《も》って茂行《もこう》なる
苟得用此下土　　苟《まこと》に此《こ》の下土《かど》に用《もち》うるを得《え》たり2
瞻前而顧後兮　　前《まえ》を瞻《み》て後《うし》ろを顧《かえり》み
相觀民之計極　　民《たみ》の計極《けいきょく》を相観《そうかん》す3
夫孰非義而可用兮　　夫《そ》れ孰《たれ》か義《ぎ》に非《あら》ずして用《もち》う可《べ》けんや
孰非善而可服　　孰《たれ》か善《ぜん》に非《あら》ずして服《ふく》す可《べ》けんや
阽余身而危死兮　　余《わ》が身《み》を阽《あや》うくして危死《きし》するも4
覽余初其猶未悔　　余《わ》が初《はじ》めを覧《み》て其《そ》れ猶《な》お未《いま》だ悔《く》いず

不量鑿而正枘兮
固前脩以菹醢

鑿《さく》を量《はか》らずして枘《ぜい》を正《ただ》すは
固《もと》より前脩《ぜんしゅう》の以《も》って菹醢《しょかい》せられしところ

輝かしき天には依怙《えこ》贔屓《ひいき》などなく
人々の中から徳あるものを見定めて〔主君とし〕、それに補佐者を付けてやります
聖哲の資質を具え、しかも積極的に立派な行動を取る主君と補佐者こそ
この地上世界において有用な働きができるのです

過去の歴史を吟味し、将来のなりゆきにも配慮をめぐらし
この世の人々の取るべき生き方の根本にじっくりと目を注ぐとき
〔そのようにして得られた結論は〕義に背く者が世に役立つはずがなく
善を行なわぬ者が有用な仕事に当たれるはずがないということ

〔わたし自身はといえば〕我が身を危うくし、死に直面することにもなりましたが
わたしの初志を振り返ってみて、いささかも悔いるところはありません
ほぞ穴が円いことを考えずに、四角いほぞを通そうとした、わたしのやり方は
前の世の優れた人々が、殺され、その肉が菹醢《しおから》にされることになった道なのです

1 私阿は特定の人だけに恩恵を与えること。輔は補佐者。天が徳ある人物に天下の統治を委ねるとき、同時に有能な補佐者を付けてやるとされた。

2 下土は、天を視点にして見た、この地上世界のこと。「詩経」小雅・小明篇に「明明たる上天は、下土に照臨す」、同じく小旻篇にも「旻天《びんてん》は疾威し、下土に敷く」。

3 計極の極は根本になる支柱。極は、元来は建物の棟木の意味。

4 阽は危険な場所に身を置くこと。危死はもう少しで死にそうになること。

5 鑿は円いほぞ穴。世の人々の融通無碍な生き方をいう。枘は四角いほぞ。主人公の節度ある生き方を象徴する。世間は円く、主人公は四角い。両者の生き方は根本的に異なっている。九辯にも「圜鑿にして方枘なれば、吾　固より其の鉏鋙して入り難きを知る」(四四二頁)とある。この段までが、主人公が舜帝に向かって述べた言葉。

曾歔欷余鬱邑兮
哀朕時之不當
攬茹蕙以掩涕兮
霑余襟之浪浪

歔欷《きょき》を曾《かさ》ねて余《われ》　鬱邑《うつゆう》し 1
朕《わ》が時《とき》の当《あ》たらざるを哀《あわ》れむ 2
茹蕙《じょけい》を攬《と》りて以《も》って涕《なみだ》を掩《ぬぐ》えば 3
余《わ》が襟《きん》を霑《うるお》して之《こ》れ浪浪《ろうろう》たり 4

すすり泣きが高くなり、我が心は憂いにふさがり
この時代が、わたしが生きるにふさわしい時でなかったことを悲しむ
柔らかな蕙《めぼうき》を手に取り、涙を拭おうとするが
溢れる涙は、わたしの着物の襟《むね》をしとど濡らしたのであった

1 歔欷はすすり泣きの声。鬱邑は心がふさがるさま。前段までに見える検討の結論は、悪事を行なった者が終わりを全うできないだけでなく、善をめざした者にも菹醢にされるなどという悲惨な運命が待っているということ。自分の行く先も明るくはない。それゆえ歔欷し、鬱邑するのである。

2 これまでにも、時間の流れが事態を悪化させる方向に進んでいるという認識が表明されていたが、ここでは主人公が処する時間自体が理想のものではないといっている。現在という時間が不当なものだという意識は、太古に理想的な時間があったという観念と対になるものであっただろうが、離騒では、一歩進んで、過去の歴史もまた矛盾に満ちたものであったことが強調されている。

3 茹蕙の茹は柔軟の意。一説に茹草《あかねぐさ》をいうとする。

4 襟は上衣の前の打ち重なった部分。日本の衣服でいうエリより幅が広い。

跪敷衽以陳辭兮
耿吾既得此中正
駟玉虬以乘鷖兮
溘埃風余上征

跪《ひざまず》きて衽《じん》を敷《し》き以《も》って辭《じ》を陳《の》ぶれば
耿《こう》として吾《われ》　既《すで》に此《こ》の中正《ちゅうせい》を得《え》たり 1
玉虬《ぎょくきゅう》を駟《し》とし以《も》って鷖《えい》に乗《の》り
溘《こう》として風《かぜ》を埃《ま》ちて余《われ》　上征《じょうせい》す 2

ひざまずき、深く身をかがめて、舜帝《しゅんてい》への言葉を申し上げると
〔舜帝の神意として〕はっきりと、わたしが正しいとする確信が得られた
四頭の美しい虬《みずち》に牽かせた鳳凰《ほうおう》の馬車に乗り
風が立つのを待って、たちまち、わたしは天上の旅へと出発をした

1 衽は衣服の前すそ。衽を敷くとは、平伏すること。耿として中正を得るというのは、神の同意がはっきりと感得されたというシャマニスティックな体験を表現している。

2 虬(虯)は龍の一種で、角《つの》がないとされる。鷖は鳳凰の一種。埃風の埃を、王夫之《おうふし》「通釈」の説に拠って、竢の意に取った。天地をつなぐ風が立つのを竢《ま》ち、その風に乗って主人公は天上遊行に出発をした。

朝發軔於蒼梧兮
夕余至乎縣圃
欲少留此靈瑣兮
日忽忽其將暮
吾令羲和弭節兮
望崦嵫而勿迫
路曼曼其脩遠兮
吾將上下而求索

朝《あした》に軔《じん》を蒼梧《そうご》に発《はっ》し
夕《ゆう》べに余《われ》　県圃《けんほ》に至《いた》る 1
少《しば》らく此《こ》の霊瑣《れいさ》に留《とど》まらんと欲《ほっ》するも 2
日《ひ》　忽忽《こつこつ》として其《そ》れ将《まさ》に暮《く》れんとす
吾《われ》　羲和《ぎか》をして節《せつ》を弭《とど》め
崦嵫《えんじ》を望《のぞ》みて迫《せま》る勿《な》から令《し》む 3
路《みち》　曼曼《まんまん》として其《そ》れ脩遠《しゅうえん》なり
吾《われ》　将《まさ》に上下《じょうげ》して求索《きゅうさく》せんとす

朝《あした》に、我が馬車を蒼梧《そうご》の山から出発させ
夕べに、県圃《けんほ》にまでやって来た
しばらく、この神々の門の前で車を留めようとするが
太陽は、あわただしくも、暮れかかっている
わたしは、太陽の御者の羲和《ぎか》に命じて、車の速度を抑え
崦嵫《えんじ》の山を望みつつも、そこに近づくことを禁じた

行く先の路は、あてもなく、はるかに遠く
わたしは、天地の間を行き来して、探索を続けようとするのだ

1 以下には、主人公の天上遊行のさまが記述される。発軔の軔は車止め。発軔で馬車を出発させること。蒼梧は、舜帝が葬られた九疑山《きゅうぎさん》がある地域。九疑山の一名が蒼梧山だともいう。県圃は西方の崑崙山《こんろんさん》上にある楽園。天問にも「崑崙の県圃、其の尻　安くに在る」（一九一頁）。県圃の県は懸とも書かれ、県圃とはハンギング・ガーデン（天空の花園）の意味か。なお「朝に…、夕べに…」という表現は、楚辞の天上遊行の描写にしばしば見られる定型句。太陽神の遊行描写に起源するのであろう。

2 瑣は宮殿の門に付けられる連鎖紋様のことで、宮門をいう。霊瑣は神々が通る門。

3 羲和は太陽の馬車の御者。太陽自体を羲和と呼ぶこともある。崦嵫は太陽が沈む西方の山。「太平御覧」巻三の引く「淮南子《えなんじ》」に、太陽の一日の運行を述べて、「日は崦嵫に入り、細柳を経て、虞淵《ぐえん》（泉）の池に入る」という。主人公は太陽神として天上遊行を行ないつつも、みずからの果てしない探索のために、時間の流れを緩やかなものとしようとしている。

飲余馬於咸池兮
總余轡乎扶桑
折若木以拂日兮
聊逍遙以相羊

余《わ》が馬《うま》を咸池《かんち》に飲《みずか》い
余《わ》が轡《たづな》を扶桑《ふそう》に総《むす》ぶ 1
若木《じゃくぼく》を折《お》りて以《も》って日《ひ》を払《はら》い
聊《いささ》か逍遥《しょうよう》して以《も》って相羊《しょうよう》せんとす 2

わたしの馬に咸池《かんち》で水を飲ませて、出発の準備をし
わたしの馬車の手綱を扶桑《ふそう》の樹に懸けた
若木《じゃくぼく》の枝を折って、それで太陽を払って元気づけ
さあ、これから遥かな旅路へ、行くえ定めず、乗り出すのだ

1 この一段には、主人公が、太陽神として、東方の太陽が昇る神話的な地点から天上遊行に出発することが記述される。咸池は、産まれたばかりの太陽が水浴びをする場所。「淮南子」天文訓に「日は暘谷《ようこく》に出《い》で、咸池に浴し、扶桑に払う。これを晨明《しんめい》という。扶桑に登り、ここに始めて将に行かんとす。これを朏明《ひめい》という」。扶桑は、太陽が昇るところにある神話的な大樹。

2 若木も太陽が昇るところにある大樹。天問に「羲和の未だ揚がらざるに、若華　何ぞ

光く」(一九一頁)とある若が若木のこと。逍遥も相羊も、あてどない彷徨をいう双声《そうせい》の語。語頭の子音が重なる。逍遥が実際の彷徨をいい、相羊の方は、心を遊ばせるという意を含むのであろうか。

前望舒使先驅兮
後飛廉使奔屬
鸞皇爲余先戒兮
雷師告余以未具
吾令鳳鳥飛騰兮
繼之以日夜
飄風屯其相離兮
帥雲霓而來御

望舒《ぼうじょ》を前《まえ》にして先駆《せんく》せ使《し》め
飛廉《ひれん》を後《あと》にして奔属《ほんぞく》せ使《し》む[1]
鸞皇《らんこう》 余《わ》が為《ため》に先戒《せんかい》し
雷師《らいし》 余《われ》に告《つ》ぐるに未《いま》だ具《そな》わらざるを以《も》ってす[2]
吾《われ》 鳳鳥《ほうちょう》をして飛騰《ひとう》せ令《し》め
之《こ》れに継《つ》ぐに日夜《にちや》を以《も》ってす
飄風《ひょうふう》 屯《わだか》まりて其《そ》れ相《あ》い離《つら》なり
雲霓《うんげい》を帥《ひき》いて来《き》たり御《ぎょ》す[3]

望舒《ぼうじょ》(月神の御者)を前に立てて、行列の先頭を走るように命じ
飛廉《ひれん》(風の神)を後ろに配して、行列の後尾につき従わせることにした

鸞凰《らんこう》は、わたしに向かい、出発に先立ち、注意すべきことを述べ
雷師《らいし》(雷の神)は、わたしに向かい、整備にもう少し時間がほしいと告げた
わたしは、鳳鳥《ほうちょう》に高く飛翔するように指示を与え
日夜の別なく道を急ぐようにと命じた
つむじ風が集まってきて、次々と連なり
雲霓《うんげい》(虹の神)を率いてやって来ると、わたしの指示を待った

1 以下には、崑崙山頂から天上遊行に出発する主人公一行の行列構成が記述される。望舒は、月が天上を運行する際に乗る馬車の御者。「太平御覧」巻四に引く「淮南子」に「月、一名は夜光、月の御《ぎょ》を望舒といい、また纖阿《せんあ》という」。飛廉は風の神で、行列の最後尾を守って走る。洪興祖《こうこうそ》「補注」は、「呂氏春秋」の「風師を飛廉という」、応劭《おうしょう》の「飛廉は神の禽《とり》にして、よく風気を致す」、晋灼《しんしゃく》の「飛廉は鹿の身、頭は雀の如く、角あり、蛇尾にして豹紋」などの句を引用している。
2 鸞皇は鸞凰に同じ。鸞は鳳凰の一種の瑞鳥。鳳凰の補佐を務める鳥だともいう。
3 飄風は回風、つむじ風。その風に乗って天へ昇る。離は連なるの意(乱が治を意味するのと同様の、いわゆる反訓《はんくん》)。霓(蜺)は雌霓とも呼ばれ、厳密にいえば、二重虹のう

ち、外側の色の薄い方。

紛總總其離合兮
斑陸離其上下
吾令帝閽開關兮
倚閶闔而望予
時曖曖其將罷兮
結幽蘭而延佇
世溷濁而不分兮
好蔽美而嫉妬

紛総総《ふんそうそう》として其《そ》れ離合《りごう》し
斑陸離《はんりくり》として其《そ》れ上下《じょうげ》す[1]
吾《われ》　帝閽《ていこん》をして関《せき》を開《ひら》か令《し》むるも
閶闔《しょうこう》に倚《よ》りて予《われ》を望《のぞ》む[2]
時《とき》　曖曖《あいあい》として其《そ》れ将《まさ》に罷《く》れんとし
幽蘭《ゆうらん》を結《むす》びて延佇《えんちょ》す[3]
世《よ》　溷濁《こんだく》して分《わ》かたず
好《この》みて美《び》を蔽《おお》いて嫉妬《しっと》す

多くの神々が集まってきて、一つに合わさり
きらびやかな行列を作って、天上に昇ってきた
わたしは天宮の門番にその門を開くように命じたが
門番は、天門《てんもん》に寄り掛かったまま、わたしの方を見るばかりで、通してはくれない

時間は、曖昧なうちに過ぎゆき、日も暮れかかり
わたしは、人知れず育った蘭《らん》の花束を持ったまま、立ち尽くした
世の中は、濁りに濁って、善悪の区別もつかず
美しいものを覆い隠し、嫉妬の心ばかりをたくましくしている

1 この一段は、美々しい行列を作って天上に昇った主人公が、天帝にその心を伝えるべく、幽蘭を用意し、天宮に入ろうとするが、その門前で拒否されることを述べる。紛総は、多くの神々が集まったさま。斑陸離は、多彩で目にも鮮やかなさま。

2 帝閽は天帝の宮殿の門番。門番を閽《こん》と呼ぶのは、昏時《たそがれ》に門を閉めるからだという。閶闔はその宮門の名。天門と呼ばれることが多い。

3 ここで主人公は、天上世界でも、地上と変わらぬ溷濁が支配していることを認識する。曖曖はものごとが不分明なさま。主人公は、直接に天帝に目通りしようとして拒否をされたあと、以下には女神たちを求めてする彷徨の様子が語られる。

朝吾將濟於白水兮
登閬風而緤馬

朝《あした》に吾《われ》　将《まさ》に白水《はくすい》を済《わた》らんとし
閬風《ろうふう》に登《のぼ》りて馬《うま》を緤《つな》ぐ 1

忽反顧以流涕兮
哀高丘之無女
溘吾遊此春宮兮
折瓊枝以繼佩
及榮華之未落兮
相下女之可詒

忽《たちま》ち反顧《はんこ》して以《も》って流涕《りゅうてい》し
高丘《こうきゅう》の女《じょな》無きを哀《あわ》れむ 2
溘《たちま》ち吾《われ》　此《こ》の春宮《しゅんきゅう》に遊《あそ》び
瓊枝《けいし》を折《お》りて以《も》って佩《はい》に継《つな》ぐ 3
栄華《えいか》の未《いま》だ落《お》ちざるに及《およ》び
下女《かじょ》の詒《おく》る可《べ》きを相《み》ん 4

朝がたに、わたしは〔崑崙山《こんろんさん》に登るべく〕白水《はくすい》を渡り
閬風《ろうふう》の山巓《さんてん》に立って、そこに馬をつないだ
ふと振り返って涙を流した
〔眼下の〕高い山々にも、求めるべき女性(女神)がいないことが悲しい
心を変えて、わたしは春の神が住まう宮殿を訪れ
そこに生える瓊樹《けいじゅ》の枝を折って、腰の佩玉《はいぎょく》につないだ
この瓊の華が咲き誇っているうちに
下女《かじょ》(女神)たちの中から、瓊枝を贈るにふさわしい相手を見つけ出そう

1 天帝の宮殿に直接に入ることをあきらめた主人公は、神話的な女神たちを求めて、天上を遊行する。白水は、西方の宇宙山(天地を貫く聖山)である崑崙山から流れ出る河。中国に入って黄河となるのだとされる。「章句」が引く「淮南子」に「白水は崑崙の山に出《い》ず。これを飲めば則ち不死なり」。閬風は崑崙山にある三つの山頂の一つ。「淮南子」墬形訓《ちけいくん》に見える涼風の山が閬風に当たるとされる。

2 高丘は神々が住まうべき神山。崑崙山から見渡しても、そうした山々にしかるべき女神が見つからないことが悲しい。この高丘については議論が多いが、楚の高唐《こうとう》(巫山《ふざん》の神女がいるとされる)などに通じる神聖な山々で、それぞれの神山に女神たちが住まうとされたのであろう。崑崙山は、そうした高丘の群れを、さらに高い位置から総べる宇宙山であった。

3 瓊は美玉。天上世界では美玉が、地上世界での香草と同様の機能を果たしている。中国古代に尊重された軟玉には植物的な生命力が宿るとされた。瓊枝は、主人公の心を神々に伝える媒介物となる。瓊樹は「補注」に引く張揖《ちょうゆう》の説に、崑崙の西の流沙の岸辺に生え、幹の太さは三百囲、高さは万仞という神話的な玉樹。

4 下女の語、九歌の湘君篇にも見え、「芳洲の杜若を采り、将に以って下女に遺らんとす」(一二二頁)とある。神女たちをいう。下というのは、天上(崑崙山の絶頂)を視点として、天と地との中間の高丘にいる女神たちを見るからであろうか。

吾令豐隆乘雲兮
求宓妃之所在
解佩纕以結言兮
吾令蹇脩以爲理
紛總總其離合兮
忽緯繣其難遷
夕歸次於窮石兮
朝濯髮乎洧盤
保厥美以驕傲兮
日康娛以淫遊
雖信美而無禮兮
來違棄而改求

吾《われ》　豊隆《ほうりゅう》をして雲《くも》に乗《の》り
宓妃《ふくひ》の在《あ》る所《ところ》を求《もと》め令《し》む 1
佩纕《はいじょう》を解《と》きて以《も》って言《げん》を結《むす》び
吾《われ》　蹇脩《けんしゅう》をして以《も》って理《り》を為《な》さ令《し》む 2
紛総総《ふんそうそう》として其《そ》れ離合《りごう》するも
忽《たちま》ち緯《き》繣《かく》して其《そ》れ遷《うつ》り難《がた》し 3
夕《ゆう》べに帰《かえ》りて窮石《きゅうせき》に次《やど》り
朝《あした》に髪《かみ》を洧盤《いばん》に濯《あら》う 4
厥《そ》の美《び》を保《たの》みて以《も》って驕傲《きょうごう》なり
日《ひ》びに康娯《こうご》して以《も》って淫遊《いんゆう》す
信《まこと》に美《び》なると雖《いえど》も礼無《れいな》し 5
来《き》たれ、違棄《いき》して改《あらた》め求《もと》めん

わたしは、豊隆《ほうりゅう》に命じて、雲に乗り
宓妃《ふくひ》のいるところを探させた
佩纕《はいじょう》をはずして、それにわたしの〔求婚の〕言葉を添え
わたしは、蹇脩《けんしゅう》に、女神との間《あいだ》を取り持つようにと命じた
蹇脩は、神々を集め、行列を作って出発していったが
思いがけなくも、障害があって、ことはうまく運ばなくなった
〔宓妃はといえば〕夕方に帰ってきて、窮石《きゅうせき》の山に一夜を過ごし
朝《あした》には、洧盤《いばん》の川で髪を洗い〔お化粧をしている〕
彼女は、みずからの美をたのんで、わがままであり
毎日を愉快に暮らし、楽しみばかりを追い求めて節度がない
確かに美しいが、礼に背いている
さあ、宓妃のことは棄てて、別の女神を探そう

1　この一段は、宓妃との交渉について述べる。宓妃は、曹植《そうしょく》「洛神《らくしん》の賦」(「文選」巻十九)に歌われている女神の本体である。「文選」李善注は如淳の「漢書音義」を引いて「宓妃は宓羲《ふくぎ》(伏羲)氏のむすめ。洛水に溺死して神となる」という。天問に「帝　夷羿

を降し、孽いを夏民に革えんとす。胡ぞ夫の河伯を射て、彼の雒嬪を妻とす」(二〇二頁)とある雒嬪が宓妃だとされる。豊隆は雷の神。「淮南子」天文訓に「季春三月、豊隆乃ち出《い》ず」とある。豊隆を雲の神だとする説もある。

2 佩纕は佩帯(腰の佩《お》びもの、香草を入れた香嚢《においぶくろ》の類)。相手に気持ちを伝えるため、言葉とともに佩纕を贈り物とした。古代には、言葉を伝える際に礼物を添えるのが習慣であった。結言の語、九章にもいくつか見え、惜誦篇には「固より煩言　結びて詒る可からず」(二五六頁)とある。蹇脩は宓羲の臣下だという。その臣下を通じて、宓羲氏のむすめである宓妃と接触しようとする。理を為すというのは、男女の間を取り持つこと。

3 「紛総総として其れ離合す」という句は、神々が集まって行列をなす様子を表わす定型句。緯繣は、事態が滞り、うまく進行しなくなること。

4 窮石は山の名、洧盤は川の名。いずれも世界の西方の果てにある神話的な地点。窮石には羿がいるとされ、そこで夜を過ごした宓妃は、羿と通じていることが暗示される。

5 主人公にとって「美」は、元来、絶対的な価値を持つものであったはずであるが、ここでは、その美に強いて見切りを付けようという。一方で美に対する断ち切れない思いも読み取るべきであろう。

覽相観於四極兮
周流乎天余乃下
望瑤臺之偃蹇兮
見有娀之佚女
吾令鴆爲媒兮
鴆告余以不好
雄鳩之鳴逝兮
余猶惡其佻巧
心猶豫而狐疑兮
欲自適而不可
鳳皇既受詒兮
恐高辛之先我

覽《み》て四極《しきょく》を相観《そうかん》し 1
天《てん》を周流《しゅうりゅう》して、余《われ》 乃《すなわ》ち下《くだ》る
瑤台《ようだい》の偃蹇《えんけん》たるを望《のぞ》み
有娀《ゆうしゅう》の佚女《いつじょ》を見《み》る 2
吾《われ》 鴆《ちん》をして媒《ばい》を為《な》さ令《し》むるも
鴆《ちん》 余《われ》に告《つ》ぐるに好《よ》からざるを以《も》ってす
雄鳩《ゆうきゅう》の鳴《な》き逝《ゆ》く
余《われ》 猶《な》お其《そ》の佻巧《ちょうこう》を悪《にく》む 3
心《こころ》 猶予《ゆうよ》して狐疑《こぎ》し 4
自《みずか》ら適《ゆ》かんと欲《ほっ》するも不可《ふか》なり
鳳皇《ほうおう》 既《すで》に詒《い》を受《う》く
恐《おそ》らくは高辛《こうしん》の我《われ》に先《さき》んぜん 5

世界の四方の果てを見極め
天上をあまねく遊行したあと、わたしは、下方世界へと下った

はるかに、高くそびえる瑶《たま》の台《うてな》が目に入り
そこに有娀氏《ゆうしゅうし》の美女がいるのを見つけた

わたしは鴆《ちん》の鳥に命じて、有娀氏のむすめとの間を取り持つように云ったが
鴆の鳥はわたしに、彼女は好《よ》くないと告げた
〔代わって遣わした〕雄鳩《ゆうきゅう》は、はでに鳴きながら飛んで行ったが
わたしは、その雄鳩が、口先ばかり達者であるのが気に入らない

わたしの心は、決心のつかぬままに揺れ動き
自分自身で有娀氏のむすめのところへ行こうとも考えるが、それは許されない
鳳凰《ほうおう》がすでに高辛氏《こうしんし》からの贈り物を受け取ったとのこと
高辛氏が、わたしより先に有娀氏のむすめとの仲を固めてしまうであろう

1 四極は世界の四方の果て。極は元来は棟梁の意。そこには天を支える柱としての高山があり、門が開いているとされた。「淮南子」墬形訓に拠れば、東極の山には開明の門があり、南極の山には暑門があり、西極の山には閶闔《しょうこう》の門があり、北極の山には寒門がある。

2 この一段では、主人公は殷王朝の始祖である契《せつ》の母親、すなわち有娀氏のむすめの簡《かん》狄《てき》と接触しようと試みる。天問に「簡狄　台に在りて、嚳　何ぞ宜しとす。玄鳥　貽りものを致すに、女　何ぞ嘉とす」(二一七頁)とある。簡狄は高台の上におり、そこで玄鳥(ツバメ)が落としていった卵を呑んで契を生んだとされる。「呂氏春秋」音初篇に「有娀氏に二佚女あり、これが為に九成の台を〔つくる〕」云々とある。佚女の佚は美しいという意。

3 鴆は太陽を運ぶ鳥だとされる一方で、羽根に毒を持つ鳥だともされる。女神との関係を結ぶために主人公が遣わすのは鴆や雄鳩であって、ライバルの高辛氏が遣わす鳳凰には見劣りがする。雄鳩はおしゃべりな鳥だとされたのであろう。

4 「顔氏家訓」書証篇に、犬を連れて歩く際、犬が主人の前になり、またもどって来る様子が猶予だとし、狐疑については、郭縁生「述征記」に、黄河が氷結したとき、狐が氷の下に流れがないことを慎重に確かめてから渡ることだといっているが、猶予、狐疑とも、決心がつかない様子をいう双声の形容語と取ればよいだろう。

5 高辛は帝嚳《ていこく》のことで、簡狄の正式の夫。すなわち、ここで主人公は大胆にも神話的な時空に参入し、帝嚳に先んじて簡狄の連れ合いになろうとするのである。詒は贈り物。高辛から簡狄への礼物がすでに鳳凰に託されている。

欲遠集而無所止兮
聊浮遊以逍遙
及少康之未家兮
留有虞之二姚
理弱而媒拙兮
恐導言之不固
世溷濁而嫉賢兮
好蔽美而稱惡

遠《とお》くに集《いた》らんと欲《ほっ》するも止《とど》まる所《ところ》無《な》く 1
聊《いささ》か浮遊《ふゆう》して以《も》って逍遥《しょうよう》す
少康《しょうこう》の未《いま》だ家《いえ》せざるに及《およ》び
有虞《ゆうぐ》の二姚《にょう》を留《とど》めん 2
理《り》は弱《よわ》く、媒《ばい》は拙《せつ》に
導言《どうげん》の固《かた》からざるを恐《おそ》る
世《よ》は溷濁《こんだく》して賢《けん》を嫉《そね》み
好《この》みて美《び》を蔽《おお》いて悪《あく》を称《しょう》す 3

遠方の地にまで飛翔しようと思っても、〔遠方には〕身を寄せるところなどなく
ひとまずはあたりをあてどなく飛びまわった
〔そうした中で新しい女性を見つけ、〕少康《しょうこう》が嫁を取るに先立ち
有虞氏《ゆうぐし》の二人の姚《よう》姓のむすめを我がもとに引き留めようと企てた
しかし、求婚のためのわたしの条件は貧弱で、仲立ちも拙く
十分に説得的な言葉を伝えられないことを心配する

世の中は濁りに濁って、才能ある者を嫉妬し
いつも、立派な人物のすばらしさを覆い隠し、悪人たちを賞賛するのだ

1 集は鳥がやって来て木に止まること。主人公は、極遠の地まで飛翔して、そこに身を落ち着けたいとは思うが、身を寄せるべきところがない。

2 少康は夏《か》王朝の継嗣、夏《か》后相《こうそう》のむすこ。父親が澆《ぎょう》に殺されたあと、有虞氏のもとに身を寄せ、有虞氏の二人のむすめ(二姚)を妻にした。少康は、やがて澆を殺して、夏王朝を再興する。「春秋左氏伝」哀公元年を参照。天問にも「何ぞ少康　犬を逐いて、厥の首を顚隕す」(二一〇頁)と、少康の物語りが取り上げられている。

3 「世は溷濁して賢を嫉む」の類似句は、主人公が天帝の宮門に入ろうとするが受け容れられなかったところにも見えて、「世　溷濁して分かたず、好みて美を蔽いて嫉妬す」(六六頁)とあった。主人公は、現実世界を棄てて天上に昇ったが、その天上世界もまた溷濁しているのだという辛い認識を得たのである。なおここに述べられている神女の探求は、有娀の佚女(簡狄《かんてき》)と有虞の二姚との二つだけに限られているが、叙事詩の本来の形態としては、主人公が行なう数多くの神女との交渉をこの部分に盛り込むことが可能であった。女神歴訪の物語りを長大に展開させることもできたのである。ただその場合

にも、最終的には、すべての女神探求が無益に終わるのであった。

閨中既以邃遠兮　閨中《けいちゅう》は既《すで》に以《も》って邃遠《すいえん》にして
哲王又不寤　哲王《てつおう》も又《ま》た寤《さと》らず[1]
懷朕情而不發兮　朕《わ》が情《じょう》を懐《いだ》きて発《はっ》せず
余焉能忍與此終古　余《われ》焉《いず》くんぞ能《よ》く此《こ》れと与《とも》に終古《しゅうこ》するに忍《しの》びんや[2]

女神たちの居所は奥深くて接触が困難であり
すべてを見通す目を持った支配者も、わたしには気が付いてくださらない
我が胸中の熱い思いは、それを行動に表わす手段《てだて》がない
わたしは、どうしてこうした状況の中にいつまでも留まっておられようか

1　閨は宮殿の小門。閨中は婦人たちの居所。閨中が邃遠とは、女神たちと接触を持つことが困難なことをいう。哲王の哲は、「尚書」皋陶謨《こうようぼ》篇に「人を知れば則ち哲」とあるように、人を見抜く能力。この場合の哲王は、天宮の奥に住まう天帝を意味するのであろう。すべてを見通しているはずの哲王も、主人公のことには気づいてくれない。

2 終古の語、「荘子」大宗師篇に、維斗《いと》(天の基本的構造物)は道を得て「終古忒《たが》わず」とある。終古とは、ある状況が永遠に続くこと。時間論的にいえば円環的な時間の中にあること。天帝の宮殿には入れず、女神たちとの接触もすべて失敗した。このまま探索を続けても、円環的な時間の罠にはまり、無益な彷徨を無限に重ねるだけである。主人公は、それをはねのけようと、新しい、二度目の出発を決心する。終古は、元来は望ましい状態をいうものであっただろうが、ここでは主人公は終古の情況にいらだっている。

索藑茅以筳篿兮
命靈氛爲余占之
曰兩美其必合兮
孰信脩而慕之
思九州之博大兮
豈唯是其有女

藑茅《けいぼう》を索《もと》めて以《も》って筳篿《ていせん》し
霊氛《れいふん》に命《めい》じて余《わ》が為《ため》に之《こ》れを占《うらな》わしむ 1
曰《い》わく、両美《りょうび》は其《そ》れ必《かなら》ず合《あ》わん
孰《いず》れか信《まこと》に脩《しゅう》にして之《こ》れを慕《した》うものぞ
九州《きゅうしゅう》の博大《はくだい》なるを思《おも》う
豈《あ》に唯《た》だ是《ここ》のみ其《そ》れ　女《じょ》　有《あ》らんや 2

藑茅《けいぼう》を準備して、筳篿《ていせん》を行ない

霊氛《れいふん》に命じて、その結果を判断させた
占って云うには、二人の優れた美質を持つ者は、必ず出会うのだとされますが
本当に行ないを正しても、心を寄せてくれる者はここにはおりません
九州(天下全体)の広々とした世界のことを思えば
この土地だけに求める女神がいるとは限らないのではないでしょうか

1 主人公は第二の出発に際して、まず占いによって神意を確かめる。蕢茅は霊草だとされ、それを束ねて神を招き降ろすための憑代《よりしろ》として用いられたのであろう。神を招き降ろしたうえで占いを行なう。筳篿は草や竹を折って行なう、楚の地方独特の占いだという。霊氛は、神降ろしや占いを行なう巫女の名。ここでは占いの結果の判断を行なう。

2 曰以下は、主人公が筳篿によって占おうとして、問いかけた内容。いわゆる命辞《めいじ》である。九州は禹王《うおう》が秩序づけた天下全体をいう。主人公は、生来の地域範囲を越えて、天下全体に探索を広めようとする。自国を越えて世界全体を視野に入れるのも戦国時期の精神。この時代、生国を脱し、他国で宰相などの高位に就いた者も少なくない。

曰勉遠逝而無狐疑兮　　曰《い》わく、勉《つと》めて遠逝《えんせい》して、狐疑《こぎ》する無《な》かれ

孰求美而釋女
何所獨無芳草兮
爾何懷乎故宇
世幽昧以眩曜兮
孰云察余之善惡
民好惡其不同兮
惟此黨人其獨異
戶服艾以盈要兮
謂幽蘭其不可佩
覽察草木其猶未得兮
豈珵美之能當
蘇糞壤以充幃兮
謂申椒其不芳

孰《たれ》か美《び》を求《もと》めて、女《なんじ》を釈《す》てん
何《いず》れの所《ところ》にか独《ひと》り芳草《ほうそう》の無《な》からん
爾《なんじ》　何《なん》ぞ故《こ》宇《う》を懐《おも》うや
世《よ》　幽昧《ゆうまい》にして以《も》って眩曜《げんよう》す[1]
孰《たれ》か云《ここ》に余《われ》の善悪《ぜんあく》を察《さっ》せん
民《たみ》の好悪《こうお》　其《そ》れ同《おな》じからざるも
惟《こ》れ此《こ》の党人《とうじん》　其《そ》れ独《ひと》り異《こと》なる
艾《がい》を戸服《こふく》して以《も》って要《こし》に盈《み》たし[2]
幽蘭《ゆうらん》　其《そ》れ佩《お》ぶ可《べ》からずと謂《い》う
草木《そうもく》を覧察《らんさつ》するも其《そ》れ猶《な》お未《いま》だ得《え》ず
豈《あ》に珵《てい》の美《び》の能《よ》く当《あ》たらんや[3]
糞壌《ふんじょう》を蘇《と》りて以《も》って幃《き》に充《み》たし[4]
申椒《しんしょう》　其《そ》れ芳《かんば》しからずと謂《い》う

〔霊氛《れいふん》が神意を伝えて〕云う、心を奮い起こして遠くへ旅立ち、ためらうことはない

〔どこにおろうと〕美を求める者が、おまえをほうっておくはずがないのだ
芳しい草の生えぬところなど、どこにあろう
なぜおまえは古くからの住み処ばかりに執着をするのか

世の中は薄暗く、ものごとの区別がはっきりとせず
だれがおまえの良し悪しを判断してくれるというのか
確かに好むところと憎むところには、人ごとに違いがあるが
この朋党をなす人々の場合は、それが特別である
艾《よもぎ》を身に着け、腰いっぱいにぶら下げて
秘かに咲く蘭《らん》などは佩《お》びることができぬと云っている
かれらの植物に対する観察眼すら曇っているのであるから
玉《ぎょく》の美質など正しく判断できるはずがない
腐った土を集めて匂い袋に充たし
山椒《さんしょう》などは芳しくないとしているのだ

1 曰以下は、主人公の問いかけに対する神の返答。霊氛がそれを筳篿《ていせん》の結果として伝え

た言葉。このまま主人公がもとの土地（故宇）に留まった場合の状況を、神の言葉として再確認しているのである。眩曜は目くらましにあったさま。

2 戸服を扈服《こふく》（被服）と読む姜亮夫『校注』の説に従う。

3 珵は美玉。「章句」が引用する「相玉書」に拠れば、珵は大きさ六寸。みずから発光するという。ここにも香草の精髄が美玉だとする観念が見られる。

4 糞壌はぼろぼろの土。「論語」公冶長篇に「糞土《ふんど》の牆《かべ》は杇るべからず」。幃は身に帯びる香嚢《においぶくろ》、香袋。

欲従靈氛之吉占兮　　霊氛《れいふん》の吉占《きっせん》に従《したが》わんと欲《ほっ》するも
心猶豫而狐疑　　心《こころ》　猶予《ゆうよ》して狐疑《こぎ》す 1
巫咸将夕降兮　　巫咸《ふかん》　将《まさ》に夕《ゆう》べに降《くだ》らんとす
懷椒糈而要之　　椒糈《しょうしょ》を懐《いだ》きて之《こ》れを要《むか》う 2
百神翳其備降兮　　百神《ひゃくしん》　翳《おお》いて其《そ》れ備《とも》に降《くだ》り
九嶷繽其竝迎　　九嶷《きゅうぎ》　繽《ひん》として其《そ》れ並《なら》び迎《むか》う 3
皇剡剡其揚靈兮　　皇《こう》剡剡《えんえん》として其《そ》れ霊《れい》を揚《あ》げ

告余以吉故　　　　余《われ》に告《つ》ぐるに吉故《きつこ》を以《も》ってす4

霊氛《れいふん》が吉だと判断した占いの結果に従い〔遠く旅立とうとするのであるが〕
わたしの心は、なお揺れ動いて、決心がつかない
巫咸《ふかん》が、日暮れがたに、天から降《くだ》ってくるとのこと
椒《はじかみ》で香りをつけた精げ米《しらよね》の奉げものを懐に入れて、これを出迎えた
〔巫咸に従う〕多くの神々が、空を覆わんばかりにして、そろって降下し
九疑山《きゅうぎさん》の神々は、みんなして、これを迎えた
〔巫咸は〕きらきらと輝きつつ、その霊能を発揮すると
わたしに、新しい出発が吉であることを告げた

1 猶予も狐疑もためらう様子。ともに双声の語。

2 主人公は、霊氛の占いの結果が吉と出たあとも、なお決心がつかず、さらに巫咸からも遠逝についての意見を求めようとする。巫咸は古い時代の神巫。「説文解字」第五篇に「むかし、巫咸は初めて巫をなす」とあり、巫覡《ふげき》たちの始祖とされた。また秦が楚を非難した石刻「詛楚文《そそぶん》」では「皇天上帝および丕顕《ひけん》なる大神の巫咸」と、上帝と並べて

呼ばれている。天帝とともに天上に住まいするとされていたのであろう。糈は神を饗するための精製した白米。

3 百神が空を暗くするほど群がって降下するという情景は、シャマンがトランスの中で見る幻想であろう。九歌の湘夫人篇に「九嶷　繽として並び迎え、霊の来たること雲の如し」(一三一頁)とあるのも同じ情景。九嶷(九疑)は舜帝《しゅんてい》が葬られた山だとされ、天と地とが接触する場所。その山へ巫咸が天上から降下する。

4 霊を揚げるという表現は、九歌の湘君篇にも「涔陽の極浦を望み、大江に横わりて霊を揚ぐ」(一一〇頁)と見える。皇剡剡と形容されているように、神がその霊能を発揮するとき、まばゆい輝きが伴った。これもシャマンの幻視した光景である。吉故は吉であるとのお告げ。「霊氛の吉占に従わんと欲す」とあった吉占と通じる。故を故事だとし、以下に引かれている歴史事実をいうのだとする説もある。

曰勉陞降以上下兮
求榘矱之所同
湯禹儼而求合兮

曰《い》わく、勉《つと》めて陞降《しょうこう》して以《も》って上下《じょうげ》し
榘《く》矱《わく》の同《おな》じき所《ところ》を求《もと》めよ[1]
湯《とう》禹《う》　儼《げん》として合《あ》うを求《もと》め

摯咎繇而能調
苟中情其好脩兮
又何必用夫行媒
說操築於傅巖兮
武丁用而不疑
呂望之鼓刀兮
遭周文而得擧
甯戚之謳歌兮
齊桓聞以該輔
及年歲之未晏兮
時亦猶其未央
恐鵜鴂之先鳴兮
使夫百草爲之不芳

咎繇《こうよう》を摯《ひ》きて能《よ》く調《ととの》う 2
苟《いやし》くも中情《ちゅうじょう》の其《そ》れ脩《しゅう》を好《この》まば
又《ま》た何《なん》ぞ必《かなら》ずしも夫《か》の行媒《こうばい》を用《もち》いん 3
説《えつ》　築《ちく》を傅巌《ふがん》に操《あやつ》るも
武丁《ぶてい》　用《もち》いて疑《うたが》わず 4
呂望《りょぼう》の刀《かたな》を鼓《こ》する
周文《しゅうぶん》に遭《あ》いて挙《あ》げらるるを得《う》 5
甯戚《ねいせき》の謳歌《おうか》する
斉桓《せいかん》　聞《き》きて以《も》って輔《ほ》に該《そな》う 6
年歳《ねんさい》の未《いま》だ晏《おそ》からず
時《とき》も亦《ま》た猶《な》お其《そ》れ未《いま》だ央《つ》きざるに及《およ》べ 7
恐《おそ》らくは鵜鴂《ていけつ》の先《さき》に鳴《な》き
夫《か》の百草《ひゃくそう》をして、之《こ》れが為《ため》に芳《かんば》しからざら使《し》めん 8

〔巫咸《ふかん》が告げて〕云った、心を奮い起こして天地の間を昇り降りし

おまえと同じ生き方をしている相手を探し求めなさい
大いなる禹《う》土《おう》は慎重に補佐者を探し
咎繇《こうよう》を取り立てることによって、調和のとれた政治を行なったのだ

心から願って、みずからを高めたいと努めているのであれば
どうして、相手との関係を結ぶのに、仲立ちなどが必要であろう
傅説《ふえつ》は、傅巌《ふがん》において道路工事の道具を振るっていたのであるが
殷王の武丁《ぶてい》は、かれを任用して、すべてを任せた
呂望《りょぼう》〔太公望《たいこうぼう》〕は、肉屋の店先で包丁を鳴らしていたが
周の文王に遭ったことから、抜擢されたのであった
甯戚《ねいせき》は、〔牛の角を叩きつつ〕歌をうたっていたが
斉《せい》の桓公《かんこう》は、その歌声を聞いて、かれを自分の補佐者に任じた

年齢がまだ遅くなりすぎず
時間になお余裕があるうちに〔決心をするのだ〕
〔このままぐずぐずしておれば〕鶗鴂《もず》が鳴いてしまい
多くの草たちも、鶗鴂の声を聴いて、その芳香を失ってしまうであろう

1 以下が巫咸のお告げの言葉。これまでに述べられてきた、主人公による女神の探索が、政治的な場における、主君とその補佐者との関係に言い換えられている。女神が主君であり、その女神を求める主人公は、主君の補佐者たらんとしているのである。これは単なる比喩であるに止まらず、主君と臣下との関係が男女の関係として理解されていたことに由来するのであろう。榘矱は法度、原則。同の字については、次聯の調の字との押韻を考えて、周の字の誤りだとする説がある。

2 湯禹を旧注は殷の湯王《とうおう》と夏《か》の禹王と解しているが、姜亮夫『校注』の説に従い、大いなる禹王の意に読んだ。摯咎繇についても、湯王の補佐者の摯《し》(伊尹《いいん》)と禹王の補佐者の咎繇と注されるが、摯を引くの意味に取った。咎繇は「尚書」皐陶謨篇などに見える賢臣の皐陶《こうよう》のこと。

3 行媒は思う相手との接触に際して仲人を立てること。宓妃《ふくひ》などの女神への求婚に際し、鳥などの仲介者に言葉を伝えさせていたが、主人公はここで、そうした巫覡《ふげき》の伝承の枠を超えようと決心する。女神と祭祀者との関係が主君と賢臣との関係に移されるとき、二つの対《つい》関係の間にも変化が生じた。主君と臣下とは一対一の関係で、中間を取り持つ者など不必要で、主君が直接に賢臣を見出すはずなのである。

4 説は傅説。殷の高宗(武丁)の補佐者。「尚書」説命《えつめい》篇の序に「高宗は夢に説《えつ》を得《う》。百工をしてこれを野に営求せしめ、これを傅巌に得たり」。傅巌の難所で道路工事に従事していたのである。ちなみに「尚書」説命篇の本文は後世の偽作(偽古文)であるが、清華大学所蔵戦国竹簡の中にも「説命」三篇が遺る。操築の築は、土を突き固める板築《ばんちく》の道具。

5 呂望は太公望呂尚《りょしょう》。周の文王の参謀。斉の国の始祖となる。呂望が、歳を取ったあと、妻からも離縁され、朝歌《ちょうか》のまちの肉屋の店頭で包丁を鳴らして客寄せをしていたことについては、天問に「師望　肆に在り、昌(文王)　何ぞ志る。刀を鼓して声を揚ぐるに、后　何ぞ喜ぶ」(二三七頁)と見える。渭水《いすい》で釣りをしていた呂望に文王が声をかけたという伝説は、楚辞文芸の古層には見えない。

6 甯戚(寧戚)は徳を修めていたが登用されることがなく、商人として斉のみやこの臨淄《りんし》にやって来ると、東門のところで、牛の角を叩きながら歌をうたっていた。斉の覇者の桓公がその歌を聞いて、賢者であることを知り、甯戚を取り立てた。「淮南子」主術訓に「甯戚は車下に商歌し、桓公は喟然《きぜん》として寤《さと》る」、また繆称訓に「寧戚は牛角を撃ちて歌う、桓公は挙げて大政を以《ゆだ》ぬ」。

7 未央の央は、中(なかば)とも尽(つきる)とも釈される。未央は、永遠を意味する吉祥語であって、漢のみやこ長安には未央宮《びおうきゅう》があった。

8 鶗鴂は子規とも杜鵑とも呼ばれる。この場合は、ホトトギスでなく、晩秋に鋭く鳴いて冬の到来を告げるモズなのであろう。

何瓊佩之偃蹇兮
衆薆然而蔽之
惟此黨人之不諒兮
恐嫉妬而折之
時繽紛其變易兮
又何可以淹留
蘭芷變而不芳兮
荃蕙化而爲茅
何昔日之芳草兮
今直爲此蕭艾也
豈其有他故兮
莫好脩之害也

何《なん》ぞ瓊佩《けいはい》の偃蹇《えんけん》たる
衆《しゅう》　薆然《あいぜん》として之《こ》れを蔽《おお》う 1
惟《こ》れ此《こ》の党人《とうじん》の諒《まこと》ならざる
恐《おそ》らくは嫉妬《しっと》して之《こ》れを折《お》らん
時《とき》　繽紛《ひんぷん》として其《そ》れ変易《へんえき》し
又《ま》た何《なん》ぞ以《も》って淹留《えんりゅう》す可《べ》けんや 2
蘭芷《らんし》　変《へん》じて芳《かんば》しからず
荃蕙《せんけい》　化《か》して茅《ちがや》と為《な》る
何《なん》ぞ昔日《せきじつ》の芳草《ほうそう》の
今《いま》　直《ただ》に此《こ》の蕭艾《しょうがい》と為《な》るや
豈《あ》に其《そ》れ他故《たこ》有《あ》らんや
脩《しゅう》を好《この》むの害《がい》なる莫《な》からんや

我が玉佩《ぎょくはい》のなんと立派なことか
しかし人々が立ちふさがって、これを見えなくしてしまう
群れをなしている人々の不誠実なことよ
かれらは、わたしを妬んで、佩玉をへし折ってしまうだろう

時は、さまざまなかたちで、万物を変質させてゆき
そうした作用の発動を引き留めることなどできはしない
〔こうした時の流れの中で〕蘭《らん》や芷《よろいぐさ》は変化して香りを失い
荃《あやめ》や蕙《めぼうき》も茅に化けてしまった

なんとしたことか、かつての日々には芳草であったものたちが
現在では、こんな蕭《よもぎ》や艾《もぐさ》になり果ててしまった
そうなった理由は他《ほか》でもない
身を脩《おさ》め正すことに心を傾けた、そのことへの反発が招いた結果であるのだ

1 以下の部分は、巫咸《ふかん》の言葉を受けたあとの、主人公の述懐として読んだ。この一段でも、主人公は時の浸食作用に抗すべくもないことを嘆いている。偃蹇は盛大さをいう形

容語。薆然は覆い隠すこと。

2 繽紛は、ごちゃごちゃとして入り乱れ、多岐にわたること。時がさまざまな様相を見せながら変化してゆき、万物の変質を押し留めることはできない。

余以蘭爲可恃兮　余《われ》　蘭《らん》を以《も》って恃《たの》む可《べ》しと為《な》すも
羌無實而容長　羌《ああ》　実無《じつな》くして容《かたち》のみ長《ちょう》ず
委厥美以從俗兮　厥《そ》の美《び》を委《す》てて以《も》って俗《ぞく》に従《したが》い
苟得列乎衆芳　苟《わずか》に衆芳《しゅうほう》に列《れつ》するを得《え》たり[1]
椒專佞以慢慆兮　椒《しょう》　佞《ねい》を専《もっぱ》らにして以《も》って慢慆《まんとう》し
榝又欲充夫佩幃　榝《さつ》も又《ま》た夫《そ》の佩幃《はいき》に充《み》たされんことを欲《ほっ》す
既干進而務入兮　既《すで》に進《すす》むを干《もと》めて入《い》らんことに務《つと》め
又何芳之能祗　又《ま》た何《なん》の芳《かお》りの能《よ》く祗《つつし》まん
固時俗之流從兮　固《もと》より時俗《じぞく》の流従《りゅうじゅう》する
又孰能無變化　又《ま》た孰《たれ》か能《よ》く変化《へんか》する無《な》からん
覽椒蘭其若茲兮　椒蘭《しょうらん》を覧《み》るに其《そ》れ茲《かく》の若《ごと》し

又況掲車與江離

又《ま》た況《いわ》んや掲車《けつしゃ》と江離《こうり》とをや 2

わたしは蘭《らん》こそ期待できると思っていたのであるが
なんとしたことか、その実質を失って、丈《たけ》ばかりが高くなってしまった
蘭は、その実質を棄てて、世俗に従い
なんとか芳草の仲間に加わることができているといったありさまだ
山椒《はじかみ》は、ひたすら人に取り入ることばかりを考えて、節度もなく
茱萸《ぐみ》までが腰に佩《お》びる匂い袋に容れてもらいたいと願っている
こうした連中は、立身出世を求め、権力に近づくことばかりをめざして
みずからの芳《かお》り高さを慎重に保持してゆこうなどとは夢にも思っていない
当世風の生き方は、大勢《たいせい》に従って流されてゆくことを善しとし
変化を被らずにいるものなど、どこにもない
山椒や蘭を見てみてもそうなのであるから
ましてや掲車《おかとらのお》や江離《せんきゅう》が変質しないはずがないのだ

1 この一段では、前に見た「余　既に蘭の九畹なるを滋き、又た蕙の百畝なるを樹う。留夷と掲車を畦にし、杜蘅と芳芷とを雑う」(二七頁)という主人公の試みについて、もう一度、述べられている。党人集団が、古い身分制度に基づく価値観で結びついた人々であったとすれば、主人公は弟子たちを育て、人格と能力とで評価される、新しい社会規範をはぐくもうと企図した。しかし、その弟子たちは世間の流れに抵抗できず、離反してしまい、主人公はあいかわらず孤独である。この蘭を懐王《かいおう》、もしくは頃襄王《けいじょうおう》の弟である子蘭《しらん》のことだとする旧説は取らない。次句の椒についても楚の大夫の子椒《ししょう》のことだとする説があるが、こじつけに過ぎないだろう。

2 蘭と椒とは香草のうちでも高級なもの。そうした高級香草も変化してしまった。ましてや掲車や江離といった一般的な香草が変質しないはずがない。

惟茲佩之可貴兮
委厥美而歴茲
芳菲菲而難虧兮
芬至今猶未沬

惟《こ》れ茲《こ》の佩《はい》の貴《たっと》ぶ可《べ》き
厥《そ》の美《び》を委《す》てて茲《ここ》に歴《いた》る 1
芳《ほう》　菲菲《ひひ》として虧《か》け難《がた》く
芬《ふん》　今《いま》に至《いた》るも猶《な》お未《いま》だ沬《くら》まず 2

和調度以自娯兮
聊浮遊而求女
及余飾之方壮兮
周流観乎上下

度《ど》を和調《わちょう》して以《も》って自《みずか》ら娯《たの》しみ 3
聊《いささ》か浮遊《ふゆう》して女《じょ》を求《もと》めん
余《わ》が飾《しょく》の方《まさ》に壮《さか》んなるに及《およ》び
周流《しゅうりゅう》して上下《じょうげ》を観《み》ん 4

わたしがいま、身に帯びている佩《はい》こそが価値あるもの
そのすばらしさを〔ひとときは〕忘れたがため、現在の状況に陥ったのだ
〔しかし佩《お》びものの〕香気は強く発散して、以前に少しも変わらず
その芳香は、いまもなお、欠けることがない
おのれの生き方を穏やかなものとして、自分自身を楽しませることをめざし
ひとまず天上を遊行して、女神たちを探してみよう
わたしが身を飾った香草たちが十分に力を発揮しているうちに
遠く経《へ》巡《めぐ》り、上下の神々の世界を観てくるのだ

1　歴茲の語、前にも「喟き　心に憑ちて茲に歴る」(五〇頁)と見えた。
2　芳も芬も香気。強いて区別をすれば、芳は香気一般、芬は生えたばかりの草の香りを

いうのだとされる。沬は薄明りの意、ここでは元来の生彩を失うこと。招魂に「身に義を服して未だ沬まず」(四六七頁)とある。沬《ばい》と沫《まつ》とは別字。

3 和調度を「章句」は「おのれの行度を和調す」と読み、朱熹《しゅき》「集注」は「調と度とを和す」と読む。

4 周流が水平方向への彷徨であるのに対し、上下を観るのが垂直方向への探索。

靈氛既告余以吉占兮
歷吉日乎吾將行
折瓊枝以爲羞兮
精瓊爢以爲粻
爲余駕飛龍兮
雜瑤象以爲車
何離心之可同兮
吾將遠逝以自疏

霊氛《れいふん》 既《すで》に余《われ》に告《つ》ぐるに吉占《きっせん》を以《も》ってし
吉日《きつじつ》を歴《えら》びて 吾《われ》 将《まさ》に行《ゆ》かんとす **1**
瓊枝《けいし》を折《お》りて以《も》って羞《しゅう》と為《な》し
瓊爢《けいび》を精《しら》げて以《も》って粻《ちょう》と為《な》す **2**
余《わ》が為《ため》に飛龍《ひりょう》を駕《が》し
瑶象《ようぞう》を雑《まじ》えて以《も》って車《くるま》と為《な》す
何《なん》ぞ離心《りしん》の同《おな》じくす可《べ》けんや
吾《われ》 将《まさ》に遠逝《えんせい》して以《も》って自《みずか》ら疏《とお》くせんとす

霊氛《れいふん》がわたしに、新しい出発は占いに吉と出たと告げたのをうけ
吉日を選んで、わたしは出発することにした
瓊樹《けいじゅ》の枝を折り取って、副食とし
瓊玉の細片を臼で碾《ひ》いて、主食とした
わたしの車を牽かせるために飛龍《ひりょう》が用意され
美玉と象牙とで飾った車輿《くるま》が準備された
一旦、離れてしまった心は、どうして再び一つに合わせることができよう
わたしは遠い土地へと出発をし、みずからこの世界と縁を切るのだ

1　歴吉日の歴は選ぶ、あるいは占いによって選ぶという意。
2　新しい出発が長い旅路になることを予想して、食糧が用意される。羞は、元来は神にすすめるための副食物。精は米搗《つ》きをすること。粻はコメなどの主食。それらの遠逝のための食糧を、玉を用いて準備した。瓊枝のこと、前に「瓊枝を折りて以って佩に継ぐ」(六八頁)とあった。靡は屑、細片。

邅吾道夫崑崙兮
路脩遠以周流
揚雲霓之晻藹兮
鳴玉鸞之啾啾
朝發軔於天津兮
夕余至西極
鳳皇翼其承旂兮
高翺翔之翼翼
忽吾行此流沙兮
遵赤水而容與
麾蛟龍以梁津兮
詔西皇使渉予
路脩遠以多艱兮
騰衆車使徑待
路不周以左轉兮

吾《わ》が道《みち》を夫《か》の崑崙《こんろん》に邅《めぐ》らし
路《みち》 脩遠《しゅうえん》にして以《も》って周流《しゅうりゅう》す[1]
雲霓《うんげい》の晻藹《あんあい》たるを揚《あ》げ
玉鸞《ぎょくらん》の啾啾《しゅうしゅう》たるを鳴《な》らす[2]
朝《あした》に軔《じん》を天津《てんしん》に発《はっ》し
夕《ゆう》べに余《われ》 西極《せいきょく》に至《いた》る[3]
鳳皇《ほうおう》 翼《つつし》みて其《そ》れ旂《はた》を承《う》け
高《たか》く翺翔《こうしょう》して之《こ》れ翼翼《よくよく》たり[4]
忽《たちま》ち吾《われ》 此《こ》の流沙《りゅうさ》を行《ゆ》き
赤水《せきすい》に遵《そ》いて容与《ようよ》す[5]
蛟龍《こうりょう》を麾《さしまね》きて以《も》って梁津《りょうしん》たらしめ
西皇《せいこう》に詔《つ》げて予《われ》を渉《わた》ら使《し》む[6]
路《みち》 脩遠《しゅうえん》にして以《も》って艱多《かんおお》く
衆車《しゅうしゃ》を騰《は》せて径待《けいたい》せ使《し》む
不周《ふしゅう》に路《みち》して以《も》って左《ひだり》に転《てん》じ

指西海以爲期　西海《せいかい》を指《ゆび》さして以《も》って期《き》と為《な》す 7

わたしは馬車の方向をはるかな崑崙山《こんろんさん》へと定め
これから、遠い旅路を経《へ》巡《めぐ》ってゆこうとする
あたりを陰《かげ》らせるような大きな雲霓《にじ》の旗を馬車に立て
しゃんしゃんと鳴る玉《ぎょく》の鑾《すず》を車の長柄《ながえ》に取り付けた
朝《あした》に、天の津《わたしば》から馬車を出発させ
夕方には、わたしは西極までやって来た
〔行列を先導する〕鳳凰《ほうおう》は慎重に旂《き》の旗を奉げて
高く翔《かけ》り、ゆったりと飛ぶ

瞬く間に、わたしはこの流沙《りゅうさ》を通りぬけ
赤水《せきすい》に沿ってゆっくりと馬車を進めた
蛟龍《こうりょう》たちを指揮して、渡し場の橋とならせ
西皇《せいこう》に命令を伝え、我々の馬車が安全に渡るのを見守らせた
旅路ははるかに、艱難が多いことから

おつきの馬車には、まっすぐに道を駆けて、先行して待たせることにした
わたし自身の馬車は、不周山《ふしゅうざん》に向かい、そこで左に転じ
世界の西の果ての海辺で落ち合おうと約束をした

1 再度出発した主人公は、まっすぐに世界の西の果てにある崑崙山へと向かう。崑崙は昆侖に同じ。崑崙山は、神話学にいう宇宙山であって、天と地とがそこで結びついている。主人公は、崑崙山から天上に昇り、天の至高処をめざすのである。楚辞文芸の中に崑崙の語がしばしば見えることから、姜亮夫『校注』は、崑崙が楚民族の発祥の地だとされていたと推測する。「吾が道を夫の崑崙に邅らす」という表現は、九歌の湘君篇に「吾が道を洞庭に邅ぐ」(一二〇頁)とあるように、神々や英雄の放浪を記述する定型句の一つであったのだろう。

2 雲霓は虹。旌旗《はた》に虹が画かれ、その旌旗が主人公の車に載せられる。ちなみに当時の旌旗は、現在の国旗のような四角い旗と異なり、吹き流しのように細長かった。九章の口絵を参照。その細長い布に五色の帯が画かれて、虹のかたちを成したのであろう。そうした旗を車に載せるとあるように、旗がまっすぐに立てられるのではなく、斜めに車箱の後部に挿入されているさまを、戦国・秦漢時期の漆画などに見ることができる。鸞

は鑾《らん》のことで、車の長柄《ながえ》の先、くびきの両側に付けられる鳴り物(鈴の一種)。主人公の馬車には、鸞の鳥が付き添って啾啾と鳴き、普通の馬車の鑾の代わりをした。

3 天津は天の川の渡し場のことか。「史記」天官書などに、天上の星座として天津の名が見える。発軔の軔は車止め。発軔で出発するという意。「淮南子」墬形訓に、大地の果ての八紘《はちこう》の外側に八極があり、そのうちの一つ、西方に位置する「西極の山を閶闔《しょうこう》の門という」とある。閶闔が天帝の宮殿に通じる門であることは、前の「吾 帝閽をして関を開か令むるも、閶闔に倚りて予を望む」(六六頁)の句にも見えた。

4 旂《き》は二匹の龍を画いた旗。「周礼《しゅらい》」春官・司常の職文に九種類の旗を列挙し「交龍を旂となす」。

5 流沙は中国西北地域の砂漠地帯のこと。「尚書」禹貢篇に見える。水の代わりに砂が流れるのでそう呼ばれるのだという。赤水は崑崙山に源を発する河。「山海経」西山経に、崑崙(昆侖)から出る河として、河水(黄河)・赤水・洋水・黒水の四つが挙げられている。

6 この部分は、崑崙山の下にある弱水《じゃくすい》の淵を越えることを述べたのであろう。弱水は物を浮かべる力がない。それゆえ普通の手段ではそれを越えることができない。そこで主人公は蛟龍たちを並べ、その上を踏んで向こう岸へ渡った。その際に助力をしたという西皇のことはよく解らないが、九歌に歌われている東皇太一と対照になる、極西の地域を支配する神であったのだろうか。遠遊にも西皇の名が見える(三九〇頁)。ちなみに英雄たちの旅の物語りには、因幡の白ウサギがワニの背を渡ったと同様に、水生動物の背を踏んで水を渡るという場面がしばしば出てくる。

7 不周山も八極の一つ。「淮南子」墜形訓に「西北方(の極)を不周の山といい、幽都の門という」。むかし共工《きょうこう》は、顓頊《せんぎょく》と帝位を争って負けると、不周の山にその身をぶつけた。「山海経」大荒西経には、不完全な形の山があって、不周負子と呼ばれるとある。共工がぶつかったため山容が不完全になった山が不周山。ここで左転というのは、西北から西方へ馬車の方向を変えたということか。

屯余車其千乗兮
齊玉軑而竝馳
駕八龍之婉婉兮
載雲旗之委蛇
抑志而弭節兮

屯《とん》たる余《わ》が車《くるま》 其《そ》れ千乗《せんじょう》
玉軑《ぎょくたい》を斉《そろ》えて並《なら》び馳《は》す **1**
八龍《はちりょう》の婉婉《えんえん》たるを駕《が》し
雲旗《うんき》の委蛇《いい》たるを載《の》す **2**
志《こころざし》を抑《おさ》え節《せつ》を弭《とど》むるも

神高馳之邈邈
奏九歌而舞韶兮
聊假日以媮樂
陟陞皇之赫戲兮
忽臨睨夫舊鄉
僕夫悲余馬懷兮
蜷局顧而不行

神《しん》　高《たか》く馳《は》せて之《こ》れ邈邈《ばくばく》たり
九歌《きゅうか》を奏《そう》し、韶《しょう》を舞《ま》い
聊《いささ》か日《ひ》を仮《か》りて以《も》って媮楽《ゆらく》す 3
皇《こう》の赫戯《かくぎ》たるに陟陞《ちょくしょう》し
忽《たちま》ち夫《か》の旧郷《きゅうきょう》を臨睨《りんげい》す 4
僕夫《ぼくふ》　悲《かな》しみ、余《わ》が馬《うま》　懐《おも》い
蜷局《けんきょく》し顧《かえり》みて行《ゆ》かず

わたしの一行は、千輛の馬車が一団となり
玉《ぎょく》で飾られた車轄《しゃかつ》を並べて、一斉に馳せゆく
車を八頭のうねうねとした龍に牽かせ
長くたなびく雲の旗を、車に建てる

はやる心を抑え、車の速度を落とそうとするが
わたしの精神《たましい》は、はるばると高く馳せていってしまう
九歌《きゅうか》を演奏し、韶《しょう》の舞いを舞わせ

ひとまずは時間を引き延ばし、楽しみを十分に味わおう
光りまばゆい皇天へと昇ってゆくとき
ふと目をやれば、故郷の様子が目の前に展開した
車を御す僕夫《ぼくふ》は悲しみ、馬たちも故郷を懐かしんで
足取りを鈍らせ、後ろを振り返って、前に進もうとしない

1 主人公の一行は、馬車(龍車)をそろえて、天の至高処へと昇ってゆく。これまで遊行していた在地的な信仰に基づく天とは異なり、絶対的な天の観念に基づくものであり、主人公も凡情を絶った絶対者としての性格を具えるようになるのだと想像されるが、そうしたことについては、十分に語られてはいない。軑は車轄。車軸の両端に嵌められて、車輪が車軸から外れないようにする、小型のホイール・キャップ(軑自体は回転しない)。「方言」九に、韓・楚のあたりでは車輪のことを軑というとあるのは、車轄をいって車輪全体を意味したものか。

2 委蛇は長くたなびくさま。イイと発音する。

3 ここで演奏される九歌は、天上の音楽としての九歌。夏《か》王朝の啓王《けいおう》が地上にもたらしたとされる、現在の九歌のもと歌。韶は九韶のことで、「古本竹書紀年《こほんちくしょきねん》」に、夏后の開

（啓）が九招（九韶）を舞わせたとある。主人公は、ここで日を借り、時間を忘れて、天上の音楽を楽しむのである。

4　陟陞皇を、「章句」は「天庭に陟《のぼ》る」と釈している。主人公は、すべてを振り棄てて、非情な天の高みへ昇ってゆくのであるが、その最後に、みずからが育った故郷の共同体である「旧郷」への思いがなお断ち切れないことを表明する。主人公が昇天の途上で旧郷を臨むという一節は、後世の信仰ではあるが、死者が冥途へ行く途中に、望郷台から故郷の様子を見るとされていることと、その根源を一つにする伝承かも知れない。

亂曰
已矣哉
國無人莫我知兮
又何懷乎故都
既莫足與爲美政兮
吾將從彭咸之所居

乱《らん》に曰《い》わく
已《や》んぬる哉《かな》1
国《くに》に人《ひと》無《な》く、我《われ》を知《し》る莫《な》し
又《ま》た何《なん》ぞ故都《こと》を懐《おも》わん
既《すで》に与《とも》に美政《びせい》を為《な》すに足《た》る莫《な》し
吾《われ》将《まさ》に彭咸《ほうかん》の居《お》る所《ところ》に従《したが》わんとす2

乱《らん》にいう
もうなにも云うまい
国には、だれもわたしのことを理解してくれる人はいないのだから
これ以上、古くからのみやこを懐かしんだりすることはしまい
力を合わせて、すばらしい政治を行なえるような人物がいないうえは
わたしは彭咸《ほうかん》のもとへ身を寄せようと思う

1 乱は、楚辞をはじめ辞賦文芸の最後にしばしば付加される短いまとめの歌。それが乱と呼ばれることについてはさまざまな説明があるが、よく解らない。辞賦の音楽的性格に由来する部分であったのだろうか。「論語」泰伯篇に「関雎《かんしょ》の乱は、洋洋乎として、耳に盈《み》つるかな」とあるのも、音楽との関係をうかがわせる。この部分は、第一人称で歌われてきた離騒全体をまとめる、いささか抒情的な合唱であったのかも知れない。

2 彭咸は、模範とすべき先人として楚辞文芸にしばしば登場するが、その実態はよく解らない。前にも「願わくは彭咸の遺則に依らん」(三二頁)などとあり、主人公が彭咸を見習おうと表明していた。彭咸をめぐってはさまざまな推測がなされている。十分な証拠はないが、楚の遠祖だとする説が考慮に値するかも知れない。

九《きゅう》歌《か》第二

龍・鳳と神女(巫女)(長沙左家公山《さかこうざん》楚墓帛画)

九歌は、元来は天上の音楽であったとされ、離騒《りそう》にも見えたように、天に昇った夏《か》王朝の啓王《けいおう》がそれを地上にもたらしたのだという神話を持っている。神話上の九歌と現存の九歌との間の関係は不分明であるが、楚辞文芸の基礎にあった祭祀歌謡の特徴的な様相を、現存の九歌十一篇を通してうかがうことができる。楚辞文芸の中でも最も古い様相を留めたのがこの九歌の諸作品なのである。

これらの十一篇の歌謡は、九歌としてひとまとめにされているが、その内容は多様で、成立年代にも前後の差があったと考えられる。十一篇の最後に置かれた礼魂《れいこん》篇のように、祭祀者と神々との間に築かれた安定した関係が続くことをことほぐ歌がある一方で、湘君《しょうくん》篇に代表されるような、人と神との関係が不安定であることへの嘆きを主題とした歌も収められている。おそらくは後者に属する歌謡群が、九歌の中でも、その成立時期が最も下り、いわば当時の最先端の社会環境と時代意識とを鋭く反映した作品であったと推測される。

また、九歌の諸作品には演劇的色彩が濃いと指摘されている。これらの歌謡は、基本的に、神自身による自叙の歌、神を迎えようとする巫覡《ふげき》の心情を表明した抒情的な歌、さらに巫覡の背後にいる祭祀者集団(合唱隊)が歌う叙事的な歌との三つの要素が、交互に組み合わされて構成されている。こうした特徴的な構成は、宗教的な実修に基づきつつも、それが歌舞劇化しつつある過程を反映したものなのであろう。九歌の諸篇の歌詞には、十分には解らない部分も多いが、祭祀演劇の古層を留めたものという特徴に留意しつつ注釈を付けた。

なお、王逸《おういつ》が九歌に付けた序では、宮廷から放逐された屈原《くつげん》が、楚国の南方、沅水《げんすい》・湘水《しょうすい》流域の地で民間の歌舞を見聞きし、その歌詞が田舎っぽいのを改変して、現在の九歌を作ったのだと説明している。

「文選《もんぜん》」巻三十二、三十三には、九歌のうち、東皇太一《とうこうたいいつ》、雲中君《うんちゅうくん》、湘《しょう》君《くん》、湘夫人《しょうふじん》、少司命《しょうしめい》、山鬼《さんき》の六篇が収められている。

東《とう》皇《こう》太《たい》一《いつ》

吉日兮辰良
穆將愉兮上皇
撫長劍兮玉珥
璆鏘鳴兮琳琅
瑤席兮玉瑱
盍將把兮瓊芳
蕙肴蒸兮蘭藉
奠桂酒兮椒漿
揚枹兮拊鼓
□□兮□□
疏緩節兮安歌

吉日《きつじつ》にして、辰《とき》も良《よ》し
穆《つつし》みて将《まさ》に上皇《じょうこう》を愉《たの》しましめんとす 1
長剣《ちょうけん》の玉珥《ぎょくじ》を撫《ぶ》すれば
璆《きゅう》 鏘鳴《しょうめい》して琳琅《りんろう》たり 2
瑤《よう》の席《せき》に玉《ぎょく》の瑱《ちん》
盍《あわ》せて瓊芳《けいほう》を将把《しょうは》す 3
蕙《けい》の肴《こう》を蘭《らん》の藉《せき》もて蒸《すす》め
桂《けい》の酒《さけ》と椒《しょう》の漿《しょう》とを奠《そな》う 4
枹《ばち》を揚《あ》げて鼓《こ》を拊《う》ち
（一句、脱落）
節《せつ》を疏《そ》緩《かん》にして安歌《あんか》し

陳竽瑟兮浩倡
靈偃蹇兮姣服
芳菲菲兮滿堂
五音紛兮繁會
君欣欣兮樂康

竽《う》瑟《しつ》を陳《なら》べて浩倡《こうしょう》す 5
霊《れい》　偃蹇《えんけん》として姣服《こうふく》し
芳《かお》り　菲菲《ひひ》として堂《どう》に満《み》つ 6
五音《ごおん》　紛《ふん》として繁《しげ》く会《かい》し
君《きみ》　欣欣《きんきん》として楽康《らくこう》す

〔祭祀者たちの合唱（コーラス）〕
〔占い定めた〕この好き日、この良き時に
謹んで上皇《てんのかみ》なる東皇太一さまを楽しませましょう
〔東皇太一に扮した巫女が登場し、うたう〕
長い剣の玉の鍔《つば》に手を添えつつ〔舞台の上で歩を進めれば〕
腰の佩玉《はいぎょく》が高らかに鳴り響く
瑶玉を織りこんだ敷き物と、その四隅を押さえる玉の瑱《おもし》と〔が正面に据えられ〕
我が手には、瓊玉《けいぎょく》の芳草をしっかりと握って〔その敷き物の上へと歩を進める〕
〔祭祀者たちの合唱〕
蕙草《かおりぐさ》で香りを付けた料理を蘭《らん》の葉の上に載せておすすめし

肉桂《にっけい》で香りをつけた酒と山椒《さんしょう》で味をつけた漿《しょう》(飲み物)とをそこに据える
枹《ばち》を高く揚げて太鼓を打ち鳴らし
(舞いの様子を描写する一句が脱落)
リズムを抑えつつ、緩やかに歌い
竽《ふえ》と瑟《おおごと》とを並べて、のびのびと演奏をする
〔祭祀者たちの合唱、最終章〕
神が憑依した巫女は、気高くも、身に着けた服飾をきらきらと輝かせ
芳香が建物いっぱいに広がる
五つの音色が入り乱れつつ、一つに調和し
あなた(東皇太一)はうれしげに、くつろがれる

1 東皇太一は、北極星の周辺にその宮廷を持つとされる天上の尊神で、楚国の東方に祭祀場があったので東皇と呼ばれるという。離騒に見える西皇と対になる神と意識されていたのであろうか。太一神は、太乙《たいいつ》とも呼ばれ、戦国から秦漢時代にかけて、天上の絶対神として尊崇を受けた。この篇中でも上皇と呼ばれている。太一が中原地域の最高神であるに止まらず、楚文化地域の中でも尊ばれていたことは、郭店《かくてん》出土の楚簡《そかん》の太一生

水篇に「天地なるものは大一(太一)の生むところなり」とあり、また宋玉《そうぎょく》「高唐の賦」(「文選」巻十九)にも「純犠を進め、琁室《けいしつ》に禱《いの》り、諸神を醮《しょう》し、太一に礼す」とあることなどからもうかがわれる。東皇太一篇は、最後の礼魂篇とならんで、九歌の中では古層に属する作品だと推定される。なお、この篇において、東皇太一神に扮しているのが巫女だとして解釈を付けたのは、朱熹《しゅき》「集注」も強調するように、男神を招くのが女巫《じょふ》、女神を招くのが男巫《だんふ》だとする宗教習俗があり、神と祭祀者との間が恋愛関係として描写されると考えるからである。吉日と辰良との区別について、日は十干《じっかん》(甲乙)を、辰は十二支(寅卯《とらう》)をいうのだと王逸《おういつ》「章句」は説明する。

2 璆は美玉の一種。琳琅も美玉の名とされるが、ここでは玉が鳴る音として読んだ。腰に帯びた佩玉が美しく鳴り響くのである。

3 瑶席は瑶玉を織って作った敷き物の意であるが、実際は香草の織り物であったのだろう。香草は、祭祀の場や天上世界では玉として表現されることが多い。この席が降臨した神が坐るべき場所。瑱は鎮に通じ、席(神座)の四隅を押さえる重し。九歌の湘夫人篇にも、神を迎える祭場を描写して「白玉を鎮と為す」(一三二頁)とある。盍将把の盍の字を旧注は「何ぞ…せざる」の意味に読むが、ここでは合わせての意に取った。東皇太一に扮した女巫がその手に瓊芳《かおりぐさ》を将把《にぎ》るのは、神をその身に憑依させるための採りものであったのだろう。

4 肴は副食品のご馳走。蒸は献じること。奠は〔神座の前に〕据えること。漿は、中国先秦時期の、酒以外の飲み物。当時、まだ茶は飲まれていなかった。「周礼」天官には、酒正の官の職務規定が記され、四種類の飲み物を、それぞれのふさわしい場のために準備するという。第一が清、第二が醫《い》、第三が漿、第四が酏《い》である。漿は少し酸っぱいとされているので、清涼飲料水の類だろうか。椒漿は、その漿の中に山椒の細片を入れて、味と香りとを付けたもの。

5 竽は笙の一種。バグパイプのような吹奏楽器。瑟は大型の琴で、二十五弦を持つとされる。「礼記」楽記篇に「鐘磬竽瑟」とあり、鐘《しょう》と磬《けい》はリズム楽器、竽と瑟がメロディを奏する。こうした音楽が「節を疏緩にして安歌」される。時間がゆったりと流れ、神と人との間に和諧した関係が保持されているのである。

6 霊は神を指す。とりわけ巫術を通じて顕現する神を霊というのであろう。この場合は東皇太一を指す。霊が偃蹇として姣服するというのは、神霊が憑依した女巫の様子。離騒にも「何ぞ瓊佩の偃蹇たる」(九〇頁)と見えた。ここでの偃蹇は神々しく美しいさま。神霊が憑依したとき、女巫はその気高さを増すように見え、身に着けた服飾もきらきらと輝く。芳りが菲菲として堂に満つとされるのは、神の降臨に芳香が伴うと観念されたのであろうが、実際には、神に憑依された女巫が、床に敷かれた香草を踏みしだいて舞うとき、その香草の香りが建物いっぱいに広がるのである。

雲《うん》中《ちゅう》君《くん》

浴蘭湯兮沐芳
華采衣兮若英
靈連蜷兮既留
爛昭昭兮未央
謇將憺兮壽宮
與日月兮齊光
龍駕兮帝服
聊翺遊兮周章
靈皇皇兮既降

蘭湯《らんとう》に浴《よく》し、芳《ほう》に沐《もく》し
華采《かさい》の衣《ころも》　若《じゃく》の英《はな》1
霊《れい》　連蜷《れんけん》として既《すで》に留《とど》まり
爛昭昭《らんしょうしょう》として未《いま》だ央《なかば》ならず2
謇《けん》として将《まさ》に寿宮《じゅきゅう》に憺《やす》んじ
日月《じつげつ》と光《ひか》りを斉《ひと》しくせんとす3
龍《りょう》の駕《くるま》に帝《てい》の服《ふく》
聊《いささ》か翺遊《こうゆう》して周章《しゅうしょう》せん
霊《れい》　皇皇《こうこう》として既《すで》に降《くだ》り

猋遠擧兮雲中　猋《ひょう》として遠《とお》く雲中《うんちゅう》に挙《あ》がる
覽冀州兮有餘　冀州《きしゅう》を覧《み》るに余《あま》り有《あ》り
横四海兮焉窮　四海《しかい》に横《よこた》わりて焉《いず》くんぞ窮《きわ》まらん 4
思夫君兮太息　夫《か》の君《きみ》を思《おも》いて太息《たいそく》し
極勞心兮𢥞𢥞　極《きわ》めて心《こころ》を労《ろう》して𢥞𢥞《ちゅうちゅう》たり 5

〔神を迎える女巫《じょふ》のうた〕
蘭《らん》を浮かべた湯で身体を洗い、香り高い植物で頭髪を洗って〔身を清め〕
華やかな衣《ころも》には杜若《かきつばた》の花を飾る
〔合唱〕
神さまは、気高くも、その宮居《みやい》に留まられたまま
きらきらと光りを発しつつ、いつまでもそこに居られる様子
ゆったりと寿宮《じゅきゅう》にくつろがれて
太陽や月とその輝きを競おうとしておられるのだ
〔雲中君の自序〕
龍に車を牽かせ、天帝の服飾で我が身を飾り

ひとまずは天上を翔《かけ》り、あたりを見てまわろう

〔合唱〕

神さまは、輝きつつ降臨されたが

あっという間に、高く翔り、遠い雲の中にもどっていかれた

〔雲中君の自序〕

〔天上を翔るわたしの目には〕中原《ちゅうげん》の地の果てのその先までが眺められ

世界を取り巻く四つの海の間を往来して、行けないところなどない

〔女巫のうた〕

かの君(雲中君)のことを思って、ため息をつき

心は深く傷つき、憂いに沈む

1　雲中君は雲の神だとされる。ただ、我々が考える雲の神よりもその権限は大きく、光り輝く神であり、世界の果てにまでも自由に行き来ができるとされている。帝服を身に着けているのも、その権限の大きさを象徴する。殷墟の卜辞に、すでに雲の神のことが記述されている。また離騒には、雲の神である豊隆《ほうりゅう》の名が見えた(七〇頁)。若英は杜若《かきつばた》の英《はな》。英は花の意であるが、花は咲いても実がつかない種類の花を英と呼ぶ。一

説に「英の若《ごと》し」と読むべきだとする。

2 連蜷は、東皇太一篇に「霊　偃蹇として姣服す」(一一一頁)とある偃蹇と通じるのであろう。未央は、まだその最盛期を過ぎてはいない、盛んさが永遠に続くことをいう。第三句以下の二聯を合唱隊の歌としたのは、神の憑依を待つ女巫の歌とは異なり、より広い視点で状況を描写しているからである。前述のように、九歌は演劇的な構成を持ち、いくつかの異なる視点からの記述・描写が立体的に組み合わされてできている。その中でも、巫覡《ふげき》や神自身の自序表現は、おそらくは離騒の主人公の自序につながっているのであろう。

3 蹇の語は、楚辞文芸の中では、事態が行き詰まるという意味に用いられることが多い。離騒の「謇として吾　夫の前脩に法る」(三二頁)とある謇《けん》とも通じる。この場合の蹇は、永遠の時間の中にある雲中君がゆったりと過ごしている意味で、ただ限られた時間の中にある人間にとっては、事態が動かなくなってしまったと感じられるのであろう。寿宮について、神を迎えるため地上に設けられた神殿だとするのが旧説であるが、天上にある雲中君の居所だとして読んだ。この部分は雲中君の天上での様子の描写。雲中君は、その寿宮に身を落ち着けて、なかなか地上には降臨しない。なお「史記」封禅書には、寿宮神君のため祭祀の場が設けられ、神君たちのうちでも最高位にあったのが太一神であったと述べている。

4 冀州は、中国全体を九州に分ける際の一つの州の名であり、堯《ぎょう》がみやこを置いたとされる、中原の核心地域のことであるが、中原地域全体を冀州と呼ぶこともあり、この場合は、さらに広く、人々が居住する区域全体を意味するのであろう。その冀州を世界の果ての東西南北の四つの海(四海)が取り巻いているとされた。

5 忡忡は忡忡《ちゅうちゅう》に同じ、心が憂いに閉ざされるさま。雲中君が、その天上遊行の際に、地上へ降臨するが、すぐさま、また天上にもどってゆく。女巫は神とともにある時間の短さを嘆くのである。

湘《しょう》　君《くん》

君不行兮夷猶
蹇誰留兮中洲
美要眇兮宜脩
沛吾乗兮桂舟

君《きみ》　行《ゆ》かずして夷猶《いゆう》す
蹇《けん》として誰《たれ》か中洲《ちゅうしゅう》に留《とど》むる 1
美《び》　要眇《ようびょう》として脩《おさ》むるに宜《よろ》しく
沛《はい》として吾《われ》　桂舟《けいしゅう》に乗《の》る 2

令沅湘兮無波
使江水兮安流
望夫君兮未來
吹參差兮誰思
駕飛龍兮北征
邅吾道兮洞庭
薜荔柏兮蕙綢
蓀橈兮蘭旌
望涔陽兮極浦
横大江兮揚靈
揚靈兮未極
女嬋媛兮爲余太息
横流涕兮潺湲
隱思君兮陫側
桂櫂兮蘭枻

沅湘《げんしょう》をして波無《なみな》から令《し》めん
江水《こうすい》をして安流《あんりゅう》せ使《し》めん 3
夫《か》の君《きみ》を望《のぞ》むも未《いま》だ来《き》たらず
参差《しんし》を吹《ふ》きて誰《たれ》をか思《おも》う 4
飛龍《ひりょう》に駕《が》して北征《ほくせい》し
吾《わ》が道《みち》を洞庭《どうてい》に邅《ま》ぐ 5
薜荔《へいれい》の柏《はく》、蕙《けい》の綢《ちゅう》 6
蓀《そん》の橈《かじ》、蘭《らん》の旌《はた》
涔陽《しんよう》の極浦《きょくほ》を望《のぞ》み
大江《たいこう》に横《よこた》わりて霊《れい》を揚《あ》ぐ 7
霊《れい》を揚《あ》ぐるも未《いま》だ極《きわ》まらず
女《じょ》　嬋媛《せんえん》として余《わ》が為《ため》に太息《たいそく》す 8
横《よこ》ざまに流涕《りゅうてい》して潺湲《せんかん》たり
隠《ふか》く君《きみ》を思《おも》いて陫側《ふっそく》す 9
桂《けい》の櫂《かい》に蘭《らん》の枻《ふなばた》

斲冰兮積雪
采薜荔兮水中
搴芙蓉兮木末
心不同兮媒勞
恩不甚兮輕絶
石瀨兮淺淺
飛龍兮翩翩
交不忠兮怨長
期不信兮告余以不閒
鼂騁騖兮江皋
夕弭節兮北渚
鳥次兮屋上
水周兮堂下
捐余玦兮江中
遺余佩兮澧浦

氷《こおり》を斲《き》りて雪《ゆき》を積《つ》む 10
薜荔《へいれい》を水中《すいちゅう》に采《と》り
芙蓉《ふよう》を木末《ぼくまつ》に搴《と》る
心《こころ》 同《おな》じからずして媒《ばい》は労《ろう》し
恩《おん》 甚《はなは》だしからざれば軽《かる》く絶《た》つ
石瀬《せきらい》は浅浅《せんせん》
飛龍《ひりょう》は翩翩《へんぺん》
交《まじ》わり忠《ちゅう》ならずして怨《うら》みは長《なが》く
期《き》 信《しん》ならずして、余《われ》に告《つ》ぐるに間《いとま》あらざるを以《も》ってす
鼂《あした》に江皋《こうこう》に騁騖《ていぶ》し
夕《ゆう》べに節《せつ》を北渚《ほくしょ》に弭《とど》む 11
鳥《とり》は屋上《おくじょう》に次《やど》り
水《みず》は堂下《どうか》を周《めぐ》る
余《わ》が玦《けつ》を江中《こうちゅう》に捐《す》て
余《わ》が佩《はい》を澧浦《れいほ》に遺《おく》る 12

采芳洲兮杜若
將以遺兮下女
時不可兮再得
聊逍遙兮容與

芳洲《ほうしゅう》の杜若《とじゃく》を采《と》り
将《まさ》に以《も》って下女《かじょ》に遺《おく》らんとす[13]
時《とき》 再《ふたた》びは得《う》可《べ》からず
聊《いささ》か逍遥《しょうよう》して容与《ようよ》せん[14]

〔合唱〕
湘君は、ぐずぐずしてなかなか出発をしない
だれがあなたを水中の洲《しま》に引き留めているのだろう
〔湘君を招く男巫《だんふ》のうた〕
美しく我が身を飾り立て
〔湘君との逢瀬を楽しみに〕いそいそと桂《かつら》の木の舟に乗った
沅水《げんすい》・湘水《しょうすい》は波立つことがあってはならない
長江の流れよ、安らかなれ
〔合唱〕
〔男巫は〕かの君(湘君)を心待ちにするが、なかなか来臨しない
〔湘君は〕洞簫《どうしょう》を吹きつつ、いったいだれのことを思っているのだろう

〔男巫のうた〕
飛龍《ひりょう》の舟に乗って、北へと漕ぎ進め
わたしの進路を洞庭山《どうていざん》の方向へと向けた
〔合唱〕
〔その舟は〕薜茘《まさきのかずら》を壁掛けとし、屋根は蕙草《めぼうき》の束《たば》で葺き
蓀《あやめ》を櫂《かい》とし、蘭《らん》を旗印に掲げている
涔陽《しんよう》の岸辺をはるかに望みやる位置で
〔男巫は〕大江の中央に舟をとどめて、霊《れい》を揚げた
〔男巫のうた〕
霊を揚げたが、湘君にはなかなか通じない
かいぞえの巫女も心を痛め、わたしのためにため息をついてくれる
涙が止めどもなく流れ
あなた(湘君)のことを深く思って、心の休まることがない
〔合唱〕
桂木を櫂とし、蘭を枻《ふなばた》として
氷を切って、雪を積んだ

〔しかし男巫の願いは〕薜荔を水の中で採取し
芙蓉《はすのはな》を木の梢《こずえ》に摘もうとするようなもの
心が離れておれば、仲人《なこうど》は苦労をし
二人の関係が十分に深くなければ、簡単に断絶してしまう

〔男巫のうた〕
岩がちの浅瀬に水はたぎり流れ
飛龍の舟は、揺れながら流されてゆく
〔湘君は〕わたしとの関係を忠実に守ろうとはせず、わたしはいつも怨むばかり
二人で会うはずの約束を違えて、その暇《いとま》がないと伝えてきた

〔合唱〕
〔湘君の夫である舜帝《しゅんてい》は〕早朝に、水辺から馬を駆けらせて出発をし
夕方には、北の水際〔の湘君の宮居《みやい》の前〕で馬をとどめた
〔舜帝と湘君とが夜を過ごした宮居は〕その屋根に鳥がやどり
その建物の下を巡って水が流れている

〔男巫のうた〕
わたしの玦《けつ》(佩玉《おびだま》の一種)を江水《こうすい》に投じ

わたしの佩玉を澧水《れいすい》の水辺に投げ
香草が生える中洲の杜若《かきつばた》を摘んで
これを女神(湘君)への贈り物としよう
〔合唱〕
一度のがした時間は、二度と取りもどすことができない
ひとまずは、心のどやかに、のびやかに過ごそうではないか

1 湘君は舜帝の妻。堯帝《ぎょうてい》は、二人のむすめ、娥皇《がこう》と女英《じょえい》とを舜帝に娶《めあ》わせた。舜が楚の南方の蒼梧山《そうごさん》(九疑山《きゅうぎさん》)で死んだとき、その二人の妻は、舜帝のあとを追って来て、沅水・湘水のあたりで死んだ。その二人の妻が、九歌の湘君と湘夫人だとされる。一方で、九歌の湘君・湘夫人を舜帝の伝説と結びつける必要はなく、地方的な、湘水の女神たちだとする説もある。この湘君篇には、男巫が舟をしたてて、水の上から湘君と接触せんと試みるが、それに失敗したことの悲しみが歌われている。なお汪瑗《おうえん》「集解」は、湘君を男神、湘大人を女神とし、湘君・湘夫人両篇は互いに愛慕の気持ちを伝えあった唱和の歌だとする。夷猶はためらうさまをいう双声《そうせい》の語。「蹇として誰か中洲に留むる」は、雲中君篇の「蹇として将に寿宮に憺んず」(一一五頁)と同じ状況。神はその宮居に身を

落ち着けており、神を待つ人間にはそれがもどかしい。蹇をそうしたもどかしさを嘆く感嘆詞だとする説もある。中洲には湘君の祀廟、あるいは御旅所《おたびしょ》があったのであろう。

2 要眇について「章句」は「美なる貌」と釈す。遠遊に「神　要眇として以って淫放す」(三八五頁)とある。きめ細かく、奥深い美しさをいうのであろうか。沛は水が勢いよく流れ下るさまをいい、迷いなく前進する様子。桂舟は桂木で作った香り高い舟。

3 沅水は洞庭湖に西から、湘水は同じく南から流れ込む大河。江水は長江、揚子江。洞庭湖の水は北方に位置する江水に流れ出る。湘君篇の基礎になった祭祀は洞庭湖上で行なわれている。

4 参差は洞簫(バグパイプのような楽器)のこと。この楽器に付いた共鳴管である竹管が参差《しんし》として不揃いであることから、楽器自体も参差と呼ばれる。簫は舜帝が作ったとされる吹奏楽器。湘君は、この楽器を吹きながら、夫である舜帝のことを思っている。祭祀者である男巫は、舜帝と湘君との神話的な夫婦関係の中に割り込もうとする。離騒で、主人公が天上の神女たちと関係を結ぼうとするのと同じ宗教的な構造を持っている。しかし、そうした働きかけはみな失敗に終わる。

5 湘君・湘夫人の祭祀場所は、洞庭湖上の包山《ほうざん》(君山・洞庭山)にあったとされる。「山海経」中山経に、洞庭の山、ここには帝の二人のむすめが居る。この二人のむすめは、いつも長江の淵へ出かける。彼女たちが活動すると、澧水や沅水あたりの風が、瀟水《しょうすい》や湘水の淵と通い合うことになるという。「史記」秦始皇本紀にも、始皇帝が長江をさかのぼって湘山祠までやって来たところで、大風に遭って、船を出すことができなくなった。始皇帝は博士たちに湘君とはいかなる神かと尋ねた。博士が答えた、聞くところでは、堯帝のむすめで、舜帝の妻であって、死んだあと、ここに葬られましたとある。なお邅吾道兮洞庭と同様の作りの句は、離騒にも「邅吾道夫崑崙兮」と見えた(九八頁)。邅は転じると釈される。自分の行く方向を目的地である神々がいる場所へと定めた。

6 薜荔柏の柏は拍(搏)に通じる。薜荔を編んで作った壁掛け、それを壁に打ち付けるのである。綢は束にすること。「章句」は「蕙草もて屋に縛束す」と釈するが具体的にどのようにするのか不明。いずれにしろ香草で舟を飾ることをいう。

7 涔陽の極浦の正確な場所は不明。極浦ははるかな水際。次の湘夫人篇に「帝子　北渚に降る」(一二九頁)とあるように、神は水際に降臨する。祭祀者は、その降臨を遠く離れた水上から眺めやる。霊を揚げるとは、巫覡《ふげき》が霊的な光りを発して、神と接触しようとすること。シャマニズムに基づく宗教的な技法である。神もまた霊的な光りを発する。「山海経」では、中山経の泰逢《たいほう》など、神々の出入に光りが伴うという。

8 女は男巫をかいぞえする巫女。ここに見える、祭祀者のためにため息をつく女性の存在は、離騒に「女嬃の嬋媛なる、申申として其れ予を詈る」(四六頁)とある女嬃の原型となるものであろう。

9 陫側は悱惻《ひしょく》に通じるとされる。思いを表明することができず、心が沈むさま。

10 枻を「章句」は船の側板だとする。漁父にも、枻をたたいて歌をうたったとある(四二二頁)。「氷を斲りて雪を積む」という一句の意味はよく解らない。男巫が乗る舟の清潔さを形容するのであろうか。湘君と接触する行事が厳冬に行なわれたとする説もあるが同意しがたい。

11 「鼂に江皐に騁騖す」以下の四句は、湘君の夫君である舜の行動を記す。鼂は朝に同じ。「朝に…、夕べに…」という表現が神の遊行を表わす定型句の一種であること、離騒にも見えた(六一頁など)。「鳥は屋上に次り、水は堂下を周る」は、湘君がその建物の中で舜と夜を過ごしたことをいう。男巫の期待は裏切られ、女神が神話的な配偶者のもとで夜を過ごすという状況は、離騒の主人公が神女たちを歴訪する部分にも見えた筋書きである。

12 玦も佩も佩玉。玦は、環形であるが切れ目が入っているところから、断絶すること、決断することを象徴するとされる。男巫は湘君と関係を持つことを、ひとまずあきらめる決心をする。澧浦は澧水のみぎわ。澧水も西方から洞庭湖に注ぎ込む河。

13 下女はこの場合、湘君をいう。下女が神女たちを指すこと、離騒にも「下女の詒る可きを相ん」(六八頁)と見えた。また離騒に「高丘の女無し」(六八頁)と嘆かれているように、地上の人間から見れば高い丘に住まいする神女なのであるが、天上からの視点でもって下女と呼ばれている。

14 ここでいう時とは、神とともにある至福の時間。そうした本当の時間を喪失してしまった中で、強いて心を安らげようというのである。逍遥と容与とは、あせることなく時間を過ごすことを意味するが、この場合は不本意なもので、已むを得ず選択する生き方なのである。

湘《しょう》夫《ふ》人《じん》

帝子降兮北渚
目眇眇兮愁余
嫋嫋兮秋風
洞庭波兮木葉下

帝子《ていし》　北渚《ほくしょ》に降《くだ》る
目《め》　眇眇《びょうびょう》として、余《われ》を愁《うれ》えしむ
嫋嫋《じょうじょう》たる秋風《しゅうふう》
洞庭《どうてい》　波《なみ》だちて、木葉《もくよう》　下《くだ》る[1]

登白薠兮騁望
與佳期兮夕張
鳥何萃兮蘋中
罾何爲兮木上
沅有茝兮澧有蘭
思公子兮未敢言
荒忽兮遠望
觀流水兮潺湲
麋何食兮庭中
蛟何爲兮水裔
朝馳余馬兮江皐
夕濟兮西澨
聞佳人兮召予
將騰駕兮偕逝
築室兮水中

白薠《はくはん》に登《のぼ》りて望《なが》めを騁《は》せ
佳《か》と期《き》して夕《ゆう》べに張《は》る 2
鳥《とり》 何《なん》ぞ蘋中《ひんちゅう》に萃《つど》い
罾《あみ》 何為《なんすれ》ぞ木上《もくじょう》なる 3
沅《げん》に茝《し》有《あ》り、澧《れい》に蘭《らん》有《あ》り
公子《こうし》を思《おも》うも未《いま》だ敢《あ》えて言《い》わず
荒忽《こうこつ》として遠望《えんぼう》すれば
流水《りゅうすい》の潺湲《せんかん》たるを観《み》る 4
麋《び》 何《なん》ぞ庭中《ていちゅう》に食《しょく》し
蛟《こう》 何為《なんすれ》ぞ水裔《すいえい》にある
朝《あした》に余《わ》が馬《うま》を江皐《こうこう》に馳《は》せ
夕《ゆう》べに西澨《せいぜい》を済《わた》る 5
佳人《かじん》の予《われ》を召《め》すと聞《き》き
将《まさ》に駕《が》を騰《は》せて偕《とも》に逝《ゆ》かんとす
室《しつ》を水中《すいちゅう》に築《きず》き

葺之兮荷蓋
蓀壁兮紫壇
播芳椒兮盈堂
桂棟兮蘭橑
辛夷楣兮葯房
罔薜荔兮爲帷
擗蕙櫋兮既張
白玉兮爲鎭
疏石蘭兮爲芳
芷葺兮荷屋
繚之兮杜衡
合百草兮實庭
建芳馨兮廡門
九嶷繽兮並迎
靈之來兮如雲

之《こ》れを葺《ふ》くに荷《はす》の蓋《がい》をもってす 6
蓀《そん》の壁《へき》に紫《し》の壇《ぜん》 7
芳椒《ほうしょう》を播《ま》きて堂《どう》に盈《み》たす
桂《けい》の棟《とう》に蘭《らん》の橑《ろう》
辛夷《しんい》の楣《び》に葯《やく》の房《ぼう》
薜荔《へいれい》を罔《あみ》にして帷《とばり》と為《な》し
蕙《けい》を擗《さ》きて櫋《めん》とし既《すで》に張《は》る 8
白玉《はくぎょく》を鎮《ちん》と為《な》し
石蘭《せきらん》を疏《し》きて芳《ほう》と為《な》す
芷《し》を荷屋《かおく》に葺《ふ》き
之《こ》れに繚《めぐ》らすに杜衡《とこう》をもってす
百草《ひゃくそう》を合《あ》わせて庭《にわ》に実《み》たし
芳馨《ほうけい》を建《た》てて廡門《ぶもん》とす
九嶷《きゅうぎ》　繽《ひん》として並《なら》び迎《むか》え
霊《れい》の来《き》たること雲《くも》の如《ごと》し 9

捐余袂兮江中
遺余褋兮澧浦
搴汀洲兮杜若
將以遺兮遠者
時不可兮驟得
聊逍遙兮容與

余《わ》が袂《そで》を江中《こうちゅう》に捐《す》て
余《わ》が褋《ちょう》を澧浦《れいほ》に遺《す》つ
汀洲《ていしゅう》の杜若《とじゃく》を搴《と》り
将《まさ》に以《も》って遠《とお》き者《もの》に遺《おく》らんとす
時《とき》驟《しば》しばは得可《うべ》からず
聊《いささ》か逍遥《しょうよう》して容与《ようよ》せん

〔合唱〕
帝の御子《みこ》なる湘夫人は、北の水辺に降《くだ》られた
目に映る、そのはるかな遠さが、我々に愁いをもたらす
嫋嫋《じょうじょう》と吹く秋風
洞庭湖《どうていこ》は波立って、木々は盛んに落葉する

〔湘夫人を迎える男巫《だんふ》のうた〕
白薠《かやつりぐさ》の茂る岡の辺に登って、遠く〔降臨された湘夫人を〕見やり
良き人〔湘夫人〕の会おうという約束を信じて、夜をともに過ごすべく用意をした

〔合唱〕
〔梢《こずえ》におるべき〕鳥は、なぜ水草の中に集《つど》っているのか
〔水中にあるべき〕漁網は、なぜ梢に懸けられているのか
〔男巫のうた〕
沅《げん》の流れには芷草《よろいぐさ》が生え、澧《れい》の流れには蘭《らん》が生える
かの君のことを思ってはいるが、まだ言葉に出すことができない
心が定まらないままに遠くを望みやれば
目に映るのは、さらさらと流れる水ばかり
〔合唱〕
〔山中におるべき〕麋《おおじか》は、なぜ庭で食物をさがしているのか
〔淵に潜むべき〕蛟《みずち》は、なぜ水辺に出てきているのか
〔舜帝《しゅんてい》のうた〕
朝《あした》に、我が馬を水辺に駆けらせて〔出発をし〕
夕方には、西方のみぎわへとやって来た
良き人〔湘夫人〕がわたしを招いているとの伝言があった
馬車を急がせて、湘夫人のもとへ、ともども駆けつけよう

〔男巫のうた〕
〔湘夫人を迎えるべく〕水に取り囲まれた居室を建てて
蓮《はす》の葉でもって、その屋根を葺いた
蓀《しょうぶ》で壁を飾り、紫貝《むらさきがい》を前庭に敷き
芳しい椒《はじかみ》を床に敷いて、前堂（座敷）に満たした
桂《かつら》の棟木《むなぎ》に、木蘭《もくらん》の橑《たるき》
辛夷《こぶし》の楣《まぐさ》（入り口の上の横木）に、白芷《はなうど》の葉を飾った奥室
〔その奥室には〕薜荔《まさきのかずら》を綴《つづ》った帷帳《とばり》を設け
蕙草《めぼうき》を割いて並べて屋檐《ひさし》となし、建物は完成した
白玉《はくぎょく》を席《しきもの》の鎮《おさえ》とし
石蘭《せきらん》（岩石の間に生える蘭）を床に敷いて香料とした
蓮の葉の屋根には芷《よろいぐさ》を葺き
その周りには杜衡《つぶねぐさ》を配した
さまざまな草を集めて、前庭を満たし
種々の香草を積み重ねて、築地《ついじ》塀《べい》と門とを整えた
〔合唱〕

九嶷《きゅうぎ》の山から、神々が入り乱れて、湘夫人を迎えにやって来て
神々が群がり来るさまは、あたかも雲がわだかまるようだ

〔男巫のうた〕
わたしは衣の袂《たもと》を江中に投げ捨て
わたしの褋《ちょう》(ひとえの衣)を澧水《れいすい》の水辺に投じた
広々とした中洲の杜若《かきつばた》を摘んで
いまは遠くに行ってしまったあの方への贈り物としよう

〔合唱〕
本当の時間(機会)は、いく度も廻ってくるものではない
ひとまずは、心のどやかに、のびやかに過ごそうではないか

1　湘夫人は、湘君とともに、堯帝《ぎょうてい》のむすめで、舜帝の后となったとされる。ただ、この二神を堯帝のむすめだとすることには異論があり、楚文化地域の在地の水の女神だとする説があることについては、湘君篇の冒頭の注で述べた。ちなみに、湘君・湘夫人は一対を成す作品で、実際の上演の場では、春には湘君篇を、秋には湘夫人篇を上演するといった風に、どちらかが選ばれたともされる。同様に、大司命篇と少司命篇も一対を成

して、どちらかが選ばれたのだという。このように九歌十一篇は、実際の場では九篇が選ばれて上演されるので九歌と呼ばれるのだと説明するのである。この湘夫人篇の特徴は、視覚的な描写が多いことであろう。神との乖離が、ここでは視覚的な遠さとしてとらえられて、その距離が、神を迎えようとする巫覡《ふげき》の悲しみを引き起こすのである。そうした視覚的描写の背後には、シャマンがトランス状態で見る、現実世界と宗教的な幻想とが二重写しになった、新鮮な視覚的体験があったと推測される。眇眇は、遠くの存在がはっきりとは見えない様子。嫋嫋は、強くはないが絶え間なく風が吹くさま。「洞庭　波だちて、木葉　下る」の句もまた、単なる風景描写でなく、シャマンの視覚に映った情景描写なのであろう。

2 佳の下に人があるテキストもある。佳人は恋愛の相手。後に「佳人の予を召すと聞く」とある。張は準備をすること。

3 神を迎えようとする男巫は、期待をこめて、その準備をしているが、合唱隊は、事態が順調には進まぬであろうことを、初めから予告的に歌っている。鳥が水草の間に、漁網が木の上にあるといった事態の齟齬を意味する比喩表現は、あまり巧みなものとはいえない。すぐ後にも「麋　何ぞ庭中に食し、蛟　何為ぞ水裔にある」という句が見えるが、楚辞文芸に見える比喩表現には、観念的で洗練されないものが多い。たとえば「荘子」の寓話や比喩と比べるとき、だいぶ見劣りがする。萃は集まる。罾は漁網。

4「沅に芷有り、澧に蘭有り」とある芷と蘭とは、湘夫人に贈ろうとする香草である。荒忽は、恍惚に同じ。もののかたちがはっきりしないさま。男巫が湘夫人を見定めようとしても、はぐらかすようにして、見えるのは流れる水ばかり。

5 澨は水際。陸と水とが接触する地点が神の降臨場所となり、祠堂が設けられる。

6「室を水中に築く」以下は、「佳と期して夕べに張る」の具体的な内容。湘夫人を迎えるための祠堂の様子が述べられる。祠堂は水中(水に囲まれた場所)に立てられている。その祠堂における準備状況の詳細な描写は、湘夫人を招きたい切なる願いを反映するのであろう。ただ、その建物の細部の描写には解らないところが多い。

7 紫は紫貝。白い貝で、紫の斑点があり、珍重された。壇は堂の前の庭、音はゼン。

8 櫋は檐板《ひさしいた》の意味。なぜ蕙を割いて檐板とするのかよく解らない。

9 九嶷は舜帝が居る山。九疑とも書かれる。楚の南方に位置する。そこから湘夫人を迎えるべく神々が遣わされ、湘夫人は舜帝のもとへと行ってしまう。湘夫人の訪れを待っていた巫覡は、ひとり取り残されたのである。「九嶷　繽として並び迎う」以下の二句は、離騒の「百神　翳いて其れ備に降り、九嶷　繽として其れ並び迎う」(八三頁)と同様に、シャーマンの目に映る神々降臨の情景。

10 袂は衣服のたもと、褋は単衣《ひとえ》の肌着。衣服を贈ることは、相手にまごころを伝え、心を託することを意味する。衣服が魂を包むものだと意識されたことは「儀礼」士葬礼篇冒頭の招魂の儀式にも見えるところであり、衣服、とりわけ身近に着けていた肌着を相手に贈ることは自己の魂を奉げることを意味した。

大《だい》司《し》命《めい》

廣開兮天門
紛吾乘兮玄雲
令飄風兮先驅
使涷雨兮灑塵
君廻翔兮以下
踰空桑兮從女
紛總總兮九州
何壽夭兮在予

広《ひろ》く天門《てんもん》を開《ひら》き
紛《ふん》として吾《われ》　玄雲《げんうん》に乗《の》る
飄風《ひょうふう》をして先駆《せんく》せ令《し》め
涷雨《とうう》をして塵《ちり》を灑《すす》が使《し》む 1
君《きみ》　廻翔《かいしょう》して以《も》って下《くだ》り
空桑《くうそう》を踰《こ》えて女《なんじ》に従《したが》わん 2
紛総総《ふんそうそう》たる九州《きゅうしゅう》
何《なん》の寿夭《じゅよう》か予《われ》に在《あ》らん 3

高飛兮安翔
乘清氣兮御陰陽
吾與君兮齋速
道帝之兮九阬
靈衣兮披披
玉佩兮陸離
壹陰兮壹陽
衆莫知兮余所爲
折疏麻兮瑤華
將以遺兮離居
老冉冉兮既極
不寖近兮愈疏
乘龍兮轔轔
高馳兮沖天
結桂枝兮延佇

高《たか》く飛《と》び、安《やす》らかに翔《かけ》り
清気《せいき》に乗《の》りて陰陽《いんよう》を御《ぎょ》す 4
吾《われ》　君《きみ》と斎《いま》しめ速《いそ》ぎ
帝《てい》の九坑《きゅうこう》に之《ゆ》くを道《みちび》かん 5
霊衣《れいい》　披披《ひひ》たり
玉佩《ぎょくはい》　陸離《りくり》たり
壱《ひと》たびは陰《いん》に、壱《ひと》たびは陽《よう》に
衆《しゅう》　余《われ》の為《な》す所《ところ》なるを知《し》る莫《な》し
疏麻《そま》と瑤華《ようか》を折《お》り
将《まさ》に以《も》って離居《りきょ》に遺《おく》らんとす
老《お》い　冉冉《ぜんぜん》として既《すで》に極《きわ》まり
浸近《しんきん》せずして愈《いよ》いよ疏《そ》なり 6
龍《りょう》の轔轔《りんりん》たるに乗《の》り
高《たか》く馳《は》せて天《てん》に沖《ちゅう》す
桂枝《けいし》を結《むす》びて延佇《えんちょ》し 7

羌愈思兮愁人
愁人兮奈何
願若今兮無虧
固人命兮有當
孰離合兮可爲

羌《ああ》 愈《いよ》いよ思《おも》いて人《ひと》を愁《うれ》えしむ
人《ひと》を愁《うれ》えしむるを奈何《いかん》せん
願《ねが》わくは、今《いま》の若《ごと》くにして虧《か》くる無《な》からんことを
固《もと》より人命《じんめい》に当《あ》たる有《あ》り
孰《たれ》か離《り》合《ごう》の為《な》す可《べ》けん[8]

〔大司命のうた〕
広々と天門《てんもん》をうち開くと
多くの神々を引き連れて、わたしは玄雲《くろくも》の旗を建てた馬車で出発をした
つむじ風に命じて行列の先頭に立たせ
雨の神には、夕立ちを注いで、道の塵を清めさせた
〔大司命を迎える巫覡《ふげき》のうた〕
あなたが旋回をしつつ降《くだ》ってこられるとき
空桑《くうそう》のかなたにまで、お迎えにまいりましょう
〔大司命のうた〕
ごちゃごちゃと人々が群れ集う地上の世界

〔そうした者たちと異なり〕わたしは寿命など超越した存在であるのだ
高々と飛び、安らかに翔《かけ》り
天上の清気の上にあって、陰陽を制御しておる
〔巫覡のうた〕
わたしは、あなたとともに、鄭重に、また速《すみ》やかに
天帝の代理として九坑《きゅうこう》(九州の山々)を経巡《へめぐ》られるのを先導いたしましょう
〔大司命のうた〕
神の衣はひらひらと
玉《ぎょく》の佩《はい》はきらきらと
ときに陰の気を働かせ、またときに陽の気を働かせて〔世界の調和を保っているが〕
だれも、それがわたしの仕業だと知ってはいない
〔巫覡のうた〕
神麻《あさ》と瑶《たま》の華とを手折り
それを、遠くに行ってしまった方(大司命)への贈り物といたしましょう
老いが、静かに迫って来て、確かなものとなったこの時に
〔あなたは〕わたしを近づけることなく、かえって疎遠にされました

〔合唱〕
しゃんしゃんと鳴る、龍に牽かせた馬車に乗り
大司命君は、高く翔って、天へと昇って行かれた
〔巫覡のうた〕
桂《かつら》の枝を結びあわせたまま立ち尽くし
ああ、あなたを思えば思うほど、わたしの愁いは深くなります
〔合唱〕
その愁いは消すすべのないもの
どうかいまという時間を存分に生きてくださるように
もとより人の運命はしかるべく定められており
会うこと、別れることは、だれにも自由にできないのだから

1　司命は人々の寿命を支配する神。天上の北極星の近くにその宮居があるとされる。この大司命篇のいうところに拠れば、陰陽の気を調整するという宇宙的な権能も司命神は具えていた。楚辞の世界では、天帝の権限の多くが司命神に移譲されているように見える。天門は、天上世界の入り口にある門。離騒にも見えた。玄雲は神々の馬車に載せる

旗印。「漢書」礼楽志が引く郊祀歌に「九重(天門)開き、霊《かみ》はこれ斿《あそ》ぶ…霊の車、玄雲を結び、飛龍に駕し、羽旄は紛たり」とあるのは、大司命篇の冒頭部分と重なる描写。漢の郊祀歌は、楚辞九歌を承ける歌謡であるが、九歌にあった感性的な要素は薄められている。凍雨について、「爾雅」釈天篇に「暴雨、これを凍という」とあり、その郭璞《かくはく》注には「今、江東では、夏月の暴雨を呼びて凍雨となす」という。

2 廻翔は旋回すること。神々が天地の間を往来するとき、まっすぐに昇り降りするのではなく、旋回しつつ上下すると考えられていたようである。空桑は、世界の東の果てにある神話的な山の名。「山海経」東山経、東次二経の最初に「空桑之山」が見える。

3 紛総総は、人々がごちゃごちゃ集まって生活をしているさま。九州は、禹王《うおう》が大洪水を治めて秩序付けた世界で、人間が居住する領域全体をいう。「何の寿夭か予に在らん」の句について、人々の寿命は自業自得で決まるものであり、大司命が掌っているのではないと「章句」などは読んでいるが、大司命は司命神として人々の寿命を決定するのであり、大司命自身はそうした寿命を超越した存在だというのであろう。

4 清気は天上の気。天地開闢のとき、清らかな気が天をなし、濁った気が地となったとされる。

5 斎速の斎の意味、不分明。斎を斉の意とし、車を並べて走ることだとする解釈もある。

阬(坑)は山の尾根の意味。九阬は、九州のそれぞれの地域の鎮めをなす名山をいう。大司命は、天帝の権限を委譲されて、九州全体を巡察するのである。

6 浸近の浸は、だんだん、徐々にという意味。神との乖離が、老いが近づくという人間的な時間の中で、とりわけ痛切な悲しみをもたらす。

7 木の枝を結ぶのは誓いの行為だという。司命君へ奉げる心が変わることのないことを表わすのであろう。

8 離合(会うことと離れること)について、人間はだれもそれを主体的には決定できない。それを決めることができるのは司命神だけだという含意であろう。湘君篇や湘夫人篇は「聊か逍遥して容与せん」(一二一、一三一頁)という句で終わっていたが、大司命篇では、現在という時間を大切にしようという方向に展開している。宗教的な聖なる時間への参入が困難になったとき、俗的な時間の持つ意味についても関心を深めようとしていたのであろうか。

少司命《しょうしめい》

穐蘭兮麋蕪
羅生兮堂下
綠葉兮素枝
芳菲菲兮襲予
夫人自有兮美子
蓀何以兮愁苦
穐蘭兮青青
綠葉兮紫莖
滿堂兮美人
忽獨與余兮目成
入不言兮出不辭
乘回風兮載雲旗
悲莫悲兮生別離
樂莫樂兮新相知
荷衣兮蕙帶

秋蘭《しゅうらん》と麋蕪《びぶ》と
堂下《どうか》に羅生《らせい》す[1]
緑葉《りょくよう》と素枝《そし》と
芳《ほう》 菲菲《ひひ》として予《われ》を襲《おそ》う
夫《そ》れ人《ひと》は自《おの》ずから美子《びし》有《あ》り
蓀《そん》 何《なん》ぞ以《も》って愁苦《しゅうく》す[2]
秋蘭《しゅうらん》は青青《せいせい》
緑葉《りょくよう》と紫茎《しけい》と
堂《どう》に満《み》つる美人《びじん》
忽《たちま》ち独《ひと》り余《われ》と目成《もくせい》す[3]
入《い》るに言《い》わず、出《い》ずるに辞《じ》せず
回風《かいふう》に乗《の》りて、雲旗《うんき》を載《の》す
悲《かな》しみは生別離《せいべつり》より悲《かな》しきは莫《な》く
楽《たの》しみは新相知《しんそうち》より楽《たの》しきは莫《な》し
荷《はす》の衣《ころも》に、蕙《けい》の帯《おび》

倏而來兮忽而逝
夕宿兮帝郊
君誰須兮雲之際
與女遊兮九河
衝風至兮水揚波
與女沐兮咸池
晞女髮兮陽之阿
望美人兮未來
臨風怳兮浩歌
孔蓋兮翠旍
登九天兮撫彗星
竦長劍兮擁幼艾
蓀獨宜兮爲民正

倏《しゅく》として来《き》たり、忽《こつ》として逝《ゆ》く
夕《ゆう》べに帝郊《ていこう》に宿《やど》り
君《きみ》 誰《たれ》をか雲《くも》の際《きわ》に須《ま》つ 4
女《なんじ》と九河《きゅうか》に遊《あそ》べば
衝風《しょうふう》 至《いた》りて、水《みず》 波《なみ》を揚《あ》ぐ 5
女《なんじ》と咸池《かんち》に沐《もく》し
女《なんじ》の髪《かみ》を陽《よう》の阿《くま》に晞《かわ》かす 6
美人《びじん》を望《のぞ》むも未《いま》だ来《き》たらず
風《かぜ》に臨《のぞ》みて、怳《こう》として浩歌《こうか》す
孔《こう》の蓋《がい》に翠《すい》の旍《はた》
九天《きゅうてん》に登《のぼ》りて彗星《すいせい》を撫《ぶ》す 7
長剣《ちょうけん》を竦《にぎ》り、幼艾《ようがい》を擁《まも》る
蓀《そん》 独《ひと》り民正《みんせい》為《た》るに宜《よろ》し 8

〔少司命を招く女巫《じょふ》のうた〕

秋の蘭《らん》と蘪蕪《せんきゅう》とが
この祠堂の庭に群がり生える
緑の葉っぱに白い枝
その香りが、ひしひしとわたしに迫ってくる

〔合唱〕
人には、それぞれに愛《いと》おしく思うお方がいるのに
蓀《あなた》(少司命)だけは、どうして愁いに沈んでいるのか

〔女巫のうた〕
秋の蘭は青々と茂り
緑の葉っぱに紫の茎《くき》
祠堂に降臨されたすばらしい神々の中から
思いがけなくも、少司命君は、わたしだけに目で合図を送ってくださった

〔合唱〕
〔少司命君は〕降臨されるときにも挨拶はなく、辞去の際にも別れの言葉はなくして
つむじ風の馬車に乗り、その馬車には雲の旗を建てて〔出発していった〕
悲しみには〔あとに遺された女巫の味わう〕生き別れほど大きな悲しみはない

楽しみには〔少司命君との〕新しい出会いほど大きな楽しみはなかったのに
〔女巫のうた〕
わたしは、荷《はす》の衣に蕙《めぼうき》の帯を着て〔待ったのであるが〕
〔少司命君の〕訪れは突然で、しかも、あっという間に去ってゆかれた
〔少司命君は〕夕方には帝郊《ていこう》で夜を過ごす準備をされて
雲の流れるあたりで、あなたは、だれを待っておられるのか
〔少司命のうた〕
おまえ（少司命がいとおしむ女神）といっしょに九河《きゅうか》へ来てみると
強い風がやって来て、川面は波立つ
おまえといっしょに咸池《かんち》で髪を洗い
おまえが九陽《きゅうよう》の山ぎわで髪を乾かすのに〔連れそった〕
〔女巫のうた〕
かの人を待ち望むが、なかなかやって来られない
わたしは風に向かって、ものに憑かれたように、大声で歌う
〔合唱〕
〔少司命君は〕孔雀《くじゃく》の羽根を屋根にした車に乗り、翡翠《かわせみ》の羽根の旗を建て

九天に登って彗星を手に握る
長剣を手に取り、老若男女すべての者を擁護する
蓀《あなた》(少司命)こそが、万民の審判者たるにふさわしい

1 少司命は大司命と対になる神であったと推測されるが、その神としての職能の詳細は解らない。篇の最後に、少司命が「幼艾を擁る」とあるのを幼い美女を擁《いだ》いていると解し、愛の神だとする説もあるが、思いつきの説に過ぎないだろう。この篇の最後に少司命こそが「民正」たるにふさわしいと歌われていることからすれば、大司命に比べ、少司命はより人々に近い神であったのだろうか。蘪蕪は江離と同じ、センキュウ(川芎)のこと。香草であり薬草でもある。

2 少司命には、すでに心に思う人(女神)があって、その女神と逢えないゆえに楽しむことができない。後の句に見えるように、少司命はその女神と夜を過ごしたあと、いっしょに神話的な土地を遊行する。その女神の名は知られない。この篇に登場する女巫は、少司命と女神との間に割り込もうとするが、それに失敗するのである。

3 目成は洪興祖《こうこうそ》「補注」がいうように「相い目《もく》して親親《しんしん》を成す」の意味で、目を注いで(秋波を流して)親しい感情を相手に伝えること。

4 帝郊は、そのまま訳すれば天帝のみやこの郊外。少司命は、雲流れる果ての帝郊でその思う女神と夜を過ごそうとする。

5 九河を「文選」所収の九歌の五臣注は天の川のこととする。衝風は強い風。九歌の中には風への言及がいくつもあり、衝風に対しても、むしろ好意的である。風が天地を結ぶものであり、シャマンたちが風に乗って天に昇るという観念に基づいて、風に対し親近感があるからであろう。

6 咸池は、出た(誕生した)ばかりの太陽が産湯をつかうという、東方の地の果てにある神話的な池。「淮南子」天文訓に「日は暘谷《ようこく》に出《い》で、咸池に浴し、扶桑《ふそう》に払う」とある。陽の阿とは、九陽山の山かげ。遠遊に「朝に髪を湯谷に濯い、夕べに余が身を九陽に晞かす」(三八五頁)とある。太陽が昇るところの近辺に、陽の気が結集した九陽の山があるとされたのであろう。

7 孔蓋は、孔雀の羽根で作った車の蓋(パラソルのような屋根)。翠旍は、翡翠の羽根で作った、車に立てる旗。旍は旌に同じ。羽毛を綴って作った、吹き流し状の旗。九天は天の最高処。彗星は、箒として用いて、この世界の邪悪を掃除するのだという。

8 幼艾は、幼が若年者、艾が老年者。幼い者から高齢者まで。民正は、万民に等しく正義を行なう者。一説に、艾は美女の意味だとする。この幼い美女が、少司命が心を寄せる女神ということになるのであろうが、幼艾を擁する少司命がなぜ「民正」にふさわしいのか解らないので、この説は取らない。

東《とう》　君《くん》

暾將出兮東方　　暾《とん》として将《まさ》に東方《とうほう》に出《い》でんとし
照吾檻兮扶桑　　吾《わ》が檻《かん》を扶桑《ふそう》に照《て》らす 1
撫余馬兮安驅　　余《わ》が馬《うま》を撫《ぶ》して安駆《あんく》せしめ
夜皎皎兮既明　　夜《よる》　皎皎《こうこう》として既《すで》に明《あ》けたり
駕龍輈兮乘雷　　龍輈《りょうちゅう》に駕《が》して雷《らい》に乗《の》り
載雲旗兮委蛇　　雲旗《うんき》の委蛇《いい》たるを載《の》す 2
長太息兮將上　　長《なが》く太息《たいそく》して将《まさ》に上《のぼ》らんとし
心低佪兮顧懷　　心《こころ》　低佪《ていかい》して顧懐《こかい》す
羌聲色兮娛人　　羌《ああ》　声色《せいしょく》の人《ひと》を娯《たの》しましむ

觀者憺兮忘歸
緪瑟兮交鼓
簫鍾兮瑤簴
鳴箎兮吹竽
思靈保兮賢姱
翾飛兮翠曾
展詩兮會舞
應律兮合節
靈之來兮蔽日
青雲衣兮白霓裳
擧長矢兮射天狼
操余弧兮反淪降
援北斗兮酌桂漿
撰余轡兮高馳翔
杳冥冥兮以東行

観《み》る者《もの》 憺《たん》として帰《かえ》るを忘《わす》る 3
瑟《しつ》を緪《は》り、鼓《こ》を交《まじ》え
簫鍾《しょうしょう》と瑤《よう》の簴《きょ》と
箎《ち》を鳴《な》らし、竽《う》を吹《ふ》き
霊保《れいほ》の賢姱《けんか》なるを思《おも》う 4
翾飛《けんひ》し、翠《すい》のごとく曾《あ》がり
詩《し》を展《うた》い、舞《ま》いを会《あ》わす 5
律《りつ》に応《おう》じ、節《せっ》を合《あ》わすれば
霊《れい》の来《き》たること、日《ひ》を蔽《おお》う
青雲《せいうん》の衣《い》、白霓《はくげい》の裳《しょう》
長矢《ちょうし》を挙《あ》げて、天狼《てんろう》を射《い》る
余《わ》が弧《ゆみ》を操《あやつ》りて、反《かえ》って淪降《りんこう》し
北斗《ほくと》を援《と》りて、桂漿《けいしょう》を酌《く》む 6
余《わ》が轡《くつわ》を撰《と》りて、高《たか》く馳翔《たしょう》し
杳冥冥《ようめいめい》として以《も》って東行《とうこう》す 7

〔合唱〕
東君が、輝きつつ東方から姿をあらわし
我々がいる、この祠堂の欄干を、扶桑《ふそう》から射す光りが、明るく照らす
〔東君のうた〕
わたしが乗る車の馬を抑えて、ゆるやかに駆けさせているうちに
夜は、輝く光りの中で、すでに明けきった
〔合唱〕
東君は、龍をながえにし、雷を車輪とした車に乗り
その車には、長くたなびく雲の旗が建てられている
〔東君のうた〕
大きなため息をついて、天に上ろうとするのであるが
心は弾《はず》まず、後ばかりが振り返られる
ああ、音楽と美人たちの舞いとが人の心を魅了することよ
それを観る者たちは、時間を忘失し、帰ることも忘れてしまう
〔合唱〕
瑟《しつ》(大型の琴)をきつく音締めし、太鼓をかわるがわる打って

簫《しょう》の調子に合わせた編鐘が、瑤《たま》で飾った懸架《スタンド》に懸けられる
篪《ち》を鳴らして、竽《う》を吹き
霊保《れいほ》（優れた巫女）の聡明で美しいのに心が迷わされる
小さく跳ね、翡翠《かわせみ》のように飛翔し
詩を歌い、おおぜいで舞う
音律が調和し、リズムがそろうとき
太陽をかげらせて、神々が降臨してくる

〔東君のうた〕

青い雲の上衣《うわぎ》、白い霓《にじ》の裳《はかま》
長い矢をつがえて天狼《てんろう》を射る
弓を手にしたまま、天空から下降し
北斗をひしゃくにして、肉桂《にっけい》で味を付けた漿《しょう》を酌む
わたしの馬車の手綱を取って、高々と馳せ
暗い道を東方へと進んで〔明日の日の出に備えるのだ〕

1 東君は太陽神。この篇は、東君を迎える巫女（篇中で霊保と呼ばれている巫女）自身は

歌をうたわず、合唱隊の歌と東君自身の、太陽の運行を基礎にした、自序的な歌とだけで構成されている。元来は、太陽を祀る祭場でこの歌舞が上演されたのであろう。「広雅」釈天篇に「朱明・耀霊・東君は日なり」とあって、太陽の別名の一つとして東君が見える。ちなみに太陽神の一日の遊行については、離騒の「余が馬を咸池に飲う」の注（六三頁）に引いたように、「淮南子」天文訓の記事に詳しい。扶桑は太陽が出る場所の近くにある大樹。若木と同様の神話的な樹木。「淮南子」道応訓に「扶桑は謝を受け、日びに宇宙を照らす」とあることからすれば、宇宙全体が明るくなるのは、太陽光を受けた扶桑樹の反射だとされていた。

2 輈は馬車の轅《ながえ》。馬と馬車とをつなぐ。輈で馬車を意味する。太陽神は馬車に乗って天上を遊行した。雷がその馬車の車輪をなす。雷が円形の渦巻きの形態を取って神々の馬車の車輪をなす様子は、漢代の画像石などにも見える。

3 東君は、その仕事である一日の天上遊行に出発しようとするのであるが、地上で行なわれている、歌舞による祭祀行事に心を惹かれて、天上への出発をためらっている。祭祀者たちが懐く、かれらの歌舞が神々の心を引く力を十分に持っているとの信念はまだ揺らいではいない。低佪は低回に同じ。意気が揚がらぬさま。羌は感嘆詞。憺は、現況に安んじるさま。忘我の様子。「憺として帰るを忘る」という表現は、九歌の山鬼篇にも「霊脩を留めて、憺として帰るを忘れしめん」(一六二頁)とあるように、神と合一した際の、時間を超越した宗教体験に基づくものであろう。

4 縆瑟の縆は弦をきつく張ること。簫鍾の簫は、竹管を横に並べたメロディ楽器、鍾(鐘)は打楽器的に用いられ、簫と鍾とが組み合わされて演奏されることが多い。篪(箎)は竹で作った横笛の一種。竽は笙の笛。バグパイプに似る。霊保は神巫。この歌舞の中心になっている巫女をいうのであろう。保が巫覡《ふげき》をいうこと、「詩経」小雅・楚茨篇に「先祖はこれ皇たり、神保はこれ饗す」とある神保の語からも知られる。霊保の観念は、道教の「霊宝」の語にも引き継がれている。

5 翾飛の翾は小さく飛ぶこと。曾も飛び上がること。いずれも跳躍することを中心とした舞踏の様子。

6 天狼、弧(天弓)、北斗は、ともに星や星座の名。

7 太陽神は、西方の虞淵《ぐえん》で水中にもぐり、夜間に、地下を通って、東方の日の出の位置にもどる。高馳翔の馳の字が天空を馳せるという意味に用いられること、大司命篇にも「高く馳せて天に沖す」(一三九頁)と見えた。ただ、太陽神が地下にもぐる前に高く馳翔するとされていることは、いささか不可解。

河《か》伯《はく》

與女遊兮九河
衝風起兮水橫波
乘水車兮荷蓋
駕兩龍兮驂螭
登崑崙兮四望
心飛揚兮浩蕩
日將暮兮悵忘歸
惟極浦兮寤懷
魚鱗屋兮龍堂
紫貝闕兮朱宮
靈何爲兮水中
乘白黿兮逐文魚
與女遊兮河之渚

女《なんじ》と九河《きゅうか》に遊《あそ》べば
衝風《しょうふう》 起《お》こりて、水《みず》 波《なみ》を横《よこた》う[1]
水車《すいしゃ》の荷蓋《かがい》なるに乗《の》り
両龍《りょうりょう》に駕《が》し、螭《ち》を驂《さん》とす[2]
崑崙《こんろん》に登《のぼ》りて四望《しぼう》すれば
心《こころ》 飛揚《ひよう》して浩蕩《こうとう》たり[3]
日《ひ》 将《まさ》に暮《く》れんとするに、悵《ちょう》として帰《かえ》るを忘《わす》れ
極浦《きょくほ》を惟《おも》いて懐《むね》に寤《さと》る[4]
魚鱗《ぎょりん》の屋《おく》、龍《りょう》の堂《どう》
紫貝《しばい》の闕《けつ》、朱《しゅ》の宮《きゅう》
霊《れい》 何為《なんすれ》ぞ水中《すいちゅう》にある
白黿《はくげん》に乗《の》り、文魚《ぶんぎょ》を逐《お》い
女《なんじ》と河《か》の渚《しょ》に遊《あそ》べば

流澌紛兮將來下
子交手兮東行
送美人兮南浦
波滔滔兮來迎
魚鄰鄰兮媵予

流澌《りゅうし》 紛《ふん》として将《まさ》に来《き》たり下《くだ》らんとす 5
子《きみ》 交手《こうしゅ》して東行《とうこう》し
美人《びじん》を南浦《なんぽ》に送《おく》る
波《なみ》 滔滔《とうとう》として来《き》たり迎《むか》え
魚《さかな》 隣隣《りんりん》として予《われ》に媵《よう》す 6

〔女巫《じょふ》のうた〕
あなたとともに九河《きゅうか》に遊べば
強い風が吹きつけ、水はさかんに波立つ
〔河伯のうた〕
水上を走る、蓮《はす》の花を天蓋《パラソル》に建てた馬車に乗り
二匹の龍に車を牽かせ、螭《みずち》を副《そ》え馬とする
崑崙山《こんろんさん》に登って四方を眺めやれば
心は高く飛揚し、思いは果てしなく広がる
〔女巫のうた〕
日は暮れがたとなったが、気持ちは沈んで、帰ることを忘れ

極浦《きょくほ》にある人(河伯)への思いが胸を占める

〔合唱〕

魚のうろこで葺いた屋根、龍を飾りにした表座敷
紫貝《むらさきがい》の門闕《もんけつ》、朱に塗った宮殿
霊(神さま)はなぜ水の中におられるのだろう

〔河伯のうた〕

白い黿《おおがめ》に乗り、紋様の美しい魚のあとを追い
あなたとともに黄河の水際に遊べば
流氷が入り乱れつつ流れ下ってこようとする

〔女巫のうた〕

あなたは、握手して別れを告げ、東へと出立され
わたしは、いとしい人を南の水辺で見送った
波は、立ち騒いで、わたしを迎えに来てくれるようであり
魚たちは、連なって、わたしに付き添ってくれている

1　河伯は黄河の神。神に伯を付けて呼ぶこと、風伯などの例もある。なおこの河は黄河

とは関係がなく、楚地域の河川だとする説もある。この篇では、河神と女巫との恋愛関係がなお保たれており、神とともにする遊行のあと、二人の別れが語られる。その別れのあとも神との関係が脈々と続いていることを暗示するのが最後の二句であろう。九河は、黄河がその下流で、渤海へ流入する直前に九本に分流しているところをいうとされる。「尚書」禹貢篇に「九河は既に道《みち》し、雷夏は既に沢たり」とある。ちなみに、少司命篇にも「女と九河に遊べば、衝風　至りて、水　波を揚ぐ」(一四六頁)とあり、この場合の九河は、黄河の上流に位置し、天の川に当たるとする説を取った。黄河は天の川に通じているとする観念があった。河伯篇の九河も、黄河の上流をいうのかも知れない。

2 螭は龍の一種で、角《つの》がなく、また黄色だという。

3 黄河の源流が崑崙山にあるという説は、「爾雅」釈水篇などに見える。「水経」河水注には「崑崙の墟《やま》は〔大地全体の〕西北にあり。嵩高《すうこう》を去ること五万里。地の中なり。その高さ万一千里。河水はその東北の陬《すみ》に出《い》で、屈してその東南より流れ、渤海(この場合の渤海は蒲昌海《ロプノール》)に入る」という。

4 極浦が神と巫覡とが接触する場所であったことは、湘君篇の「涔陽の極浦を望み、大江に横わりて霊を揚ぐ」(一二〇頁)とあることからも知られる。

5 黿は大きなすっぽん。流澌は流氷。雪解けのころ、黄河は流氷を流す。

6 交手について、朱熹《しゅき》「集注」は「古人 将に別れんとすれば、則ち相い執手(握手)し、以って相い遠ざかるに忍びざるの意を見《あら》わす」と説明する。最後の二句に見える波と魚とは、河伯との関係が完全に切れたのではないという、巫女の期待をこめた表現なのであろう。媵は、元来はお嫁入りの際に、花嫁に付き添って先方の家に入る、花嫁の親族の女性たちをいう。魚たちは、女巫に付き添って、いつでも河伯のもとに行ってくれようとする様子なのである。

山《さん》鬼《き》

若有人兮山之阿
被薜荔兮帶女蘿
既含睇兮又宜笑
子慕予兮善窈窕
乘赤豹兮従文狸
辛夷車兮結桂旗

人有《ひとあ》るが若《ごと》し、山《やま》の阿《くま》
薜荔《へいれい》を被《き》て、女蘿《じょら》を帯《おび》とす
既《すで》に睇《てい》を含み、又《ま》た笑《わら》うに宜《よろ》し
子《きみ》 予《われ》の窈窕《ようちょう》を善《よ》くするを慕《した》う 1
赤豹《せきひょう》に乗《の》り、文狸《ぶんり》を従《したが》え
辛夷《しんい》の車《くるま》に桂旗《けいき》を結《むす》ぶ 2

被石蘭兮帶杜衡
折芳馨兮遺所思
余處幽篁兮終不見天
路險難兮獨後來
表獨立兮山之上
雲容容兮而在下
杳冥冥兮羌晝晦
東風飄兮神靈雨
留靈脩兮憺忘歸
歲既晏兮孰華予
采三秀兮於山間
石磊磊兮葛蔓蔓
怨公子兮悵忘歸
君思我兮不得閒
山中人兮芳杜若

石蘭《せきらん》を被《き》て、杜衡《とこう》を帯《おび》とし
芳馨《ほうけい》を折《お》りて、思《おも》う所《ところ》に遺《おく》らんとす 3
余《われ》 幽篁《ゆうこう》に処《お》りて、終《つい》に天《てん》を見《み》ず
路《みち》 険難《けんなん》にして、独《ひと》り後《おく》れ来《き》たる 4
表《ひょう》として独《ひと》り山《やま》の上《うえ》に立《た》てば
雲《くも》 容容《ようよう》として下《した》に在《あ》り 5
杳冥冥《ようめいめい》として、羌《ああ》 昼《ひる》も晦《くら》く
東風《とうふう》 飄《ひるがえ》りて、神霊《しんれい》 雨《あめ》ふらす
霊脩《れいしゅう》を留《とど》めて、憺《たん》として帰《かえ》るを忘《わす》れしめん
歳《とし》 既《すで》に晏《おそ》ければ、孰《たれ》か予《われ》を華《はな》とせん 6
三秀《さんしゅう》を山間《さんかん》に采《と》れば
石《いし》 磊磊《らいらい》とし、葛《かつ》 蔓蔓《まんまん》たり 7
公子《こうし》を怨《うら》んで悵《ちょう》として帰《かえ》るを忘《わす》る
君《きみ》 我《われ》を思《おも》うも間《いとま》を得《え》ざるか
山中《さんちゅう》の人《ひと》 杜若《とじゃく》を芳《かお》らせ

飲石泉兮蔭松柏
君思我兮然疑作
靁塡塡兮雨冥冥
猨啾啾兮狖夜鳴
風颯颯兮木蕭蕭
思公子兮徒離憂

石泉《せきせん》を飲《の》みて、松柏《しょうはく》に蔭《やど》る
君《きみ》 我《われ》を思《おも》うも然疑《ぜんぎ》 作《おこ》る 8
雷《らい》 塡塡《てんてん》とし、雨《あめ》 冥冥《めいめい》たり
猿《えん》 啾啾《しゅうしゅう》として、狖《ゆう》 夜《よる》に鳴《な》く 9
風《かぜ》 颯颯《さつさつ》として、木《き》 蕭蕭《しょうしょう》たり
公子《こうし》を思《おも》いて、徒《いたず》らに憂《うれ》いに離《かか》る

〔合唱〕
山かげに、だれかがいるようだ
薜茘《まさきのかずら》を衣服にし、女蘿《ひかげのかずら》を帯にして
巧みな流し目、それにすてきな笑顔
〔山鬼のうた〕
あなたは、そんなわたしの女らしさに心を寄せてくださった
〔合唱〕
赤毛の豹に牽かせた車に乗り、まだら紋様の山猫を従え

辛夷《こぶし》の馬車には、桂《かつら》の枝を旗として結びつける
石蘭《せきらん》を衣服にし、杜蘅《つぶねぐさ》を帯にして
芳馨《ほうけい》(香り高い草木)を手折ったのは、思う人に贈ろうとの心づもり

〔山鬼のうた〕
わたしは深い竹藪の中に住んで、天を見ることがなく
道も険阻であって、ひとりだけやって来るのが遅れてしまった

〔合唱〕
ひとりぼっちで山の頂上に立つと
雲はもくもくと湧いて、下界を覆う
光りは失われ、ああ、昼も薄暗く
東風が強く吹いて、神々が雨を降らせる

〔山鬼のうた〕
霊脩《れいしゅう》(あの方)を引き留めて満足させ、帰ることを忘れさせるつもりであったのに
歳を取ってしまったら、だれもわたしを、ちやほやしてはくれなくなるのだから

〔合唱〕
霊芝《れいし》を山々の間で採ろうとすれば

岩はごろごろ、つる草がはびこって〔霊芝はなかなか見つからない〕
〔山鬼は〕公子(あの方)を怨み、茫然と立ち尽くした

〔山鬼のうた〕
わたしに心を寄せてくださってはいても、待っていただく間《いとま》がなかったのだろうか

〔合唱〕
山中に住む人(山鬼)は杜若《かきつばた》で身を香らせ
石走《いわばし》る流水を飲み、松柏の蔭に憩う

〔山鬼のうた〕
わたしに心を寄せてくださってはいても、信じてはいただけなかったのだろうか

〔合唱〕
雷がごろごろと鳴り、雨があたりを暗く閉ざす
猿《えん》が啾啾《しゅうしゅう》と鳴き、狖《ゆう》が夜の闇のなかで鳴く
風はさつさつと吹き、木はざわざわと鳴る
公子(あの方)を思って、山鬼は、むなしく憂いに沈むばかり

1　山鬼は山の精霊。この場合はニンフ的な女性の精霊である。鬼は死者の霊魂を意味す

るのが本義であるが、下級の精霊も鬼と呼ばれる。山鬼篇は、外的状況を客観的に描写する合唱隊の歌と、山鬼自身の心情吐露の歌との組み合わせから成り立っている。山の阿の阿は曲隅と釈される。山鬢《やまひだ》をいう。睇は微眄《びべん》、斜視などと釈され、流し目のこと。窈窕は若い女性のしとやかさ、あるいは妖艶さの形容。

2 狸を山猫と訳したのは、「説文解字」第九篇に「猫は狸の属」とあり、猫が狸の一類と考えられていたからである。現在でもネコのことを狸猫《リィマオ》と呼ぶ地域がある。

3 山鬼は、前に「薜荔を被て、女蘿を帯とす」と描写されていたが、それが普段着であり、ここで「石蘭を被て、杜蘅を帯とす」と異なる衣帯を着けているのは、思う人(公子)と会うための一張羅なのであろう。

4 山鬼が心を寄せる公子(霊脩とも呼ばれている)については詳しい説明がないが、天上の神なのであろう。その公子が天から降臨して、神々はそのもとに集まった。山鬼は、一人だけ、天が見えないために時間が計れず、道も険阻であったことから、その集会に遅れてしまい、公子と会うことができなかった。

5 表独立の表は、自分一人だけでの意味。神々の会合は山上で行なわれたのであろう。遅れてきた山鬼は、みなが去ったあと、その場所に一人立つのである。

6 華はもてはやすこと。山鬼は流れゆく時間の中で生きている。そうした人間的な時間には制限がある。それゆえ、公子と会う機会を取り落としたことへの哀惜は深い。

7 三秀は、一年に三度、花が咲く芝草(瑞草)のことだという。

8 然疑は、本当(然)だろうか、本当でない(疑)だろうかという惑いの心。ここでは、山鬼が遅れても必ずやって来るという確信が、公子の心の中で揺らいだため、待ってはくれなかったのだろうと山鬼は推測する。公子が本当は自分に心を寄せてくれているのだが、障害や心の迷いがあって会えなかったのだというのは、山鬼の未練である。

9 猿も狖もサルの一種。九章の渉江篇にも猿狖の語が見える(二七二頁)。中国古代人はサルの声、とりわけ夜に鳴く声を悲しいものと聴いた。

国《こく》殤《しょう》

操呉戈兮被犀甲
車錯轂兮短兵接
旌蔽日兮敵若雲
矢交墜兮士争先

呉《ご》の戈《か》を操《あやつ》り、犀《さい》の甲《こう》を被《き》
車《くるま》　轂《こく》を錯《まじ》え、短兵《たんぺい》　接《せっ》す[1]
旌《はた》　日《ひ》を蔽《おお》い、敵《てき》　雲《くも》の若《ごと》く
矢《や》　交《こも》ごも墜《お》ちて、士《し》　先《さき》を争《あらそ》う

凌余陣兮躐余行
左驂殪兮右刃傷
霾兩輪兮縶四馬
援玉枹兮擊鳴鼓
天時墜兮威靈怒
嚴殺盡兮棄原壄
出不入兮往不反
平原忽兮路超遠
帶長劍兮挾秦弓
首身離兮心不懲
誠既勇兮又以武
終剛强兮不可凌
身既死兮神以靈
子魂魄兮爲鬼雄

余《わ》が陣《じん》を凌《しの》ぎ、余《わ》が行《こう》を躐《ふ》み
左《さ》驂《さん》　殪《たお》れ、右《みぎ》　刃傷《じんしょう》す
両輪《りょうりん》を霾《うず》め、四馬《しば》を縶《つな》ぎ
玉枹《ぎょくほう》を援《と》りて、鳴鼓《めいこ》を撃《う》つ[2]
天時《てんじ》　墜《お》ち、威霊《いれい》　怒《いか》り
厳《きび》しく殺《ころ》し尽《つ》くされ、原壄《げんや》に棄《す》てらる
出《い》でて入《い》らず、往《ゆ》きて反《かえ》らず
平原《へいげん》に忽《わす》れられて、路《みち》　超遠《ちょうえん》
長剣《ちょうけん》を帯《たい》し、秦弓《しんきゅう》を挟《たばさ》み
首身《しゅしん》　離《はな》るれど、心《こころ》に懲《こ》りず
誠《まこと》に既《すで》に勇《ゆう》にして、又《ま》た以《も》って武《たけ》し
終《つい》に剛強《ごうきょう》にして、凌《しの》ぐ可《べ》からず
身《み》　既《すで》に死《し》して、神《しん》　以《も》って霊《れい》に
子《きみ》の魂魄《こんぱく》　鬼《き》の雄《ゆう》と為《な》る

〔合唱〕
呉《ご》の戈《ほこ》を手に持ち、犀《さい》の革の鎧《よろい》を着て〔陣頭に立ち〕
両軍の戦闘用馬車は轂《こく》をぶつけ合い、互いに刀剣で切り結ぶ白兵戦
林立する軍旗は太陽を翳《かげ》らせ、敵は雲のように無数に寄せ来て
矢が乱れ降り、兵士たちは先を争って突撃する

〔国殤のうた〕
〔敵は〕我が陣営を圧倒し、我が兵士たちを踏みつけにし
左の副《そ》え馬は倒れ、右の馬も傷ついた
馬車の両輪を土に埋め、四頭の馬もつなぎとめて〔退却を拒否し〕
玉《ぎょく》で飾った枹《ばち》を手に、攻撃合図の太鼓を高く打ち鳴らし続けた

〔合唱〕
天の時は我々を見捨て、峻厳な神々も我々に怒りを向け
厳しくも味方は壊滅して、死体は原野に棄てられたままとなった
家を出たがもどることなく、行ったまま、帰ることがない
広い野辺に遺棄されて、故郷への道ははるかに遠い

〔国殤のうた〕

長剣を腰にして、秦《しん》の弓をたばさんで
首《あたま》と身とがところを異にしたが、心に悔いることがない

〔合唱〕

まことに勇敢であり、くわえて武略に優れ
最後まで頑強に抵抗して、屈服させることができなかった
肉体は死んだが、その精神は超越的な力を具有し
あなた(国殤)の魂魄《たましい》は、死者たちの頭目となられた

1 国殤は、戦いの中で国のために死んだ兵士の霊をいう。この場合は、戦闘馬車に乗った指揮官の霊。殤は天寿を全うせぬまま、非業に死んだ者の魂。あるいは、祀る者のいない死者の霊。この篇は、そうした国殤の生前の勇敢な戦いぶりを歌って、その魂を慰めようとする鎮魂歌謡。呉戈は、呉越の地で産する青銅で作った戈(横向けに枝刃が付いた鉾《ほこ》)。主人公は馬車の上から戈を振るっていたのであろう。轂は車軸の先端。戦闘の中で馬車どうし轂をぶつけ合わせたりするので、そこに刃物が付けられることがある。短兵は刀剣の類。弓矢などが長兵と呼ばれるのと対をなす武器。

2 両輪を埋めて四馬を繋ぐのは、退却をしないという決意の表明。当時の馬車はみな二輪。枹で太鼓を打つのは前進の合図。軍勢の前進を止めるときには鐘を打つ。

礼《れい》魂《こん》

成禮兮會鼓
傳芭兮代舞
姱女倡兮容與
春蘭兮秋菊
長無絶兮終古

礼《れい》を成《な》して、鼓《こ》を会《かい》し
葩《はな》を伝《つた》えて代《か》わり舞《ま》う 1
姱女《かじょ》　倡《うた》いて容与《ようよ》たり 2
春《はる》には蘭《らん》、秋《あき》には菊《きく》
長《とこし》えに絶《た》ゆること無《な》く終古《しゅうこ》ならん 3

祭礼はとどこおりなく進行し、太鼓をこもごも撃ち
花を手渡しつつ、かわるがわる舞いを舞い
美しい女性が、ゆったりと歌う
春には蘭《らん》を、秋には菊を献じて

いつまでも絶ゆることなく、とこしえに祭祀を奉げまつらん

1 礼魂篇は、祭祀の最後に歌われる、歌舞を伴う送神歌(祭祀の場から去ろうとする神々を送り出す歌)。魂に礼すると名づけられているのは、死者への祭祀が中心となっていたからであろうか。この礼魂篇には、たとえば湘君篇に見えたような、人と神との間の齟齬はまだきざしていない。楚辞文芸の最も古い様相がこの篇に留められているのである。

2 姱女は美しい巫女。容与は時間がゆったり流れるさま。あるいは祭祀の中で実現される無時間的な時空をいう。

3 終古は永遠の時間をいう。正確にいえば、円環的な時間の流れの中に入ることをいい、俗的な直線的な時間の観点からすると、無時間的で、永遠のように感受されるのである。九歌の描く元来の祭祀の中では、人々はそうした聖的な時間を神々と共有できた。一方、離騒では「余 焉くんぞ能く此れと与に終古するに忍びんや」(七八頁)といって、円環を画くだけで、いっこうに前に進まない時間の罠に囚われることを拒否している。こうした同一語彙に対する含意の違いの背後には、楚辞諸篇の間に時間意識の変質があったのだと推測される。

天《てん》問《もん》第三

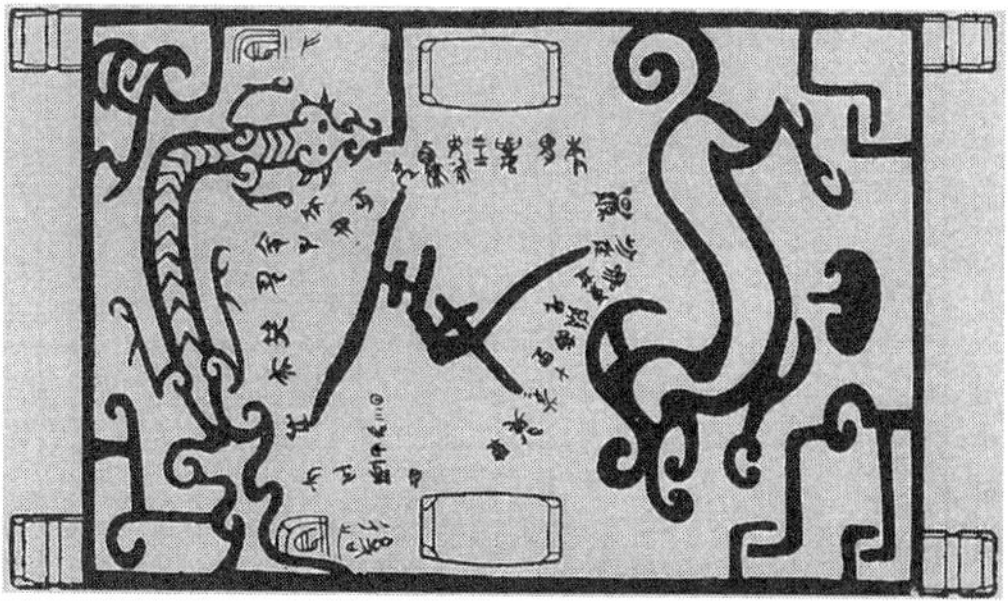

北斗・二十八宿・龍虎天文図(曾侯乙《そうこういつ》墓漆画)

天問は、天地開闢に始まる太古の神話から春秋戦国の交《こう》あたりまでの歴史故事に対して出された疑問を積み重ねてでき上がった作品である。この篇が、疑問を連ねる(解答はない)という、他に類例のない特異な内容を具えていることから、その製作の動機や目的について、さまざまな憶測がなされてきた。王逸《おういつ》「楚辞章句」が篇頭に付した序では、天問は屈原《くつげん》が作ったもの。天問とは問天(天に尋ねる)の意であり、楚の朝廷から放逐された屈原が、山野の中で楚の先王の廟や公卿の祠堂を見つけ、そこに画かれていた天地や神々、歴史故事の図画を見て、それに対する疑問をぶつけて、天問を作ったのだという。しかし、戦国時期の宗廟や祠堂に歴史的な絵画が系統的に画かれていた例は知られておらず、山野の中に先王の廟があったというのも疑わしい。おそらくは、王逸が知っていた、後漢時代の祠堂の画像石などに神話や歴史故事などの図像が刻されているという同時代の状況に基づき、類推を働かせて説明を付けたにすぎないのであろう。

天問は、基礎的な部分に巫覡《ふげき》集団が古くから伝承してきた神話的な知識があり、その上に独自の歴史意識が付加されて、作品として定着されたものだと考えられる。この篇は、四字句を基本とする句形に始まり、のちにはさまざまな句形をまじえている。疑問として掲げられる問題にも、最初の部分と後の部分とでは質的な差異がある。そうした点から、新古にわたるいくつかの時代の伝承が一つにまとめられて、現在の天問となったのであろう。その最終段階では、天への懐疑が表明されており、天命・天道の是非を問う司馬《しば》遷《せん》「史記」の歴史意識ともつながっているのである。天への問いかけという意味での天問という篇題は、この最終段階で定まったものであろうか。

　テキストに乱れがあり、また楚文化独自の神話伝説に拠っただろう部分もあって、天問には解釈がつかないところが多い。なお柳宗元は「天対」を作り、天問の疑問に答えるとともに、独自の哲学を開陳している。

曰遂古之初　誰傳道之
上下未形　何由考之
冥昭瞢闇　誰能極之
馮翼惟像　何以識之
明明闇闇　惟時何爲
陰陽三合　何本何化

曰《ここ》に遂古《すいこ》の初《はじ》め、誰《たれ》か伝《つた》えて之《こ》れを道《い》う[1]
上下《じょうげ》未《いま》だ形《かたち》あらざるに、何《なに》に由《よ》りて之《こ》れを考《かんが》う
冥昭瞢闇《めいしょうぼうあん》たるに、誰《たれ》か能《よ》く之《こ》れを極《きわ》む[2]
馮翼《ひょうよく》として、惟《た》だ像《しょう》のみ、何《なに》を以《も》って之《こ》れを識《し》る[3]
明《めい》を明《めい》とし、闇《あん》を闇《あん》とす、惟《こ》れ時《こ》れ何《なん》の為《な》すところぞ
陰陽《いんよう》　三合《さんごう》す、何《なに》を本《もと》とし、何《なに》を化《か》する[4]

そもそも天地の始まりの時のことを、だれが言い伝えたのか
天と地とがまだ形を成さない状況について、いかなる手段で考察することができたのか
光りと闇とが入り混じった混沌を、だれが見通せたのか
流動するイメージだけが存在する状況を、いかなる手段で識別できたのか
光りが光りとなり、闇が闇となったのは、いかなるものの働きであったのか

陰陽が互いに結合して世界が生み出されたとき、なにが核となり、なにが化成したのか

1 曰《えつ》は発語の助辞。古い歴史を語る文章の冒頭に曰の字が配されることが多い。西周時代の青銅器の銘文にも「曰古文王」などの、曰の字で始まるものがあり、「尚書」堯典篇の冒頭の「曰若稽古《えつじゃくけいこ》」の句も同じ。遂古は太古のむかし、天地開闢の時代。

2 冥昭瞢闇とは、光りと闇(昼と夜)とがまだ区別されていない、混沌状態。瞢は視覚による判断が困難な状況。以上に問われている、天地開闢のことや、光りと闇とが区分されていない時代のことについては、巫覡《ふげき》の伝承の中で語り伝えられ、その解答があった。合理主義的に考えて、天地開闢や混沌の時代のことは、人間がいなかったのだから、だれにも解らないという答えは、天問が予想している答えではなかったであろう。

3 馮翼は未定形の状態。一説には、エネルギーが満ち満ちた状況。「淮南子」天文訓に「天地未だ形あらず、馮馮翼翼たり」。像は、ひとまずはイメージと訳せるだろう。天地万物が形態を獲得する以前に、イメージだけが存在した世界があったとされる。「淮南子」精神訓に「古《いにしえ》、未だ天地のあらざるの時、ただ像のみにして形なし」。おそらくこの像は、「周易」や「老子」の哲学が、形而上的な道と形而下的な存在との中間に配し

ている「象」とも通じるのであろう。なぜそうしたイメージを象というのかについては、「韓非子」解老篇に、人々は生きた象を見たことがなく、死んだ象の骨から生きた象を想像する。それで、人が「意想」するものを象というのだと説明している。

4 陰陽三合について、三を参の意とし、陰陽が互いに結合して万物が生まれたとする説に拠った。陰陽と第三の要素とが結合して万物が生み出されたとする解釈もある。「春秋穀梁伝」荘公三年に、「独陰は生ぜず、独陽は生ぜず、独天は生ぜず、三合して然る後に生ず」。

圜則九重　孰營度之
惟茲何功　孰初作之
斡維焉繫　天極焉加
八柱何當　東南何虧
九天之際　安放安屬
隅隈多有　誰知其數

圜《まる》きは九重《きゅうちょう》に則《のっと》る、孰《たれ》か之《こ》れを営度《えいたく》せる 1
惟《こ》れ茲《こ》れ何《なん》の功《こう》、孰《たれ》か初《はじ》めて之《こ》れを作《つく》る
斡維《あつい》 焉《いず》くに繫《かか》り、天極《てんきょく》 焉《いず》くに加《くわ》う 2
八柱《はちちゅう》 何《いず》くに当《あ》たり、東南《とうなん》 何《なん》ぞ虧《か》けたる 3
九天《きゅうてん》の際《さい》 安《いず》くに放《いた》り、安《いず》くに属《ぞく》す
隅隈《ぐわい》 多《おお》く有《あ》り、誰《たれ》か其《そ》の数《かず》を知《し》る 4

円形の天は九層に作られているが、だれがこれを設計したのか
どのような工事をして、だれが最初にこの天を作り上げたのか
天の釣り手と張り綱とはどこに固定され、天の軸柱はなにの上に立てられたのか
八本の柱はどの方向に置かれ、東南の柱に隙間があるのはなぜなのか
九層の天の末端(宇宙の果て)は、どこまで広がり、その先はなににつながっているのか
天には多くの隅《ぐ》があるが、だれがその数を知っているのだろう

1 孰営度之の孰はだれの意。営度は構想を具体化すること、設計図を作ること。
2 斡維焉繫の斡は、馬車の車軸受け。この場合は、維《い》(張り綱)を結びつける天上の釣り手のこと。維は、テントの張り綱のように、天と地との間に張られた大綱。漢代のTLV鏡(方格規矩鏡)の紋様でいえば、Vが斡、斡と四角い大地の間を結んでいる太い綱が維。この維をつたって天に昇ることができるとされた。天極の極は柱の意味で、天を支える大黒柱。
3 八柱は、大地の果てにあって、天を支えている八本の柱。八つの方向の地の果てにある高山が柱の役目をする。後に見るように(一八九頁)、康回《こうかい》(共工《きょうこう》)という神が西北の柱

を折ってしまったため、天は西北方向へ傾き、東南の柱には、天との間にすきまがあるのだとされる。

4 隅隈はすみっこの意。「淮南子」天文訓に拠れば、天には九つの分野と、九千九百九十九の隅とがあるとされる。天を分割する〔おそらく最も〕小さな単位が隅。ここで、隅の数はいくつかと問わず、その数を知っているのはだれかと尋ねていることに注目したい。知っている人がいるという前提で疑問が出されているのである。すなわち、天地開闢や天地の構造についての神話的な知識は巫覡《ふげき》集団の中で伝承・共有されており、そうした人々の間で、天問の最初の部分は形成されたと推定されるからである。この最初の部分は、巫覡集団の中で、師から弟子へ知識が伝達される際の教理問答的な場を背景にして伝承されたものであったのだろう。

天何所沓　十二焉分　　天《てん》　何《なん》の沓《とう》する所《ところ》、十二《じゅうに》　焉《いか》に分《わ》かる 1
日月安屬　列星安陳　　日月《じつげつ》　安《いず》くに属《ぞく》し、列星《れっせい》　安《いず》くに陳《なら》ぶ
出自湯谷　次于蒙汜　　出《い》ずること湯谷《ようこく》自《よ》りし、蒙汜《もうし》に次《やど》る
自明及晦　所行幾里　　明《めい》自《よ》り晦《かい》に及《およ》ぶまで、行《ゆ》く所《ところ》　幾里《いくり》なるや 2

夜光何徳　死則又育
厥利維何　而顧菟在腹

夜光《やこう》　何《なん》の徳《とく》ぞ、死《し》すれば則《すなわ》ち又《ま》た育《いく》す 3
厥《そ》の利《り》は維《こ》れ何《なん》ぞ、而《しか》して顧菟《こと》の腹《はら》に在《あ》る 4

天はなにと嵌《はま》り合っているのか、天の十二の領域はどのように分割されたのか
太陽と月は、なにからぶら下がっており、星々は、なにの上に配列されているのか
〔太陽は、毎朝〕湯谷《ようこく》から出発をし、〔夕暮れに〕蒙《もう》の水辺に宿るが
明け方から日暮れまで、どれほどの距離を行くのか
夜光(月)にはいかなる徳(生命力)があって、死んでもまた再生するのか
なんの利益があって、〔月は〕顧菟《うさぎ》をお腹に容れているのか

1 沓は、合了《ごうす》の蓋と身とのように嵌り合っていること。天は地とはたがいに嵌り合っているのである。十二焉分の十二は、天上の十二次(辰)。太陽がひと月ごとに宿る星域。子《ね》から亥《いのしし》までの十二支に対応する。焉という疑問詞は、どことも、だれとも、いかにとも取れる。他の疑問詞についても同様である。

2 湯谷は暘谷《ようこく》ともいい、東方の極遠の地にある大地の割れ目。その谷の水中から太陽が出現する。一方、太陽がしずむ西方の地には蒙谷《もうこく》(昧谷《まいこく》)がある。汜は水辺。太陽は水中

に生まれ、天空を旅したあと、また水中に没する。大地全体が水の上に浮いているとされたのであろう。太陽が一日に移動する距離については、「淮南子」天文訓に「日は暘谷に出《い》で…蒙谷に至る…五億万七千三百九里」とある。この場合の億は十万をいう。

3 夜光は月のこと。月が欠けてもまた満ちる、再生能力の根源について尋ねる。ここで徳の語を生命力の意味に用いており、徳の字の古義を伝える。

4 月面の紋様について尋ねる。顧菟については、兎だとする説と蟾蜍《がまがえる》だとする説とがある。漢代以後の月の図像には両者がともに画かれている例が多い。ちなみに朱熹《しゅき》「集注」は、月は鏡のようなもので、その鏡に映った大地の影(すなわち地球の姿)が月の紋様だという説を引いている。

女岐無合　夫焉取九子
伯強何處　惠氣安在
何闔而晦　何開而明
角宿未旦　曜靈安藏

女岐《じょき》合《ごう》する無《な》きに、夫《そ》れ焉《いず》くに九子《きゅうし》を取《と》れる **1**
伯強《はくきょう》何処《いずく》におり、恵気《けいき》安《いず》くに在《あ》る **2**
何《なん》の闔《と》じて晦《くら》く、何《なん》の開《ひら》きて明《あか》るき **3**
角宿《かくしゅう》の未《いま》だ旦《たん》せざる、曜霊《ようれい》安《いず》くにか蔵《ぞう》せる **4**

女岐《じょき》は交合することもなかったのに、どのようにして九人の子供をもうけたのか

〔寒気をもたらす〕伯強《はくきょう》はどこにいるのか、〔温暖な〕恵気《けいき》はどこにあるのか
なにが閉じると世界は暗くなり、なにが開くと世界は明るくなるのか
角《かく》の星座が暁を知らせるまで、曜霊《ようれい》(太陽)はどこに隠れているのか

1 女岐のこと、よく解らないが、神話学でいう原始母神なのであろう。夫を持たぬ一人生《な》りの女神で、自然に九人の子供を懐胎した。その九人の子供が、それぞれに職務を分担して、人間が住めるように、この世界を秩序づけたのである。前段とのつながりで女岐を月の女神だとする説は取らない。なお女岐無合夫焉取九子の句を「女岐無合夫　焉取九子」と句読し、合夫(夫と交わる)を一つに読む説もあるが、「集注」が夫の字の発音を扶とし、発句の助辞とする説に従う。

2 伯強を世界の西北の果てから寒い風を吹き込む隅強《ぐきょう》のことだとする説に拠れば、寒気をもたらす神と恵気(暖気)をもたらす神との所在を尋ねた疑問である。寒気の神は西北の世界の果てに、暖気の神は東南の世界の果てにいるとされたのであろう。

3 中国に伝わるいくつかの神話を総合して推測すれば、大母神である女岐が目を開くとき、世界は明るくなり、その目を閉じるとき、世界は暗くなると考えられていたのであろう。

4 角《かく》は東方の星座。「集注」がいうように、角の星座がいつも東方にあるわけではないが、この場合は、東方蒼龍の角《つの》に当たる星座を挙げて、それがまだちゃんと昇っていないということで、東方未明の状況を表わした。曜霊は太陽のこと。日の出以前の太陽は、地中にあるとも、水中にあるともされた。

不任汨鴻　師何以尚之
僉曰何憂　何不課而行之
鴟龜曳銜　鯀何聽焉
順欲成功　帝何刑焉
永遏在羽山　夫何三年不施
伯禹腹鯀　夫何以變化

鴻《こう》を汨《おさ》むるに任《た》えざるに、師《し》　何《なに》を以《も》って之《こ》れを尚《たっと》ぶ 1
僉《みな》曰《い》わく、何《なに》をか憂《うれ》えんと、何《なん》ぞ課《か》せずして之《こ》れを行《や》る
鴟《し》亀《き》の曳銜《えいかん》するに、鯀《こん》　何《なん》ぞ焉《こ》れを聴《き》く 2
順《したが》いて成功《せいこう》せんと欲《ほっ》するに、帝《てい》　何《なん》ぞ焉《こ》れを刑《けい》す 3
永《なが》く遏《あつ》して羽山《うざん》に在《あ》り、夫《そ》れ何《なん》ぞ三年《さんねん》　施《し》せざる 4
伯禹《はくう》　鯀《こん》に腹《ふく》す、夫《そ》れ何《なに》を以《も》って変化《へんか》す 5

〔鯀《こん》には〕大洪水を治める能力がなかったのに、人々はなぜかれを推挙したのか

皆が心配ありませんと云ったとき、〔堯帝《ぎょうてい》は〕なぜ試しもせずに、鯀を出発させたのか

鴟《し》亀《き》が先導をし、銜《くわ》えて引っぱって道筋を教えたとき、鯀はなぜそれに従ったのか

治水は順調に進み、成功を目前にしていたのに、天帝はなぜ鯀に刑罰を与えたのか

鯀の遺体を長く羽山《うざん》に閉じ込めたまま、三年間も、ほったらかしにしたのはなぜなのか

伯禹《はくう》は鯀の遺体の腹の中から生まれたのだが、なぜそうした変成が可能であったのか

1 この一段以降、これまでの天地開闢やその構造への質問から、太古の大洪水を治めた鯀と禹王との父子のことについての質問へと移る。天問は、ここから第二段階に入ったのである。鯀の事績については、離騒の「鯀は婞直にして以って身を亡ぼし、終然に羽の野に殀す」(四六頁)の二句にも見えた。儒家の経典「尚書」洪範篇などでは、鯀は悪人だとされているが、楚辞文芸は鯀に対して同情的である。鴻は洪水。汨は治める、治水をやり遂げる。師は大衆の意。人々が治水に適した人材として鯀を推挙したことは、「尚書」堯典篇にも見える。

2 鯀は鴟《とび》と亀とに先導されて治水を行なった。鴟亀が通ったあとを堤防にしたということであろうか。鴟亀の二字で亀の一種をいうとする説もある。動物が歩いたあとをそのまま、堤防や城壁にしたという言い伝えは中国にも多いが、その中でも古いのがこの鯀の伝説である。

3 順欲の語について、王逸《おういつ》「章句」などは、鯀が人々の欲に順ったと読むが、仕事が順調に進んで、成功の見込みが立ったという意であろう。それなのに、天帝は鯀に刑罰を与えた。鯀が、息壌《そくじょう》と呼ばれる成長する土を天から盗み、それで治水を行なったため、天帝の罰を受けたことは、「山海経」海内経などに見える。天上の火を盗んだプロメテウスと同様に、鯀も我が身を犠牲にして、地上に秩序をもたらしたのである。ここでは、鯀の治水が成功しかかっていたのに、天帝が鯀を罰したため、その治水は完成しなかったといい、鯀の功績を認め、天帝の処置に疑問を呈している。天の采配に対して疑義を呈した質問がここに初めて見える。

4 羽山は東方の地の果ての山。東海の中にあるとされる。施は遺体を野ざらしにすること。「国語」晋語三に「秦人《しんひと》は冀芮《きぜい》を殺してこれを施す」。

5 伯禹は禹王のこと、大禹とも呼ばれる。鯀が羽山に押し込められたことや、鯀が刑死したあと、禹がその体内から生まれたことについて、「山海経」海内経に「帝は祝融に令し、鯀を羽郊《うこう》に殺さしむ。鯀は禹を復生す」とある。この復生の復と、ここの伯禹腹鯀の腹とけ通じるのであろう。洪興祖《こうこうそ》「補注」は腹の字を愎に作り、戻《もと》るの意だとする。

纂就前緒　遂成考功　　前緒《ぜんしょ》を纂就《さんしゅう》し、遂《つい》に考《ちち》の功《こう》を成《な》す

何續初繼業　而厥謀不同　　何《なん》ぞ初《はじ》めに続《つづ》け業《ぎょう》を継《つ》ぐに、厥《そ》の謀《はかりごと》は同《おな》じからざる[1]

洪泉極深　何以窴之　　洪泉《こうせん》の極深《きょくしん》なる、何《なに》を以《も》って之《こ》れを窴《うず》む[2]

地方九則　何以墳之　　地《ち》方九則《ほうきゅうそく》なるは、何《なに》を以《も》って之《こ》れを墳《たか》くす[3]

應龍何畫　河海何歷　　応龍《おうりょう》　何《なに》をか画《えが》き、河海《かかい》　何《なん》の歴《へ》るところぞ[4]

〔禹《う》は〕父親が始めた仕事を引き継ぎ、その仕事を完成させた

父の始めた仕事を引き継いだのに、そのやり方が異なっていたのはなぜなのか

洪水は限りなく深かったが、なにでそれを埋めたのか

大地は九段階に順序づけられたが、それぞれの土地にはどんな土を盛り上げたのか

応龍《おうりょう》は尻尾でなにを画き、河や海はなにがそこを遍歴して〔その位置を定めたのか〕

1 父と子とで、治水の方法が異なった。鯀は堤防などを築いて洪水を押し止めようとして治水に失敗し、禹は川筋を浚《さら》って水の流れを良くして治水に成功したとされる。「尚書」洪範篇に「むかし鯀は洪水を陻《ふさ》ぎ、その五行《ごぎょう》を汨《みだ》し陳《なら》ぶ。帝は乃ち震怒す」。

2 禹は、父親が手に入れた息壌《そくじょう》(息土《そくど》)を用いて、洪水の底知れぬ深みを埋めたのである。「淮南子」墜形訓に「禹は乃ち息土を以って洪水を塡め、以って名山となす」。寘は塡に同じ。

3 禹が治水をした大地は九つの州から成っており、州ごとに性質が異なる九種類の土壌が盛られた。それぞれの州の土壌の色や土質の違いについては「尚書」禹貢篇に詳しく列挙されている。

4 応龍は翼のある龍。「集注」が引用する「山海経」に「禹の水を治むるに、応龍あり、尾を以って地を画《かく》す。即ち水泉は流通す。禹は因りてこれを治む」とある。応龍が尻尾で示した通りに水系を整え、治水を行なったというのである。鯀は鴟《し》亀の指示を仰ぎ、禹は応龍の指示に従った。ちなみに、句形や押韻から見れば、この二句と対になる、もう一聯があったと推測されるが、脱落したのであろう。「応龍何画　河海何歴」の二句を「河海応龍　何尽何歴」と作るテキストもある。

鯀何所營　禹何所成
康回馮怒　墜何以東南傾
九州何錯　川谷何洿
東流不溢　孰知其故
東西南北　其脩孰多
南北順墮　其衍幾何

鯀《こん》 何《なん》の營《いとな》む所《ところ》、禹《う》 何《なん》の成《な》す所《ところ》
康回《こうかい》 馮《おお》いに怒《いか》り、墜《ち》 何《なに》を以《も》って東南《とうなん》に傾《かたむ》く 1
九州《きゅうしゅう》 何《なん》の錯《お》くところ、川谷《せんこく》 何《なん》の洿《こ》するところ
東流《とうりゅう》して溢《あふ》れず、孰《たれ》か其《そ》の故《ゆえ》を知《し》る 2
東西南北《とうざいなんぼく》、其《そ》の脩《しゅう》 孰《いず》れが多《おお》き
南北《なんぼく》 順墮《じゅんだ》す、其《そ》の衍《えん》は幾何《いくばく》ぞ 3

鯀《こん》はいかなる計画を立て、禹《う》はそれをどのように完成させたのか
康回《こうかい》(共工《きょうこう》)が激怒したとき、大地はなぜ東南に傾くことになったのか
九つの州はどのように配置され、川や谷筋はいかにして深く掘られたのか
東に流れる河川の水を集めた海が溢れない、その理由を知っているのはだれなのか
大地の幅は、東西方向と南北方向とで、どちらが長いのか
南北方向の方が長いのであるが、東西方向との差はどれほどであるのか

1 康回は共工の名だとされる。共工は、顓頊《せんぎょく》と帝の位を争ったが、それに敗れると、大いに怒って、西北の天柱である不周山《ふしゅうざん》に頭をぶつけた。そのため西北の天柱は折れて、

短くなり、天は西北方向に傾き、大地は東南方向に傾いた。「淮南子」天文訓に見える。墜は地の字に同じ。

2 ここでも、東に流れる水を集めた海が溢れないのはなぜかと問わず、だれが溢れない理由を知っているのかと尋ねている。こうした設問のしかたは、天地の構造を知る巫祝《ふしゅく》集団内部での知識伝承と関わっていたと推測される。なお、川の水がたえず海に注ぎ込んでも海が溢れない理由については、海の底に大きな排水口があるとする説や、海中に焼けた巨岩があって、それに触れた海水が蒸発してしまうからだとする説などがある。

3 隮は細長いこと。大地は完全な正方形ではないとされた。南北方向と東西方向の距離の差については、「呂氏春秋」有始篇に「おおよそ四海の内、東西は二万八千里、南北は二万六千里」とあるなど、さまざまな説がある。多くの場合、東西の方が少しだけ長いとされており、天問のように南北の方が長いとするのは少数意見。この段の最後の二聯のうち、最初の聯で、大地は東西方向と南北方向とでどちらが長いかと尋ね、次の聯では、南北方向の方が長いという答えを得た上で、その長さの違いを尋ねていることに注目したい。天問の発問者は、答えを知っていながら尋ねているのである。こうした設問からも、それが、巫覡《ふげき》集団内部における、師から弟子への知識伝授のための教理問答的な疑問提出であっただろうことが推測される。

崑崙縣圃　其尻安在
增城九重　其高幾里
四方之門　其誰從焉
西北辟啓　何氣通焉
日安不到　燭龍何照
羲和之未揚　若華何光

崑崙《こんろん》の県圃《けんほ》、其《そ》の尻《きょ》 安《いず》くに在《あ》る 1
増城《ぞうじょう》の九重《きゅうちょう》なる、2 其《そ》の高《たか》きこと 幾里《いくり》なる
四方《しほう》の門《もん》、3 其《そ》れ誰《たれ》か焉《ここ》に従《したが》う
西北《せいほく》 辟啓《へきけい》す、何《いず》れの気《き》か焉《ここ》を通《とお》る 4
日《ひ》 安《いず》くにか到《いた》らざる、燭龍《しょくりょう》 何《なに》をか照《て》らす 5
羲和《ぎか》の未《いま》だ揚《あ》がらざるに、若華《じゃくか》 何《なん》ぞ光《かがや》く 6

崑崙山《こんろんさん》の県圃《けんは》は、どこに位置を占めているのか
九層の城壁に囲まれた増城《ぞうじょう》は、その高さがいく里あるのか
大地の四方の果てにある門からやって来るのは、だれなのか
大地の西北の隅《すみ》には裂け目があるが、いかなる気がそこを通るのか
太陽の光りが及ばないのはどこか、燭龍《しょくりょう》が掲げる灯火はなにを照らしているのか
羲和《ぎか》(太陽)がまだ昇らぬとき、若木《じゃくぼく》の華が輝くのはなぜなのだろう

1 崑崙山は、神話学にいう宇宙山に当たる。宇宙の中心に位置し、その山を軸として、天と地とが貫かれている。中国古代の神話的地理学では、崑崙山は大地の西北の果てに

あるとされる。崑崙は昆侖とも書かれる。尻は居に同じ。尻の字だとする説もある。県圃の県は懸に通じ、天上にぶら下がった苑圃(ハンギング・ガーデン)。楽園の一種。離騒に「朝に軔を蒼梧に発し、夕べに余 県圃に至る」(六一頁)とある。

2 増城は崑崙山にある城郭。「淮南子」墜形訓に、崑崙の墟の中に九重の城壁に囲まれた増城があって、その高さは一万一千里百十四歩二尺六寸だという。

3 大地の四方の果てに立つ四つの門からは、四つの方向の風が吹き込み、我々の世界の気候を調節している。こうした四方から吹き込む風の観念はすでに殷墟の卜辞に見えるのであるが、「淮南子」などでは、それが八風の観念に進化している。

4 西北にある裂け目は、天に通じる天門であって、そこを通じて、天上の気(元気)がこの世界に吹き込む。それを不周《ふしゅう》の風という。

5 大地の西北の果てには、一年中、太陽の光りが照らさぬ地域があって、燭龍(燭を銜《くわ》えた龍)が、そうした地域に明るさをもたらしている。この燭は、オーロラのことか。

6 羲和は太陽が載る馬車の御者、太陽神自身をいうこともある。若華は、東方の果ての世界樹である若木《じゃくぼく》の華。「山海経」大荒北経に、若木には赤い華が咲くとある。この華の輝きが朝焼けのもととなるとされたのであろう。太陽がまだ地平線から昇らぬとき、若木の華がまず輝いて、夜明けを告げる。

何所冬暖　何所夏寒
焉有石林　何獸能言
焉有虬龍　負熊以遊
雄虺九首　儵忽焉在
何所不死　長人何守

何《いず》れの所《ところ》か冬暖《ふゆあたた》かく、何《いず》れの所《ところ》か夏寒《なつすず》しき
焉《いず》くにか石林《せきりん》有《あ》り、何《いず》れの獣《けもの》か能《よ》く言《い》う 1
焉《いず》くにか虬龍《きゅうりょう》有《あ》り、熊《くま》を負《せお》いて以《も》って遊《あそ》ぶ 2
雄虺《ゆうき》の九首《きゅうしゅ》にして、儵忽《しゅくこつ》たるは焉《いず》くに在《あ》る 3
何《いず》れの所《ところ》か不死《ふし》あり、長人《ちょうじん》何《なに》をか守《まも》る 4

どこの土地が冬も暖かく、どこの土地が夏も涼しいのか
石化した樹林はどこにあるのか、いかなる獣が人間の言葉を話すのか
熊を背中に載せて遊行する虬龍《きゅうりょう》がいるのはどこなのか
九つの頭を持つ雄虺《ゆうき》が、すばやく襲いかかってくるのはどこなのか
どこに不死があるのか、巨人はなにを守護しているのか

1 石林のこと、よく解らない。現在、雲南省に石林と呼ばれる景勝地があるが、関係はなさそうである。「礼記」曲礼上篇に「猩猩《しょうじょう》はよく言うも、禽獣を離れず」とあり、猩々だけに限らないであろうが、人間の言葉を話す獣がいるとされた。

2 虬は角《つの》のない龍。熊については、禹王《うおう》が治水の際に、熊の姿を取ったとされることか

ら、この二句を、禹王が龍の導きで治水を行なったことをいうとする解釈もある。なお、対句や押韻の関係から見て、この二句の前に「何□□□　□□□□」などといったかたちの二句があって、脱落した可能性がある。

3 虺はまむしの類。雄虺というのは虺の中でも大物をいうのであろう。招魂にも「雄虺の九首なる、往来すること儵忽」(四七一頁)といい、南方の怪物だとしている。

4 この二句は、世界の果てに生命の樹(不死樹)があり、巨人がそれを守っているという神話を基礎にした質問であろう。この長人が「国語」魯語下に見える、禹王によって殺された大人《たいじん》の防風氏《ぼうふうし》のことだとすれば、この一段全体が、禹王の治水神話に関わり、雄虺も、巡行する禹王を妨げた存在ということになろう。「括地図」(「芸文類聚《げいもんるいじゅう》」巻九十六)には、夏《か》王朝の主君に盛徳があったことから、二匹の龍が天から降って来た。禹はこれらの龍に車を牽かせ、范氏《はんし》を御者として、治水に出発した。南方を経巡る途中、防風の神が禹を目撃し、腹を立てて、弓矢で射た。急な雷があり、二匹の龍は天に昇っていった。防風の神は恐懼し、刃でみずからの心臓を貫いて死んだ。禹は防風神を憐れんで、不死の草といっしょに埋葬したところ、〔殉死した人々は〕みな生き返った。そうした人々のいる国を穿胸国《せんきょうこく》(胸に孔のある人々の国)と名付けたという伝説を載せている。

靡蓱九衢　枲華安居
靈蛇呑象　厥大何如
黑水玄趾　三危安在
延年不死　壽何所止
鯪魚何所　鬿堆何處
羿焉彃日　烏焉解羽

靡蓱《びへい》の九衢《きゅうく》なる、枲華《しか》　安《いず》くに居《お》る 1
霊蛇《れいだ》の象《ぞう》を呑《の》む、厥《そ》の大《だい》は何如《いかん》 2
黒水《こくすい》の玄趾《げんし》、三危《さんき》　安《いず》くに在《あ》る 3
年《とし》を延《の》ばして死《し》なず、寿《いのち》　何《いず》れの止《と》まる所《ところ》ぞ 4
鯪魚《りょうぎょ》　何《なん》の所《ところ》ぞ、鬿堆《きたい》　何《いず》くに処《お》る 5
羿《げい》　焉《いず》くに日《ひ》を彃《い》て、烏《からす》　焉《いず》くに羽《う》を解《と》く 6

九つの方向に大枝を伸ばす靡蓱《びへい》や、枲《し》の華《はな》はどこにあるのか
神秘な蛇が象を呑むというが、その蛇の大きさはどれほどなのか
黒水《こくすい》の玄《くろ》い沚《なぎさ》、三危《さんき》などの地は、どこにあるのか
長生きして死なないとすれば、その長寿の限界はどこにあるのか
鯪魚《りょうぎょ》がいるのはどこなのか、鬿堆《きたい》はどこにあるのか
羿《げい》はどこで太陽を射たのか、太陽に棲む烏はどこにその羽根を散らしたのか

1　この一段には、世界の果ての地域について、その地に産する動植物を中心にした質問が集められている。靡蓱については、水草だとする説もあるが、靡蓱九衢という表現を

含めて、その実態はよく解らない。枲は大麻。柳宗元「天対」に「浮山　孰《なに》をか産す、赤華これ枲」とあるのに拠れば、枲には真っ赤な華が咲く。この質問が前段を引き継いでいるとすれば、枲も不死の霊草とされたのであろう。

2 霊蛇のこと、「山海経」海内南経に「巴蛇は象を呑み、三年して然る後にその骨を出《い》だす」とあり、「章句」の引用は巴蛇を霊蛇に作る。その郭璞《かくはく》注に引く一説に拠れば、その蛇の長さは千尋である。ここまでは、南方の神話的な動植物についての問い。

3 黒水、玄趾(沚)、三危は、いずれも西極の地にあるとされる神話的な山水。黒水と三危とは、「尚書」禹貢篇に西域の地名として見える。黒水玄趾の語は、張衡《ちょうこう》「西京の賦」(「文選《もんぜん》」巻二)にも見える。黒い水が打ち寄せるみぎわが玄趾(沚)。

4 この質問も、極遠の地にあるという不死国をめぐって出されたものであろう。前段にも「何れの所か不死ある」とあった。不死の観念は、戦国時代ころから、人々の関心を集めるようになった。「山海経」海外南経に、不死の民が交脛国《こうけいこく》の東にいる。そのありさまは黒色で、長生きをして死なないとあり、遠遊にも「羽人に丹丘に仍り、不死の旧郷に留まる」(三八五頁)というほか、不死の薬をめぐる故事も多く語られるようになる。

5 鯪魚については様々な説がある。「山海経」海内北経に、陵魚は人の顔と手足とを持つが、胴体は魚であるという陵魚が、ここの鯪魚なのであろうか。鬿堆については、もっと解らない。鬿堆は鬿雀《きじゃく》の間違いで、「山海経」東山経に見える、北号の山は北海に臨む…鳥がおり、鶏の格好をしているが、頭部が白く、鼠の足と虎の爪を持つ。鬿雀と呼ばれる。こいつも人を食らうという怪鳥だとする解釈がある。

6 羿は弓の名人。十個の太陽が同時に天に昇り、地上世界を焼き焦がしたとき、羿がそのうちの九個を射落としたという神話は、「淮南子」本経訓などに見える。烏は太陽に棲む鳥。漢代の図像などには、太陽の中に三足の烏が画かれる。羿が太陽を射落としたとき、太陽に棲む烏は、地上に落ちて、その羽を散らせた。おそらく西方の異域の地には太陽の烏が落ちたという伝説の場所があるとされたのであろう。解羽は、元来は鳥の羽毛が抜け替わること。「穆天子伝《ぼくてんしでん》」巻三に「ここに陵衍平陸《りょうえんへいりく》ありて、碩鳥　解羽す」とあり、「古本竹書紀年」にも「穆王　北征し、積羽千里を行く」とあって、西方の極遠の地には、鳥の抜けた羽毛が積み重なる場所が広がるとされていた。崑崙県圃からここまでが、神話的な地理知識についての質問。

禹之力獻功　降省下土四方

焉得彼嵞山女　而通之於台桑

禹《う》の力《つと》めて功《こう》を献《けん》ぜんとし、降《くだ》りて下土四方《かどしほう》を省《み》る

焉《なん》ぞ彼《か》の嵞山《とざん》の女《むすめ》を得《え》て、之《こ》れに台桑《だいそう》に通《つう》ず 1

閔妃匹合　厥身是繼　妃《きさき》として匹合《ひつごう》し、厥《そ》の身《み》の是《こ》れ継《つ》がんことを閔《うれ》うるに

胡維嗜不同味　而快鼂飽　胡《なん》ぞ維《こ》れ嗜《この》みの味《あじ》を同《おな》じくせざるに、鼂飽《ちょうほう》を快《こころよ》くす2

禹《う》は力を尽くし功績を建てたいと考え、天より大地に降《くだ》り、四方を巡察していたのであるが

かの塗《と》山氏《ざんし》のむすめを見つけると、彼女と台桑《だいそう》の地で情を交わしたのはなぜなのか

それは配偶者を得て連れ合いとなり、子孫を遺したいと願ってのことであったが

なぜ凡人とは好むところが異なるはずの聖人の禹が、一時の欲望に身を任せたりしたのか

1 禹は、夏王朝の始祖だとされる禹王。大洪水を治めて、地上世界を安定させた。禹は、みずから志を立て、天から地上に降り、広く地上世界(九州)を巡りつつ、大地を秩序づけた。省は、支配者が各地に足を運び、そこを見ることによって、その地域を安定させ、支配地域に取り込む一種の儀礼(国見《くにみ》)。そのように仕事一筋であったはずの禹王が、巡

察の途上、嵞山(塗山)氏の女《むすめ》を見つけると、彼女と情を通じたのはなぜなのか。塗山は会稽山《かいけいざん》のことだともされる。禹が治水の途中に、塗山のもとにいた部族のむすめと仲良くなったことについては、「呂氏春秋」音初篇に見える。ちなみに、英雄たちも女性との色恋ざたで、その本来の志をよろめかせるのだという固定観念らしきものが天問の各所に見える。楚辞の各所に独特の女性観が見え、編者が男性たちであったことを示唆する。

2 この四句は、上の疑問に答えるかたちで引き継がれる。塗山氏のむすめと結婚をしたのは、連れ合いを得て、子孫を遺さねばならないと考えたからであった。しかし、世俗とは味覚を異にし、世俗の欲望などは超越しているはずの、聖人である禹王が、俗人と同じように鼂《あした》(朝)の飢え(性欲をいう)を飽《み》たしたりしたのは、なぜなのか。天命を受けたはずの英雄がその仕事をなぜ怠ったのかという設問は、天問全体の質問の流れの中で、これ以後、顕著になる、新しい性格の疑問である。飢えといって性的な衝動を表現すること、「詩経」曹風・候人篇の詩に「季女はここに飢えたり」などと見える。ちなみに、このあたりでは、六聯一単位でまとまった質問がなされていることからすれば、この一段も、禹に関する質問がさらに四句あったが、それが脱落したのかも知れない。

啓代益作后　卒然離蠥
何啓惟憂　而能拘是達
皆歸䠶𥷚　而無害厥躬
何后益作革　而禹播降
啓棘賓商　九辯九歌
何勤子屠母　而死分竟墜

啓《けい》　益《えき》に代《か》わりて后《きみ》と作《な》り、卒然《そつぜん》として蠥《わざわ》いに離《かか》る 1
何《なん》ぞ啓《けい》　惟《こ》れ憂《うれ》うるも、能《よ》く拘《こう》より是《こ》れ達《たっ》す 2
皆《み》な䠶𥷚《しゃきく》に帰《き》し、厥《そ》の躬《み》を害《がい》する無《な》し 3
何《なん》ぞ后益《こうえき》の革《かく》を作《な》すに、禹《う》　播《ま》き降《くだ》す 4
啓《けい》　商《しょう》(帝《てい》)に棘《しば》しば賓《ひん》し、九辯《きゅうべん》と九歌《きゅうか》あり 5
何《なん》ぞ勤《つと》むる子《こ》の母《はは》を屠《と》し、死《し》して分《わ》かれて墜《ち》を竟《お》うる

啓《けい》は益《えき》に取って代わって主君となったところ、たちまち災難をこうむった
啓は、憂慮すべき状況にあったが、どのようにして、その拘束から脱したのか
人々は、道理を行なう主君に心を寄せて、そうした主君を傷つけはしない
主君となった益が制度の変革に努めたのに、なぜ禹《う》はそうした益を追放したのか
啓は、天帝のもとにしばしば招かれ、天上で九辯《きゅうべん》と九歌《きゅうか》との楽曲を手に入れた
仕事熱心なむすこの啓が母を殺し、母の死体が地の果てまで散らばったのはなぜなのか

1 禹は元来、賢臣の益に夏王朝の主君の位を禅譲するつもりであった。しかし、実際に位を継いだのは、禹のむすこの啓であった。「古本竹書紀年」には「后啓は益を殺す」とあり、啓は益を殺して、位についたとしている。禅譲の伝統がここで絶え、君位の世襲が始まったとされるのである。そうした啓の行為に反対する勢力が啓を拘束したが、啓は巧みにその拘束を逃れた。孼は禍いの意味。孼いに離るとは、啓が反対勢力によって拘束されたことをいう。

2 躬籥の二字、よく読めない。「章句」が、躬は行なうこと、籥は窮めることと釈しているのを承け、「補注」は啓の行為が情理を尽くしたものであったことをいうとしているが、むしろ益のことをいうとすべきではなかろうか。このあたりは、禹の禅譲を受けた益は有為の主君であったのに、なぜ啓によってその位を奪われることになったのかという、歴史の不条理への疑問だと読みたい。

3 この二句も意味が取りにくい。播降は、功績のあった益を、禹王が不当に待遇したことをいうのであろうか。

4 啓棘賓商の句は、このままでは読みにくい。商の字を、帝の字の誤りだとする説が妥当であろう。啓は天帝のもとに、しばしば賓客として招かれ、天上で聴いた九辯と九歌の音楽を盗んで地上に持ち帰ったことをいうのである。「山海経」大荒西経に「夏后の開《かい》(啓)は、上りて三たび天に嬪(賓)し、九辯と九歌とを得て以って下る」とある。楚辞に収められている九辯と九歌も、神話的な観念では、天上に由来する音楽なのであった。棘の字を、「集注」は夢の字が崩れたものとする。啓は夢で天に上ったというのである。

5 啓は、母親の胸を裂いて出産したとされる。「世本」帝系篇に「禹の母の修己《しゅうき》は、神珠の薏苡《よくい》の如きを呑みて、胸を拆《さ》きて禹を生む」とある。ここでは、禹が生まれるとき、母親はその胸が裂けたとされているが、天問の背後にあった伝説では、啓が胸を裂いて出産したために、母親は死に、その尸体《したい》はばらばらになり、広い地域に分散したとされていたのであろう。現在も、嵩山《すうざん》のふもとに啓母石《けいぼせき》が遺っている。

帝降夷羿　革孽夏民
胡射夫河伯　而妻彼雒嬪
馮珧利決　封豨是射
何獻蒸肉之膏　而后帝不若
浞娶純狐　眩妻爰謀

帝《てい》　夷羿《いげい》を降《くだ》し、孽《うれ》いを夏民《かみん》に革《か》えんとす 1
胡《なん》ぞ夫《か》の河伯《かはく》を射《い》て、彼《か》の雒嬪《らくひん》を妻《つま》とす 2
馮珧《ひょうよう》と利決《りけつ》もて、封豨《ほうき》を是《こ》れ射《い》る 3
何《なん》ぞ蒸肉《じょうにく》の膏《こう》を献《けん》ずるに、后帝《こうてい》　若《うべな》わざる 4
浞《さく》　純狐《じゅんこ》に娶《めと》り、眩妻《げんさい》　爰《ここ》に謀《はか》る

何羿之射革　而交呑揆之

何《なん》ぞ羿《げい》の革《かく》を射《い》るに、交《こも》ごも呑《の》みて之《こ》れを揆《はか》る　5

天帝が夷《い》羿《げい》を地上に降《くだ》したのは、夏《か》王朝治下の民衆たちの難儀を除いてやろうとの意図であった

しかるにその羿は、なぜ河伯《かはく》を弓で射て、その妻の洛嬪《らくひん》を娶ったりしたのか

美々しい弓をたばさみ、弓小手《ゆごて》を着けて、羿は大きなイノシシを射殺した

羿がその脂身を祭肉として献《ささ》げたのに、天帝はなぜそれを嘉納しなかったのか

寒浞《かんさく》が純狐《じゅんこ》部族の女を娶ると、その美貌の妻は寒浞に悪智慧を授けた

革の鎧《よろい》を貫くような弓術を持っていた羿を、人々はいかにして取り押さえたのか

1　この一段では、羿の物語りが取り上げられている。夷羿(羿)は、前に太陽を射落とした神話的な英雄として見えた羿と同一人物であって、伝承の中で歴史化された人物となっている。この段に見える羿も弓の名手であり、有窮国《ゆうきゅうこく》の主君であったが、夏王朝を簒奪し、一時は天下を握った。「山海経」海内経に「帝俊は羿に彤弓《とうきゅう》と素矰《そそう》を賜い、以って下国を扶けしむ。羿ここに始めて去り、下地の百艱を恤《あわ》れむ」とある。羿は元来、地上世界の困難を除去するために、天から降された英雄であった。「淮南子」氾論訓に

「羿は天下の害を除き、死して宗布《そうふ》となる」とあり、その高誘注に「河伯は人を溺殺し、羿はその左目を射る」といって、羿が河伯を射たのも人々の害を除いた一例だとしている。

2 河伯は黄河の神、その妻が雒嬪。雒嬪は宓后《ふくこう》のことだともされるが、元来は洛水の女神であったのだろう。地名の洛は雒とも書かれる。天帝は夏王朝の混乱を治めさせるために羿を下界に遣わしたのに、そうした仕事を忘れて、洛水の女神と通じたりしたのはなぜなのかという疑問であり、前にあった、禹が治水の途上、嵞山の女と通じたのはなぜかというのと同質の問いである。天問の編者には、英雄たちは女性のために初志を見失うものだという歴史観があり、その理由を尋ねている。

3 珧は貝細工で飾った弓。その弓を馮《たば》み、利決(玉製の韝《ゆごて》)を手に着けて、羿は封豨(巨大なイノシシ)を射殺した。離騒に「羿　淫遊して以って畋に佚し、又た好んで夫の封狐を射る。固より流れを乱せば其れ終わること鮮し、浞も又た厥の家を貪る」(五一頁)とある。「春秋左氏伝」昭公二十八年に、后夔《こうき》のむすこに伯封《はくほう》がおり、豕《ぶた》のごとく貪ることから封豕《ほうし》と呼ばれた。その封豕を羿が滅ぼしたという記事が見えるが、それは、天問に見えるような物語りがさらに歴史化されたものなのであろう。

4 若は諾に通じる。喜んで受け容れるという意味。天帝が若するかどうかといった問いは、殷墟の卜辞にも見える。羿の奉げものを天帝が嘉納しなかった理由は解らない。「旧約聖書」創世記、カインとアベルの条にも似たような物語りが見える。

5 浞は寒浞のこと。羿は見捨てられていた寒浞を拾い上げて養い、臣下として寵愛した。その寒浞が、美貌の妻にそそのかされて、羿を謀殺した。交呑揆之の句は解りにくいが、寒浞に扇動された人々が、よってたかって英雄の羿を謀殺したという意味であろうか。「左氏伝」襄公四年に、おごり高ぶった夷羿が寒浞の扇動によって殺されたという物語りが見える。

阻窮西征　巌何越焉
化爲黄熊　巫何活焉
咸播秬黍　莆雚是營
何由并投　而鯀疾脩盈
白蜺嬰茀　胡爲此堂
安得夫良薬　不能固臧

阻《そ》にして西征《せいせい》の窮《きわ》まるに、巌《いわお》 何《いか》にして越《こ》ゆる 1
化《か》して黄熊《こうゆう》と為《な》るに、巫《ふ》 何《いか》にして活《い》かせる 2
咸《み》な秬黍《きょしょ》を播《ま》き、莆雚《ほかん》を是《こ》れ営《いとな》む
何《なに》に由《よ》りてか并《あ》わせ投《とう》じて、鯀《こん》の疾《しつ》 脩盈《しゅうえい》す 3
白蜺《はくげい》は嬰茀《えいふつ》し、胡《なに》をか此《こ》の堂《どう》に為《な》す
安《なん》ぞ夫《か》の良薬《りょうやく》を得《え》て、固《かた》く臧《ぞう》する能《あた》わざる 4

西方への旅は険阻な地形に阻まれたが、岩壁をどのようにして乗り越えたのか
その死体は黄色い熊に変化したが、巫《ふ》はそれをどのようにして生かし続けたのか
人々はみな〔鯀《こん》の指示に従い〕秬黍《くろきび》を播種し、蒲《がま》や雚《めはじき》などの除草に努めた
そうした鯀を、他の悪人たちといっしょに配流し、その悪事を誇大に宣伝したのは
なぜなのか
白い蜺《にじ》はとぐろを巻きつつ、この建物でなにをしていたのか
長生の霊薬を手に入れながら、なぜそれをしっかりとしまっておけなかったのか

1 この一段では、羿《げい》の神話と鯀の神話とが一続きのものとされている。羿は、世界の西の果ての神山まで旅をし、険阻な山をよじ登った。おそらくは、その頂上に達して不死を手に入れたとされていたのであろう。「山海経」海内西経に「海内の昆侖《こんろん》(崑崙)の虚《やま》…仁羿《じんげい》に非ざればよく岡の巌を上るなし」とあり、羿は岩壁を登攀し、崑崙山の頂上に到達したとされている。

2 鯀は治水に失敗し、天帝がかれを誅殺した。「国語」晋語八に「むかし鯀は帝の命に違《たが》い、これを羽山に殛《きょく》す。化して黄熊となり、以って羽淵に入る」とある。殺された鯀は黄色い熊となった。「山海経」海内経の郭璞注が引用する「開筮」に拠れば「鯀は殛

死して三年腐らず。これを剖くに呉刀を以ってすれば、黄龍に化す」とある。前の条と結び付けて考えれば、刑死した鯀の死体が腐らなかったのは、巫が、羿が崑崙山で手に入れた不死の薬を使ったからだとされていたのであろう。

3 鯀の治水は一旦は成功して、人々は秬黍(クロキビ)を播種し、水辺の雑草を除去することに精を出していた。しかるに、そうした鯀を刑して極遠の地に配流し、なぜその悪い評判を助長させたのか。鯀を他の悪人(四凶と呼ばれる)たちと幷わせ投じたことについては、「尚書」舜典篇に「共工《きょうこう》を幽洲に流し、驩兜《かんとう》を崇山《すうざん》に放ち、三苗《さんびょう》を三危に竄し、鯀を羽山に殛す」と見える。

4 この二聯は、羿が手に入れた不死の薬を、その妻の姮娥《こうが》(嫦娥《じょうが》)が盗んで服用し、月の女神となったことを取り上げる。「淮南子」覧冥訓に「羿は不死の薬を西王母《せいおうぼ》に請う。姮娥　窃《ぬす》みて以って月に奔《はし》る」とある。西王母から不死の薬を得たとされているが、この一段の最初の句と関係づければ、羿が崑崙山の頂上で不死の薬を手に入れたとされていたのであろう。此の堂とは、不死の薬を納めた建物のことか。白い蜺《にじ》(蛇の形をしていたのだろう)が、とぐろを巻いてこの堂を守っていて、仙薬は簡単には盗めないはずであった。「章句」は、王子僑《おうしきょう》が白蜺となって嬰茀《えいふつ》しつつ、崔文子《さいぶんし》に仙薬を与えたという伝説を引用する。白蜺は不死の薬と関係が深かったのである。

天式縱橫　陽離爰死
大鳥何鳴　夫焉喪厥體
蓱號起雨　何以興之
撰體協脅　鹿何膺之
鼇戴山抃　何以安之
釋舟陵行　何以遷之

天《てん》の式《さだめ》　縦横《じゅうおう》にして、陽《よう》　離《はな》るれば爰《ここ》に死《し》す
大鳥《だいちょう》　何《なに》をか鳴《な》き、夫《そ》れ焉《いず》くにか厥《そ》の体《からだ》を喪《うしな》う 1
蓱号《びょうごう》　雨《あめ》を起《お》こす、何《なに》を以《も》って之《こ》れを興《おこ》す
体《からだ》を撰《せん》して脅《わき》を協《きょう》するに、鹿《しか》　何《なん》ぞ之《こ》れに膺《あた》る 2
鼇《ごう》　山《やま》を戴《の》せて抃《べん》するに、何《なに》を以《も》って之《こ》れを安《やす》んず
舟《ふね》を釈《す》てて陵《おか》を行《ゆ》く、何《なに》を以《も》って之《こ》れを遷《うつ》す 3

天の法則はすべてを貫き、陽の気が喪われたとき、人は死ぬのが原則である
〔それなのに〕大きな鳥はなぜ鳴き、その死体はどこへ行ってしまったのか
蓱号《びょうごう》(雨の神)は雨を降らせるとき、いかなるメカニズムで雨を呼び起こすのか
奇怪な身体に二つの脇を併せ持つ、鹿(風の神)はなぜそのような形態を取ったのか
鼇《おおがめ》が山岳を載せ、手を拍《う》ち舞いを舞っていたのを、いかにして安定させたのか
鼇という舟を棄てて、神山を陸へ遷したとき、どのようにしてそれを移動させたのか

1　この二聯は、人間は、陽の気を喪ったとき、死ぬのが大原則であるのに、なぜ仙去し

て死なない者がいるのかという疑問であろう。ただ第一聯と大鳥の句がどのようにつながるのかは不明。「章句」は、崔文子《さいぶんし》の仙去のことをいうのだとしている。すなわち、崔文子は〔誤って殺してしまった〕王子僑《おうしきょう》の死体を、室（奥座敷）に安置し、壊れた筐《かご》で覆ったところ、王子僑は大きな鳥に変化して鳴き、筐を開けると、飛び去ってしまったという故事を挙げる。

2 この二聯についてもよく解らないが、雨の神（雨師）と風の神（風伯）についての質問だとする説に従って解釈を付けた。蓱号とは、萍翳《へいえい》のことで、雨の神の名前。「補注」は「山海経」の、「屏翳は海東にあり、時の人　これを雨師という」という句を引く。撰体協脅以下の二句もよく解らない。「章句」は、天は十二神鹿の、一身にして八足、両頭なるを撰んだと説明をするが、意味不明。風の神の飛廉が鹿の姿をしていたという伝承についての質問であろうか。

3 この二聯は、不安定な大地を秩序づけたことをいうのであろう。鼇は大きな海亀。海亀が山岳を背中に載せているというのは、大地全体を支えている大亀のことをいう。その亀が舞いを舞うと地震が起こる。「章句」は「列仙伝」の「巨霊の鼇あり、背に蓬萊の山を負いて抃舞し、滄海の中に戯る」という句を引く。東海の中の神山が鼇の背で支えられているという説は、「列子」湯問篇にも見える。「渤海の東…その中に五山あり…

五山の根は連著するところなし。常に潮波に随いて上下往還す…帝は…禺彊《ぐきょう》に命じ、巨鼇十五をして、首を挙げてこれを載せ、迭して三番たらしむ(三交代制にした)」。釈舟陵行以下の二句、よく解らないが、東海中の五岳の神話と関係する句だとすれば、禺彊が力持ちで、海に浮いていた神山を陸上に遷して、しっかりと据えつけたとする伝承があったのだろうか。

惟澆在戸　何求于嫂
何少康逐犬　而顚隕厥首
女歧縫裳　而館同爰止
何顚易厥首　而親以逢殆
湯謀易旅　何以厚之
覆舟斟尋　何道取之

惟《こ》れ澆《ぎょう》　戸《と》に在《あ》り、何《なに》をか嫂《そう》に求《もと》む 1
何《なん》ぞ少康《しょうこう》　犬《いぬ》を逐《お》いて、厥《そ》の首《かしら》を顚隕《てんいん》す 2
女歧《じょき》　裳《しょう》を縫《ぬ》い、館《やかた》を同《おな》じくして爰《ここ》に止《とど》まる
何《なん》ぞ厥《そ》の首《かしら》を顚易《てんえき》して、親《みずか》ら以《も》って殆《わざわ》いに逢《あ》う 3
湯《とう》　旅《りょ》を易《か》えんと謀《はか》り、何《なん》ぞ以《も》って之《こ》れに厚《あつ》くす
舟《ふね》を斟尋《しんじん》に覆《くつがえ》し、何《なん》の道《みち》もて之《こ》れを取《と》る 4

澆《ぎょう》は戸口にあって、嫂《あによめ》に何をたのんだのか
少康《しょうこう》が犬をけしかけたとき、どのようにして澆の首《かしら》は斬りおとされたのか

女岐《じょき》は裳《はかま》を縫ってやり、同じ建物で夜を過ごすことになった
どのようにして、頭の位置を変えて、みずからが災難を招くことになったのか
澆は人々の気持ちを変えさせようとして、どのように人々に恩恵を施したのか
斟尋《しんじん》の地で船を沈没させ、いかなる道をとってその国を手に入れたのか

1 この一段では、夏《か》時代の反逆者である澆をめぐる物語りについて質問しているが、よく解らないところが多い。直接には、三段前の、羿や寒浞の故事のあとを承けた、夏王朝の混乱をめぐっての質問である。澆は寒浞のむすこ。「春秋左氏伝」襄公四年に、寒浞は、羿の内室と仲良くなって、澆と豷《き》とを産ませた。寒浞は、みずからの世論操作と詐欺の能力に自信を持ち、民衆を大切にはしなかった。澆に命じて、軍隊を率いて斟灌《しんかん》氏《し》と斟尋氏とを滅ぼさせた。寒浞は、澆を過の国に、豷を戈の国におらせた。羿の部下であった靡が、有鬲氏《ゆうれきし》の後ろ盾を得て、過国と戈国の遺民たちを手勢にし、寒浞を滅ぼして、夏王室の少康を王位につけた。少康は過にいた澆を滅ぼし、后杼《こうじょ》は戈にいた豷を滅ぼしたとあるのが、この一段の背後にあった歴史物語りである。澆が戸口に立ったという二句は、かれが嫂と密通しようとしたことをいう。口実としてたのんだのは、後に見える裳のほころびを縫ってもらうことであろうか。

2 少康は犬をけしかけて、澆を殺した。澆の頭が斬りおとされたことについては、離騒にも「澆　身に強圉を被服し、欲を縦にして忍びず。日びに康娯して自ら忘れ、厥の首用って顚隕す」(五一頁)と、同じ語彙を用いて記している。

3 女岐は、前に見えた嫂と同一人物だとされる。少康は、夜間に澆を襲おうとし、澆と間違えて、寝ていた女岐の首を斬りおとした。親以逢殆という表現からすれば、女岐自身が、わざと澆と自分の寝床の場所を変えたという意味であろうか(背後に日本の袈裟《けさ》御前と類似するような物語りがあったのであろうか)。

4 湯は澆の誤りだとする説に従う。易旅の句の意味はよく解らないが、人々のこころを自分に向けさせようとしたという意味に取った。一説に澆が高性能のヨロイ(旅)を作ったことをいうとする。そのヨロイが動きやすく(易)、十分な厚さも持っていたと解するのである。斟尋の地で、澆が船を転覆させたことについては、「今本竹書紀年」に「澆は斟尋を伐ち、大いに濰《い》に戦う。その舟を覆し、これを滅ぼす」とある。斟尋の主力部隊を船戦さで破ったというのであろう。

桀伐蒙山　何所得焉
妹嬉何肆　湯何殛焉

桀《けつ》　蒙山《もうざん》を伐《う》ち、何《なん》の得《う》る所《ところ》
妹嬉《ばっき》　何《なん》ぞ肆《ほしいまま》にして、湯《とう》　何《なん》ぞ焉《こ》れを殛《きょく》す 1

舜閔在家　父何以鱞
堯不姚告　二女何親
厥萌在初　何所意焉
璜臺十成　誰所極焉

舜《しゅん》 閔《うれ》えて家《いえ》に在《あ》り、父《ちち》 何《なに》を以《も》って鱞《かん》となす
堯《ぎょう》 姚《よう》に告《つ》げざるに、二女《にじょ》 何《なん》ぞ親《した》しめる 2
厥《そ》の萌《きざし》 初《はじ》めに在《あ》り、何《なん》の意《い》する所《ところ》
璜台《こうだい》の十成《じゅうせい》なるは、誰《たれ》の極《きわ》めし所《ところ》 3

桀《けつ》は蒙山国《もうざんこく》を討伐して、なにを手に入れたのか
妹嬉《ばっき》はいかなる勝手気ままを行ない、湯王《とうおう》はどのように妹嬉を処罰したのか
舜《しゅん》は家でしょぼくれていたのに、父親はなぜかれに結婚相手を与えなかったのか
堯《ぎょう》が姚氏《ようし》に婚姻のことを告げないまま、二人のむすめはなぜ舜と仲良くなったのか
その発端は最初にあったのであるが、まずなにが企図されたのか
美石で飾られた高台は十層からなっていたが、だれがその頂上まで登れたのか

1　桀は夏王朝の最後の主君、帝履癸《りき》と呼ばれる。桀王は、蒙山国に軍を進めて、美女の妹嬉(末嬉)を手に入れた。桀がこの女性に迷わされた結果、夏王朝は滅びたとされる。すなわち最初の二句の問いに対して「妹嬉を手に入れた」という答えが予想されており、正しい答えが得られた上で、次の二句の質問へとつながっていく。天問の中で提出され

ている疑問が、質問者が自分が知らないことを尋ねたものではなかったことが、この部分でも確かめられる。湯《とう》は商(殷)王朝の湯王太乙《たいいつ》。夏王朝を討伐し、商王朝を開いた。

2 この二聯は、舜が堯帝の二人のむすめを妻としたことについて質問をする。その問いは、疑問を呈したものではなく、舜の結婚について、その経過の詳細について尋ねるものである。物語りを引き出すための質問だといえようか。舜は父母からひどい仕打ちを受けていた。「孟子」万章上篇に「舜は田に往き…旻天《びんてん》に号泣す」とある。そうした境遇にある舜の才能を見抜いた堯帝が、二人のむすめを、姚氏(舜の親族)には告げぬまま、舜に嫁がせた。万章上篇にはまた「帝(堯)の舜に妻《とつ》ぐるに、告げざるは何ぞや」と疑問が出されている。なお、舜の妻となった堯帝のむすめは、娥皇《がこう》と女英《じょえい》と呼ばれ、舜が九《きゅう》疑《ぎ》山《さん》(九嶷山)へ行くのに従って、楚の地で死んだあと、九歌に見える湘君・湘夫人になったともされる。

3 この二聯、意味の脈絡がつかめない。璜台は美しい石で飾られた高台。十成は十層。商王朝の始祖である簡狄《かんてき》がいたとされる台は九層であって、彼女はその頂上で天帝と接触した。すなわち九層の台は、九層から成る天と対応していた。十層から成る台は、その頂上に登れば、天帝をも下に見ることになる。そうした天に対する不遜な企てが夏王朝の始祖たちにきざしており、それがやがて天帝をなみする桀王の乱行につながったというのであろうか。強いて推測すれば、中国版のバベルの塔のような伝説があったのであろう。

登立爲帝　孰道尙之
女媧有體　孰制匠之
舜服厥弟　終然爲害
何肆犬體　而厥身不危敗
吳獲迄古　南嶽是止
孰期夫斯　得兩男子

登《のぼ》り立《た》ちて帝《てい》と為《な》るに、孰《たれ》か之《こ》れを道《みちび》き尚《たっと》ぶ
女媧《じょか》に体《たい》有《あ》るは、孰《たれ》か之《こ》れを制匠《せいしょう》す 1
舜《しゅん》 厥《そ》の弟《おとうと》に服《ふく》するも、終《つい》然に害《がい》を為《な》す
何《なん》ぞ犬体《けんたい》を肆《ほしいまま》にするも、厥《そ》の身《み》は危敗《きはい》せざる 2
呉《ご》の獲《と》ること古《こ》に迄《およ》び、南岳《なんがく》に是《こ》れ止《とど》まる
孰《たれ》か夫《そ》の斯《か》くのごときを期《き》し、両男子《りょうだんし》を得《え》たる 3

〔女媧《じょか》が〕帝の位に登るについては、だれが助言をし、だれが推挙したのか
女媧は身体をそなえていたのであるが、だれがその身体を制作したのか
舜《しゅん》はその弟の云う通りにしたのに、最後まで弟の害心を除くことができなかった
弟が畜生としての本性を表わしたとき、舜の身が危害を免れたのはなぜなのか
呉《ご》の国は、古《こ》公亶父《こうたんぽ》のもとから逃亡した兄弟を手に入れ、かれらは南岳に身を寄せ

た
二人もの男性(賢者)を手に入れられると、だれが予期したであろうか

1 第一聯の意味、よく解らない。次の聯に女媧の名が見えることから、第一聯も女媧のことをいうとすれば、女媧が帝位に登ったとする伝承があったのであろうか。女帝の即位は困難であっただろうが、だれがそのお膳立てをし、だれの後押しを得たものか。女媧は、人類を生んだ大母神。「風俗通義」(「太平御覧」巻七十八)に拠れば、女媧は黄土をたたき固めて人間を作ったとされる。人間の身体は女媧が制作した。それならば女媧自身の身体はだれが制作したのかと尋ねている。歴史的な事件を尋ねる部分に、女媧をめぐる神話的な伝承が出てくること、不可解。

2 舜が、堯に見出される以前に、その父母や弟からいじめられていたことが取り上げられている。「尚書」堯典篇に「鰥《かん》の下にあるあり、虞舜という…瞽《こ》の子にして、父は頑…象《しょう》は傲」とある。象は舜の異母弟の名。「史記」五帝本紀に「舜の父の瞽叟《こそう》は頑、母は嚚《ぎん》、弟の象は傲、みな舜を殺さんと欲す。舜は順適にして、子の道を失わず、兄弟に孝慈にして、殺さんと欲するも得べからず」とある。

3 迄古の古は古公亶父のことだとし、この二聯を呉《ご》太伯《たいはく》に関わる質問だとする説明もあ

るが、苦しい解釈。ただ他によい説明もないので、ひとまずその説に従う。周の先王の古公亶父には、太伯・虞仲《ぐちゅう》(呉仲、仲雍)・王季《おうき》(季歴《きれき》)の三人のむすこがいた。古公亶父は、ひそかに、王季に家を継がせて、王季の子の文王に周の家をまかせたいと考えていた。それを察知した太伯と虞仲とは、周を脱出し、南方へ逃亡して、太伯は呉の国を興した。「史記」呉太伯世家に詳しい。この場合の南岳は、安徽省の天柱山《てんちゅうざん》(霍山《かくざん》)を指すとされる。なお、この一段の六聯の問いは、女媧のこと、舜のこと、呉の太伯らのことと、時代的にばらばらで脈絡がない。テキストに乱れがあるとして、本文を移し、それぞれにふさわしい時代の質問と合わせようとする試みもあるが、ここでは元のテキストのまま、解釈を加えた。

縁鵠飾玉　后帝是饗
鵠《こく》を縁《ふち》にし玉《ぎょく》を飾《かざ》り、后帝《こうてい》 是《ここ》に饗《きょう》す

何承謀夏桀　終以滅喪
何《なん》ぞ夏桀《かけつ》を謀《はか》るを承《う》け、終《つい》に以《も》って滅喪《めっそう》す 1

帝乃降観　下逢伊摯
帝《てい》 乃《すなわ》ち降《くだ》りて観《み》、下《した》に伊摯《いしつ》に逢《あ》う

何条放致罰　而黎民大説
何《なん》ぞ条放《じょうほう》して罰《ばつ》を致《いた》し、黎民《れいみん》 大《おお》いに説《よろこ》ぶ 2

簡狄在臺嚳何宜
簡狄《かんてき》 台《だい》に在《あ》りて、嚳《こく》 何《なん》ぞ宜《よろ》しとす

玄鳥《げんちょう》　貽《おく》りものを致《いた》すに、女《むすめ》　何《なん》ぞ嘉《か》とす 3

玄鳥致貽女何嘉

鵠《こく》を縁飾りにし、玉《ぎょく》で飾った食器を用いて、天帝をもてなした〔殷の湯王《とうおう》は〕桀王《けつおう》を負かすべく、天帝からいかなる策略を授かって、夏《か》王朝を滅ぼしたのか
天帝が地上に降《くだ》って、しかるべき人物を物色していたとき、伊尹《いいん》と出会った
なぜ、遠方の地へ桀王を追放し、罰を与えたとき、民衆たちは大いに喜んだのか
簡狄《かんてき》が高い台《うてな》の上にあったとき、嚳《こく》(天帝)はなぜ彼女が適当だと判断したのか
ツバメが卵を遺していったとき、彼女はなぜ喜んで〔それを呑んだ〕のか

1 鵠は、はくちょう類の水鳥。それを縁どり紋様にした器の意味か。この二聯は、極上の食器で天帝をもてなした結果、天帝は、商(殷)の湯王に桀王を滅ぼすはかりごとを授けたという意味に取った。伊尹が鼎《かなえ》で調理した鵠の料理を担ぎ込んで、湯王に夏王朝を滅ぼす策略を授けたのだとする旧説は取らない。后帝など、帝の語を旧注は、多く地上の主君の意に解するが、ここの帝は天帝の意味であろう。天帝が人間の歴史へ介入したことの意味の探求が、天問が疑問を発する動機の一つであった。

2 伊摯は伊尹のこと。商の湯王は、伊尹を登用して、国政を委ねた。この二聯は、天帝

が地上に降って、伊尹を見つけ、その伊尹を介して、湯王による夏王朝の討伐を成し遂げさせたことをいう。条放致罰の条字について、旧注は、湯王が桀王を討伐した鳴条《めいじょう》の地をいうとするが、いささか無理なこじつけであって、条の字を遠いという意味に取った。

3 簡狄在台以下は、商(殷)王朝の始祖神話をめぐる質問。「史記」殷本紀に「殷〔の始祖の〕契《せつ》は、母を簡狄という。〔簡狄は〕有娀氏《ゆうしゅうし》の女《むすめ》にして、帝嚳《ていこく》の次妃となる。〔簡狄ら〕三人は行きて浴す。玄鳥(ツバメ)のその卵を墜とすを見て、簡狄は取りてこれを呑む。因りて孕みて契を生む」という。嚳何宜の嚳の字は、元来は帝の字であったと推測される。高い台の上にいる簡狄に、天帝が目を付け、ツバメを介して、彼女に、商王朝の王系を産み出させたというのである。離騒に「瑤台の偃蹇たるを望み、有娀の佚女を見る」(七三頁)とある瑤台がここの台であり、有娀の佚女は簡狄のことである。

該秉季徳　厥父是臧
胡終弊于有扈　牧夫牛羊
干協時舞　何以懐之

該《がい》　季《き》の徳《とく》を秉《と》り、厥《そ》の父《ちち》　是《こ》れ臧《よ》しとす[1]
胡《なん》ぞ終《つい》に有扈《ゆうこ》に弊《へい》し、夫《か》の牛羊《ぎゅうよう》を牧《ぼく》す[2]
干《かん》　協《したが》いて時《ここ》に舞《ま》う、何《いか》に以《も》って之《こ》れを懐《なつ》く

平脅曼膚　何以肥之
有扈牧豎　云何而逢
撃牀先出　其命何従

平脅《へいきょう》にして曼膚《まんぷ》なるは、何《いか》に以《も》って之《こ》れを肥《こ》やす 3
有扈《ゆうこ》の牧豎《ぼくじゅ》、云何《いか》にして逢《あ》う
牀《しょう》を撃つに先《さき》に出《い》ず、其《そ》の命《めい》　何《なに》の従《したが》うところぞ 4

該《がい》(王亥《おうがい》)は季《き》の徳をしっかりと継承し、その父親はかれを高く評価していた
そうした王亥がなぜ有扈氏《ゆうこし》のもとでおちぶれ、牛や羊の番をすることになったのか
干《たて》を巧みに操って舞った王亥は、どのようにして有扈氏の女《むすめ》の心をつかんだのか
幅広い胸、でっぷりした膚、王亥はいかにして立派な押し出しを具えたのか
有扈の牧童であった王亥は、どのようにして有扈氏のむすめと逢えたのか
斬りつけられる前に寝床から脱出できたのは、いかなる天命に従ったものか

1 この一段は、商王朝の祖先である王亥の事跡についての質問として読んだ。ここに見える該が、殷虚の卜辞にも見える王亥であることについては、王国維「殷卜辞中所見先公先王考」(『観堂集林』巻九)などに詳しい。季の名も卜辞に見え、王亥の父親の冥《めい》に当たるとされる。王亥は父親の徳行を受け継いだ。

2 有扈は、有易《ゆうてき》とも記される部族のこと。「山海経」大荒東経に「王亥は有易、河伯に

託して牛を僕(牧)す。有易は王亥を殺して僕牛を取る」とあり、その郭璞注は「竹書」を引用して「殷の王子の亥は、有易に賓して、これに淫す。有易の君の綿臣《めんしん》は殺して、これを放つ」といい、王亥が有扈の地において女性関係で問題を起こしたとする伝承があったことが知られる。王亥が淫した対象は有扈氏の族長のむすめであった。

3 この二聯、正確な意味は解らない。王亥の行動とその容姿とをいったものとして解釈した。有扈氏のもとで奴隷生活をしながらも、巧みな舞いと堂々たる風姿とで有扈氏の族長のむすめの心をつかんで王亥は成り上がった。干は干舞《かんぶ》、楯を手に持って舞う武舞。「周礼」春官・楽師の職文に、国の有力者の子弟たちに教える六つの小舞の一つとして干舞が挙げられている。

4 この一聯の疑問から逆に推測をすれば、有扈氏のむすめと仲良くなった王亥は、その女性と寝ているところを、反感を持つ者から襲撃された。寝床に斬りつけられた刃物をかいくぐり、かれは脱出することができたとする伝説があったと考えられる。

恒秉季徳　焉得夫朴牛
何往營班祿　不但還來
昏微遵迹　有狄不寧

恒《こう》　季《き》の徳《とく》を秉《と》り、焉《ここ》に夫《か》の朴牛《ぼくぎゅう》を得《え》たり
何《なん》ぞ往《ゆ》きて班禄《はんろく》を営《いとな》むに、但《ただ》に還《かえ》り来《き》たらざる 1
昏微《こんび》　迹《あと》に遵《したが》うも、有狄《ゆうてき》　寧《やすら》がず

何繁鳥萃棘　負子肆情
眩弟竝淫　危害厥兄
何變化以作詐　後嗣而逢長

何《なん》ぞ繁鳥《はんちょう》の棘《きょく》に萃《つど》い、子《こ》に負《そむ》いて情《じょう》を肆《ほしいまま》にす 2
眩弟《げんてい》　並《なら》びに淫《いん》し、厥《そ》の兄《あに》に危害《きがい》あらんとす
何《なん》ぞ変化《へんか》して以《も》って詐《さ》を作《な》し、後嗣《こうし》は長《なが》きに逢《あ》う 3

恒《こう》は季《き》の徳をしっかりと継承し、〔王亥《おうがい》が牧していた〕かの大きな牛を取りもどした

班禄《はんろく》の地に自分の領地を営み、有扈《ゆうこ》にもどることがなかったのはなぜなのか

上甲微《じょうこうび》は父親のやり方に従ったが、有狄《ゆうてき》部族は、かれに不満を懐いていた

どうして繁鳥《ふくろう》が棘《いばら》に集《とま》ったとき、子供をほったらかし、劣情をほしいままにしたのか

目のくらんだ弟たちはみな淫楽に走り、その兄は危機に陥った

いかに態度をつくろい、人の眼をごまかして、その子孫が長く続くことになったのか

1 恒(王恒)は、王亥の兄弟。殷墟の卜辞には亘と書かれている。その父親が季。朴牛の朴は大と釈される。一説に朴牛は牧牛のことだとし、王亥・王恒などの商王朝の先王が牛の牧畜を始めたことをいうとする。恒は有易に奪われていた牛を取りもどした。班禄

は地名だとされるが、不確か。

2 昏微は、上甲微のこと。王恒のむすこ。上甲微の名は殷墟の卜辞にも見える。昏と微とを別々の先王だとする説もある。商の先王の称号は、上甲微になってはじめて十干《じっかん》が付せられるようになる。上甲までの王系は神に属するものとされ、上甲以下が人王と考えられていたのであろう。有狄は、有易のことで、すなわち有扈部族のことだとされる。何繁鳥萃棘以下二句については、各種の解釈があるが、正解を得ない。上甲微をめぐる物語りに基づく質問であって、かれにも女性関係で問題を起こしたという伝承があったのだろう。

3 眩弟の眩を胲の字の崩れたものとし、胲は王亥をいうとする説もある。いずれにしろ、淫乱な兄弟の中から商王朝の始祖が出現し、その家系が長く続いたという道徳的矛盾を天問は問い質しているのである。

成湯東巡　有莘爰極
何乞彼小臣　而吉妃是得
水濱之木　得彼小子

成湯《せいとう》　東巡《とうじゅん》し、有莘《ゆうしん》　爰《ここ》に極《きわ》む
何《なん》ぞ彼《か》の小臣《しょうしん》を乞《こ》いて、吉妃《きつひ》を是《こ》れ得《え》たる 1
水浜《すいひん》の木《き》に、彼《か》の小子《しょうし》を得《え》たるに

夫何惡之　媵有莘之婦
湯出重泉　夫何辠尤
不勝心伐帝　夫誰使挑之

夫《そ》れ何《なん》ぞ之《こ》れを悪《にく》み、有莘《ゆうしん》の婦《おんな》を媵《よう》せしむ 2
湯《とう》　重泉《じゅうせん》より出《い》ず、夫《そ》れ何《なん》の罪尤《ざいゆう》ぞ
心《こころ》　帝《てい》を伐《う》つに勝《た》えざるに、夫《そ》れ誰《たれ》か之《こ》れを挑《いど》ま
使《し》む 3

成湯《せいとう》(商の湯王《とうおう》)は東方の地を巡り、遠く有莘国《ゆうしんこく》にまで至った
どのようにして小臣(伊尹《いいん》)を貰い受け、良き配偶者を手に入れることになったのか
水辺の桑樹の空洞《ほら》の中に、幼な子(伊尹)が発見された
その伊尹が憎まれて、有莘のむすめの結婚の際の、従者《おつき》とされたのはなぜなのか
湯王は重泉《じゅうせん》の獄から脱出したが、湯王の罪科はそもそも何であったのか
夏帝《かてい》を討伐することに躊躇《ためら》いがあった湯王を、強くそそのかしたのはだれなのか

1 この一段では、殷(商)王朝の始祖である湯王の事跡について、その宰相であった伊尹との関係を中心に述べている。成湯は、商王朝を開いた湯王のこと。湯王は、東方の有莘部族の地まで旅をした際に、のちにその宰相となる伊尹を見つけた。「呂氏春秋」本味篇に「伊尹…長じて賢なり。湯は伊尹のことを聞き、人を使わしてこれ(伊尹)を有侁《ゆうしん》

氏《し》に請う。有侁氏は不可とす。伊尹もまた湯に帰せんと欲す。湯はここにおいて婦を取《めと》りて婚をなさんことを請う。有侁氏は喜び、伊尹を以って女《むすめ》の媵となす」とある。有侁氏は、ここにいう有莘氏である。伊尹の入れ智慧で、湯王は有莘氏のむすめを娶り、その花嫁行列の一員として、伊尹は有莘氏のもとを脱出することができた。媵は、婚礼の際に花嫁に付いてゆく従者たち。「春秋左氏伝」僖公五年に「晋は…虞公《ぐこう》およびその大夫の井伯《せいはく》を執《とら》えて以って秦の穆姫《ぼくき》(晋の皇女)に媵せしむ」とあるように、身分ある者を媵とするのは、その者に辱めを与えることであった。

2 伊尹が水辺の樹木の洞の中で発見されたことについて、「呂氏春秋」本味篇に次のように述べている。「その母は、伊水の上《ほとり》に居りて孕む。夢に神ありて、これに告げていわく、臼《うす》より水の出れば、東に走りて顧みるなかれと。明日、臼の水を出《い》だすを視る。その隣に告げて、東に十里を走りて顧みる。その邑は尽く水となり、身は因りて化して空桑となる。故にこれに命じて伊尹という」。すなわち、伊尹は母親が化した桑の木の洞《うろ》の中でその一命を取り留めた。なお邑が水中に沈むという伝説は、「旧約聖書」のソドムの壊滅などにも通じる、全世界に広がる伝承を基礎にした物語りである。

3 重泉は地名。そこに牢獄があった。夏の桀王《けつおう》が湯王を捕らえて夏台に閉じ込めたこと、「史記」夏本紀に見える。この夏台は鈞台(均台)であり、すなわち重泉のことだとされる。「太公金匱《きんき》」には「桀は湯に怒り、諛臣の趙梁《ちょうりょう》の計を以って、召してこれを均台に囚え、これを重泉に寘《お》く。湯は乃ち賄《まいない》を行ない、桀は遂にこれを釈《ゆる》し、これに賞するに賛茅を以ってす」という一文があるという。「太公金匱」は重泉を地下牢などと考えていたのだろうか。

會鼂爭盟　何踐吾期　　会《かい》の鼂《あした》に盟《めい》を争《あらそ》う、何《なん》ぞ吾《わ》が期《き》を践《ふ》む
蒼鳥群飛　孰使萃之　　蒼鳥《そうちょう》　群《む》れ飛《と》ぶに、孰《たれ》か之《こ》れを萃《あつ》め使《し》む 1
到擊紂躬　叔旦不嘉　　到《いた》りて紂《ちゅう》の躬《み》を撃《う》つに、叔旦《しゅくたん》　嘉《よみ》せず
何親揆發足　周之命以咨嗟　　何《なん》ぞ親《した》しく発足《はっそく》を揆《はか》るに、周《しゅう》の命《めい》　以《も》って咨嗟《しさ》す 2
授殷天下　其位安施　　殷《いん》に天下《てんか》を授《さず》く、其《そ》の位《くらい》　安《いず》くに施《ほどこ》す
反成乃亡　其罪伊何　　成《せい》に反《はん》して乃《すなわ》ち亡《ほろ》ぶ、其《そ》の罪《つみ》　伊《こ》れ何《なん》ぞ
爭遣伐器　何以行之　　争《あらそ》いて伐器《ばっき》を遣《つか》わすに、何《なに》を以《も》って之《こ》れを行《や》る
竝驅擊翼　何以將之　　並《なら》び駆《か》けて翼《よく》を撃《う》つ、何《なに》を以《も》って之《こ》れを将《ひき》う 3

武王が甲子《こうし》の朝に会盟をすべく努め、約束の期日を守ろうとしたのはなぜなのか

鷹が群れて飛ぶような周の軍勢、この軍勢をだれが一つにまとめたのか
紂王《ちゅうおう》を直接に攻撃することになったとき、周公旦《しゅうこうたん》はまだその時期ではないとしたみずから企図して軍を動かしたのに、周が授かった天命についてなぜ嘆いたのか
天が殷に天下を授けると、王位にあって、いかなる施策を行なったのか
殷王朝は一旦は成功しながら、滅亡してしまった、その罪はどこにあったのか
武器を持った兵士たちを出陣させたとき、どのようにして軍勢を動かしたのか
みなが殺到して敵の陣に攻撃をかけたとき、どのようにしてその指揮をとったのか

1 この一段は、周の武王による、殷の紂王討伐のことを述べる。この一段が八聯からなっているのは、六聯一段をなす前後のスタイルと少し異なる。テキストに乱れがあるのだろうか。五聯・六聯が贅句《ぜいく》であるようにも見える。鼂の字は朝に同じ。会は甲に通じるという。甲子の朝に、周と殷との軍は牧野《ぼくや》で決戦をした。践吾期(約束の期日を守った)について、「章句」は、武王が紂王の部下に対し甲子の日に開戦すると約束したが、雨が降って行軍が遅れた。しかし、期日に遅れれば、その部下が紂王に殺されるだろうことを恐れて、強行軍をして期日を守ったという故事を引いている。第二聯の蒼鳥群飛以下について、蒼鳥は鷹で、武王の軍勢は鷹が群れ飛ぶようであったと「章句」などは

解釈するが、望文生義《ぼうぶんせいぎ》の説明のようで、しっくりしない。

2 この二聯は、武王の軍が孟津《もうしん》(盟津、黄河の渡河点)まで来ながら、一旦は軍を引いたことをいうとされる。叔旦は周公旦、周の武王の弟で、助言者。周公旦は、孟津において、周に下された天命はまだ完全ではないと判断して、紂王討伐の軍を引き返させた。「史記」周本紀では、武王が「天命は未だ可ならず」と云ったとされている。ただこれは甲子の日の殷周決戦に先立つ事件であって、時間的順序が前後する。「到撃紂躬　叔旦不嘉」の二句について、「集注」は、戦勝した武王が紂王の死体に矢を射かけたことに対して、周公旦が賛同しなかったことをいうとする。意味はよく通じるが、次の二句とのつながりが解りにくい。

3 この二聯も意味が取りにくい。武王が紂王を討伐するに際して、「尚書」牧誓篇に遺るような宣言をして、兵士たちを励ますと同時に規律づけたことをいうのであろうか。伐器は攻伐のための武器。翼は横に広がる陣地。

昭后成遊　南土爰底
厥利惟何　逢彼白雉
穆王巧梅　夫何爲周流

昭后《しょうこう》　遊《ゆう》を成《な》し、南土《なんど》　爰《ここ》に底《いた》る **1**
厥《そ》の利《り》　惟《こ》れ何《なん》ぞ、彼《か》の白雉《はくち》に逢《あ》う **2**
穆王《ぼくおう》　巧梅《こうばい》、夫《そ》れ何為《なんすれ》ぞ周流《しゅうりゅう》す

環理天下　大何索求
妖夫曳衒　何號于市
周幽誰誅　焉得夫褒姒

天下《てんか》を環理《かんり》するに、夫《そ》れ何《なに》をか索求《さくきゅう》す 3
妖夫《ようふ》 曳衒《えいけん》し、何《なに》を市《いち》に号《さけ》ぶ 4
周幽《しゅうゆう》 誰《たれ》を誅《ちゅう》し、焉《いか》に夫《か》の褒姒《ほうじ》を得《え》たる 5

周の昭王《しょうおう》は遠征に成功して、南方の土地も周の支配下に入った
その昭王は、白い雉と遭遇したことによって、いかなる利益を得たのか
言葉に巧みで貪婪であった穆王《ぼくおう》は、なにを求めて遠方の地を経巡《へめぐ》り
天下全体を支配下に収めながら、さらになにを求めていたのか
怪しい男が行商をしながらやって来て、市場でなにを叫んだのか
周の幽王《ゆうおう》はだれを誅伐せんとし、どのようにして褒姒《ほうじ》を手に入れたのか

1 この一段は、西周王朝の諸王たちの事績についての質問。周の昭王は、南方に遠征し、楚の地にまで至った。そこで船が壊れ、溺死したとされる。「春秋左氏伝」僖公四年に「昭王は南征して復《かえ》らず」とあり、その杜注に「昭王は成王の孫、南に巡狩し、漢(漢水)を渉るに、船壊れ、溺る」とある。

2 白雉は、瑞祥の鳥。ただ、昭王が南方の地で白雉を手に入れたという記事は見つけら

れない。「孝経援神契」に、周の成王の時に、〔南方の〕越裳〔氏〕が白雉を献じたという記事が見え、成王の時代のことだとしている。

3 穆王巧梅の梅は、貪るの意だとされる。周の穆王が天下を周遊したことについては、「左氏伝」昭公十二年に、「むかし穆王はその心を肆《ほしいまま》にせんと欲し、天下を周行して、将にみな必ず車轍と馬跡あらしめんとす」とある。穆王の周行伝説の一端は「穆天子伝」に留められている。

4 妖夫曳衒の句については、さまざまな解釈がある。妖夫は、神がかりになった男。この男が市場で叫んだのは、西周王朝の滅亡の予言であったのだろう。曳衒は、夫婦つれだって行商をしたことをいうとも釈されるが、不確か。

5 褒姒は周の幽王の后。西周王朝の滅亡を決定的にした悪女だとされる。周の幽王が褒の国を攻めようとしたとき、褒の国から美女の褒姒が献上され、幽王の后となった。褒姒を笑わせるために、幽王は有事でもないのに敵襲をしらせる狼煙《のろし》を上げたため、本当の危機が訪れたときには対応できなかったという。

天命反側　何罰何佑

齊桓九會　卒然身殺

天命《てんめい》　反側《はんそく》し、何《なに》を罰《ばっ》し　何《なに》を佑《たす》く 1

斉《せい》の桓《かん》　九会《きゅうかい》するも、卒然《そつぜん》として身《み》　殺《し》す 2

彼王紂之躬　孰使亂惑
何惡輔弼　讒諂是服
比干何逆　而抑沈之
雷開阿順　而賜封之
何聖人之一徳　卒其異方
梅伯受醢　箕子佯狂

彼《か》の王紂《おうちゅう》の躬《み》、孰《たれ》か乱惑《らんわく》せ使《し》む
何《なん》ぞ輔弼《ほひつ》を悪《にく》み、讒諂《ざんてん》に是《こ》れ服《ふく》す 3
比干《ひかん》 何《なん》ぞ逆《さか》らいて、之《こ》れを抑沈《よくちん》し
雷開《らいかい》 阿順《あじゅん》して、之《こ》れに賜封《しほう》す 4
何《なん》ぞ聖人《せいじん》の一徳《いっとく》なるに、卒《つい》に其《そ》れ方《ほう》を異《こと》にす
梅伯《ばいはく》 醢《かい》を受《う》け、箕子《きし》 佯《いつわ》り狂《きょう》す 5

天命はころころと変転するが、いかなる者を罰し、いかなる者を助けるのが原則なのか
斉《せい》の桓公《かんこう》は九度まで会盟を行なったが、その身はあっけなく死ぬこととなった
かの紂王《ちゅうおう》は、だれがかれを惑わして、その身を誤らせたのか
なぜ忠告をする補佐たちを忌み嫌い、讒言《ざんげん》や諂《へつら》いを受け容れたのか
比干《ひかん》がどのように逆らったということで、これを押さえつけたのか
［一方で］雷開《らいかい》は主君に諂ったことで、恩賞や領地を賜った
聖人は同一の徳を共有しているはずなのに、なぜその処世はさまざまであるのか

梅伯《ばいはく》は醢《しおから》にされる一方、箕子《きし》は狂人のふりをし〔てその身を守っ〕たのであった

1 この段から文体が変化し、質問の内容も、天命(天の統治原理)が本当に正しいのかどうかという根本的疑問につながるものとなる。反側は寝返りをうつこと。無原則に変転すること。

2 斉桓は春秋時代の覇者の一人、斉の桓公のこと。「論語」憲問篇に「桓公は九たび諸侯を合するも、兵車を以ってせず」とあり、「国語」斉語にも「兵車の属は六、乗車の会は三」と見えて、諸侯たちをまとめて天子に仕えたことをいう。桓公の死後、斉の王室にお家騒動が起こり、ちゃんとした桓公の葬儀が行なわれなかった。周王のために尽くした桓公が、その終わりを全うできなかったのはなぜなのか。

3 殷の紂王は、后の妲己《だっき》に惑い、悪政を行なったとされる。しかしこの二聯の質問の出し方から見れば、支配者の個人的な意思を越えて、その背後に天の意向が存在しており、その天意が支配者に働いた結果、賞罰の基準を失わせたのではないかとの懐疑を表明しているようである。

4 比干は紂王の叔父。紂王に諫言をしたことから殺された。雷開は佞臣《ねいしん》。前漢の賈誼《かぎ》が楚辞に倣って作った惜誓篇に「梅伯は数《しば》しば諫《いさ》めて醢されるに至り、来革《らいかく》は志に順《したが》いて

国に用いらる」と見える来革が雷開のことだろうとされる。

5 梅伯は、殷の諸侯。紂王をしばしば諫めたことから、紂王に殺され、その肉は醢にされた。中国の古代には、人肉で醢を作ったという伝説が少なくない。箕子は紂王の一族。紂王の暴虐を見て、狂人のふりをして民間に隠れた。伝説では、のちに朝鮮におもむき、箕子朝鮮国を建てたとされる。梅伯も箕子もともに聖人であったが、その処世がまったく異なるのはなぜなのか。

稷維元子　帝何篤之
投之于氷上　鳥何燠之
何馮弓挾矢　殊能將之
既驚帝切激　何逢長之
伯昌號衰　秉鞭作牧
何令徹彼岐社　命有殷國

稷《しょく》 維《こ》れ元子《げんし》、帝《てい》 何《なん》ぞ之《こ》れに篤《あつ》くす
之《こ》れを氷上《ひょうじょう》に投《とう》ずるに、鳥《とり》 何《なん》ぞ之《こ》れを燠《あたた》む1
何《なん》ぞ馮弓《ひょうきゅう》に矢《や》を挾《たばさ》み、殊能《しゅのう》もて之《こ》れを将《おこ》なう
既《すで》に帝《てい》を驚《おどろ》かすこと切激《せつげき》なるに、何《なん》ぞ之《こ》れを長《なが》くするに逢《あ》う2
伯昌《はくしょう》 衰《すい》に号《ごう》し、鞭《むち》を秉《と》りて牧《ぼく》を作《な》す
何《なん》の令《れい》か彼《か》の岐社《きしゃ》に徹《てつ》し、命《めい》じて殷国《いんこく》を有《ゆう》せしむ3

后稷《こうしょく》は周族のあととりむすこであったが、天帝はなぜかれに篤く目をかけたのか
后稷が氷の上に棄てられたとき、鳥たちはなぜかれを温めたのか
大きな弓に矢をたばさむと、なぜ超越的な能力でこれを自在に扱えたのか
そうした后稷は、天帝をひどく心配させたのに、なぜその子孫は長く続いたのか
伯昌《はくしょう》(文王)は、殷王朝の統治に陰りが見えたころ、権力をにぎり西方の覇者となった
いかなる天命が岐《き》の社《やしろ》に下り、殷に替わって国家を保持することを命じたのか

1 稷は周族の始祖の后稷。「詩経」大雅・生民篇に、母親の姜嫄《きょうげん》が天帝と交わって后稷を生んだあと、「誕《おお》いにこれを寒氷に寘《お》くに、鳥は覆いてこれを翼す」とある。后稷は、生後間もなく、いろいろな所に棄てられたが、いつも保護するものが出現して、生き延びることができたとされる。なお、前段に西周王朝の諸王の事跡とその滅亡が取り上げられているのに、ここで再び西周の始祖について問われているのは、天命を視点とした質問なのであろうか。

2 后稷が弓の名人で、その卓越した能力は天帝をも危惧させたという伝説は、他には見えない。この二聯が后稷以外の周の遠祖の事績を述べたものである可能性もあるだろう。

ただこれを周の武王の故事だとする解釈は、次に文王が出てくることからしても、いささか苦しい。

3 伯昌は周の文王、姫昌《きしょう》のこと。「史記」周本紀に「公季が卒《しゅっ》し、子の昌が立つ。これを西伯となす。西伯を文王という」とある。西伯は西方の支配者(覇者)。岐は陝西《せんせい》盆地の西部、岐山のふもとの周原に置かれた周族の古い根拠地。岐の社(土地神のやしろ)に天命が降ったことについては、「墨子」非攻下篇に「赤鳥は珪《けい》を銜《ふく》みて周の岐社に降り、いわく、天は周の文王に命じて、殷を伐ちて国を有せしむ」と見える。

遷藏就岐何能依　　蔵《ぞう》を遷《うつ》して岐《き》に就《つ》くに、何《なん》ぞ能《よ》く依《よ》る1

殷有惑婦何所譏　　殷《いん》に惑婦《わくふ》有《あ》り、何《なん》の譏《そし》る所《ところ》2

受賜茲醢　西伯上告　　受《じゅ》　茲《こ》の醢《かい》を賜《たま》い、西伯《せいはく》　上告《じょうこく》す3

何親就上帝罰　　何《なん》ぞ親《した》しく上帝《じょうてい》の罰《ばつ》に就《つ》き

殷之命以不救　　殷《いん》の命《めい》　以《も》って救《すく》わざる

周の太王が所持品の一切合財を運んで岐《き》に移住したとき、なぜ人々を付き従わせることができたのか

殷には主君を惑わす后《きさき》がいたが、彼女はいかなる讒言をなしたのか
受《じゅ》(紂王《ちゅうおう》)が醢《しおから》を下賜して食べさせたとき、西伯《せいはく》は、この暴虐を天に告発した
なぜ紂王は、天帝の罰を受けるようなことを、みずから求めて行ない
殷王朝が受けていた天命を、救いようもない状態にしてしまったのか

1 周族は元来、陝西盆地北部の高原地帯で生活していたが、古《こ》公亶父《こうたんぽ》(太王)は、渭水《いすい》流域にまで南下し、岐の地に根拠地を遷した。人々は喜んで、いっしょに移住をした。「詩経」大雅・緜《めん》篇の詩に「古公亶父、来たりて朝に馬を走《は》せ、西の水滸に率い、岐の下に至る」とある。また「孟子」梁恵王下篇にも、邠(豳《ひん》)にいた大王(古公亶父)が戎狄《じゅうてき》を避けて岐山のもとに移住したとき、住民たちが有徳の支配者を失ってはならないといい、そのあとに従ったと記す。

2 殷の惑婦を紂王の后の妲己《だっき》だとする注釈が多いが、「詩経」魯頌・閟宮《ひきゅう》篇に、太王が岐に移住して「始めて商を翦《た》つ」とあるように、周族が殷王朝の討伐を考えるようになったとき、そのことを警戒するようにと説いた殷の皇后がいたことをいうのかも知れない。

3 受は紂王のこと。紂が醢を下賜したことについて、「章句」は梅伯を醢にしたとする

が、梅伯のことは少し前にも見えて、重複の嫌いがある。ここは紂王が文王のむすこの伯邑《はくゆう》を殺し、その肉で羹《あつもの》を作って文王に食べさせたことをいうのであろう。「帝王世紀」に「〔紂王は〕文王を囚う。文王の長子を伯邑という。…紂は〔伯邑を〕煮て羹となし、文王に錫《たま》う」とある。文王はむすこの肉のスープを食べたあと、天に紂の非道を告発した。

師望在肆昌何志
鼓刀揚聲后何喜
武發殺殷何所悒
載尸集戰何所急
伯林雉經　維其何故
何感天抑墜　夫誰畏懼

師望《しぼう》　肆《みせ》に在《あ》り、昌《しょう》　何《なん》ぞ志《し》る 1
刀《かたな》を鼓《こ》して声《こえ》を揚《あ》ぐるに、后《きみ》　何《なん》ぞ喜《よろこ》ぶ
武発《ぶはつ》　殷《いん》を殺《ころ》すは、何《なん》の悒《うれ》うる所《ところ》 2
尸《し》を載《の》せて集《つど》い戦《たたか》うは、何《なん》の急《いそ》ぐ所《ところ》 3
伯林《はくりん》に雉経《ちけい》するは、維《こ》れ其《そ》れ何《なん》の故《ゆえ》ぞ
何《なん》ぞ天《てん》を感《かん》ぜしめ、墜《ち》を抑《おさ》うるに、夫《そ》れ誰《たれ》を畏懼《いく》す 4

店舗で商売をしていた太公望《たいこうぼう》を、昌《しょう》(文王)はどのようにして見出したのか
包丁を打ち鳴らしつつ大声を揚げているかれを見て、主君はなぜ喜んだのか
武王が殷を滅ぼす心を固めたのは、なにを憂慮してのことであったのか

文王の位牌を車に載せて会戦に臨んだが、なぜそんなせっかちなことをしたのか
〔管叔《かんしゅく》が〕伯林《はくりん》の地で首を吊ったのは、そもそもいかなる理由からか
天をも感動させ、大地をひれ伏させる力を持つ周公は、だれを畏れていたのか

1 師望は太公望呂尚《りょしょう》のこと。周の軍事参謀をつとめ、斉の国の始祖となった。「史記」斉太公世家にも見えるように、周の文王が、狩猟に出た際に、釣りをしている呂尚を見出したとするのが普通の伝説。ここには「刀を鼓す」とあり、離騒にも「呂望の刀を鼓する、周文に遭いて挙げらるるを得」(八六頁)とあるように、市場で肉屋をやっていた呂尚を文王が見出したという伝説の方が楚地域では流布していたのであろう。

2 武発は周の武王の姫発《きはつ》のこと。悒は憂うるの意。武王は民衆たちの苦難を憂えて、殷王朝を討伐したと答えるのであろうか。

3 尸は位牌。武王の軍は、兵車に文王の位牌を載せて、殷の討伐に向かった。「集注」は文王の柩を兵車に載せて出陣したとする。尸を死骸と解するのである。

4 旧注は、伯林の林を君と釈し、晋の太子の申生《しんせい》のことだとする。雉経は首吊り自殺をすること。「国語」晋語二に、「申生は、乃ち新城の廟に雉経す」とある。太子申生は、継母の驪《り》姫《き》の讒言を受けて自殺をした。おそらく注釈者は雉経という語があることから、

この句を、太子申生の自殺事件と結びつけたのであろう。聞一多《ぶんいった》「天問疏証」は、周公旦に敵対した管叔《かんしゅく》のことをいうとし、伯林は管叔の采邑(領地)があった北林のことだとしている。「逸周書」作雒解に「武王の殷に克《か》つや、乃ち王子の禄父を立てて、商の祀を守らしめ、管叔を東に建て、蔡叔《さいしゅく》と霍叔《かくしゅく》とを殷に建てて、殷の臣を監せしむ。〔やがて管叔、蔡叔、霍叔は、殷の残存勢力と結んで周王朝に反抗する。周公旦は軍を動かして反乱を平定した。〕管叔は経《くび》れて卒《し》す」とある。ここは、ひとまず聞一多の解釈に拠った。周公旦が天を感ぜしめ、墜(地)を抑えたというのは、「尚書」金縢篇の「天は大いに雷電し、以って風し、禾《か》は尽く偃《ふ》し、大木はここに抜く…天は乃ち雨ふり風を反し、禾は則ち尽く起く」といった事件を意識するのであろうか。そうした天地をも感動させる力を持った周公旦は、だれを畏れて、みずから東征を行なったのか。

皇天集命　惟何戒之
受禮天下　又使至代之
初湯臣摯　後茲承輔
何卒官湯　尊食宗緒

皇天《こうてん》　命《めい》を集《くだ》すに、惟《こ》れ何《なに》をか之《こ》れに戒《いまし》む
礼《れい》を天下《てんか》に受《う》け、又《ま》た之《こ》れに代《か》わるに至《いた》ら使《し》む 1
初《はじ》め湯《とう》　摯《し》を臣《しん》とし、後《のち》に茲《こ》れ承輔《しょうほ》とす
何《なん》ぞ卒《つい》に湯《とう》に官《かん》たりて、宗緒《そうしょ》に尊食《そんしょく》す 2

勳闔夢生　少離散亡　勲《くん》ある闔《こう》は夢《ぼう》の生《せい》にして、少《わか》くして離《り》散《さん》して亡《に》ぐ

何壯武厲　能流厥嚴　何《なん》ぞ壮《そう》にして武《ぶ》厲《れい》、能《よ》く厥《そ》の厳《げん》を流《なが》す3

天帝が〔地上の主君に〕天命をくだすとき、どうしたことを戒めるのか

天下の人々が尊重した支配者も、やがて別の人物に取って代わらせたりする

最初、殷の湯王《とうおう》は摯《し》(伊尹《いいん》)を下僕として扱ったが、後にはかれを丞相とした

伊尹はいかにして湯王のもとで出世をし、子孫代々、祭祀を受けることになったのか

勲功ある呉《ご》の闔閭《こうりょ》は、寿夢《じゅぼう》の子孫で、若い時代には、国を離れて逃亡をしていたそのかれが成人すると、いかにして武力を発揮し、その威勢を広げることができたのか

1 集命の集は、鳥が木に止まること。天命が鳥のように天上から地上に降ってくること。天命を降し、天下の統治を認め、人々の尊崇を受けた支配者も、天はやがてそれを見放して、別の人物に天命を与えて、新しい王朝を開かせる。

2 摯は、殷の湯王の宰相であった伊尹の名。「史記」殷本紀に、「阿《あ》衡《こう》(伊尹)は湯に干《まみ》え

んと欲するも由しなし。乃ち有莘氏《ゆうしんし》の媵臣となる」とあり、この場合の臣は、臣下というよりも奴隷に近い。承輔は丞輔に同じ。主君の補佐者。

3 闔は、春秋の末年に呉国の王であった闔閭のこと。呉王寿夢の孫。闔閭は、呉の軍を動かして楚都の郢《えい》を陥落させ、楚王の墓をあばいて、その屍を鞭打った。また越王の勾《こう》践《せん》をも破って、東南地域の覇者となった。前の伊尹の条と関係づけて解釈すれば、困難な環境にあった者が後に大きな成功を収めることができた、その理由を尋ねる質問である。

彭鏗斟雉帝何饗
受壽永多　夫何久長
中央共牧后何怒
蠭蟻微命力何固
驚女采薇鹿何祐
北至回水萃何喜
兄有噬犬弟何欲

彭鏗《ほうこう》の雉《きじ》を斟《しん》するに、帝《てい》　何《なん》ぞ饗《きょう》す
寿《じゅ》を受《う》くること永多《えいた》にして、夫《そ》れ何《なん》ぞ久長《きゅうちょう》なる 1
中央《ちゅうおう》　牧《ぼく》を共《きょう》にするに、后《きみ》　何《なに》を怒《いか》る 2
蜂蟻《ほうぎ》　微命《びめい》なるに、力《ちから》　何《なん》ぞ固《かた》き 3
驚女《きょうじょ》　薇《び》を采《と》るに、鹿《しか》　何《なん》ぞ祐《たす》く
北《きた》のかた回水《かいすい》に至《いた》り、萃《とどま》りて何《なに》をか喜《よろこ》ぶ 4
兄《あに》に噬犬《ぜいけん》有《あ》り、弟《おとうと》　何《なん》ぞ欲《ほっ》す

易之百兩卒無祿

之《こ》れを百両《ひゃくりょう》に易《か》うるも、卒《つい》に禄無《ろくな》し 5

彭祖《ほうそ》が雉のスープを調理して奉ったとき、天帝はなぜそれを喜んで食べたのか
そのようにして授かった彭祖《ほうそ》の長寿は、実際には、どこまで延びるのであろう
中央において共伯和《きょうはくわ》が政治を牛耳ったとき、主君(厲王《れいおう》)はなぜ腹を立てたのか
蜂蟻《ほうぎ》はかよわい生命《いのち》しかないのに、その力はなぜ確固としていたのか
薇《ぜんまい》を采っていた女が、びっくりして逃走したとき、鹿はなぜ彼女を助けたのか
北に逃げて回水《かいすい》まで来たところで、なぜ喜ぶことになったのか
兄が持っていた猛犬を、弟はなぜに欲しがったのか
百輛の馬車と猛犬とを交換したが、結局は幸運を得ることができなかった

1 このあたりで出されている質問は、支離滅裂で、本意がよくつかめない。彭鏗は彭祖のこと。長寿で有名。「補注」の引く「神仙伝」に「彭祖は、姓は籛《せん》、名は鏗《こう》…よく鼎《かなえ》を調し、雉の羹《あつもの》を堯に進む。堯はこれを彭城に封ず。夏を歴し殷を経て周に至る。年は七百六十七歳にして衰えず」とある。これは帝を堯帝と解釈したものであるが、天問の本文に拠れば、天帝と釈すべきであろう。彭鏗が雉料理で天帝を喜ばせ、天帝から天上

にあった永遠の生命を授かったとする伝説もあったのだろう。

2 中央以下を旧注は、中央の州にすむ岐首(双頭)の蛇のことを尋ねたものだとするが、なぜ蛇が出てくるのか不明。聞一多の「天問疏証」が、西周後半期の共伯和による王朝簒奪をいうとするのに、ひとまず従った。周の厲王が暴政を行なったとき、共伯和は、王位を簒奪した。位を奪われた厲王が逃亡先で死ぬと、共伯和に祟りをなした。后が怒るというのは、厲王が祟ったことをいうのであろうか。

3 蜂蟻は毒虫。「章句」は蜂蟻を蛮夷のこととするが、意味が通らない。

4 驚女以下の二句は、なにかの故事について尋ねたものであろうが、その物語りの内容は知られない。采薇とあるところから伯夷《はくい》・叔斉《しゅくせい》の伝説と結びつけ、周粟《しゅうぞく》を食べることを拒否した一人が鹿の乳を飲んだなどとする、いささか苦しい解釈もある。

5 この二句について、「章句」は秦伯《しんはく》とその弟である鍼《けん》の故事について尋ねたものと解釈する。「春秋」昭公元年に「夏、秦伯の弟の鍼、晋に出奔す」とある。一説に、趙桓《ちょうかん》子《し》の故事に関わる質問だとしている。「史記」趙世家に「趙簡子　疾《やまい》し、五日、人を知らず…簡子　寤《さ》め、大夫に語りていわく、我　帝所に之きて甚だ楽し…吾　児の帝側にあるを見る。帝　我に一翟犬《てきけん》を属《しょく》していわく、なんじの子の壮なるに及ぶや、以ってこれを賜らん」。この天帝のもとにいた翟犬を噬犬のことだとするのである。どちらの説を取るにしても問題が多いであろう。

薄暮雷電歸何憂
厥嚴不奉帝何求
伏匿穴處爰何云
荆勳作師夫何長
悟過改更　我又何言
吳光爭國　久余是勝
何環穿自閭社丘陵
爰出子文
吾告堵敖以不長
何試上自予　忠名彌彰

薄暮《はくぼ》に雷電《らいでん》あり、帰《かえ》りて何《なに》を憂《うれ》えん[1]
厥《そ》の厳《げん》　奉《ほう》ぜざるに、帝《てい》　何《なに》をか求《もと》む[2]
伏匿穴処《ふくとくけっしょ》して、爰《ここ》に何《なに》を云《い》わん
荆《けい》に勲《くん》ありて師《し》を作《おこ》す、夫《そ》れ何《なん》ぞ長《なが》からん[3]
過《あやま》ちを悟《さと》り改更《かいこう》すれば、我又《われま》た何《なに》をか言《い》わん
呉光《ごこう》　国《くに》を争《あらそ》い、久《ひさ》しくして余是《われここ》に勝《か》つ[4]
何《なん》ぞ環穿《かんせん》すること閭社丘陵《りょしゃきゅうりょう》自《よ》りし
爰《ここ》に子文《しぶん》を出《い》だす[5]
吾《われ》　堵敖《とごう》に告《つ》ぐるに長《なが》からざるを以《も》ってす[6]
何《なん》ぞ上《かみ》を試《こころ》むること予自《われよ》りし、忠名《ちゅうめい》　弥《いよい》よ彰《あき》らかならん[7]

薄暮《ゆうぐれ》に雷《かみなり》と稲妻とがあったが、家にもどり、もう心を煩わせたりはすまい

その権威を無視している者に対して、天帝はなにを期待するというのか
身を隠し洞窟に住まう身には、言うべき言葉もない
楚は、それまでの戦果を踏まえて軍を動かしたが、勝利が長く続くはずもないのだ
過ちを認めて行ないを改めるのであれば、わたしはこれ以上、なにも云わない
呉王の闔閭《こうりょ》は、我が国を攻めたが、最終的には我が方が勝ったのである
なぜ村々や山野を経巡《へめぐ》っていた母親から、令尹《れいいん》の子文《しぶん》のような人物が生まれたのか
わたしは、堵敖《とごう》に、自分の生命も、もう長くはないと告げた
主君を試して、自分が忠臣だという評判を高めようとしたりするはずもないのだ

1　以下の部分は、天問全体をまとめる「乱」的部分をなしているのであろうが、その意味が理解できないところが多い。この段では、我・吾という表現でこの作品の作り手に仮託された主人公が登場しており、またここで使われている何の字は、これまでのような疑問詞ではなく、反語的に用いられるものが大部分である。こうした点からも、この最後の一段が、それ以前の部分と性質を異にするものであることが知られる。
2　厥厳不奉の句を、楚王が天帝の威厳を無視した行動をなしているという意に取った。そうした主君に対して天帝はなにの期待もしていない。

3 春秋末年の呉と楚との争いのことをいうとされる。

4 呉光は、呉の公子光、すなわち後の呉王闔閭《こうりょ》のこと。久余是勝を「章句」は呉が楚に大勝したと解するが、余(自分・楚)の方が勝ったと読めそうである。

5 令尹(楚の宰相)の子文は、有能な政治家。何環穿自閭社丘陵の句、よく読めない。「章句」は、その母親が各地を経巡って淫蕩な行ないをしたことをいうとする。そうした淫蕩な母親から、なぜ令尹の子文のような優秀な政治家が生まれたのか。

6 堵敖は楚の成王の兄。若くして死んだとされる。「春秋左氏伝」荘公十四年に、楚王が息《そく》の国を滅ぼし、息の女性を連れ帰って、堵敖と成王とを生ませたとある。

7 自予の二字、よく読めない。予の字を与とするテキストに拠れば、みずからに与《くみ》する、すなわち自分が正しいと自分で判断するという意味か。最後の二句は、むかしの賢者である堵敖に対し、わたしと名のっている人物が、「自分の命も長くはない。そうしたときにあって、主君をあげつらって自分の名声を揚げようなどとはしない」と告げたのだとされる。離騒の内容は、主人公の有能さを強調し、主君がそれを理解してくれないと言い立てているように見える。そうした態度に対する言いわけが、この最後の一句となったのであろうか。

九章《きゅうしょう》第四

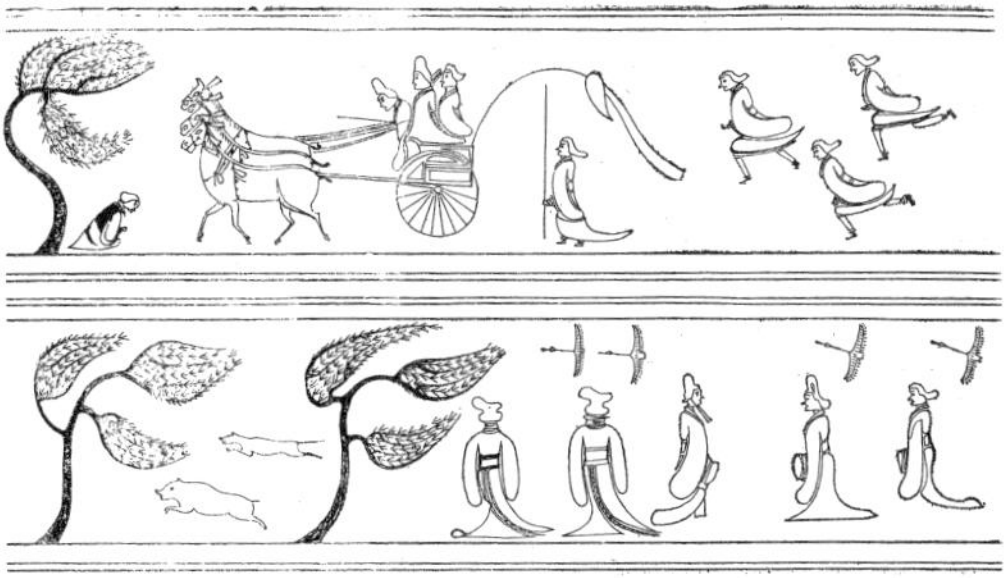

車馬出行図(包山二号楚墓漆画)

九章は、いささか性格の異なる九つの詩歌を一つにまとめた作品集。いずれも離騒《りそう》の背後にあった詩歌の伝統を受け継いだ作品である。ただ、その影響の受け方には作品によって差異が見える。作品のスタイルを中心にして、林庚氏（『詩人屈原及其作品研究』一九五二年、棠棣出版社）や岡村繁教授（「楚辞と屈原」日本中国学会報18）は、九章九篇を大きく、次のような二種類に区分している。

第一類は、渉江《しょうこう》、哀郢《あいえい》、抽思《ちゅうし》、懐沙《かいさ》の四作品。これらの作品は、篇末に「乱」を付し、その表題は全篇の内容をまとめたもので、押韻はきっちりとしている。

第二類は、惜誦《せきしょう》、思美人《しびじん》、惜往日《せきおうじつ》、悲回風《ひかいふう》の四作品。これらの作品は、「乱」を欠き、その表題は作品中の用語をそのまま用いたもので、押韻の仕方もルーズである。

これら二種類のどちらにも区分できぬものとして、橘頌《きつしょう》篇がある。

このように九章は、来源がいささか異なる作品が九篇集められて編纂されたもので、第一類の作品と橘頌篇とは、第二類の作品より、成立の時期が古いと推測される。

九章の多くの篇で形象化されている、故郷を離れ、遠方の土地を彷徨する主人公のイメージは、これらの作品が、九疑山《きゅうぎさん》巡礼を行なう巫覡《ふげき》集団に起源した、放浪する芸能者たちによって伝承されていたことを反映したものであろうか。その放浪の範囲は、北方は漢水の中流域にまでも及んでいた。第二類の作品では、そうした宗教者・芸能者的色彩が薄まり、遠方の土地に向かう際の離別が君臣関係の乖離というかたちを取って歌われるようになっている。

王逸《おういつ》「楚辞章句」が載せる九章全体の序は、これらの作品は、屈原が楚の宮廷から放逐され、江南の山野を放浪する中で作ったもので、屈原が水に身を投げて自殺したあと、楚の人々が屈原を惜しんで伝承してきた詩歌なのだと説明をしている。

なお「文選《もんぜん》」巻三十三は、九章のうち渉江篇を収めている。

惜《せき》誦《しょう》

惜誦以致愍兮
發憤以杼情
所作忠而言之兮
指蒼天以爲正
令五帝以折中兮
戒六神與嚮服
俾山川以備御兮
命咎繇使聽直
竭忠誠以事君兮
反離群而贅肬
忘儇媚以背衆兮

惜誦《せきしょう》して以《も》って愍《びん》を致《いた》し
発憤《はっぷん》して以《も》って情《おも》いを杼《じょ》す[1]
作《な》す所《ところ》忠《ちゅう》にして、之《こ》れを言《い》う
蒼天《そうてん》を指《ゆび》さして以《も》って正《せい》と為《な》さん
五帝《ごてい》に令《れい》して以《も》って中《ちゅう》を折《せっ》せしめ
六神《りくしん》を戒《いまし》めて、与《とも》に嚮服《きょうふく》せしむ
山川《さんせん》を俾《し》て以《も》って御《ぎょ》に備《そな》え
咎繇《こうよう》に命《めい》じて、直《ちょく》を聴《き》か使《し》む[2]
忠誠《ちゅうせい》を竭《つく》して以《も》って君《きみ》に事《つか》うるも
反《かえ》って群《むれ》を離《はな》れて贅肬《ぜいゆう》たり[3]
儇媚《けんび》を忘《わす》れて以《も》って衆《しゅう》に背《そむ》き

待明君其知之
言與行其可迹兮
情與貌其不變
故相臣莫若君兮
所以證之不遠
吾誼先君而後身兮
羌衆人之所仇
專惟君而無他兮
又衆兆之所讎
壹心而不豫兮
羌不可保也
疾親君而無他兮
有招禍之道也

明君《めいくん》の其《そ》れ之《こ》れを知《し》るを待《ま》つ 4
言《げん》と行《こう》と　其《そ》れ迹《あと》す可《べ》く
情《じょう》と貌《ぼう》と　其《そ》れ変《か》わらず
故《もと》より臣《しん》を相《み》ること君《きみ》に若《し》くは莫《な》く 5
之《こ》れを証《しょう》すること遠《とお》からざる所以《ゆえん》なり
吾《われ》　君《きみ》を先《さき》にし身《みずか》らを後《あと》にするを誼《ぎ》とするも
羌《ああ》　衆人《しゅうじん》の仇《あだ》とする所《ところ》
専《もっぱ》ら君《きみ》を惟《おも》いて他《た》無《な》し
又《ま》た衆兆《しゅうちょう》の讎《うらみ》とする所《ところ》
心《こころ》を壱《いつ》にして豫《よ》せず 6
羌《ああ》　保《たも》つ可《べ》からざるなり
疾《つと》めて君《きみ》に親《した》しみて他《た》無《な》きは
有《まこと》に禍《わざわ》いを招《まね》くの道《みち》なり

心残りを詠《うた》って、憂愁をかたちに表わし

憤懣を表明して、胸の思いを申し述べよう
わたしの言葉は、誓って心からのものである
そのことは蒼天《そうてん》が公正に判断してくださるであろう
五帝《ごてい》に命じて中正なるところを示させ
六神《りくしん》を戒めて、その審問に加わらせる
山川の神々には裁判の場に列席し
咎繇《こうよう》に正しい判決をつけてもらうのだ
わたしは、まごころを尽くしてご主君に仕えたのであるが
かえって、人々から孤立し、余計者となってしまった
人に取り入って気に入られようなどとの思慮を欠き、人々に背を向けられたが
聡明なご主君はわかってくださるであろうと期待をしていたのである
わたしの発言と行動とは、なにの隠すところのないもの
思いと態度とは、いつも変わることがない
もとより臣下を見て［その賢愚を］判断するのに、主君以上の適任者はいない
主君は、いつも身近に臣下の実績を見ているからだ
わたしは、ご主君を第一にし、我が身のことは後回しにすべきだと考えたのだが

ああ、そのことが人々の怨みを買うこととなった
もっぱらご主君のことだけを考え、ほかのことは考慮しなかったことが
これもまた多くの人々から嫌われる原因となったのである
一つの思いを懐いて、ひたすらそれを実行するという生き方は
ああ、なんと困難なことか
ご主君のことだけを親身に考えて、他への配慮を欠いたことは
まことに災難を招き寄せる道であったのだ

1 惜誦篇は、九章第二類の作品。惜誦という題については、さまざまな解釈がある。惜は、惜往日という篇題にも見えるように、心残りの意。誦は唱えごと。節をつけて歌われる。「周礼」春官・大司楽の職文に、国子たちに教える楽語《がくご》の一つとして誦があり、その鄭玄《じょうげん》注は「声を以ってこれを節するを誦という」と説明する。杼の字を、抒・紓などに作るテキストもある。杼の字のままであれば、漏らすこと。

2 「作す所忠にして、之れを言う」からは、以下に述べるところに偽りはないと、神々に対して誓う言葉。句頭の所の字は、誓いの表現にしばしば用いられる。「春秋左氏伝」僖公二十四年に「所不与舅氏同心者、有如白水(所《も》し舅氏と同心せざる者あらば、白水の

如き有らん)」とあるのがその一例。一本に「所非忠而言之兮」と作るが、そちらの方が誓いの言葉にふさわしい。「所《もし》忠に非ずして之れを言えば」と読むのである。この誓いについてその内容が正しいかどうかが裁判形式で判断される。「咎繇に命じて、直を聴か使む」の句のあとに続くのが、そうした裁判での主人公の陳述の内容。誓いを立てる対象である蒼天は天上の神。五帝は天神の下にいる四方と中央の帝。折は析に同じ。折中は公平な判断を示すこと。六神は六宗の神だとされるが不確か。六宗の神々の具体的な名については諸説がある。「尚書」舜典篇に「肆《ここ》に上帝に類し、六宗に禋《いん》す」とあり、その偽孔伝は、四時(四つの季節)・寒暑・日・月・星・水旱を六宗にあてている。嚮服は尋問すること。咎繇は皐陶《こうよう》に同じ。裁判を司る神。離騒には「湯禹　儼として合うを求め、咎繇を摯きて能く調う」(八五頁)とあった。「尸子《しし》」仁意篇にも「獄を聴き衷を折するもの、皐陶なり」とあり、衷を折すとあるのが、本文の折中にあたるだろう。聴直は正しい判決を下すこと。ここには、蒼天の命のもとに集まって裁判を行なう、五帝―六神―山川(―咎繇)といった神々の組織が見える。

3 贅肬は贅疣に同じ。コブやイボ。不必要な随伴物。「荘子」大宗師篇に「彼は生を以って附贅・県疣《けんゆう》となす」。

4 儇媚はへつらい、人に取り入ること。

5 「左氏伝」僖公七年に「古人に言ありていう、臣を知るに君に若くは莫しと」とある。当時の諺語であったのだろう。

6 豫は猶豫の意。不豫で思いに揺らぎがないこと。

思君其莫我忠兮
忽忘身之賤貧
事君而不貳兮
迷不知寵之門
忠何罪以遇罰兮
亦非余心之所志
行不群以巓越兮
又衆兆之所咍
紛逢尤以離謗兮
謇不可釋
情沈抑而不達兮

君《きみ》を思《おも》うに其《そ》れ我《われ》より忠《ちゅう》なるは莫《な》く
忽《こつ》として身《みずか》らの賤貧《せんぴん》を忘《わす》る[1]
君《きみ》に事《つか》えて弐《に》あらざるも
迷《まよ》いて寵《ちょう》の門《もん》を知《し》らず
忠《ちゅう》　何《なん》の罪《つみ》か以《も》って罰《ばつ》に遇《あ》う
亦《ま》た余《わ》が心《こころ》の志《し》する所《ところ》に非《あら》ず[2]
行《ゆ》くこと群《むれ》せずして以《も》って巓越《てんえつ》し
又《ま》た衆兆《しゅうちょう》の咍《わら》う所《ところ》となる[3]
紛《ふん》として尤《とが》めに逢《あ》い、以《も》って謗《そし》りに離《かか》り
謇《けん》として釈《と》く可《べ》からず
情《おも》い　沈抑《ちんよく》して達《たっ》せず

又蔽而莫之白
心鬱邑余侘傺兮
又莫察余之中情
固煩言不可結而詒兮
願陳志而無路
退靜默而莫余知兮
進號呼又莫余聞
申侘傺之煩惑兮
中悶瞀之忳忳

又《ま》た蔽《おお》われて、之《こ》れを白《あき》らむる莫《な》し
心《こころ》 鬱邑《うつゆう》して、余《われ》 侘傺《たてい》し
又《ま》た余《われ》の中情《ちゅうじょう》を察《さっ》する莫《な》し[4]
固《もと》より煩言《はんげん》 結《むす》びて詒《おく》る可《べ》からず
志《こころざし》を陳《の》べんと願《ねが》うも、路無《みちな》し[5]
退《しりぞ》きて静黙《せいもく》すれば、余《われ》を知《し》る莫《な》く
進《すす》みて号呼《ごうこ》するも、又《ま》た余《われ》に聞《き》く莫《な》し
侘傺《たてい》を申《かさ》ねて、之《こ》れ煩惑《はんわく》し
中《うち》 悶瞀《もんぼう》して、之《こ》れ忳忳《とんとん》たり[6]

ご主君のためを思うことで、わたしほど忠なるものはなく
それゆえ、心惑《まど》って、我が身の賤しさも忘れた
ご主君にお仕えして、二心を懐くことはなかったが
不案内ゆえ、どこを通れば恩寵へとつながるのかを知らなかった
忠であることがいかなる罪なのか、忠であるゆえに罰を受けることになったが

それは、わたしの知識を越えた、予期せぬなりゆきなのであった
人々と行動を共にしなかったがゆえに、足をふみはずし
多くの人々の嘲笑を受けることとなった
さまざまに譴責を受け、誹謗を被り
にっちもさっちも行かぬ立場にあって、釈明することもできない
気持ちは落ち込んで、鬱屈するばかり
妨害もあって、それを表明することができない
心は憂いに閉ざされ、わたしは行き惑い
わたしの心中を察してくれるものは、だれ一人いない
多くの思いをこめた言葉を、なにかに託して伝えるのは、もちろん困難なこと
思うところを述べ伝えたいと願っても、そのための方途がない
退いて沈黙を守れば、わたしはだれからも理解されず
進み出て大声で叫んでも、だれもそれを聞いてはくれない
行く先を見出せぬまま、煩悶ばかりがつのり
心のうちは、惑い乱れて、憂いを解くすべもない

1 忠は相手にまごころを尽くすこと。九歌の湘君篇に「交わり忠ならずして怨みは長し」(一二一頁)とある忠は、恋人へのまごころ。「身らの賤貧を忘る」とあることから、この作品の主人公はあまり高い身分に設定されていなかったことが知られる。ただ忠の心ではだれにも負けないと強調する。

2 志は識に通じる。忠なるがゆえに罰にあうなどとは、どこにも書いてはなかった。

3 巓越は顚越と同じ。つまずき倒れること。咍について、「章句」は「楚人は相い嗤笑《ちょうしょう》するをいいて咍という」と説明する。悪意をこめた嘲笑。

4 鬱邑は憂いに沈むさま。侘傺について、「章句」は「楚人は志を失い、悵然《ちょうぜん》として住立するをいいて侘傺となす」という。気おちして、茫然として立ち尽くすこと。

5 言葉を結んで貽るというのは、言葉を相手に伝えるに際して、たとえば香草などの礼物を添え、その礼物に託して気持ちを伝えること。離騒にも、女神たちに言葉を伝える際に、礼物を添える例が見えた。

6 悶瞀は心が乱れるさま。忳忳は憂えるさま。離騒に「忳鬱邑として余 侘傺す」(三八頁)とあった。楚辞の諸作品には憂いを表わすために多様な表現が用いられているが、それぞれの用語が表わす憂いの内容の差異はなかなか把握しにくい。

昔余夢登天兮
魂中道而無杭
吾使厲神占之兮
曰有志極而無旁
終危獨以離異兮
曰君可思而不可恃
故衆口其鑠金兮
初若是而逢殆
懲於羹者而吹韲兮
何不變此之志也
欲釋階而登天兮
猶有曩之態也
衆駭遽以離心兮
又何以爲此伴也
同極而異路兮

昔《むかし》 余《われ》 夢《ゆめ》に天《てん》に登《のぼ》る
魂《たましい》 中道《ちゅうどう》にして杭《こう》する無《な》し 1
吾《われ》 厲神《れいしん》をして之《こ》れを占《うらな》わ使《し》む
曰《い》わく、 志《こころざし》の極《きょく》する有《あ》るも旁無《かたわらな》し 2
終《つい》に危独《きどく》にして以《も》って離異《りい》せん
曰《い》わく、君《きみ》は思《おも》う可《べ》くも、恃《たの》む可《べ》からず
故《もと》より衆口《しゅうこう》は其《そ》れ金《きん》をも鑠《と》かす 3
初《はじ》め是《か》の若《ごと》くにして殆《わざわ》いに逢《あ》う
羹《あつもの》に懲《こ》りたる者《もの》 韲《なます》を吹《ふ》く 4
何《なん》ぞ此《こ》の 志《こころざし》 を変《か》えざる
階《かい》を釈《す》てて天《てん》に登《のぼ》らんと欲《ほっ》し
猶《な》お曩《さき》の態有《たいあ》るなり
衆《しゅう》 駭遽《がいきょ》して以《も》って心《こころ》を離《はな》し
又《ま》た何《なん》ぞ以《も》って此《こ》の伴《とも》と為《な》らん
極《きょく》を同《おな》じくするも路《みち》を異《こと》にし

又何以為此援也
晉申生之孝子兮
父信讒而不好
行婞直而不豫兮
鯀功用而不就

又《ま》た何《なん》ぞ以《も》って此《こ》の援《えん》を為《な》すや
晋《しん》の申生《しんせい》の孝子《こうし》たる
父《ちち》 讒《ざん》を信《しん》じて好《この》まず[5]
婞直《けいちょく》を行《おこ》ないて豫《よ》あらず
鯀《こん》の功《こう》 用《も》って就《な》らず[6]

以前、わたしは夢の中で天に登ろうとしたことがあったが
その中途で登るための手掛りがなくなり、魂は行き惑った
わたしは、厲神《れいしん》に命じて、この夢の意味を占わせたところ
云うには、ひたすらな思いはあっても、それを手助けしてくれる者がいない
結局はあやうい目にあって、孤立することになるのだと
また云うには、主君を大切に思うのはよいが、頼りにしてはならない
元来、人々の言葉には金属をも溶かす力があり
たとえおまえが金属であったとしても、〔讒言《ざんげん》をこうむり〕危険な目にあうことになろう
熱いスープでやけどをした者は、それに懲りて、冷菜まで吹いて冷まそうとするの

だが
おまえはなぜ〔挫折をしても〕その生き方を変えようとしないのか
手段がないことを無視して、天に登ろうと願う
そのやり方は、いまも変わることがない
人々はびっくりして騒ぎ立て、おまえから心を離し
おまえと行動を共にする者なぞどこにおるだろう
究極の目標は同じであっても、その道が異なっており
おまえの行動を助けてくれる者などどこにもいない
晋の申生《しんせい》は孝子であったが
父親は讒言を信じて、かれを好まなかった
ひたすらに剛直な行動を取って融通をきかせることがなかったがため
鯀《こん》の仕事は、完成することがなかったのだ

1　夢で天に登ること、シャマニスティックな体験を基礎にして、この篇の主人公が主君と接触しようとしたことを比喩する。杭は航に通じる。間をつなぐ手段をいう。夢について語る中に魂への言及があるのは、夢は身体から抜け出した魂が経験したことだとす

る観念によるのであろう。

2 厲はあらぶる神、刑殺を司る神。「春秋左氏伝」成公十年に、晋侯が大厲を夢に見て、その夢を桑田の巫に占わせたという記事がある。王夫之《おうふし》「通釈」は、厲神を大神の巫だとする。旁は補佐助言者。

3 「史記」張儀伝に「衆口は金をも鑠《と》かし、積もる毀《そし》りは骨をも銷《と》かす」とある。金は黄金でなく、青銅などの金属をいう。

4 「羹に懲りたる者　韲を吹く」というのは、当時のことわざであったのだろう。上の「衆口は其れ金をも鑠かす」ほか、このあたり、諺語に由来するだろう句がいくつも見える。羹は肉と野菜とのスープ。温かくして飲む。韲はニラやニンニクなどを細かく刻んで調味料をかけたサラダの一種。

5 申生は春秋時代、晋国の太子。継母の驪姫《りき》が父親の献公に讒言をし、献公が申生を殺そうとしたとき、弁解もせず、国外逃亡もせず、自殺をした。天問の「伯林に雉経するは、維れ其れ何の故ぞ」(二三七頁)とある句は、一説に申生の自殺のことをいうのだとされる。

6 鯀は禹《う》王《おう》の父親。大洪水の治水を行なったが失敗をし、禹がその仕事を引き継いで治水を完成させた。婞直は、他人の意見を聴かず、自分の思いだけでことを進めること。

離騒に「鮌は婞直にして以って身を亡ぼし、終然に羽の野に殀す」(四六頁)とあった。
豫は他に心をふり向ける余裕。

吾聞作忠以造怨兮
忽謂之過言
九折臂而成醫兮
吾至今而知其信然
矰弋機而在上兮
罻羅張而在下
設張辟以娛君兮
願側身而無所
欲儃佪以干傺兮
恐重患而離尤
欲高飛而遠集兮
君罔謂汝何之

吾《われ》　忠《ちゅう》を作《な》して以《も》って怨《うら》みを造《つく》ると聞《き》き
忽《こつ》として之《こ》れを過言《かげん》と謂《おも》えり
九《きゅう》たび臂《ひじ》を折《お》りて医《い》と成《な》る
吾《われ》　今《いま》に至《いた》りて其《そ》の信《まこと》に然《しか》るを知《し》る 1
矰弋《そうよく》　機《き》して上《うえ》に在《あ》り
罻羅《いら》　張《は》りて下《した》に在《あ》り
張辟《ちょうへき》を設《もう》けて以《も》って君《きみ》を娯《たの》しましむ
側身《そくしん》せんと願《ねが》うも所《ところ》無《な》し 2
儃佪《せんかい》して以《も》って干傺《かんてい》せんと欲《ほっ》するも
患《かん》を重《かさ》ね、尤《とが》に離《かか》るを恐《おそ》る 3
高《たか》く飛《と》び、遠《とお》く集《とま》らんと欲《ほっ》するも
君《きみ》　汝《なんじ》は何《いず》くに之《ゆ》くと謂《い》う罔《な》からんや

欲横奔而失路兮
堅志而不忍
背膺牉以交痛兮
心鬱結而紆軫
檮木蘭以矯蕙兮
糳申椒以爲糧
播江離與滋菊兮
願春日以爲糗芳
恐情質之不信兮
故重著以自明
矯茲媚以私處兮
願曾思而遠身

横奔《おうほん》して路《みち》を失《うしな》わんと欲《ほっ》するも
堅志《けんし》にして忍《しの》びず
背《せ》と膺《むね》と牉《わか》れて以《も》って交《こも》ごも痛《いた》み
心《こころ》 鬱結《うつけつ》して紆軫《うしん》す 4
木蘭《もくらん》を檮《つ》きて以《も》って蕙《けい》を矯《まじ》え
申椒《しんしょう》を糳《しら》げて以《も》って糧《りょう》と為《な》す
江離《こうり》を播《ま》き与《ま》た菊《きく》を滋《そだ》て
春日《しゅんじつ》に以《も》って糗芳《きゅうほう》と為《な》さんことを願《ねが》う 5
情質《じょうしつ》の信《しん》ぜられざることを恐《おそ》れ
故《ゆえ》に重《かさ》ねて著《あら》わして以《も》って自《みずか》ら明《あき》らかにす
茲《こ》の媚《び》を矯《あ》げて以《も》って私処《ししょ》し
思《おも》いを曾《かさ》ねて身《み》を遠《とお》ざけんことを願《ねが》う

わたしは、忠なる行動が人々の怨みを招くことになると聞いて
軽率にも、そんなことはありえないと考えたのであった

九度、腕の骨を折って、はじめて医者になれるとされるが
〔そうした苦い体験を経た〕いまになって、やっと、その通りだと知った
矰弋《いぐるみ》に矢がつがえられて、上方をねらっており
鳥網《とりあみ》が張られて、地上近くをねらっている
矰弋や鳥網を設けたのは、ご主君を楽しませようとのはかりごと
身をそばめて逃れようとしても、行きどころがない
ぐずぐずとこのまま留まり、よい機会がめぐって来るのを待とうとしても
災難が重ねて襲いかかり、咎めを受けることになるのではないかと危惧をする
高く飛んで、遠くへ行ってしまおうとすれば
ご主君から、おまえはどこへ行こうとするのだと云われるのではなかろうか
ほしいままな行動を取り、道から外れてもよいと思ったりもするのだが
わたしの本性は頑固で、そんなことを為すに忍びない
背中と胸とが分裂して、こもごもに痛み
心はふさがって、堂々巡りの思いに苦しめられる
木蘭《もくらん》を臼でつき、蕙《めぼうき》をそれにまじえ
山椒《はじかみ》の実を精米して、食糧とする

江離《せんきゅう》の種をまき、菊をそだて
春になれば、それらを用いて芳《かお》り高い精《ほしいい》を作ろうと考える
わたしの思いと願いの純粋さが信じてもらえぬことを心配し
それゆえ、重ねて申し述べて、みずからを明らかにした
みずからの美質を保ったまま、ひとり離れて住まいし
思いを重ねつつ、現実からは身を引きたいと願っているのだ

1 「九たび臂を折りて医と成る」とは、失敗や挫折を重ねてやっと本物になる、その意味を引伸して、苦い経験を重ねて、はじめて世間の真実が解るということわざ。「春秋左氏伝」定公十三年に「三たび肱を折りて良医となるを知る」とある。

2 矰弋はいぐるみ、いとゆみ。矢に糸を付けて鳥をからめ捕る。罻羅は鳥網。この四句は、主人公がみずからを狩場で狩られる鳥獣に比している。

3 儃佪について、王逸《おういつ》「章句」は低佪の意だとする。ぐるぐると廻ること、積極的な行動を取らぬこと。干傺は、住《とど》まることを干《もと》めるという意味だとされるが、不確か。

4 紆軫は心が鬱屈し痛むこと。

5 木蘭を檮(擣)く以下の四句は、主人公が宮廷を離れるための準備をすることを、旅の

ための食糧を整えることを介していう。離騒にも、主人公が天上遊行に出発するに際して「瓊枝を折りて以って羞と為し、瓊靡を精げて以って粻と為す」(九六頁)とある。惜誦篇も、その最後で、宮廷を中心とした世界からの離別を宣言している。

渉《しょう》江《こう》

余幼好此奇服兮
年既老而不衰
帶長鋏之陸離兮
冠切雲之崔嵬
被明月兮珮寶璐
世溷濁而莫余知兮
吾方高馳而不顧
駕青虬兮驂白螭

余《われ》　幼《おさな》くして此《こ》の奇《き》服《ふく》を好《この》み
年《とし》　既《すで》に老《お》ゆるも衰《おとろ》えず
長鋏《ちょうきょう》の陸離《りくり》たるを帯《お》び
切雲《せつうん》の崔嵬《さいかい》たるを冠《かむ》り
明月《めいげつ》を被《き》て、宝璐《ほうろ》を珮《はい》す 1
世《よ》　溷濁《こんだく》して余《われ》を知《し》る莫《な》く
吾《われ》　方《まさ》に高《たか》く馳《は》せて顧《かえり》みざらんとす
青虬《せいきゅう》に駕《が》し、白螭《はくち》を驂《さん》とし

吾與重華遊兮瑤之圃
登崑崙兮食玉英
與天地兮同壽
與日月兮同光
哀南夷之莫吾知兮
旦余濟乎江湘

吾《われ》　重華《ちょうか》と与《とも》に瑤《たま》の圃《ほ》に遊《あそ》び
崑崙《こんろん》に登《のぼ》りて玉英《ぎょくえい》を食《く》らう 2
天地《てんち》と寿《じゅ》を同《おな》じくし
日月《じつげつ》と光《ひか》りを同《おな》じくす
南夷《なんい》の吾《われ》を知《し》る莫《な》きを哀《かな》しみ
旦《あした》に余《われ》　江湘《こうしょう》を済《わた》らんとす 3

わたしは、年若い時から、かくのごとき特異な服飾を好み
すでに年を取ったが、そうした性向には少しも変わることがない
きらきら輝く長剣を腰に帯び
雲にもとどく高い冠をいただいて
明月の珠を縫い込んだ衣服を着け、宝玉の佩《はい》を腰にたらしている
世の中は乱れ乱れて、だれもわたしを理解してはくれない
わたしは高く飛翔して〔現世のことは〕すべてを忘れ果てたいと思う
青い虬《きゅう》に馬車を牽かせ、白い螭《ち》を副《そ》え馬として

わたしは、舜帝《しゅんてい》とともに玉樹の生える楽園に遊び
崑崙《こんろん》に登って玉《ぎょく》の英《はなびら》を食する
天地とともに長寿を保ち
日月と輝きを並べ競いたいと願う
南方の人々がわたしを理解してくれないことを悲しんで
明朝、わたしは江水《こうすい》・湘水《しょうすい》を渡って、故郷に別れを告げようとするのだ

1　渉江篇は、九章第一類の作品。奇服は目に立つ服飾。離騒にも「余が冠の岌岌たるを高くし、余が佩の陸離たるを長くす」(四二頁)とあって、主人公は、その生き方の特異さ、独自さを服飾に表わそうとしている。長鋏は長剣。一説に鋏は剣の柄《つか》だという。長鋏におのれを託すること、「戦国策」斉策四に馮煖《ふうけん》の歌として「長鋏よ　帰来《かえらん》かな、食に魚なし」などと見える。明月は明月の珠。真珠の類であろう。ここではそうした宝玉を縫い込んだ衣服をいうとされる。璐は美玉の一種。

2　虯(虬)と螭とは、和訓ではともにミズチ。いずれも龍の一種で角《つの》がないとされる。龍よりは少し格が落ちる。重華は舜帝のこと。舜帝は巡狩中に死去し、楚の南方の九疑山《きゅうぎさん》(九嶷山)に葬られたとされる。離騒には「重華に就きて詞を陳ぶ」(五〇頁)とあった。

圃は果樹園。崑崙山には県圃の楽園があるとされた。そこには玉樹が植えられているのである。天問に「崑崙の県圃、其の尻　安くに在る」(一九一頁)。

3　この篇の主人公は南方へ向かって出発をする。離騒の主人公が、天上遊行に先立って、九疑山に向かうのを襲ったものであろう。南夷を旧注は楚の国の人々を指すとする。あるいは主人公が放浪する楚国南方地域の住民たちをいうのかも知れない。

乗鄂渚而反顧兮
欸秋冬之緒風
歩余馬兮山皋
邸余車兮方林
乗舲船余上沅兮
齊呉榜以擊汰
船容與而不進兮
淹回水而凝滯
朝發枉陼兮

鄂渚《がくしょ》に乗《のぼ》りて反顧《はんこ》すれば
欸《ああ》　秋冬《しゅうとう》の緒風《しょふう》あり 1
余《わ》が馬《うま》を山皋《さんこう》に歩《あゆ》ませ
余《わ》が車《くるま》を方林《ほうりん》に邸《とど》む 2
舲船《れいせん》に乗《の》りて、余《われ》　沅《げん》を上《さかのぼ》り
呉榜《ごぼう》を斉《ひと》しくして以《も》って汰《なみ》を撃《う》つ 3
船《ふね》　容与《ようよ》として進《すす》まず
水《みず》に淹回《えんかい》して凝滞《ぎょうたい》す
朝《あした》に枉陼《おうしょ》を発《はっ》し

夕宿辰陽
苟余心其端直兮
雖僻遠之何傷

夕《ゆう》べに辰陽《しんよう》に宿《やど》る 4
苟《いやし》くも余《わ》が心《こころ》の其《そ》れ端直《たんちょく》なれば
僻遠《へきえん》すると雖《いえど》も之《こ》れ何《なに》をか傷《いた》まん

鄂《がく》の水際の小高い場所に登って、故郷を振り返れば
ああ、秋の終わり、冬の始めを告げる風が吹くばかり
我が馬に車を牽かせて、丘陵や水沢を通りぬけ
我が車を方林《ほうりん》に留めて〔放棄した〕
屋形船に乗り換えて、わたしは沅《げん》の流れをさかのぼろうとし
大きな櫂《かい》をそろえて、水を撃ちつつ、船を出発させた
〔しかし〕船はたゆたって、前に進もうとせず
水の流れのままに舳先をめぐらせ、凝滞して〔旅程ははかどらない〕
朝《あした》、枉陼《おうしょ》から漕ぎ出した船は
夕方には、辰陽《しんよう》で船泊《ふなどま》りした
わたしの心がまっすぐでありさえすれば
僻遠の地にあっても、なにの悲しむこともないのだ

1 鄂は漢水が、長江へ流入する武漢あたりの地名。欸は感嘆詞。哀《あい》と発音する。緒風の緒について、旧注は餘(あまる)と釈する。緒は一方で始まりの意味にもなる。

2 方林は地名であるが、正確な位置は不明。

3 舲船は、居住空間のある、しかしあまり大きくない船。沅水は楚国南方の大河の一つ。貴州省に源を発し、西方から洞庭湖《どうていこ》にそそぐ。九疑山《きゅうぎさん》の舜帝《しゅんてい》のもとに行くのであれば、いささか回り道になる。

4 枉渚(枉陼)と辰陽との二地点について、「水経」沅水注に、沅水は、また東に流れて辰陽県の南を通り、東方から辰水が合流してくる。…もとの県役所が辰水の北側にあったところから、辰陽と呼ばれた。楚辞が、夕べに辰陽に宿るといっているのが、ここのことである。…沅水は、また東に流れて小さな湾曲部を通る。ここを枉渚というとある。

入漵浦余儃佪兮
迷不知吾之所如
深林杳以冥冥兮
乃猨狖之所居

漵浦《じょほ》に入《い》りて、余《われ》 儃佪《せんかい》し
迷《まよ》いて吾《われ》の如《ゆ》く所《ところ》を知《し》らず **1**
深林《しんりん》 杳《よう》として以《も》って冥冥《めいめい》
乃《すなわ》ち猿狖《えんゆう》の居《お》る所《ところ》なり **2**

山峻高以蔽日兮
下幽晦以多雨
霰雪紛其無垠兮
雲霏霏而承宇
哀吾生之無樂兮
幽獨處乎山中
吾不能變心而從俗兮
固將愁苦而終窮

山《やま》　峻高《しゅんこう》にして以《も》って日《ひ》を蔽《おお》い
下《した》　幽晦《ゆうかい》にして以《も》って雨《あめ》　多《おお》し
霰雪《せんせつ》　紛《ふん》として其《そ》れ垠《かぎ》り無《な》く
雲《くも》　霏霏《ひひ》として宇《う》を承《う》く
吾《わ》が生《せい》の楽《たの》しみ無《な》きを哀《かな》しみ
幽《ひそ》かに山中《さんちゅう》に独処《どくしょ》す
吾《われ》　心《こころ》を変《か》えて俗《ぞく》に従《したが》う能《あた》わず
固《もと》より将《まさ》に愁苦《しゅうく》して終《つい》に窮《きゅう》せんとす[3]

漵浦《じょほ》に船を入れたが、わたしは立ちもとおり
道に迷って、どちらへ進めばよいのか、自分でもわからない
深い林は、暗く、暗鬱に広がって
そこは猿狖《さる》たちが住むところ
山々は、高くそびえて、太陽を隠し
そのふもとは、薄暗く、雨ばかりが多い

霰《あられ》と雪とは、乱れ降って、止むことがなく
雲は、次々と押し寄せて、我が住み処を押し包む
わたしの生きる道に楽しみが欠けていることを悲しみつつ
人知れず山中に一人住まいをする
わたしには、この心を変えて、人々の生き方に習うことができない
憂い苦しんで、行き詰まったままに終わることは、もとより覚悟の上だ

1 漵浦は地名。「水経」沅水注に漵水が見えるが、その水《かわ》の近辺か。前に見えた辰陽よりも下流になる。儃佪は一つの場所でぐるぐる回ること。心理的にいえば、決心がつかない状態。

2 猿狖はサル。九歌の山鬼篇に「猿　啾啾として、狖　夜に鳴く」(一六三頁)とある。山鬼篇の狖の字を又に作るテキストがある。渉江篇の作者は狖と作る方のテキストを見ていたものか。以下の山中の描写の処々に山鬼篇の影響を見ることができるだろう。

3 固将愁苦而終窮の句は、「論語」衛霊公篇の「君子は固より窮す」の語を意識したものであろうか。まじめに生きようとする者が行き詰まるのは必然の運命なのである。

接輿髡首兮　桑扈臝行
忠不必用兮　賢不必以
伍子逢殃兮　比干菹醢
與前世而皆然兮
吾又何怨乎今之人
余將董道而不豫兮
固將重昏而終身

接輿《せつよ》は髡首《こんしゅ》し、桑扈《そうこ》は臝行《らこう》す 1
忠《ちゅう》　必《かなら》ずしも用《もち》いられず、賢《けん》　必《かなら》ずしも以《やくだた》ず
伍子《ごし》　殃《わざわ》いに逢《あ》い、比干《ひかん》　菹醢《しょかい》せらる 2
前世《ぜんせい》と与《とも》に皆《み》な然《しか》り
吾《われ》　又《ま》た何《なん》ぞ今《いま》の人《ひと》を怨《うら》みんや
余《われ》　将《まさ》に道《みち》を董《ただ》して豫《よ》せざらんとす
固《もと》より将《まさ》に昏《こん》を重《かさ》ねて身《み》を終《お》わらん 3

接輿《せつよ》は頭髪を剃り落として〔罪人の格好をし〕、桑扈《そうこ》は裸体のまま歩きまわった
忠なる者が用いられるとは限らず、賢者もその能力を発揮できるとは限らない
伍子胥《ごししょ》は思いがけない災難に遭い、比干《ひかん》は殺されて、その肉は菹醢《しおから》にされた
前の世においてもそうだったのであるから
わたしは、いまの世の人たちを怨みに思ったりはしない
わたしは、止しい道を行なって、わき目も振らず生きようと思う
もとより、閉ざされた境遇の中で身を終えることになろうことは覚悟の上だ

1 接輿は「論語」微子篇に「楚狂接輿《そきょうせつよ》 歌いて孔子を過《よぎ》る。いわく、鳳よ、鳳よ、何ぞ徳の衰えたる。往きしものは諫《いさ》むべからず、来たるものは猶お追うべし。已《や》みなん、已みなん、今の政に従うものは殆《あや》うし」と見える、隠逸者的人物。髡首は頭を丸坊主にすること。刑罰の一種。桑扈は桑戸とも書かれる。「荘子」大宗師篇に「子桑戸、孟子《もうし》反《はん》、子琴張《しきんちょう》、三人は相ともに友たり」とあり、子桑戸が死んだとき、他の二人は琴を弾き、歌をうたったとあるから、礼法を超越した仲間の一人。

2 伍子は伍子胥《ごししょ》のこと。呉王夫差《ふさ》の参謀。春秋の末年、呉越の争いの中で、伍子胥のはかりごとによって、呉は越を降すことができたが、伍子胥は呉王の意向に逆らったため、自殺を命じられた。ちなみに伍子胥は越軍を率いて楚のみやこを陥落させ、楚王の屍を墓から引きずり出して鞭打ったとされ、楚の人々にとって憎い仇であるはずなのに、楚辞文芸の中では肯定的に取り上げられている。その政治的不遇だけが注目されたのであろうか。比干は殷の紂王《ちゅうおう》の叔父。紂王に諫言をして、殺された。天問に「比干 何ぞ逆らいて、之れを抑沈す」(二三一頁)とある。「史記」殷本紀に「比干は…強いて紂を諫む。紂は怒りていわく、吾は聖人の心(心臓)に七つの竅《あな》ありと聞く。比干を剖きてその心を観る」とある。比干が菹醢にされたという伝説も、紂王に殺され、解剖されたことから出るのであろうか。

3　豫は猶豫・狐疑すること。不豫で、迷いなくおのれを貫くこと。重昏の意味はよく解らないが、暗闇に閉ざされた境遇をいうのか。

亂曰
鸞鳥鳳皇　日以遠兮
燕雀烏鵲　巣堂壇兮
露申辛夷　死林薄兮
腥臊竝御　芳不得薄兮
陰陽易位　時不當兮
懷信侘傺　忽乎吾將行兮

乱《らん》に曰《い》わく[1]
鸞鳥《らんちょう》と鳳皇《ほうおう》と、日《ひ》びに以《も》って遠《とお》く
燕雀《えんじゃく》と烏鵲《うじゃく》と、堂壇《どうぜん》に巣《す》くう[2]
辛夷《しんい》を露申《ろしん》して、林薄《りんはく》に死《し》せしめ
腥臊《せいそう》　並《なら》びに御《ぎょ》せられ、芳《ほう》　薄《ちかづ》くを得《え》ず
陰陽《いんよう》　位《くらい》を易《か》え、時《とき》は当《あ》たらず
信《しん》を懐《いだ》きて侘傺《たてい》し、忽《こつ》として吾《われ》　将《まさ》に行《ゆ》かんとす[3]

乱《らん》にいう
鸞鳥《らんちょう》や鳳凰《ほうおう》が身近にいた黄金時代は、日ごとに遠くなり
〔いまでは〕燕や雀、烏や鵲《かささぎ》たちが、座敷や前庭に巣をかけている
辛夷《こぶし》は野ざらしにされて、山野の中で枯死し

主君が近づけられるのは腥臊《なまぐさもの》ばかり、芳《かお》り高い香草はお側に寄ることもできない
陰と陽とが立場を変え、現在という時間は、わたしにとって不当なものだ
信《まこと》を心中に懐いたまま憂いに沈み、このまま、わたしは遠くへ出発しようと思う

1 乱は、一篇の作品の最後に付けられるまとめの歌。離騒にもその最後に付けられており、楚辞文芸に特徴的なスタイルの一つ。

2 鳳皇は鳳凰に同じ。太古の理想的な政治が行なわれていた時代には、鸞鳥や鳳皇が身近に姿を見せた。「礼記」礼運篇に、聖王の時代には「鳳皇と麒麟と、みな郊にあり」という。「論語」微子篇の「鳳よ、鳳よ、何ぞ徳の衰えたる」の句も思い浮かべるべきかも知れない。鸞について「説文解字」第四篇に、〔鳳とともに〕これも神霊の精である。赤色で五彩をそなえ、鶏のかたちをしている。鳴き声は五つの音階と対応する。政治に対する讃歌が詠われるとき、やって来るという。堂壇の堂は建物の正面座敷、壇はその前庭。九歌の湘夫人篇にも「蓀の壁に紫の壇」(一三一頁)とあった。

3 現在という時間が自分にとって不本意なものだとする感覚は、たとえば離騒に「朕が時の当たらざるを哀れむ」(五八頁)と表現されていた。

哀《あい》　郢《えい》

皇天之不純命兮
何百姓之震愆
民離散而相失兮
方仲春而東遷
去故鄕而就遠兮
遵江夏以流亡
出國門而軫懷兮
甲之鼂吾以行
發郢都而去閭兮
怊荒忽其焉極
楫齊揚以容與兮
哀見君而不再得
望長楸而太息兮

皇天《こうてん》の命《めい》を純《じゅん》にせざる
何《なん》ぞ百姓《ひゃくせい》の震愆《しんけん》する
民《たみ》　離散《りさん》して相《あ》い失《うしな》い
仲春《ちゅうしゅん》に方《あた》りて東遷《とうせん》す[1]
故郷《こきょう》を去《さ》りて遠《とお》きに就《つ》き
江夏《こうか》に遵《そ》いて以《も》って流亡《りゅうぼう》す[2]
国門《こくもん》を出《い》でて懐《おも》いを軫《いた》め
甲《こう》の鼂《あした》　吾《われ》　以《も》って行《ゆ》く
郢都《えいと》を発《はっ》して閭《りょ》を去《さ》り
怊荒忽《ちょうこうこつ》として其《そ》れ焉《いず》くにか極《きわ》まらん[3]
楫《かい》　斉《ひと》しく揚《あ》がりて以《も》って容与《ようよ》し
君《きみ》に見《まみ》ゆることの再《ふたた》び得《え》ざるを哀《かな》しむ
長楸《ちょうしゅう》を望《のぞ》みて太息《たいそく》し

涕淫淫其若霰
過夏首而西浮兮
顧龍門而不見
心嬋媛而傷懷兮
眇不知其所蹠
順風波以從流兮
焉洋洋而爲客
凌陽侯之氾濫兮
忽翺翔之焉薄
心絓結而不解兮
思蹇產而不釋
將運舟而下浮兮
上洞庭而下江
去終古之所居兮
今逍遙而來東

涕《なみだ》　淫淫《いんいん》として其《そ》れ霰《せん》の若《ごと》し 4
夏首《かしゅ》を過《す》ぎて西《にし》より浮《う》かび
龍門《りょうもん》を顧《かえり》みるも見《み》えず
心《こころ》　嬋媛《せんえん》として懐《おも》いを傷《いた》ましめ
眇《びょう》として其《そ》の蹠《ふ》む所《ところ》を知《し》らず 5
風波《ふうは》に順《したが》い以《も》って流《なが》れに従《したが》い
焉《ここ》に洋洋《ようよう》として客《きゃく》と為《な》る
陽侯《ようこう》の氾濫《はんらん》を凌《しの》ぎ 6
忽《こつ》として翺翔《こうしょう》して、之《こ》れ焉《いず》くに薄《せま》る
心《こころ》　絓結《かいけつ》して解《と》けず
思《おも》い　蹇産《けんさん》として釈《と》けず 7
将《まさ》に舟《ふね》を運《めぐ》らせて下《しも》に浮《う》かばんとし
洞庭《どうてい》を上《かみ》として江《こう》を下《くだ》る 8
終古《しゅうこ》の居《お》る所《ところ》を去《さ》り
今《いま》　逍遥《しょうよう》として東《ひがし》に来《き》たる 9

天の神はその命《めい》を遷《うつ》して〔楚の国を見放し、災厄を降し〕
支配階層の人々は、動揺して、正しい対処もできない
民衆たちは、ばらばらになって、よりどころを失い
ちょうど仲春(二月)の時期に、東方へ移住を開始した
わたしもまた、故郷《ふるさと》を離れ、遠くへ身を寄せんとし
江水《こうすい》・夏水《かすい》の流れにそって、流亡の旅に出ようとする
みやこの門を出るとき、心は押しつぶされそうになりながら
甲《かのえ》の日の朝《あした》に、わたしは旅路についた
郢都《えいと》を出発して、住み慣れた小路《こうじ》から遠ざかり
茫然自失の思いはとめどもない
一斉に揚げられた櫂《かい》も、とまどうようにして、水をかかない
ご主君に再び会えないだろうことが心を悲しませる
高く生い茂った楸《ひさぎ》を見やって、大きなため息をつき
涙は止めどなく溢れて、霰《あられ》がたばしるようだ
夏水の分岐点を通って、東方へ船を進めるころには
振り返っても龍門《りょうもん》は見えなくなってしまった

故郷への思いは深く、心は傷つき
はるか遠くを見やるばかりで、足元はおぼつかない
風や波のままに、流れにまかせて
いま、あてどもなく、旅人となった
陽侯《ようこう》の氾濫(春の出水)の勢いに乗って
たちまちのうちに船は翔《かけ》り進むが、行き着く先はどこなのであろう
心は結ぼれたまま解けず
思いは鬱屈して晴れることがない
へさきを廻らせて、下流へと船を進め
洞庭湖《どうていこ》を上流に見つつ、長江を下る
遠いむかしから住んできた故郷を去って
いま、あてどもなく、東方の土地へやって来た

1 哀郢篇は、九章第一類の作品。王逸がこの篇に冠した序では、作者の屈原が楚王に退けられ、宮廷からも放逐されて、旅に出る様子を歌った作品だと説明する。しかし、ここで歌われているのは、そうした個人的な旅ではなく、集団での移住であり、おそらく

は楚のみやこ、郢都が秦の白起《はくき》によって攻め落とされ、楚が東方へ遷徙《せんし》した際の避難の旅の経験が基礎となっていたのであろう。哀郢篇の主人公は、そうした難民たちの旅の指揮者の一人として、難民たちの思いを歌うのである。人々の思いを代表して歌う作品が、やがて主人公の個人的な孤独感を歌うものへと変化してゆくところに、楚辞文芸の行き詰まりを見ることができるのかも知れない。「皇天の命を純にせず」とは、それまで与えていた天命を別の支配者に遷そうとすること。百姓《ひゃくせい》は、百《もろもろ》の部族の長たちの意味で、この場合は楚の国の支配階層を意味するのであろう。震愆の震はショックを受けて心が震えること、愆は行動を誤ること。国家の危機に支配者たちは十分に対応ができなかった。

2 江夏は長江と夏水。夏水は長江の分流。次の段に見える夏口の地で分流し、主人公の一行は、この夏水に入って下流へ向かう。夏水は滄浪《そうろう》の水《ながれ》だとする説もある。

3 郢都は楚の古くからのみやこ。湖北省江陵に位置した。現在、紀南城の遺跡が遺る。後に見える龍門も郢都城の東門だとされる。

4 楸は背の高い落葉樹。潘岳《はんがく》「懐旧の賦」(「文選」巻十六)に「巌巌たる双表(華表。墓地の入り口などの標柱)、列列と行をなす楸、彼の楸を望み、予が思いを感ぜしむ」とあるのに拠れば、楸は墓道にそって植えられる樹木。先祖以来の墓地を見捨てて来たことを、そこに茂る楸を遠く見やって悲しむのである。

5 嬋媛は心が対象に強く惹かれること。相手に入れ込むこと。九歌の湘君篇に「女嬋媛として余が為に太息す」(一二〇頁)とあった。この場合は故郷への思いをいう。

6 陽侯は水の神。大波を起こすとされる。「淮南子」覧冥訓に「武王は紂を伐たんとして、孟津《もうしん》を渡る。陽侯の波、逆流して撃つ」とある。その注に拠れば、諸侯の一人であった陽侯は、水泳中におぼれ死に、神となって大波を起こす。

7 絓結は糸がひっかかったり、むすぼれたりするさま。蹇産はちぢこまるさま。

8 洞庭湖からの水が長江と合流するあたりで、夏水も長江へ合流した。主人公の一行も、そこから長江の流れに乗って下流へと向かう。

9 終古の語、離騒(七八頁)、九歌(一七一頁)にも見えて、永遠につながる時間を意味していた。哀郢篇の終古は、太古以来の生活の中を流れ、未来永劫まで続くであろうと信じられていた時間であり、その永遠性が失われたあとから哀惜をこめて振り返られている。

羌靈魂之欲歸兮
何須臾而忘反

羌《ああ》 霊魂《れいこん》の帰《かえ》らんと欲《ほっ》する
何《なん》ぞ須臾《しゅゆ》も反《かえ》るを忘《わす》れん

背夏浦而西思兮
哀故都之日遠
登大墳以遠望兮
聊以舒吾憂心
哀州土之平樂兮
悲江介之遺風
當陵陽之焉至兮
淼南渡之焉如
曾不知夏之爲丘兮
孰兩東門之可蕪
心不怡之長久兮
憂與愁其相接
惟郢路之遼遠兮
江與夏之不可涉
忽若去不信兮

夏浦《かほ》に背《そむ》きて西《にし》に思《おも》い
故都《こと》の日《ひ》びに遠《とお》ざかるを哀《かな》しむ[1]
大墳《だいふん》に登《のぼ》りて以《も》って遠望《えんぼう》し
聊《いささ》か以《も》って吾《わ》が憂心《ゆうしん》を舒《じょ》す[2]
州土《しゅうど》の平楽《へいらく》なるを哀《かな》しみ
江介《こうかい》の遺風《いふう》を悲《かな》しむ[3]
陵陽《りょうよう》に当《あ》たりて之《こ》れ焉《いず》くに至《いた》る
淼《びょう》として南渡《なんと》して之《こ》れ焉《いず》くに如《ゆ》く[4]
曾《かつ》て知《し》らず　夏《か》の丘《おか》と為《な》るを
孰《いず》くんぞ両東門《りょうとうもん》の蕪《ぶ》せしむ可《べ》けんや[5]
心《こころ》の怡《よろこ》ばざること之《こ》れ長久《ちょうきゅう》にして
憂《うれ》いと愁《うれ》いと、其《そ》れ相《あ》い接《せっ》す[6]
郢路《えいろ》の遼遠《りょうえん》なるを惟《おも》い
江《こう》と夏《か》と　之《こ》れ渉《わた》る可《べ》からず
忽若《こつじゃく》として去《さ》りて信《しん》ならず

至今九年而不復
惨鬱鬱而不通兮
蹇侘傺而含慼

今《いま》に至《いた》りて九年《きゅうねん》なるも復《かえ》らず 7
惨《さん》として鬱鬱《うつうつ》として通《つう》ぜず
蹇《けん》として侘傺《たてい》して慼《うれ》いを含《ふく》む

ああ、我が魂はひたすら故郷にもどりたいと願い
一瞬たりとも帰ることを忘れたりはしない
夏浦《かほ》を背後にして船を進めつつも、ひたすら西方を懐かしみ
古いみやこが日々に遠ざかってゆくことに心を痛める
水辺の小高い堤防に登って遠くを眺めやり
我が憂いの心をいささかでも慰めようとする
故郷での生活が平穏で楽しかったことが懐かしく思い出され
長江の水辺にあって、この地の風俗がみやこことは異なることが悲しみを引き起こす
陵陽《りょうよう》までやって来たが、この先、どこへ行こうとするのか
はるかに南に船を進めたとしても、終局の目的地があるわけではない
大きな宮殿が廃墟になるなどと、かつては、思ってもみなかった

みやこの二つの東門を、荒れるままにしておいて良いものだろうか
心楽しい機会《とき》など久しく得られず
憂いと悲しみとが相い次いで襲って来る
郢《えい》のみやこがはるかに遠くなってしまったことを思いやれば
江水《こうすい》や夏水《かすい》を再びさかのぼって〔郢都に〕帰ることなど断念せざるを得ない
あわただしく出発をした旅は短期間のものではなく
もう九年にもなるが、もどることができずにいる
心は晴れず、鬱々として、思いは通ずることなく
行き詰まり、立ち止まったまま、憂いに沈む

1　夏浦は夏口のことで、漢水が長江へ合流する地点。現在の武漢あたりだという。
2　大墳の墳は、「詩経」周南・汝墳篇にも見えるように、川沿いの自然堤防。
3　州土の州は、民衆たちの編戸制度の一単位。一州の大きさについては、二千五百戸を一州となすなど、いくつかの説がある。州土で故郷の土地を意味する。江介は長江の近辺の土地。遺風の風について、「章句」は風俗の意に解する。
4　陵陽は地名。正確な地点は解らない。一説に宣城《せんじょう》(安徽省)の地だとする。長江から分

かれて南方へつながる水路がここにあったのであろうか。

5「夏の丘と為る」という夏は、大廈《たいか》の廈に同じ。大きな建築物。両東門は郢都にあった二つの東門。

6 憂と愁とを強いて区別すれば、憂が杞憂などというように、まだ起こっていない事態を心配するのに対し、愁は愁訴などというように、現在の状況が不如意であることをいうのであろうか。

7 信は二晩宿泊すること。「詩経」周頌・有客篇に「客ありて宿宿、客ありて信信」とあって、その毛伝に「一宿を宿といい、再宿を信という」と説明する。短い避難行だと思って出発をしたが、その旅は九年にもなったというのである。九年は多年をいうのであろうか。もし九年が実際の数字であるとすれば、主人公の放浪について、より具体的な内容を具えた物語りがあったことになろう。

外承歡之汋約兮
諶荏弱而難持
忠湛湛而願進兮

外《そと》 歓《かん》を承《う》けて之《こ》れ汋約《しゃくやく》たるも
諶《まこと》に荏弱《じんじゃく》にして持《じ》し難《がた》し **1**
忠《ちゅう》 湛湛《たんたん》として進《すす》むを願《ねが》うも

妬被離而鄣之
堯舜之抗行兮
瞭杳杳而薄天
衆讒人之嫉妬兮
被以不慈之偽名
憎慍惀之脩美兮
好夫人之忼慨
衆踥蹀而日進兮
美超遠而逾邁

妬《ねた》み　被離《ひり》として、之《こ》れを鄣《かく》す
堯舜《ぎょうしゅん》の行《おこ》ないを抗《あ》げ
瞭杳杳《りょうようよう》として天《てん》に薄《せま》るも
衆《もろもろ》の讒人《ざんじん》　之《こ》れ嫉妬《しっと》し
被《こうむ》るに不慈《ふじ》の偽名《ぎめい》を以《も》ってす[2]
慍惀《うんりん》の脩美《しゅうび》なるを憎《にく》み
夫《か》の人《ひと》の忼慨《こうがい》を好《この》む[3]
衆《しゅう》　踥蹀《しょうちょう》として日《ひ》びに進《すす》み
美《び》　超遠《ちょうえん》として逾《いよ》いよ邁《すす》む

外面的には主君から愛でられて世に時めいている連中も
その実態はぐずぐずで、なにの頼りにもならない
まごころを懐く者が、溢れるばかりの誠意をもって、お役に立ちたいと願っても
嫉妬する者たちが、ぱっと前に立ちふさがり、主君の目から、覆い隠してしまう
堯帝《ぎょうてい》や舜帝《しゅんてい》は立派な行動を取って

輝かしく、遠くにまで伝わって、天にまでせまるものであったが
多くの讒言者は、それを嫉妬し
堯舜は子供に邪険であったなどとの誤った評判を立てた
深く思い将来を考える者たちの立派さは、かえって憎しみを招き
おおげさに悲憤慷慨してみせる者たちが人々に好まれる
多くの人たちは小走りに、日ごとに前へ出んと争い
おおげさな美名を得て、ますますはでに闊歩する

1 汋約は見てくれが良いこと。荏弱は弱々しいこと。ちなみに外承歓の語は、楚辞とのつながりがあるとされる、前漢時代の清白銘鏡の銘文にもしばしば見られる。たとえば南陽出土鏡(「中原文物」二〇一一年三期)には「外承驩之可説(外に驩を承けて之れ説《よろこ》ぶ可し)」とある。

2 堯帝と舜帝とが不慈だとの偽名をかぶせられたとある不慈とは、みずからの帝位を子供につがせなかったことをいう。帝位の世襲が始まったのは禹王からだとされる。「荘子」盗跖篇に「堯は不慈、舜は不孝」とあり、「淮南子」氾論訓にも「堯に不慈の名あり、舜に父を卑《いや》しむるの誇りあり」という。なお堯舜之抗行兮以下の八句には王逸注が

ないことから、この部分のテキストは、九辯の「堯舜の抗行、瞭冥冥として天に薄るも、何ぞ険巇たる嫉妬の、被るに不慈の偽名を以ってす」(四五四頁)などとある部分から錯入したのではないかともされる。

3 慍惀は、心に深い思いを秘め、将来を真剣に考えることをいうとされる。忼慨について王夫之《おうふし》「通釈」は「巧言して忌《い》むなし」と説明する。

亂曰

曼余目以流觀兮
冀壹反之何時
鳥飛反故鄕兮
狐死必首丘
信非吾罪而棄逐兮
何日夜而忘之

乱《らん》に曰《い》わく

余《わ》が目《め》を曼《はるか》にして以《も》って流観《りゅうかん》し
壱《ひと》たび反《かえ》らんことを冀《こいねが》うも　之《こ》れ何《いず》れの時《とき》ぞ
鳥《とり》は飛《と》びて故郷《こきょう》に反《かえ》り
狐《きつね》は死《し》するに必《かなら》ず丘《おか》を首《あたま》にす 1
信《まこと》に吾《わ》が罪《つみ》に非《あら》ずして棄逐《きちく》せらる
何《なん》ぞ日夜《にちや》も之《こ》れを忘《わす》れん

乱《らん》にいう

視線を遠くに向け、方々を見やりつつ
もう一度、故郷へ帰りたいと願うが、そうした時がいつ来るのだろうか
鳥は高く飛んで古巣にもどってゆき
狐は死するとき、頭を故郷の丘陵《おか》の方へ向けるという
まったく無実であるのに罪を被《かぶ》せられ、放逐をされたわたしが
昼となく、夜となく、しばしも故郷を忘れたりすることが、どうしてあろうか

1 首丘は頭を故郷の方向へ向けること。「礼記」檀弓上篇に「古《いにしえ》の人に言ありていわく、狐の死するに、正しく丘を首《あたま》にするは、仁なり」とある。

抽《ちゅう》思《し》

心鬱鬱之憂思兮
獨永歎乎増傷
思蹇産之不釋兮

心《こころ》　鬱鬱《うつうつ》として　之《こ》れ憂思《ゆうし》し
独《ひと》り永歎《えいたん》して傷《いた》みを増《ま》す
思《おも》い　蹇産《けんさん》として　之《こ》れ釈《と》けず[1]

曼遭夜之方長
悲秋風之動容兮
何回極之浮浮
數惟蓀之多怒兮
傷余心之擾擾
願搖起而横奔兮
覽民尤以自鎭
結微情以陳詞兮
矯以遺夫美人

曼《まん》として夜《よる》の方《まさ》に長《なが》きに遭《あ》う
秋風《しゅうふう》の容《かたち》を動《うご》かすを悲《かな》しみ
何《なん》ぞ回極《かいきょく》の浮浮《ふふ》たる 2
蓀《そん》の怒《いか》り多《おお》きを数惟《すうい》し
余《わ》が心《こころ》を傷《いた》めて　之《こ》れ擾擾《じょうじょう》たり
揺起《ようき》して横奔《おうほん》せんと願《ねが》うも
民《たみ》の尤《とが》めらるるを覧《み》て以《も》って自《みずか》ら鎮《つつし》む 3
微情《びじょう》を結《むす》びて以《も》って詞《ことば》を陳《の》べ
矯《あ》げて以《も》って夫《か》の美人《びじん》に遺《おく》る

心は鬱々として晴れず、憂いの思いに閉ざされ
ひとりぼっちで、いつも嘆くばかり、悲しみはいや増す
心中に思いはむすぼれて、とけることなく
しかも、果てしなく夜の長い時節となった
秋風が万物を変容させてゆくのを悲しむときに

つむじ風は、なぜ方向も定めず通り過ぎてゆくのか
蓀《あやめ》(香草、ご主君)が発せられた怒りのことを一つ一つ思い返せば
わたしの心は傷つき、ざわざわと揺れ動く
ここで立ち上がって、思い切った行動を取りたいと考えたりはするが
その結果、民衆たちが咎めを受けることになるだろうと見越し、みずからを慎む
そこで、わたしの気持ちをまとめて、願うところを言葉にし
それを美人《かのひと》(ご主君)にお贈りしたいと思う

1 抽思篇は、九章第一類の作品。乱の部分が複雑な構成から成っている。抽思の抽は、篇末の少歌の部分に「美人の与に怨みを抽す」とあるように、心中の思いをぬき出して言葉にするという意味であろうか。蹇産は心中に鬱屈がある状況をいう形容語。「章句」は「心中　詰屈して、連環の如きなり」と説明する。

2 回極のこと、よく解らないが、ひとまず王夫之「通釈」が「風の往来、回旋して至るなり。浮浮は不定なり」とする解釈に従った。悲回風篇の回風とも通じるだろう。つむじ風の中心には神霊がいるとする中国の俗信をも考えあわせるべきなのかも知れない。

3 横奔の語、惜誦篇にも「横奔して路を失わんと欲す」(二六四頁)と見えた。すべての

制約を無視して、自由に行動すること。尤はとがめ。主人公の横奔が、民に尤をもたらすと心配されていることは、主人公が民衆たちの指揮者的な立場にあったことを表わすであろう。

昔君與我誠言兮
曰黄昏以爲期
羌中道而回畔兮
反既有此他志
憍吾以其美好兮
覽余以其脩姱
與余言而不信兮
蓋爲余而造怒
願承閒而自察兮
心震悼而不敢
悲夷猶而冀進兮

昔《むかし》　君《きみ》　我《われ》と誠言《せいげん》し
曰《い》わく、黄昏《こうこん》に以《も》って期《き》と為《な》さんと[1]
羌《ああ》　中道《ちゅうどう》にして回畔《かいはん》し
反《かえ》って既《すで》に此《こ》の他志《たし》有《あ》り[2]
吾《われ》に憍《ほこ》るに其《そ》の美好《びこう》を以《も》ってし
余《われ》に覽《しめ》すに其《そ》の脩姱《しゅうか》を以《も》ってす[3]
余《われ》と言《い》いて信《しん》ならず
蓋《けだ》し余《わ》が為《ため》に怒《いか》りを造《な》す
間《かん》を承《う》けて自《みずか》ら察《さっ》せんと願《ねが》うも
心《こころ》　震悼《しんとう》して敢《あ》えてせず
悲《かな》しみ　夷猶《いゆう》して進《すす》まんと冀《こいねが》うも

心《こころ》 怛傷《たつしょう》して、之《こ》れ憯憯《たんたん》たり 4

心怛傷之憯憯

かつて、あなたはわたしに約束をされて
日が暮れたあとに、いっしょに会おうと云われました
ああ、なんとしたことか、中途で道を違えられ
こんな風に、他の人に心を移してしまわれたのです
わたしに、新しい人の優秀さを誇らしげに伝え
新しい人の美麗《うるわし》さを見せつけられました
わたしと交わした約束を反故にされたのは
おそらくは〔新しい人の讒言を信じて〕わたしに腹を立てられたからなのでしょう
暇《いとま》のお時間に目通りし、わたしのことをわかっていただきたいと願ってはおりますが

心は恐れ慎んで、そうした大胆な行動をとることはようしません
悲しみとためらいとの中で、お側に近づきたいと願いつつも
心は心配と憂いとで、果てしなく揺れ動きます

1 この一段は、主人公が美人(主君)に伝えようとした「陳詞」の内容である。黄昏に会おうという約束については、離騒に「曰わく、黄昏に以って期と為さんと。羌 中道にして路を改む」(二五頁)と見えた。
2 回畔の畔はあぜみち。回畔で本来の道を変えること。他志は、心変わりをして、別の人物に心を遷すこと。
3 美や脩姱の語は、離騒では主人公がみずからを誇る言葉として用いられていたが、ここでは主人公に取って代わろうとする人物の美質として挙げられている。苦い皮肉がこめられた表現なのであろう。
4 夷猶は猶豫と同じ。心が定まらぬさま。憺憺を、旧注は安静と釈するが、「通釈」の、憺憺は蕩蕩というのに同じ、動いて寧《やすら》がざる貌《かたち》という解釈に従う。

茲歴情以陳辭兮
蓀詳聾而不聞
固切人之不媚兮
衆果以我爲患

茲《ここ》に情《じょう》を歴《つら》ねて以《も》って辞《じ》を陳《の》ぶれど
蓀《そん》　聾《ろう》を詳《よそお》いて聞《き》かず
固《もと》より切人《せつじん》の媚《こ》びざる
衆《しゅう》　果《は》たして我《われ》を以《も》って患《わずら》いと為《な》す 1

初吾所陳之耿著兮
豈至今其庸亡
何獨樂之謇謇兮
願蓀美之可完
望三五以爲像兮
指彭咸以爲儀
夫何極而不至兮
故遠聞而難虧
善不由外來兮
名不可以虚作
孰無施而有報兮
孰不實而有穫

初《はじ》め吾《われ》の陳《の》ぶる所《ところ》の耿著《こうちょ》なる
豈《あ》に今《いま》に至《いた》りて其《そ》れ庸《も》って亡《なみ》せんや
何《なん》ぞ独《ひと》り之《こ》れ謇謇《けんけん》たるを楽《たの》しまん
蓀《そん》の美《び》の完《まった》かる可《べ》きを願《ねが》う
三五《さんご》を望《のぞ》みて以《も》って像《ぞう》と為《な》し
彭咸《ほうかん》を指《さ》して以《も》って儀《ぎ》と為《な》す[2]
夫《そ》れ何《なん》の極《きょく》か至《いた》らざらん
故《もと》より遠《とお》く聞《き》こえて虧《か》け難《がた》し
善《ぜん》　外《そと》由《よ》り来《き》たらず
名《な》　以《も》って虚作《きょさく》す可《べ》からず
孰《たれ》か施《ほどこ》す無《な》くして報《むく》い有《あ》らん
孰《たれ》か実《じつ》ならずして穫《かく》する有《あ》らん[3]

このように自分の思いをくまなく列ねて、言葉にして申し上げたが
蓀《あやめ》（ご主君）は、耳が聞こえぬふりをして、聞いてはくださらなかった

もともと、まっすぐな意見を述べる者は、他人に媚びたりはしない
人々は、果たして、わたしを厄介者扱いするようになった
わたしの最初からの主張は、公明正大なものであって
現在の状況の中にあっても、どうしてそれを取り下げたりすることができよう
ご主君に耳の痛い意見をお聞かせすることを喜んでしているのではない
蓀（ご主君）のすばらしさに欠けることがないようにと願っているだけなのだ
〔ご主君が〕三皇五帝を遠く望んで模範となし
〔臣下たちが〕彭咸《ほうかん》をめざして、行動の規範とするならば
どんな遠いところだって、行けぬところはない
そのようにして得られた名声は、遠方にまで伝わって、欠けたりすることがない
善は、みずからが為すものであって、外から手に入れることはできない
名声も、実態なしに作り上げることはできない
恩恵を与えずして、人からの恩返しはありえず
播かない穀物を収穫することはできないのだ

1 切人について、朱熹《しゅき》「集注」は「懇切の人」と釈し、「通釈」は「切直の言」を述べ

る人とする。

2 三五を「章句」は「三王・五伯(覇)」とする。「集注」は「三皇・五帝」とする説を挙げる。彭咸は、離騒にも「願わくは彭咸の遺則に依らん」(三二頁)などとあるように、理想的な生き方をした人物だとされているが、その実態はよく解らない。

3 実の字は「集注」が殖の字とすべきだとするのに拠って釈する。

少歌曰
與美人抽怨兮
幷日夜而無正
憍吾以其美好兮
敖朕辭而不聽

少歌《しょうか》に曰《い》わく[1]
美人《びじん》の与《ため》に怨《うら》みを抽《ちゅう》し
日夜《にちや》を幷《あ》わせて正《ただ》す無《な》し[2]
吾《われ》に憍《ほこ》るに其《そ》の美好《びこう》を以《も》ってし
朕《わ》が辞《じ》に敖《おご》りて聴《き》かず

少歌《しょうか》にいう
美人《かのひと》(ご主君)に対して懐く残念な思いを取り出して
昼夜を問わず考え続けてみたが、納得できぬことばかり

わたしに対して、みずからのすばらしさを誇るばかりで
わたしの意見を馬鹿にして、聴きいれられなかった

1 少歌は本文のあとに付けられた「乱」の一種。洪興祖《こうこうそ》「補注」は「前意を総論し、反覆してこれを説くなり。この章には少歌あり、倡《しょう》あり、乱あり。これを少歌して足らざれば、則ちまたその意を発して倡をつくる。独り倡のみにして、ともに和するなければ、一賦の終を総理して、以って乱辞となす」と説明している。

2 抽怨を抽思と作るテキストもある。そうであれば、抽思という篇題は少歌の一部から取られたことになる。

倡曰
有鳥自南兮
來集漢北
好姱佳麗兮
牉獨處此異域

倡《しょう》に曰《い》わく
鳥《とり》有《あ》り　南《みなみ》自《よ》りし
来《き》たりて漢北《かんほく》に集《とど》まる 1
好姱《こうか》にして佳麗《かれい》
牉《はん》として独《ひと》り此《こ》の異域《いいき》に処《お》る

既惸獨而不群兮
又無良媒在其側
道卓遠而日忘兮
願自申而不得
望北山而流涕兮
臨流水而太息
望孟夏之短夜兮
何晦明之若歳
惟郢路之遼遠兮
魂一夕而九逝
曾不知路之曲直兮
南指月與列星
願徑逝而不得兮
魂識路之營營
何靈魂之信直兮

既《すで》に惸独《けいどく》にして群《むれ》せず
又《ま》た良媒《りょうばい》の其《そ》の側《かたわら》に在《あ》る無《な》し[2]
道《みち》　卓遠《たくえん》にして日《ひ》びに忘《わす》れられ
自《みずか》ら申《もう》さんと願《ねが》うも得《え》ず
北山《ほくざん》を望《のぞ》みて流涕《りゅうてい》し[3]
流水《りゅうすい》に臨《のぞ》みて太息《たいそく》す
孟夏《もうか》の短夜《たんや》を望《のぞ》むに
何《なん》ぞ晦明《かいめい》の歳《とし》の若《ごと》き
郢路《えいろ》の遼遠《りょうえん》なるを惟《おも》い
魂《たましい》　一夕《いっせき》にして九逝《きゅうせい》す
曾《かつ》て路《みち》の曲直《きょくちょく》を知《し》らず
南《みなみ》のかた月《つき》と列星《れっせい》とを指《さ》す
径逝《けいせい》せんと願《ねが》うも得《え》ず
魂《たましい》　路《みち》を識《し》りて　之《こ》れ営営《えいえい》たり[4]
何《なん》ぞ霊魂《れいこん》の信直《しんちょく》なる

人之心不與吾心同　人《ひと》の心《こころ》　吾《わ》が心《こころ》と同《おな》じからず
理弱而媒不通兮　理《り》　弱《よわ》くして、媒《ばい》も通《つう》ぜず
尚不知余之從容　尚《な》お余《われ》の従容《しょうよう》を知《し》らず

倡《しょう》にいう
南方から飛んできた鳥が
漢北《かんほく》の地に羽根を休めた
この鳥は、優れた資質をそなえ、佳麗でもあるが
ひとりぼっちで、この異域の地にやどっている
鳥は、孤独で、仲間もなく
そばには、ご主君との間を取り持ってくれるような者もいない
道ははるかに遠く、日ごとに忘れられてゆき
自分からご主君に申し立てをしたいと願うが、その機会もない
〔みやこ近辺とは様子の異なる〕北方の山々を見やって涙を流し
〔南方へ流れる〕川の水を前にして、ため息をつく
夏の短夜《みじかよ》こそ望ましいのに〔いまは秋〕

どうして一夜が一年のように長く感じられるのだろうか
郢都《えいと》への道の遠くはるかなことを知ってはいるが
魂は一晩のうちに九たびもその道を行き来しようとする
〔その魂にも〕道の曲がり目と直線とについて、詳細な様子がわからないので
南方に照る月と星々とを見ておおよその方向を定めてゆく
ご主君のもとにまっすぐ駆けつけたいと願っても、それは許されていない
魂だけが道を知っていて、〔夢の中で〕その道を苦労してたどってゆく
なんと我が魂のまっすぐであることか
他人の心と我が心とは異なっている
わたしの立場は劣悪で、仲立ちを介することもできないゆえ
わたしが強いてのどやかに過ごしていることをご存じいただけないのだ

1　倡は歌謡のスタイル名。九歌の礼魂篇に「姱女　倡いて容与たり」(一七一頁)と動詞として使われている倡も同類。抽思篇では乱的部分にこの倡が付けられているが、その内容は独立した一篇をなすにふさわしいものである。漢北は漢水を北にさかのぼった地域。「史記」屈原伝に秦と楚とが漢中の地を争ったことが見えるが、その漢中よりもさ

らに漢水の上流に位置するのであろうか。みやこの郢都から北方に当たる。この倡では、主人公を鳥に譬え、漢北の地にやって来た鳥が孤独に暮らすさまを描写している。

2 惸独の惸は兄弟がいないこと、独は子孫がいないことを意味する。「周礼」秋官・大司寇に、社会的弱者を「惸独老幼」と表現している。また、主君と主人公との関係を男女の仲に譬え、自分には良い媒(仲人)がいないという嘆きは離騒にも見えた。

3 北山をみやこの北側に連なる山々だとする説もあるが、漢北の地の、主人公にはなじみのない山々をいうのであろう。

4 このあたりに霊魂への言及が見えるのは、夢は寝ている間に魂が身体から脱け出して経験したことだとする観念を反映したものであろう。王充「論衡」紀妖篇が、人の夢は「魂の行」だとする説に反対していることから、逆に、夢に見たことが魂の経験したことだとする俗信が盛んであっただろうことがうかがわれる。この篇の主人公は、身体は漢北にありながら、夢の中で、魂は郢都への道をたどろうとするのである。

5 「理　弱くして、媒も通ぜず」の句は、離騒の「理は弱く、媒は拙」(七六頁)と同じ意味。理が弱いとは相手(主君)との関係性が希薄だという意味であろうか。従容について、九章の懐沙篇にも「孰か余の従容を知らん」(三一五頁)とあり、「章句」は「従容は挙動なり」といい、行動の意味に取る。一方、「集注」は、自分は間暇であるが、守っているところを変えたりはしていないと説明している。恐らくは、九歌の湘君篇（一二二頁）などに見えた逍遥の語と重なり、（悲しみの中で、強いて）のどやかに生活することをいうのであろう。

亂曰
長瀨湍流　泝江潭兮
狂顧南行　聊以娛心兮
軫石崴嵬　蹇吾願兮
超回志度　行隱進兮
低佪夷猶　宿北姑兮
煩冤瞀容　實沛徂兮
愁歎苦神　靈遙思兮
路遠處幽　又無行媒兮
道思作頌　聊以自救兮
憂心不遂　斯言誰告兮

乱《らん》に曰《い》わく
長瀬《ちょうらい》と湍流《たんりゅう》と、江潭《こうたん》を泝《さかのぼ》る
南行《なんこう》を狂顧《きょうこ》して、聊《いささ》か以《も》って心《こころ》を娯《たの》しましむ[1]
軫石《しんせき》　崴嵬《わいかい》として、吾《わ》が願《ねが》いを蹇《はば》む
志度《しど》を超回《ちょうかい》し、行《おこ》ない　隠進《いんしん》す[2]
低佪《ていかい》し夷猶《いゆう》して、北姑《ほくこ》に宿《やど》る
煩冤《はんえん》し容《よう》を瞀《みだ》して、実《じつ》に沛《はい》として徂《ゆ》かんとす[3]
愁歎《しゅうたん》し神《しん》を苦《くる》しめ、霊《たましい》　遥思《ようし》するも
路《みち》は遠《とお》く　幽《ゆう》に処《お》りて、又《ま》た媒《ばい》を行《おこ》なう無《な》し
道思《どうし》もて頌《しょう》を作《つく》り、聊《いささ》か以《も》って自《みずか》ら救《すく》う
憂心《ゆうしん》は遂《と》げず、斯《こ》の言《げん》　誰《たれ》にか告《つ》げん[4]

乱《らん》にいう
長く続く浅瀬、ほとばしる流れ、江《かわ》と潭《ふち》とをさかのぼって行く
南方(みやこ)への道を、しばしば振り返って、わずかながら心を楽しませる
大きな岩がそばだって、わたしの願いを妨害するかのよう
かつての志望と行動規範とを回顧しつつ、その実行が苦境を招いたことを思いやる
意気消沈し、心が揺れ動く中で、北姑《ほくこ》の地に宿をとった
むすぼれた思いに、姿かたちをも整えず、すぐさま帰ろうとばかり考えている
憂いに沈み、心は晴れることなく、我が魂は、遠くみやこの地を懐かしむが
そこへの道は遠く、いま、人知れぬ場所にいて、仲立ちをしてくれる者もいない
この旅路の思いを頌《しょう》のかたちの作品として、わずかながらみずからを慰める
憂いの中での思いは実現できず、わたしの言葉はだれにも語れないのだから

1　江潭について、潭水(洞庭湖《どうていこ》の西に発する河水)のことだとする説もある。狂顧はしばしば後ろを振り返ること。南行は南方への街道。幹線道路を意味する行の語は「詩経」に周行(周のみやこに通じる街道)などとして見えている。狂顧しつつ南へ行くという解釈は取らない。

2 軫石は大きな岩。馬車の軫(横木)ほどの石だとも説明されるが、もっと大きな岩なのであろう。「超回志度　行隠進兮」の二句について、「集注」は意味不明とする。「通釈」は「遠く昔日に秉《と》るところの志度を憶い、行なわんと欲するも進むに傷つく」と説明する。「章句」の本文は、志の字を忘に作り、「回を超え度を忘る」と読んでいる。

3 北姑は地名。正確な位置は不明。晢容の語、よく解らないが、「集注」の「晢乱の意は容貌に見《あら》わる」という説明を参照した。

4 道思は中道での思いと釈される。この乱は、この作品を旅路の思いを述べた頌だと規定している。その頌の内容は、「詩経」に収められた頌の詩篇と大きくその性格を異にする。主人公がみずからの思いを告げ知らせるべき人がなく、それを作品とすることを通して近辺にいる者以外に理解者を求めていることに注目したい。こうした篇を育んだ人たちが、自分たちの文芸活動の意味を考えようとしていたことが知られるからである。思うところを表明するだけでなく、それを作品として、広く告げ知らせようとしているところに九章諸篇の特徴がある。

懐《かい》沙《さ》

滔滔孟夏兮　草木莽莽
傷懐永哀兮　汩徂南土
眴兮杳杳　孔静幽默
鬱結紆軫兮　離愍而長鞠
撫情效志兮　冤屈以自抑

滔滔《とうとう》たる孟夏《もうか》、草木《そうもく》　莽莽《ぼうぼう》たり
傷《いた》み懐《おも》いて永《なが》く哀《かな》しみ、汩《いっ》として南土《なんど》を徂《ゆ》く 1
眴《み》るに杳杳《ようよう》たり、孔《はなは》だ静《しず》かにして幽黙《ゆうもく》なり 2
鬱結《うっけつ》　紆軫《うしん》し、愍《いた》みに離《かか》りて長《なが》く鞠《きく》す 3
情《おも》いを撫《ぶ》し　志《こころざし》を效《ただ》して、冤屈《えんくつ》なれども以《も》って
自《みずか》ら抑《おさ》う

生気に溢れる初夏の時節、草木は盛んに生い茂る
悲しみを懐き、憂いから脱け出せぬまま、南方の土地をどこまでも旅行く
目に映る風景は、暗く閉ざされ、静まりかえっている
心はむすぼれ、ねじまがって、悲しみに陥り、いつまでも出口が見出せない
みずからの思いと願いとを顧みて、不当な境遇にあると知るが、強いて自分を抑える

1　懐沙篇は、九章第一類の作品。その題名について、「集注」は、沙石を懐に入れて水に身を投げることだという。沙は長沙の意味で、長沙の地を懐かしむという意だとする

説もあるが、よく解らない。「史記」屈原伝には、この作品が「懐沙之賦」として引用されており、テキストにいささか異同がある。滔滔はエネルギーに溢れるさま。莽莽も同様。そうした中を、主人公は悲しみを懐いて放浪する。汩は水が流れ去るさまをいうが、ここでは、主人公の思いとは別に、旅程がどんどん進むこと。南土は楚国の南部を指す。篇尾の乱辞にも沅水《げんすい》・湘水《しょうすい》など楚国南方の河水のことが見える。

2 眴は見ること。主人公は、エネルギーに溢れる初夏の草木・山野の背後に、静寂な世界を見ている。自然を見つめる見者《けんしゃ》の目は、シャマンの視点に由来するのではないかとの推測は、九歌でも述べた。

3 惜誦篇にも「背と膺と胖れて以って交ごも痛み、心　鬱結して紆軫す」(二六四頁)とあった。「章句」は、紆は屈、軫は痛、慜(愍)は痛、鞠は窮だと注を付けている。

刓方以爲圜兮　常度未替　方《ほう》を刓《けず》りて以《も》って圜《えん》と為《な》すも、常度《じょうど》　未《いま》だ替《か》わらず

易初本迪兮　君子所鄙　初本《しょほん》の迪《みち》を易《か》うるは、君子《くんし》の鄙《いや》しむ所《ところ》1

章畫志墨兮　前圖未改　画《かく》を章《あき》らかにし　墨《ぼく》を志《おも》いて、前図《ぜんと》　未《いま》だ改《あらた》めず

内厚質正兮　大人所盛　内《うち》に厚《あつ》く　質《しつ》の正《せい》なるは、大人《たいじん》の盛《ほむ》る所《ところ》

巧倕不斲兮　孰察其撥正　巧《たく》みなる倕《すい》も斲《き》らざれば、孰《たれ》か其《そ》の撥正《はっせい》を察《さっ》せん 2

四角いものを削って円くする世の中にあっても、わたしが守るやり方に変化はない
最初に選んだ道を変えたりすれば、君子《くんし》たちから軽蔑を受けることになる
設計図をはっきりと読み取り、墨縄《すみなわ》を慎重に用いて、元来の企図を正しく実行する
重厚な内実と素直な性質とを持った素材は、立派な師匠たちも称揚するところ
巧匠の倕《すい》も、実際に木材を切ってみせねば、だれにもかれの腕の確かさは判《わか》らない

1 刓は削るの意。方と圜とについては、離騒に「何ぞ方と圜との能く周わん」(三九頁)とあり、四角いほぞ穴に円いほぞは嵌らないという比喩だとされた。この一段全体を、工芸を用いて主人公の処世を比喩したものとして解釈した。「初本の迪」も、文字通りには本来の道の意であるが、本来の制作目標・意図の意であろう。

2 倕は、堯舜《ぎょうしゅん》の時代にいたとされる伝説的な工芸者。「尚書」舜典篇には、工を掌る者として垂《すい》の名で見える。撥正は正しいところを治めるという意だとされる。

玄文處幽兮　矇瞍謂之不章

玄文《げんぶん》も幽《ゆう》に処《お》れば、矇瞍《もうそう》　之《こ》れを章《あき》らかならずと謂《い》う

離婁微睇兮　瞽以爲無明

離婁《りろう》も微睇《びてい》すれば、瞽《こ》　以《も》って明無《めいな》しと為《な》す[1]

變白以爲黑兮　倒上以爲下

白《しろ》を変《へん》じ以《も》って黒《くろ》と為《な》し、上《かみ》を倒《たお》し以《も》って下《しも》と為《な》す

鳳皇在笯兮　鷄鶩翔舞

鳳皇《ほうおう》　笯《ど》に在《あ》り、鶏鶩《けいぼく》　翔舞《しょうぶ》す

同糅玉石兮　一槩而相量

玉石《ぎょくせき》を同糅《どうじゅう》し、一概《いちがい》にして相《あ》い量《はか》る

夫惟黨人鄙固兮　羌不知余之所臧

夫《そ》れ惟《こ》れ党人《とうじん》の鄙固《ひこ》なる、羌《ああ》　余《われ》の臧《よ》しとする所《ところ》を知《し》らず

任重載盛兮　陷滯而不濟

任《にん》　重《おも》く　載《さい》　盛《さか》んに、陥滞《かんたい》して済《な》らず

懷瑾握瑜兮　窮不知所示

瑾《きん》を懐《ふところ》にし瑜《ゆ》を握《にぎ》るも、窮《きゅう》して示《しめ》す所《ところ》を知《し》らず

邑犬之群吠兮　吠所怪也
　邑犬《ゆうけん》の群《む》れて吠《ほ》ゆるは、怪《あや》しむ所《ところ》に吠《ほ》ゆるなり
誹俊疑傑兮　固庸態也
　俊《しゅん》を誹《そし》り　傑《けつ》を疑《うたが》うは、固《もと》より庸態《ようたい》なり
文質疏内兮　衆不知余之異采
　文質《ぶんしつ》疏《そ》内《とつ》、衆《しゅう》　余《われ》の異《い》采《さい》を知《し》らず
材樸委積兮　莫知余之所有
　材樸《ざいぼく》委《い》積《せき》するも、余《われ》の有《ゆう》する所《ところ》を知《し》る莫《な》し[2]

黒々とした紋様も、暗い場所に置けば、矇瞍《めしい》たちは、はっきり見えないと云う
離婁《りろう》も目を細めてものを見るとき、盲人たちは、かれも目が見えていないのだと考える
白いものを黒色に変え、上にあるものを、ひっくり返して、下に置く
鳳凰《ほうおう》は籠に囚われ、ニワトリやアヒルが自由に飛びまわっている
玉《ぎょく》と石とをいっしょくたにし、同じマス目で量ろうとするなど

朋党をなす連中は、見識もなく頑固で、なんとしたことか、わたしが価値を置くところをわかってはくれない
重いものを載せているがために、車は泥濘にはまって、前には進まない
瑾《きん》や瑜《ゆ》の美玉を身に着けてはいるが、窮地にあって、それをだれに示せというのか
まちの犬たちが群がって吠えるのは、見知らぬ者に向かって吠えるのだ
優れた人物を誹謗し疑うのは、〔犬たちが吠えるのと同様に〕凡庸な者たちの常態だ
質実で言葉も拙く、人々に、わたしの具える他にない輝きを知ってはもらえない
豊かな資質を積み重ねていても、わたしの持つものを知る者などありはしない

1 矇瞍は目が見えない人。「補注」は、眸《ひとみ》があっても物が見えない者を矇といい、もともと眸がない者を瞍という説明する。離婁は目が良いことで有名な人物。「孟子」離婁上篇に「離婁の明、公輸子《こうゆし》の巧も、規矩を以ってせざれば、方員を成す能わず」とある。離婁は黄帝《こうてい》の時代の人物で、黄帝が玄珠を失ったとき、それを見つけ出した離朱《りしゅ》と同一人物だとされる。

2 文質疏内について、「集注」は、質素で(文質)、世間に疎く(疏)、朴訥(内は訥に同じ)だと釈する。材樸は未加工の木材。自分は内部に大きな素質を積み重ねているが、

それを知ってくれる人はいない。

重仁襲義兮　謹厚以爲豊
　仁《じん》を重《かさ》ね　義《ぎ》を襲《おそ》い、謹厚《きんこう》　以《も》って豊《ほう》と為《な》す
重華不可遻兮　孰知余之従容
　重華《ちょうか》　遻《あ》う可《べ》からず、孰《たれ》か余《われ》の従容《しょうよう》を知《し》らん[1]
古固有不竝兮　豈知其何故
　古《いにしえ》固《もと》より並《なら》ばざる有《あ》り、豈《あ》に其《そ》の何《なん》の故《ゆえ》なるかを知《し》らん
湯禹久遠兮　邈而不可慕
　湯禹《とうう》　久遠《きゅうえん》にして、邈《ばく》として慕《した》う可《べ》からず[2]
懲連改忿兮　抑心而自強
　連《れん》を懲《とど》め忿《ふん》を改《あらた》め、心《こころ》を抑《おさ》えて自《みずか》ら強《つよ》くす[3]
離慜而不遷兮　願志之有像
　慜《びん》に離《かか》るも遷《うつ》らず、願《ねが》わくは　志《こころざし》の像《しょう》たる有《あ》らんことを[4]

進路北次兮　日昧昧其將暮
路《みち》を進《すす》め北《きた》に次《やど》れば、日《ひ》　昧昧《まいまい》として其《そ》れ将《まさ》に暮《く》れんとす
舒憂娯哀兮　限之以大故
憂《うれ》いを舒《じょ》し　哀《あい》を娯《たの》しませ、之《こ》れを限《かぎ》るに大故《たいこ》を以《も》ってす

仁を積み重ね、義を踏み行ない、謹みと篤い行動にこそ大きな価値を認める
重華《ちょうか》(舜帝《しゅんてい》)と会えない以上、だれがわたしの生き方を理解してくれるというのか
古《いにしえ》にも、聖君と賢臣とが会えなかった例はあり、その理由はだれにもわからない
大いなる禹王《うおう》は久しいむかしの聖君、遠すぎて心を寄せることもできない
思いを断ち切り、怒りを改め、心を抑えて、自分自身を大切にしよう
不遇の中でも行ないは曲げず、自分の志願が一つの規範となることを願っている
北方へ旅路を取ろうとするが、日は翳《かげ》って、もう暮れがたとなった
憂いを和らげ、悲しみの感情をいささかはなごませつつ、死を迎える日を待つのだ

1　重仁襲義の重も襲も、そうした行ないを積み重ねること。重華は舜帝のこと。楚の南方、九疑山《きゅうぎさん》にその廟があるとされた。離騒に「沅湘を済りて以って南征し、重華に就き

て詞を陳ぶ」(五〇頁)とあるように、舜帝は主人公の心のよりどころだとされた。従容については、抽思篇「余の従容を知らず」(三〇三頁)の注を参照。

2 湯禹は大いなる禹王の意味。離騒では「湯禹　儼として合うを求め、咎繇を摯きて能く調う」(八五頁)とあり、禹王と咎繇《こうよう》との君臣が協力しあって立派な統治を行なったとしている。しかし、この懐沙篇では「古固より並ばざる有り」といって、そうした理想的な君と臣との出会いは、聖君が治めた太古の時代にあっても必ずおこることではなかったとする。歴史に対する諦念が深まったといえようか。

3 懲連改忿について、「章句」は、おのれの留連の心を止め、その忿恨を改めると解釈する。連を留連の意だとするのには、いささか疑問がある。なお「史記」の引用では連の字を違に作る。

4 像は後人たちの模範となること。

5 北次は北方のみやこへと道を取ろうとすること。しかし、もう日は暮れがたとなり(老年にさしかかり)、自分に時間は多く遺されていない。大故は死ぬこと。「孟子」滕文公上篇に「今や不幸にして大故に至る」とあり、「孟子」の場合は父親の死をいっている。「史記」屈原伝は、「懐沙之賦」を引用したあと、続けて、そこで石を懐に入れ、そのまま汨羅《べきら》の淵に身を投じて死んだと記す。ただ、懐沙篇自体は心静かに死を迎え入れようといっており、投身自殺とは結びつかないことに注意すべきであろう。九章中のいくつかの篇で主人公はみずからの死に言及しているが、遺されたあまり多くはない時間を、強いて心伸びやかに過ごし、やがて来る死を迎えようという決心が語られているのである。

亂曰
浩浩沅湘　分流汨兮
脩路幽蔽　道遠忽兮
懷質抱情　獨無匹兮
伯樂既沒　驥焉程兮
萬民之生　各有所錯兮
定心廣志　余何畏懼兮
曾傷爰哀　永歎喟兮
世溷濁莫吾知　人心不可謂兮

乱《らん》に曰《い》わく
浩浩《こうこう》たる沅湘《げんしょう》、分《わ》かれ流《なが》れて汨《いっ》たり
脩《なが》き路《みち》　幽蔽《ゆうへい》して、道《みち》　遠忽《えんこつ》たり[1]
質《しつ》を懐《いだ》き　情《じょう》を抱《いだ》くも、独《ひと》りにして匹《ひつ》無《な》し
伯楽《はくらく》　既《すで》に没《ぼっ》すれば、驥《き》　焉《いず》くにか程《てい》せん[2]
万民《ばんみん》の生《せい》、各《おの》おの錯《やす》んずる所《ところ》有《あ》り
心《こころ》を定《さだ》め　志《こころざし》を広《ひろ》くし、余《われ》　何《なん》ぞ畏懼《いく》せん[3]
傷《いた》みを曾《ま》し　爰《ここ》に哀《かな》しみて、永《なが》く歎喟《たんき》す
世《よ》　溷濁《こんだく》して吾《われ》を知《し》る莫《な》く、人《ひと》の心《こころ》　謂《い》う可《べ》からず

知死不可譲　願勿愛兮　死《し》の譲《さ》く可《べ》からざるを知《し》り、願《ねが》わくは愛《お》しむ勿《な》からん
明告君子　吾將以爲類兮　明《あき》らかに君子《くんし》に告《つ》ぐ、吾《われ》は将《まさ》に以《も》って類《るい》と為《な》らんと　4

乱《らん》にいう
滔々たる沅水《げんすい》、湘水《しょうすい》の流れ、分流しつつ、波立ち流れ下ってゆく
わたしは、長い道の果ての人知れぬところにあって、〔郢都《えいと》へ還る〕道は、遠く遥か
しかるべき資質があり、願うところもあるが、一人ぼっちで、友もなく暮らす
伯楽《はくらく》のような目利きがおらぬ以上、駿馬《しゅんめ》もその能力をどこで示せばよいというのか
人々はその生き方として、それぞれに納得できるところを選ぶのであって
心を定め、思いを広くすれば、わたしには、なんの懼《おそ》れるところもない
ただ、悲しみがつのり、嘆きを絶つことができないのは
世の中が濁って、だれにも理解されず、我が心の思いを聞いてもらえないからだ
死が避けられないものと知ったいま、生に執着したりしたくはない
君子《くんし》たちに明言する、わたしは〔死して〕人々の模範となるのだと

1 明版「章句」のテキストには、続けて「曾唫恒非兮　永歎慨兮、世既莫吾知兮　人心不可謂兮」の二聯がある。「史記」屈原伝によって補われたものであろう。他にも屈原伝の引用によって文字が改められたと考えられる痕跡が少なくない。

2 懐質抱情の句を「史記」は「懐情抱質」に作る。そちらの方が解りやすい。伯楽は、良馬の能力を正確に把握できる、馬の目利き。「戦国策」楚策四に、駿馬が塩車を牽かされ山坂で苦労をしているのを伯楽が見て、良馬の不遇を嘆いたという故事が見える。賈誼《かぎ》「弔屈原の文」(「文選」巻六十)にも屈原の境遇を譬えて「驥は両耳を垂れ、塩車に服す」という。程はその能力を量ること。

3 「万民之生　各有所錯兮」の錯について「章句」は安と釈して、「或るものは忠信に安んじ、或るものはその詐偽に安んず」と説明する。

4 類は法と釈される。自分の生き方を通じて、人々に依るべき道を示すのだという。前に見えた「志の像たる有らん」(三一五頁)の像につながる。こうした篇の伝承者たちは主人公を神格化しつつあったのであろう。

思《し》美《び》人《じん》

思美人兮　擥涕而竚眙
　美人《びじん》を思《おも》い、涕《なみだ》を擥《ぬぐ》いて竚眙《ちょち》す
媒絶路阻兮　言不可結以詒
　媒《ばい》絶《た》え路《みち》阻《そ》に、言《げん》結《むす》びて以《も》って詒《おく》る可《べ》からず[1]
蹇蹇之煩冤兮　陷滯而不發
　蹇蹇《けんけん》として之《こ》れ煩冤《はんえん》し、陥滞《かんたい》して発《はっ》せず
申旦以舒中情兮　志沈菀而莫達
　申旦《しんたん》に以《も》って中情《ちゅうじょう》を舒《の》べんとするも、志《こころざし》沈菀《ちんうつ》して達《たっ》する莫《な》し[2]
願寄言於浮雲兮　遇豐隆而不將
　言《げん》を浮雲《ふうん》に寄《よ》せんと願《ねが》うも、豊隆《ほうりゅう》に遇《あ》いて将《もち》いず[3]
因歸鳥而致辭兮　羌宿高而難當
　帰鳥《きちょう》に因《よ》りて辞《じ》を致《いた》すも、羌《ああ》高《たか》きに宿《やど》りて当《あ》たり難《がた》し
高辛之靈盛兮　遭玄鳥而致詒
　高辛《こうしん》の霊盛《れいせい》なる、玄鳥《げんちょう》に遭《あ》いて詒《い》を致《いた》す[4]
欲變節以從俗兮　媿易初而屈志

節《せつ》を変《か》え以《も》って俗《ぞく》に従《したが》わんと欲《ほっ》するも、初《しょ》を易《か》え志《こころざし》を屈《くっ》するを媿《は》ず

獨歷年而離愍兮　羌馮心猶未化
　独《ひと》り年《とし》を歴《へ》て愍《うれ》いに離《かか》り、羌《ああ》　馮心《ひょうしん》　猶《な》お未《いま》だ化《か》せず

寧隱閔而壽考兮　何變易之可爲
　寧《むし》ろ隠閔《いんびん》して寿考《じゅこう》なるも、何《なん》ぞ変易《へんえき》の為《な》す可《べ》けん

ご主君のことを思い、涙を拭って、遠くを見やりながら、立ち尽くす
仲立ちをする者もなく、道は険阻で、我が言葉を託してご主君に伝えるすべがない
八方ふさがりの中で煩悶し、足を取られて、動くこともできない
日ごと、心の内を明かしたいと思うが、願いは沈滞したまま伝えることができない
云いたいことを浮雲に託そうとするが、出会った豊隆《ほうりゅう》(雲の神)はすげない返事
もどりゆく鳥に言葉をとどけてもらおうとするが、ああ、高い梢《こずえ》に止まって知らん顔
むかし、高辛氏《こうしんし》は盛んな霊力を発揮し、ツバメを見つけ、思う女性に贈り物をとどけさせた
生き方を変え、人々に習おうとするが、初志を曲げ、思いを棄てることに堪えられ

ない
ひとり志を守ったまま年月を経、苦境に陥り、ああ、心中の憤懣はなお消すことが
できない
思いを秘めたまま長い年月を生きることになろうとも、生き方を変えることはでき
ないのだ

1 思美人篇は、九章第二類に属する作品。作品全体の緊張感は第一類の諸作品よりも乏しく、なにがいいたいのか捉えにくいところが多い。美人が主君をいうこと、離騒に「草木の零落を惟い、美人の遅暮を恐る」(一八頁)など、多く見えて、楚辞文学の特徴的な修辞の一つ。「章句」はこの美人が楚の懐王を指すとする。竚はたたずむこと。眙はまっすぐ見やること。言を結ぶというのは、香草などを添えて、言葉を送ること。そうすることで、言葉にまごころがこもっていることを表わした。

2 申旦は日《あした》に及ぶの意味。朝が訪れるごとに。沈菀の菀は鬱に通じる。沈菀で思いが積み重なること。

3 豊隆は雲の神。離騒には「吾　豊隆をして雲に乗り、宓妃の在る所を求め令む」(七〇頁)とあり、主人公の天上遊行に付き従う神々のひとりだとされている。

4　高辛氏と玄鳥の神話については、天問に「簡狄　台に在りて、嚳　何ぞ宜しとす。玄鳥　貽りものを致すに、女　何ぞ嘉とす」(二一七頁)と見えた。嚳は高辛氏のこと。高辛氏の場合は玄鳥に託して、思う対象に贈り物をすることができたが、この篇の主人公は、浮雲にも帰鳥にも思いをこめた言葉を託することができない。太古の神話的な時代にのみそれが可能であったのか、あるいは主人公に高辛氏ほどの「霊盛」さが備わらないからなのであろうか。

5　馮は憑に同じ。いきどおり、不満。

知前轍之不遂兮　未改此度
前轍《ぜんてつ》の遂《と》げざるを知《し》るも、未《いま》だ此《こ》の度《ど》を改《あらた》めず 1
車既覆而馬顛兮　蹇獨懷此異路
車《くるま》　既《すで》に覆《ふく》し馬《うま》顛《たお》るるも、蹇《けん》として独《ひと》り此《こ》の異路《いろ》を懐《おも》う
勒騏驥而更駕兮　造父爲我操之
騏驥《きき》を勒《ろく》して更《さら》に駕《が》し、造父《ぞうほ》　我《わ》が為《ため》に之《こ》れを操《あやつ》る 2
遷逡次而勿驅兮　聊假日以須時

遷逡《せんしゅん》し次《とど》まりて驅くる勿《な》く、聊《いささ》か日《ひ》を仮《か》りて以《も》って時《とき》を須《ま》たん

指嶓冢之西隈兮　與曛黃以爲期

嶓冢《はちょう》の西隈《せいわい》を指《さ》し、与《とも》に曛黄《くんこう》に以《も》って期《き》と為《な》す 3

同様の道を進んだ先人が思いを遂げられなかったことを知ってはいるが、この生き方を改めたりはしない

車は転覆し、馬も倒れたが、世間とは異なるこの道を進むことを、ひとり思い続ける

駿馬に手綱を付け、もういちど車を牽かせて、造父《ぞうほ》にその御者をつとめてもらいためらいがらに車を進め、時に休止し、急ぐことなく、のどやかに日を過ごしつつ、時節を待とう

嶓冢山《はちょうさん》の西方の一角を指定して、暮れがたにそこで共に会う約束をするのだ

1　前轍は前に行った車のわだち。「前轍　鑑《かんがみ》るべし」「前車の覆するは、後車の戒め」などの諺語がある。

2　造父は、古《いにしえ》の優れた御者。秦王朝の祖先で、周の穆王《ぼくおう》の御者を務めたとされる。

3 遷逡は逡巡というのと同意。「集注」は逡次を逡巡の意とする。嶓冢は嶓塚に同じ。西方の神話的な山岳。漢水の源流がこの山にあるとされた。嶓冢を西極の山で、太陽が没する地点の近くに位置すると考える伝承があったのであろう。曛黄は薄赤色、黄昏《たそがれ》をいう。黄昏を逢い引きの時間となすこと、離騒にも「曰わく、黄昏に以って期と為さんと」(二五頁)とあった。ただここには、いかなる神と会おうとするのかは書かれていない。

開春發歳兮　白日出之悠悠
　開春《かいしゅん》　発歳《はっさい》、白日《はくじつ》　出《い》でて之《こ》れ悠悠《ゆうゆう》たり
吾將蕩志而愉樂兮　遵江夏以娯憂
　吾《われ》　将《まさ》に蕩志《とうし》し愉楽《ゆらく》し、江夏《こうか》に遵《そ》いて以《も》って憂《うれ》いを娯《なぐさ》む 1
擥大薄之芳茝兮　搴長洲之宿莽
　大薄《だいはく》の芳茝《ほうし》を擥《と》り、長洲《ちょうしゅう》の宿莽《しゅくぼう》を搴《つ》む 2
惜吾不及古人兮　吾誰與玩此芳草
　吾《われ》の古人《こじん》に及《およ》ばざるを惜《お》しむ、吾《われ》　誰《たれ》と与《とも》にか此《こ》の芳草《ほうそう》を玩《もてあそ》ばん

解萹薄與雜菜兮　備以爲交佩
　萹薄《へんはく》と雑菜《ざっさい》とを解《と》き、備《そな》えて以《も》って交佩《こうはい》と為《な》す 3
佩繽紛以繚轉兮　遂萎絶而離異
　佩《はい》　繽紛《ひんぷん》として以《も》って繚転《りょうてん》するも、遂《つい》に萎絶《いぜつ》して異《い》に離《かか》る
吾且儃佪以娛憂兮　觀南人之變態
　吾《われ》　且《かつ》は儃佪《せんかい》して以《も》って憂《うれ》いを娯《なぐさ》め、南人《なんじん》の変態《へんたい》するを観《み》ん 4
竊快在中心兮　揚厥憑而不竢
　窃《ひそ》かに中心《ちゅうしん》に在《あ》るを快《かい》とし、厥《そ》の憑《ひょう》を揚《あ》げて竢《ま》たざらん

春の初め、歳の始まり、輝く太陽がはるばると昇った
わたしは思いを灌《すす》ぎ、心を楽しませんと、江夏《こうか》の流れに沿って歩み、憂いを寛《くつろ》げる
広い草地の芳茝《ほうし》(芳しい茝草《よろいぐさ》)を採取し、大きな中洲の宿莽《かずのこぐさ》を摘んだ
古《いにしえ》の人々に会えないことが残念だ、「かれらがいないとき」わたしは誰とともに香
　草を賞玩すればよいのか
これまでの萹薄《みちやなぎ》と雑菜《ざっさい》とを外して、芳茝と宿莽とを左右の佩《お》びものに充てたが

佩びものは、いっとき華やかに揺れはしても、やがて萎れて、見知らぬ物となってしまった
ひとまずはのどやかに生き、憂いを寛げ、南国の人々が態度を変えるのを見とどけよう
心中の思いをみずから肯定し、憤懣を表明して、将来に期待をかけたりはしないのだ

1 蕩志の蕩は、ちゃぷちゃぷと洗うこと。憂いを洗い流すという意味。江夏については、哀郢篇に「江夏に遵いて以って流亡す」(二七九頁)とあり、郢都から夏口あたりまでの、長江の分流を指すと考えられたが、ここの江夏も同じ流れをいうのであろうか。
2 宿莽のこと、離騒にも「朝に阰の木蘭を搴り、夕べに洲の宿莽を攬む」(一八頁)と見えた。
3 萹は萹蓄のことで、路傍の雑草の一種、ミチヤナギ。萹薄で群がり生える萹蓄の意。雑菜も低級な香草。
4 香草まで変化してしまったという最悪の状況の中で、主人公は、すべてを他人事として生きようと宣言する。儃佪は低回、従容の意。あくせくせずに生きること。惜誦篇に

も「儃佪して以って干傺せんと欲するも、患を重ね、尤に離るを恐る」（二六三頁）とあった。南人は楚国の人々を指していうのか。いささか他人行儀な表現。楚の政局がいかに変化してゆくか、自分は他人の目でそれを見ていてやろう。

芳與澤其雜糅兮　羌芳華自中出
　芳《ほう》と沢《たく》と其《そ》れ雑糅《ざつじゅう》するも、羌《ああ》　芳華《ほうか》　中《なか》自《よ》り出《い》ず[1]
紛郁郁其遠承兮　滿内而外揚
　紛郁郁《ふんいくいく》として其《そ》れ遠承《えんしょう》し、内《うち》に満《み》ちて外《そと》に揚《あ》がる
情與質信可保兮　羌居蔽而聞章
　情《じょう》と質《しつ》と信《まこと》に保《たも》つ可《べ》ければ、羌《ああ》　蔽《へい》に居《お》るも聞《ぶん》は章《あき》らかなり
令薜荔以爲理兮　憚擧趾而緣木
　薜荔《へいれい》をして以《も》って理《り》を為《な》さ令《し》めんとするも、趾《あし》を挙《あ》げて木《き》に縁《よ》るを憚《はばか》る
因芙蓉而爲媒兮　憚褰裳而濡足
　芙蓉《ふよう》に因《よ》りて媒《ばい》を為《な》さしめんとするも、裳《しょう》を褰《かか》げて足《あし》を濡《ぬ》らすを憚《はばか》る
登高吾不説兮　入下吾不能

高《たか》きに登《のぼ》るを吾《われ》　説《よろこ》ばず、下《した》に入《い》るを吾《われ》　能《よ》くせず

固朕形之不服兮　然容與而狐疑

固《もと》より朕《わ》が形《かたち》の服《ふく》せざる、然《しか》らば容与《ようよ》して狐疑《こぎ》せん

廣遂前畫兮　未改此度也

広《ひろ》く前画《ぜんかく》を遂《お》い、未《いま》だ此《こ》の度《ど》を改《あらた》めざるなり

命則處幽吾將罷兮　願及白日之未暮

命《めい》の則《すなわ》ち幽《ゆう》に処《お》りて吾《われ》　将《まさ》に罷《ひ》せんとす、願《ねが》わくは白日《はくじつ》の未《いま》だ暮《く》れざるに及《およ》ばん

獨煢煢而南行兮　思彭咸之故也

独《ひと》り煢煢《けいけい》として南行《なんこう》し、彭咸《ほうかん》の故《こと》を思《おも》うなり[2]

香草と雑草とが入り雑《ま》じっていても、香草の芳《かお》り高さは、自然と区別される
その高い芳りは遠いむかしから受け継いだもの、内部に充満し、外部に発揮されて
思いと実質とが保たれてさえおれば、幽処にあっても、その名声は広く知られる
薜茘《まさきのかずら》に命じて取り成しをしてもらおうと思うが、足をかけて木に登るのが面倒だ

芙蓉《はすのはな》に頼んで仲立ちをしてもらおうと思うが、裾をからげ、足を濡らすのが億劫だ
高所に登るのを、わたしは好まない、下って水に入ることも、わたしにはできない
こうしたことは、わたしには体質的に不可能であり、されば遅疑し逡巡の中で生き
　てゆく
最初に願ったところを追求し続け、その生き方を改めることはしない
人知れぬところで困窮するのがわたしの宿命であるのなら、時間があるうちに、そ
　れへの対処を考えよう
ひとりぼっちで南方へ旅をしつつ、ひたすら彭咸《ほうかん》の生き方に思いを寄せている

1 芳与沢の句は、離騒の「芳と沢と其れ雑糅するも、唯だ昭質　其れ猶お未だ虧けず」(四三頁)を承けた表現。

2 彭咸は、楚辞文芸が理想とする古代の賢人。その実態は不明。巫覡《ふげき》たちの始祖的人物であろうか。離騒の本文に「願わくは彭咸の遺則に依らん」(三二頁)、またその乱に「吾　将に彭咸の居る所に従わんとす」(一〇五頁)とあった。故は事と釈される。彭咸の故は、彭咸が示した先例。

惜《せき》往《おう》日《じつ》

惜往日之曾信兮　受命詔以昭時
　惜《お》しむらくは往日《おうじつ》の曾《かつ》て信《しん》ぜられ、命詔《めいしょう》を受《う》けて以《も》って時《とき》を昭《あき》らかにす
奉先功以照下兮　明法度之嫌疑
　先功《せんこう》を奉《ほう》じて以《も》って下《しも》を照《て》らし、法度《ほうど》の嫌疑《けんぎ》を明《あき》らかにす 1
國富强而法立兮　屬貞臣而日娭
　国《くに》　富強《ふきょう》にして法《ほう》　立《た》ち、貞臣《ていしん》に属《しょく》して日《ひ》びに娭《たの》しむ
祕密事之載心兮　雖過失猶弗治
　秘密《ひみつ》の事《こと》　之《こ》れ心《こころ》に載《の》せ、過失《かしつ》すと雖《いえど》も猶《な》お治《ち》せず
心純庬而不泄兮　遭讒人而嫉之
　心《こころ》　純庬《じゅんぼう》にして泄《もら》さず、讒人《ざんじん》の之《こ》れを嫉《ねた》むに遭《あ》う 2
君含怒而待臣兮　不清澈其然否
　君《きみ》　怒《いか》りを含《ふく》みて臣《われ》に待《たい》し、其《そ》の然否《ぜんぴ》を清澈《せいてつ》せず
蔽晦君之聰明兮　虚惑誤又以欺

君《きみ》の聡明《そうめい》を蔽晦《へいかい》し、虚《きょ》もて惑誤《わくご》し又《ま》た以《も》って欺《あざむ》く

弗参驗以考實兮　遠遷臣而弗思

参験《さんけん》して以《も》って実《じつ》を考《かんが》えず、臣《われ》を遠遷《えんせん》して思《おも》わず

信讒諛之溷濁兮　盛氣志而過之

讒諛《ざんゆ》を信《しん》じて之《こ》れ溷濁《こんだく》し、気志《きし》を盛《さか》んにし之《こ》れを過《とが》む

何貞臣之無罪兮　被離謗而見尤

何《なん》ぞ貞臣《ていしん》の罪無《つみな》きに、謗《そし》りを被離《ひり》して尤《とが》めらる

慙光景之誠信兮　身幽隱而備之

光景《こうけい》の誠信《せいしん》なるを慙《は》じ、身《みずか》ら幽隠《ゆういん》して之《こ》れを備《そな》う 3

臨沅湘之玄淵兮　遂自忍而沈流

沅湘《げんしょう》の玄淵《げんえん》に臨《のぞ》み、遂《つい》に自《みずか》ら忍《しの》びて流《なが》れに沈《しず》む

卒沒身而絶名兮　惜壅君之不昭

卒《つい》に身《み》を没《ぼっ》し名《な》を絶《た》ち、君《きみ》を壅《ふさ》ぎて之《こ》れ昭《あき》らかならざらしむるを惜《お》しむ

君無度而弗察兮　使芳草爲藪幽

君《きみ》度《はか》る無《な》く察《さっ》せず、芳草《ほうそう》をして藪幽《そうゆう》為《た》ら使《し》む

焉舒情而抽信兮　恬死亡而不聊
　焉《いず》くんぞ情《じょう》を舒《の》べ信《しん》を抽《ぬ》き、死亡《しぼう》に恬《てん》として聊《りょう》せざらん 4
獨鄣壅而蔽隱兮　使貞臣爲無由
　独《ひと》り鄣壅《しょうよう》されて蔽隠《へいいん》し、貞臣《ていしん》をして為《ため》に由無《よしな》から使《し》む

心残りに思うのは、かつてはご主君の信任を得、その指示のもと、世の中を清らかにすべく勉め
先人の功績を受け継ぎつつ民衆の幸福を計り、法律制度の問題点を改革したこと
国は富強に、法秩序も確立され、貞節な臣下に政治をまかせて、ご主君は安楽な日々を過ごされ
機密の事項も我が心中に納めて処理し、ときに失策もあったが、お咎めを受けることはなかった
誠心誠意、事に当たったが、心中を他人に知らせなかったため、讒言者の嫉妬を受け
ご主君は怒りを懐いて臣下《わたし》に待し、讒言の真偽を明らかにしようとされなかった
かれらは、ご主君の聡明さを晦《くら》ませ、虚偽でご主君を惑わせ、欺き

ご主君も、慎重に事実を追及されることなく、わたしを追放したまま、思いをかけ
　てはくださらない
讒言、諂《へつら》いを信じて判断を曇らせ、怒りにまかせて譴責を加えられ
なんとしたことか、罪もない貞節な臣下が、誹謗を被って罰を受けることになった
みずからの誠実さを人々の前で誇示することを厭い、誰知れぬ所で信念を保つべく
湘水《しょうすい》・沅水《げんすい》の深い淵を前にし、心を鬼にして流れに身を投じようとする
かくて、身は死し、名が失われるのはかまわぬが、ご主君がその聡明さを晦まされ
　たままであるのが心残り
ご主君は、図ることも、察することもなく、芳草(立派な臣下)を野末の雑草とされ
　た
心を安らげ、信念を守り、生死に恬淡として生きてゆくことなどどうしてできよう
孤独に、出口なく、人知れず、貞節な臣下を行き場のない境遇に置き去りにされた
　のだ

1 惜往日篇は、九章第二類に属する作品。句形が定型化していることと、主人公の政治的な挫折の経歴を詳しく述べることに特徴がある。その内容には「史記」屈原伝と対応

するところが多い。たとえば、篇中に見える「法度の嫌疑を明らかにす」「秘密の事」「泄さず」などの語が、屈原伝の、屈原が楚の懐王に命じられて憲令を造った際に、その草稿を上官大夫《じょうかんたいふ》に見せなかったため讒言を受けたという物語りに対応している。惜往日篇のいうところを基礎に、肉付けして屈原伝の一部が作られた可能性を考えてみる必要があるだろう。第二句、受命詔以昭時の時の字を古いテキストは詩に作り、「詩経」の教えを明らかにして主君を教え導くことだと釈している。

2 純庬の庬は、まごころを尽くすこと。「国語」周語上に「敦庬純固」の語が見える。不泄は、漢代の昭明銘鏡にもよく見える表現で、心中の忠なる思いが壅塞《ようそく》されて泄すことができないなどという句がある(上馬山出土重圏銘文鏡、「文物」二〇一一年一期)。

3 この二句の意味、よく解らない。「補注」は「おのれの誠信は甚だ著らかにして、小人の慙《は》ずるところ」といい、慙じるのは小人たちだとする。一方、「集注」は「罪なくして尤められ、光景を見るを慙じ、ゆえに身を幽隠に竄《ひそ》む」と釈し、慙じるのは主人公だとしている。

4 句頭の焉の字を、王夫之《おうふし》「通釈」は「焉とは望むところなきの辞」と説明する。沅湘の流れに身を投じようと述べたあとの四聯の句の意味は、自沈のことは考えたが、なお心残りがあるということを強調したのであろう。

聞百里之爲虜兮　伊尹烹於庖廚
聞《き》くに百里《ひゃくり》の虜《りょ》と為《な》り、伊尹《いいん》　庖厨《ほうちゅう》に烹《ほう》す
呂望屠於朝歌兮　甯戚歌而飯牛
呂望《りょぼう》　朝歌《ちょうか》に屠《と》し、甯戚《ねいせき》　歌《うた》いて牛《うし》に飯《はん》す
不逢湯武與桓繆兮　世孰云而知之
湯武《とうぶ》と桓繆《かんぼく》とに逢《あ》わざれば、世《よ》　孰《たれ》か云《ここ》に之《こ》れを知《し》らん[1]
吳信讒而弗味兮　子胥死而後憂
呉《ご》　讒《ざん》を信《しん》じて味《み》せず、子胥《ししょ》　死《し》して後《のち》に憂《うれ》う[2]
介子忠而立枯兮　文君寤而追求
介子《かいし》　忠《ちゅう》にして立《た》ちながら枯《か》れ、文君《ぶんくん》　寤《さと》りて追求《ついきゅう》す
封介山而爲之禁兮　報大德之優游
介山《かいざん》を封《ふう》じて之《こ》れが為《ため》に禁《きん》じ、大徳《だいとく》に報《ほう》じ之《こ》れ優游《ゆうゆう》たらしむ
思久故之親身兮　因縞素而哭之
久故《きゅうこ》の親身《しんしん》たるを思《おも》い、因《よ》りて縞素《こうそ》して之《こ》れを哭《こく》す[3]
或忠信而死節兮　或訑謾而不疑

或《ある》いは忠信《ちゅうしん》にして節《せつ》に死《し》し、或《ある》いは訑謾《いまん》なるに疑《うたが》わず

弗省察而按實兮　聽讒人之虚辭

　省察《せいさつ》して実《じつ》を按《あん》ぜず、讒人《ざんじん》の虚辞《きょじ》を聴《き》く

芳與澤其雜糅兮　孰申旦而別之

　芳《ほう》と沢《たく》と其《そ》れ雑糅《ざつじゅう》すれば、孰《たれ》か申旦《しんたん》して之《こ》れを別《わか》たん[4]

何芳草之早殀兮　微霜降而下戒

　何《なん》ぞ芳草《ほうそう》の早《はや》く殀《よう》し、微霜《びそう》の降《くだ》りて下《しも》に戒《いまし》む

諒聰不明而蔽壅兮　使讒諛而日得

　諒《まこと》に聡《そう》の不明《ふめい》にして蔽壅《へいよう》され、讒諛《ざんゆ》をして日《ひ》びに得《え》さ使《し》む

自前世之嫉賢兮　謂蕙若其不可佩

　前世《ぜんせい》自《よ》り之《こ》れ賢《けん》を嫉《ねた》み、蕙若《けいじゃく》其《そ》れ佩《お》ぶ可《べ》からずと謂《い》う[5]

妬佳冶之芬芳兮　嫫母姣而自好

　佳冶《かや》の芬芳《ふんほう》を妬《ねた》み、嫫母《ぼぼ》姣《こう》して自《みずか》ら好《よ》しとす

雖有西施之美容兮　讒妬入以自代

　西施《せいし》の美《び》容《よう》有《あ》りと雖《いえど》も、讒妬《ざんと》入《い》り以《も》って自《みずか》ら代《か》わる[6]

願陳情以白行兮　得罪過之不意

情《じょう》を陳《の》べ以《も》って行《こう》を白《あき》らかにせんと願《ねが》うも、罪過《ざいか》の意《おも》わざるを得《え》たり

情冤見之日明兮　如列宿之錯置

情冤《じょうえん》の之《こ》れを見《あら》わせば日《ひ》に明《あき》らかに、列宿《れっしゅう》の錯置《さくち》するが如《ごと》し 7

乘騏驥而馳騁兮　無轡銜而自載

騏驥《きき》に乗《の》りて馳騁《ちてい》するに、轡銜《ひかん》の自《みずか》ら載《の》する無《な》し

乘氾泭以下流兮　無舟楫而自備

氾泭《はんふ》に乗《の》りて以《も》って下流《かりゅう》するに、舟楫《しゅうしゅう》の自《みずか》ら備《そな》うる無《な》し 8

背法度而心治兮　辟與此其無異

法度《ほうど》に背《そむ》きて心《こころ》もて治《ち》するは、辟《たと》えば此《こ》れと其《そ》れ異《こと》なる無《な》し

寧溘死而流亡兮　恐禍殃之有再

寧《むし》ろ溘《たちま》ちに死《し》して流亡《りゅうぼう》するも、禍殃《かおう》の再《ふたた》びする有《あ》るを恐《おそ》る 9

不畢辭而赴淵兮　惜壅君之不識

辞《じ》を畢《お》えずして淵《ふち》に赴《おもむ》けば、君《きみ》を壅《ふさ》ぎて之《こ》れ識《し》らざるを惜《お》しむ

伝聞するところでは、百里傒《ひゃくりけい》は奴隷となり、伊尹《いいん》は厨房で炊事に当たっていたとか
太公望《たいこうぼう》は市場で肉屋を開き、甯戚《ねいせき》は歌をうたいつつ、牛に餌をやっていた
こうした者たちが、もし湯王《とうおう》や武王、桓公《かんこう》や穆公《ぼくこう》に出会わなかったならば、世の人
　の誰がかれらのことを知っていただろう
呉王《ごおう》は、讒言を信じ、事実を確かめもせず、伍子胥《ごししょ》を殺したが、その死後、心配事
　が起こった
介子推《かいしすい》は、忠義に務めたのに、樹木を抱いて焼け死に、文公は、気づいて、かれを
　探し求めたのであった
介子推がいた介山《かいざん》を禁制地として、その大きな恩徳に報い、魂を慰めようとし
久しく身近で尽くしてくれた者のことを思い、喪服を着けて、哭《こく》の礼を行なった
忠と信とを守り、節義のために死ぬ者もおれば、でたらめを行なっても疑われるこ
　とのない者もいるのは
〔主君が〕確かな目を持たず、事実を確認もせずに、讒言者たちの虚偽の言葉を聴き
　いれるからだ
芳草と雑草とが入り混じっているとき、よく考えて識別できる者などどこにおろう
芳草はなんと早く枯れることか、薄霜《うすじも》がおりて芳草を萎れさせ、地上の人々に警告

聡明さを欠き、目を晦《くら》まされた主君が、讒言や阿諛《あゆ》する者たちをはびこらせを与える
賢者は嫉まれ、香草も佩《お》びることができないと決め付けられるのが、むかしからの例《ためし》だ
美しく香り高いものは嫉妬され、嫫母《ぼぼ》が化粧をし、みずからを飾り立てて
西施《せいし》ほどの美貌があっても、讒言と妬みとが割り込んで、取って代わられる
心の思いを述べ、行ないの潔白さを証明しようと願って、かえって思いがけない罪を得ることになったが
わたしの真情と冤罪とは、太陽のように明らか、星座の配置の如く厳然としている
駿馬に乗り、力いっぱい駆けまわろうとしても、安全に乗るための手綱も銜《くつわ》もない
筏《いかだ》に乗って流れを下ろうとしても、みずからの安全を守る楫《かじ》がない
法度《ほうど》に背いて我意で政治を行なうのは、〔操縦不能な馬や筏に乗るのと〕なんら変わりがない
このまま死に行方不明となるのは厭わぬが、災禍がさらに広がることを心配する
言葉を尽くさぬまま淵に身を投げれば、惑わされたままのご主君に真情を知っていただけないのが心残りだ

1 忠臣とされる人物たちも、元来は奴隷的な身分にあり、主君がその才能を見抜いて抜擢したという歴史故事を列挙する。百里は百里傒《ひゃくりけい》。かれは楚の国で奴隷となっていたが、秦の繆公《ぼくこう》(穆公)はかれが賢者であると聞き、五枚の黒い牡羊の皮でその身を買い取り、国政をかれにゆだねた。伊尹は、殷の湯王の宰相。元来、料理番をしていたが、料理の方法に託して政治を説き、湯王に認められた。呂望は、周の武王の軍事顧問。渭水《いすい》の岸辺で釣りをしていたときに、文王から認められたことはよく知られているが、楚辞では、呂望がまち中で肉屋をやっていたことが取り上げられる。天問に「師望　肆に在り、昌何ぞ志る。刀を鼓して声を揚ぐるに、后　何ぞ喜ぶ」(二二七頁)とある師望も呂望のこと。甯戚は、斉の桓公の補佐者。牛の世話をしていた甯戚の歌を聞き、斉の桓公はかれを抜擢した。離騒に「呂望の刀を鼓する、周文に遭いて挙げらるるを得。甯戚の謳歌する、斉桓　聞きて以って輔に該う」(八六頁)とある。

2 味は、味わい分けること。子胥は伍子胥。呉王夫差《ふさ》の参謀。呉越の抗争の中で伍子胥は功績を挙げるが、讒言を信じた夫差はかれに自殺を命じる。その死後、呉の国は越に亡ぼされることになる。「史記」伍子胥列伝に詳しい。百里傒以下の例は、主君が賢臣を抜擢して治績を挙げた故事、伍子胥と次の介子推とは、主君が忠臣を十分に評価できなかった例である。

3 介子推は、晋の文公(重耳《ちょうじ》)が太子であった時代、義母から命を狙われて晋国から逃亡した文公に付き添った。文公は帰国し、晋侯に即位したあと、他の者たちには厚い恩賞を与えたが、介子推のことは忘れていた。介子推は山にこもってしまい、かれの功労に気付いた文公が呼び寄せようとしても出てこない。山から出てこさせようと、山に火を点けたところ、介子推は山中で焼死してしまった。「春秋左氏伝」僖公二十四年に「晋侯は従いて亡《に》ぐる者を賞す。介之推は禄を言わず、禄もまた及ぶなし。…遂に隠れて死す。晋侯はこれを求めて獲ず。緜上を以ってこれが田となし、いわく、以って吾が過ちを志《しる》し、且つは善人を旌《あら》わす」とある。縞素は白い喪服のこと。晋の文公は、介子推のために喪服を着し、哭の礼を行なった。伍子胥への言及が一聯であるのに対して、介子推のことを三聯を使って詳しく述べるのは、賢臣を無視した晋の文公が、のちにそれを後悔したことを強調するためであろうか。

4 「芳と沢と其れ雑糅す」の句は離騒(四三頁)や思美人篇(三二九頁)にもそのまま見えた。申旦について、「通釈」は「重ねて祭する」ことと釈する。

5 蕙若は蕙草《めぼうき》と杜若《かきつばた》。香草の代表。

6 嫫母は醜女の代表的存在。黄帝《こうてい》の妻の一人であったとされる。西施は美人の代表。春秋末年の越国の人。越国から呉王夫差に献上され、呉王を惑わせて、呉国滅亡の原因を作ったとされる。

7 情冤について、「集注」は「情実と冤枉《えんおう》」と釈す。「通釈」は「小人の情、君子の冤」としている。

8 氾泭は、竹や木で組んだ筏。

9 離騒にも「寧ろ溘死して以って流亡するも、余 此の態を為すに忍びざるなり」(三八頁)とあった。

橘《きっ》頌《しょう》

后皇嘉樹　橘徠服兮
受命不遷　生南國兮
深固難徙　更壹志兮
綠葉素榮　紛其可喜兮
曾枝剡棘　圓果摶兮
青黄雜糅　文章爛兮

后皇《こうこう》の嘉樹《かじゅ》、橘《きつ》　徠服《らいふく》す
命《めい》を受《う》けて遷《うつ》らず、南国《なんごく》に生《しょう》ず 1
深固《しんこ》にして徙《うつ》し難《がた》く、更《さら》に壱志《いっし》たり
緑《みどり》の葉《は》と素《しろ》き栄《はな》と、紛《ふん》として其《そ》れ喜《よろこ》ぶ可《べ》し
曾《かさ》なる枝《えだ》と剡《するど》き棘《とげ》と、円《まる》き果《み》　摶《たん》たり 2
青《あお》と黄《き》と雑糅《ざつじゅう》し、文章《ぶんしょう》　爛《らん》たり 3

精色内白　類可任兮
紛縕宜脩　姱而不醜兮

精《せい》なる色《いろ》　内《うち》は白《しろ》く、任《にん》ず可《べ》きに類《に》たり
紛縕《ふんうん》として脩《おさ》むるに宜《よろ》しく、姱《か》にして醜《みにく》からず 4

上帝が愛でられるすばらしい樹木、その橘《たちばな》がこの土地にやって来て根付いた
天帝の命令をしっかりと守って、他所には行かず、南国の地で成長したのだ
深く根を下ろし、移植が困難であるのは、志を曲げないことの証し
緑の葉、真っ白な花、目もあやに、まことに好ましい
重なった枝。鋭い棘《とげ》、その果実はまんまる
青と黄色とが入り乱れて、あざやかな色模様
つやつやした表面の色、内部は真っ白で、いかにも堅実な様子
しっかりとお化粧をして、醜さなどかけらもない、完璧な美しさ

1　橘頌、ミカンの讃歌。この篇の後半に見える若者讃歌的な内容からも知られるように、橘は若い弟子たちを象徴しており、この作品は、離騒にも見えた、香草を栽培することをいって後継者を育てることに譬えるという伝承に基づいて成立したものであろう。ちなみに橘が楚の地の名産であったこと、「史記」貨殖列伝に「蜀、漢、江陵の千樹の橘」

などと述べられている。后皇について、旧注は后土と皇天のこととし、「集注」は楚王のことだとするが、天帝のことをいうのであろう。天問に「后帝　若わず」(二〇二頁)とあり、天帝を后帝と呼んでいる。「命を受けて遷らず」とは、橘は江南にのみ成長し、淮水《わいすい》より北に移植すれば枳《からたち》になってしまうこと(「周礼」考工記などに見える)をいうとされる。

2 「尚書」禹貢篇に、楊州からの貢納物として橘と柚とが見え、その偽孔伝に、小さいのを橘といい、大きいのを柚というとある。ちなみに傅《ふ》玄《げん》「橘の賦」の序には「屈平(屈原)は朱橘を見て貞臣の志を申す」とあり、橘を貞臣の志の象徴物としている。

3 「章句」は青を葉の色、黄を実の色とする。青を未熟の果実、黄を成熟した果実とする説もある。

4 紛緼について、旧注は盛んなる貌《さま》と釈している。「脩むるに宜し」という表現は、九歌の湘君篇に「美　要眇として脩むるに宜し」(一一九頁)と見えた。

嗟爾幼志　有以異兮
獨立不遷　豈不可喜兮
深固難徙　廓其無求兮

嗟《ああ》　爾《なんじ》の幼志《ようし》、以《も》って異《こと》なる有《あ》り
独立《どくりつ》して遷《うつ》らず、豈《あ》に喜《よろこ》ぶ可《べ》からざらんや **1**
深固《しんこ》にして徙《うつ》し難《がた》く、廓《かく》として其《そ》れ求《もと》むる無《な》し

蘇世獨立　横而不流兮
閉心自愼　終不失過兮
秉德無私　參天地兮
願歲幷謝　與長友兮
淑離不淫　梗其有理兮
年歲雖少　可師長兮
行比伯夷　置以爲像兮

世《よ》に蘇《さと》りて独立《どくりつ》し、横《よこた》わりて流《なが》れず
心《こころ》を閉《と》ざして自《みずか》ら慎《つつし》み、終《つい》に失過《しっか》せず
徳《とく》を秉《と》りて　私無《わたくしな》く、天地《てんち》と参《さん》たり
願《ねが》わくは歳《とし》の幷《なら》びに謝《しゃ》するも、与《とも》に長《なが》く友《とも》たらん
淑離《しゅくり》にして淫《いん》せず、梗《こう》として其《そ》れ理有《りあ》り 2
年歳《ねんさい》　少《わか》しと雖《いえど》も、師長《しちょう》たる可《べ》し
行《おこ》ない　伯夷《はくい》に比《ひ》し、置《お》きて以《も》って像《しょう》と為《な》さん 3

ああ、おまえは年若いが、その心ばせは、他に並ぶものがない
独立して、なにものからも惑わされることがないのは、喜ばしいかぎり
深く根を下ろして、移植をこばむのは、さっぱりと欲望を超越しているからだ
世俗の中で覚醒して独り立ち、どっしりと場所を占めて、流されることがない
俗念を拒否して、慎重に行動をし、間違いなどとは無縁である
徳をしっかりと保持し、私心はなく、天地と並び立つ
願わくは、歳月が流れ去るなかにあって、いつまでもおまえと友でありたい

みごとに自己を貫き、心みだされることなく、きっぱりと道理を保持している
年は若いが、立派に指導者の任務が果たせる
行ないは伯夷《はくい》にも比べられ、おまえを模範としてゆきたい

1「補注」は、これ以下は、前段の橘の描写にこめたおのれの意を明らかにしているのだと説明する。幼志の語、「儀礼」士冠礼篇が記す成人式における祝辞に「なんじの幼志を棄て、なんじの成徳に順《したが》え」と見える。ここでは、年若いうちに定めた志操の意。
2 淑離の語、よく解らない。「集注」は、淑は善、離は孤特をいうとする。
3 伯夷は、孤竹国《こちくこく》の王子であったが、君位を継ぐことを拒否して、弟の叔斉《しゅくせい》とともに国を出奔。周の武王が殷の紂王《ちゅうおう》を討伐しようとしたとき、臣下として主君を討伐すべきではないと諫めたが聴かれず、周の粟《ぞく》を食べることを拒否し、首陽山《しゅようざん》で餓死をした。「史記」伯夷列伝に詳しい。ただ、橘頌篇の作者が、伯夷の行動のどの部分に共鳴したのかはよく解らない。「像と為す」の像は、行動の依るべき原則、模範。懐沙篇にも「願わくは志の像たる有らんことを」(三一五頁)とあった。

悲《ひ》回《かい》風《ふう》

悲回風之搖蕙兮　心冤結而内傷
回風《かいふう》の蕙《けい》を揺《ゆ》らすを悲《かな》しみ、心《こころ》冤結《えんけつ》して内《うち》に傷《いた》む
物有微而隕性兮　聲有隱而先倡
物《もの》微《び》にして性《いのち》を隕《おと》す有《あ》り、声《こえ》隠《かく》れて先《さき》に倡《しょう》する有《あ》り[1]
夫何彭咸之造思兮　曁志介而不忘
夫《そ》れ何《なん》ぞ彭咸《ほうかん》の造思《ぞうし》する、志《こころざし》の介《かい》なるを曁《とも》にして忘《わす》れず[2]
萬變其情豈可蓋兮　孰虚僞之可長
其《そ》の情《じょう》を万変《ばんぺん》するも豈《あ》に蓋《おお》う可《べ》き、孰《たれ》か虚偽《きょぎ》にして之《こ》れ長《なが》かる可《べ》き
鳥獸鳴以號群兮　草苴比而不芳
鳥獣《ちょうじゅう》の鳴《な》きて以《も》って群《むれ》に号《さけ》べば、草苴《そうしょ》比《ひ》して芳《かんば》しからず[3]
魚葺鱗以自別兮　蛟龍隱其文章
魚《うお》鱗《りん》を葺《つら》ねて以《も》って自《みずか》ら別《わか》ち、蛟龍《こうりょう》其《そ》の文章《ぶんしょう》を隠《かく》す
故荼薺不同畝兮　蘭茝幽而獨芳

故《ゆえ》に荼《と》と薺《せい》と　畝《うね》を同《おな》じくせず、蘭茝《らんし》　幽《かく》れて独《ひと》り芳《かお》る 4

惟佳人之永都兮　更統世而自貺
　惟《こ》れ佳人《かじん》の永《つね》に都《と》なる、統世《とうせい》を更《かさ》ねて自《みずか》ら貺《おく》る 5

眇遠志之所及兮　憐浮雲之相羊
　眇遠《びょうえん》たる　志《こころざし》の及《およ》ぶ所《ところ》、浮雲《ふうん》の相羊《しょうよう》するを憐《あわ》れむ

介眇志之所惑兮　竊賦詩之所明
　介眇《かいびょう》たる　志《こころざし》の惑《まど》う所《ところ》、竊《ひそ》かに詩《し》を賦《ふ》して之《こ》れ明《あき》らかにする所《ところ》 6

つむじ風が蕙草《めぼうき》を揺らせる季節、心は鬱屈し、人知れず悲しむ
微《かす》かな気配を受けて生命《いのち》を隕《おと》すものもあり、人に聞こえぬ声が万事のさきがけとなる
彭咸《ほうかん》が思い定めたところ、その節操に共感し、忘れることがない、なぜなら
感情が揺れ動く者には自己の心を隠しきれず、虚飾はいつまでも続きはせず
鳥獣たちが群れて叫ぶとき、すべての草はその香りを失ってしまうからだ
雑魚《ざこ》はその鱗を並べてみずからを際立たせるが、蛟龍《こうりょう》はその紋様を隠そうとする

それゆえ苦菜と甘菜とは別々の畝《うね》に植えられ、蘭《らん》や茝《よろいぐさ》は隠れた場所でひっそりと
香る
佳人《よきひと》は常に優雅であって、世代を重ねるなか、わたしもその美質を身に着けてきた
志は遥か未来を見通しているが、浮雲のようにあてどない境涯を悲しみ
毅然たる大志を懐くゆえに、戸惑うこと多く、この詩を作って、みずからを明らか
にしようとする

1 悲回風は、九章第二類の作品。回風は飄風、つむじ風。楚辞文芸が、風に敏感であり、とりわけ秋の風に思いを託すという伝承に基づいた作品。抽思篇には「秋風の容を動かすを悲しみ、何ぞ回極の浮浮たる」(二九三頁)とあった。蕙草は、気候の変化を受けて、まっさきに萎れる。それが「物　微にして性を隕す有り」。みずからを香草に比する楚辞文芸の伝承者たちが、世の変化をまず自分たちが体感するのだと自己規定している。「声　隠れて先に倡する有り」と表明して、人々には届かないが、自分たちの歌うところが時代のさきがけをなすのだというのもかれらの自負である。

2 彭咸は、離騒以来、古《いにしえ》の賢者とされてきた。思美人篇の最後にも「彭咸の故を思うなり」(三三〇頁)とあった。彭咸もまた、時代の変化をまっさきに感知することから、世

間の人々からは乖離し、孤立した生涯を送ったとされていたのであろう。

3 草苴について、「章句」は生きている草を草、枯れた草を苴というと説明する。秋、鳥獣の鳴き声の中で、すべての草は芳香を失ってゆく。

4 荼は苦菜、薺は甘菜。両者は、蘭や茝などの香草に比べれば凡庸な草に過ぎないが、個性に執着するがゆえに、別々の畝に植えられている。前句の、魚がそれぞれの紋様の違いを誇って目立とうとするのと蛟龍がむしろみずからを隠そうとするのとの対比と同じ。凡庸な者たちが世間の目に目立とうとしている。

5 統世について、「集注」は先世以来の「垂統伝世」だと釈している。この詩の作者は、祖先より引き継がれてきた美質を自分は身に着けているのだという。

6 浮雲について、「章句」は東西南北して拠り所のないことの比喩とし、「集注」は主人公の志の高さをいうと解釈する。

惟佳人之獨懷兮　折若椒以自處

　惟《こ》れ佳人《かじん》の独《ひと》り懐《おも》い、若椒《じゃくしょう》を折《お》りて以《も》って自《みずか》ら処《お》る

增歔欷之嗟嗟兮　獨隱伏而思慮

歔欷《きょき》を増《ま》して之《こ》れ嗟嗟《ささ》し、独《ひと》り隠伏《いんふく》して思慮《しりょ》す

涕泣交而凄凄兮　思不眠以至曙
涕泣交《ていきゅうまじ》わりて凄凄《せいせい》たり、思《おも》いて眠《ねむ》らず以《も》って曙《あかつき》に至《いた》る

終長夜之曼曼兮　掩此哀而不去
長夜《ちょうや》の曼曼《まんまん》たるを終《お》え、此《こ》の哀《かな》しみを掩《おお》うも去《さ》らず

寤從容以周流兮　聊逍遙以自恃
寤《さ》めて従容《しょうよう》として以《も》って周流《しゅうりゅう》し、聊《いささ》か逍遥《しょうよう》して以《も》って自《みずか》ら恃《たの》む[1]

傷太息之愍憐兮　氣於邑而不可止
傷《いた》み太息《たいそく》して之《こ》れ愍憐《びんれん》し、気《き》於邑《おゆう》して止《とど》む可《べ》からず

糾思心以爲纕兮　編愁苦以爲膺
思心《ししん》を糾《よ》りて以《も》って纕《しょう》と為《な》し、愁苦《しゅうく》を編《あ》みて以《も》って膺《よう》と為《な》す[2]

折若木以蔽光兮　隨飄風之所仍
若木《じゃくぼく》を折《お》りて以《も》って光《ひか》りを蔽《おお》い、飄風《ひょうふう》の仍《よ》る所《ところ》に随《したが》う

存髣髴而不見兮　心踊躍其若湯
存《そん》するも髣髴《ほうふつ》として見《み》えず、心《こころ》踊躍《ようやく》して其《そ》れ湯《ゆ》の若《ごと》し[3]

撫珮衽以案志兮　超惘惘而遂行
珮衽《はいじん》を撫《ぶ》して以《も》って志《こころざし》を案《あん》じ、超《ちょう》とし惘惘《ぼうぼう》として遂《つい》に行《ゆ》く

歳曶曶其若頽兮　時亦冉冉而將至
歳《とし》曶曶《こつこつ》として其《そ》れ頽《くず》るるが若《ごと》く、時《とき》も亦《ま》た冉冉《ぜんぜん》として将《まさ》に至《いた》らんとす

薠蘅槁而節離兮　芳以歇而不比
薠蘅《はんこう》槁《か》れて節離《せつり》し、芳《ほう》以《も》って歇《つき》て比《ひ》せず 4

憐思心之不可懲兮　證此言之不可聊
思心《ししん》の懲《こ》らす可《べ》からざるを憐《あわ》れみ、此《こ》の言《げん》の聊《りょう》とす可《べ》からざるを証《しょう》す

寧逝死而流亡兮　不忍爲此之常愁
寧《むし》ろ逝死《せいし》し流亡《りゅうぼう》するも、此《こ》の常愁《じょうしゅう》を為《な》すに忍《しの》びず 5

孤子唫而抆涙兮　放子出而不還
孤子《こし》唫《ぎん》じて涙《なみだ》を抆《ぬぐ》い、放子《ほうし》出《い》でて還《かえ》らず

孰能思而不隱兮　照彭咸之所聞
孰《たれ》か能《よ》く思《おも》いて隠《かな》しまざる、彭咸《ほうかん》の聞《き》く所《ところ》に照《て》らさん

佳人《よきひと》は、孤独に思いを凝らし、杜若《かきつばた》や山椒《はじかみ》を手折りつつ、ひとり住まいして
すすり泣きを抑えきれず、嘆声を発し、人知れぬところで、苦慮する
滂沱《ぼうだ》と涙を流して、気持ちは寒々と、物思いに、不眠の夜を過ごして、朝を迎える
無限の長夜の果てにも、この悲しみを抑え、どこかへやってしまうことができない
目覚めて、気持ちを和らげ、旅立ち、いささか逍遥して、みずからを慰めようとす
るが
悲しみ、太息して、みずからを憐れみ、胸の詰まる思いは止《とど》めようがない
胸の思いは、縒《よ》り合わせれば佩《お》び紐《ひも》となり、憂いは、編み上げれば胸当てとするこ
とができる
若木《じゃくぼく》の枝を折り取って太陽の輝きを遮り、飄風《ひょうふう》が行き着く先まで追ってゆく
思いを凝らしてもなにも見えない、心は跳ね上がって熱湯が沸騰するようだ
珮《お》びものと衽《おくみ》とに手を当てて思案しつつ、はるかに広がる気持ちにまかせ、道を進
める
年月はまたたく間に過ぎ、季節も、ゆっくり、しかし確実に、変わってゆく
蘋《かやつりぐさ》も杜蘅《つぶねぐさ》も枯れて崩れ、その香りは尽きて、以前に比ぶべくもない
〔しかしなお〕思いを変えられないことを大切にし、言葉がなおざりでなかったこと

　を証ししようとする
たとえこのまま死去し、あるいは行方不明になるとしても、悲しみに沈んだままで
　はいたくない
孤児は、嘆きつつ、涙を拭い、棄てられた子供は、二度と家にもどることがない
思いを懐く者はみな深く悲しみ、彭咸《ほうかん》が聞き伝えたところを指針とするのだ

1 周流は、天上遊行をいう。離騒に「天を周流して、余　乃ち下る」(七三頁)。悲しみを抑えきれない主人公は、天上遊行に出発しようとする。ただこの篇では、以下の「若木を折りて以って光りを蔽い、飄風の仍る所に随う」の句に、周流の一端が見えるが、その行程について詳しくは述べられていない。

2 糾は「補注」に拠れば「縄三合」、三つ編みにすること。纕は腰に垂らす佩び紐。離騒には香草の蕙を纕にするとあった。ここでは胸の思いを三つ編みにして佩び紐にするという。膺は胸当て。「釈名《しゃくみょう》」釈衣服篇に「〔膺は〕心衣。腹を抱きて鉤肩を施す。鉤肩の間に一襠《いちとう》を施して以って心《しん》を奄《おお》う」とある。金太郎の腹掛けのようなもので、心臓の前の部分が特に厚く作ってある。愁いを編み上げて胸当てにする。主人公の悲しみは、その強固さゆえ、それを実体化して、身に着けることができると表現されている。

3 若木は、東極の太陽が昇る場所に生える、桑の木のような世界樹。離騒に、主人公が天上遊行に出発する際の様子を「若木を折りて以って日を払い、聊か逍遥して以って相羊せんとす」(六三頁)と述べている。存は目を凝らして見ること。道教の、神々の姿を目の前に存思《そんし》する修法とも通じるのかも知れない。目を凝らしても、髣髴《おぼろげ》にしか見えないというのは、主人公の周流が人間的な感覚を越えた領域に入ったことをいうのであろう。

4 蘋は、水辺の小高い場所に生える草。九歌の湘夫人篇に「白蘋に登りて望めを騁す」(一三〇頁)とあった。蘅は杜蘅、香草の一種。

5 この二句は、離騒の「寧ろ溘死して以って流亡するも、余　此の態を為すに忍びざるなり」(三八頁)を承けたもの。

登石巒以遠望兮　路眇眇之默默
　石巒《せきらん》に登《のぼ》りて以《も》って遠望《えんぼう》すれば、路《みち》　眇眇《びょうびょう》として之《こ》れ黙黙《もくもく》たり[1]
入景響之無應兮　聞省想而不可得
　景響《けいきょう》の応無《おうな》きに入《い》り、聞《ぶん》　省想《しょうそう》するも得《う》可《べ》からず

愁鬱鬱之無快兮　居戚戚而不可解
　愁《うれ》い　鬱鬱《うつうつ》として之《こ》れ快《かい》無《な》く、居《きょ》　戚戚《せきせき》として解《と》く可《べ》からず
心鞿羈而不形兮　氣繚轉而自締
　心《こころ》　鞿羈《きき》して形《あら》われず、気《き》　繚転《りょうてん》して自《みずか》ら締《むす》ぶ[2]
穆眇眇之無垠兮　莽芒芒之無儀
　穆眇眇《ぼくびょうびょう》として之《こ》れ垠《ぎん》無《な》く、莽芒芒《ぼうぼうぼう》として之《こ》れ儀《ぎ》無《な》し
聲有隱而相感兮　物有純而不可爲
　声《こえ》　隠《かく》れて相《あ》い感《かん》ずる有《あ》り、物《もの》　純《じゅん》にして為《な》す可《べ》からざる有《あ》り[3]
藐蔓蔓之不可量兮　縹緜緜之不可紆
　藐蔓蔓《ぼうまんまん》として之《こ》れ量《はか》る可《べ》からず、縹緜緜《ひょうめんめん》として之《こ》れ紆《う》す可《べ》からず
愁悄悄之常悲兮　翩冥冥之不可娯
　愁《うれ》い　悄悄《しょうしょう》として之《こ》れ常《つね》に悲《かな》しみ、翩冥冥《へんめいめい》として之《こ》れ娯《たの》しむ可《べ》からず
凌大波而流風兮　託彭咸之所居
　大波《だいは》を凌《しの》ぎて流風《りゅうふう》し、彭咸《ほうかん》の居《お》る所《ところ》に託《たく》せん[4]

岩峰に登って遠望すれば、行く先の路は遥かに、この世界は静まりかえっている
光りも声も反応しない領域に入って、聴覚の反応を求めるが、それも得られない
愁いはわだかまって慰めることができず、居るところは寂莫として思いは解けない
心はがんじがらめで表《おもて》には表わせず、気はむすぼれて、自分自身をしめつける
視界はどこまでも広がって限りがなく、混沌が続く中、秩序は失われたまま
耳に聞こえぬ声が感応を及ぼすこともあり、純粋な思いに相手が反応せぬこともある
茫漠と広がる世界は計量できる範囲を越えて、縹渺《ひょうびょう》たる空間では方向を定めることもできない
心はしおたれて常に悲しみ、高く飛翔した世界も暗鬱で、楽しむことができない
大きな波に乗り、風や流れに任せ、彭咸《ほうかん》が居るところに身を託そうと思う

1 石巒の巒は切り立った独立峰。この部分は、天上遊行の中にあって、到達した宇宙山での情景描写を基礎にしているのであろう。以下に続く「景響の応無きに入る」「穆眇眇として之れ垠無く、莽芒芒として之れ儀無し」などといった表現も、その地点が人間的感覚を越えた、無限に広がる混沌の領域であることを示唆する。そうした世界に参入

しても主人公の悲しみは癒されることがない。

2 鞿羈は馬に馬具を着けること。そこから引伸して、みずからを縛ること。離騒に「余雖だ好く脩姱して以って鞿羈す」(三四頁)とあるのは、みずからを律するという意。繚転は絡み付くこと。

3 隠れた声が感応を及ぼすこともあるが、純粋な存在が相手に作用を及ぼすとは限らない。後半の句の意味の方に重点があるのであろう。

4 天上遊行も憂いからの解放をもたらさない。それゆえ、水や風の流れの導くままに、彭咸のもとに身を託そうという。

上高巖之峭岸兮　處雌蜺之標顚
　高巌《こうがん》の峭岸《しょうがん》たるに上《のぼ》り、雌蜺《しげい》の標顚《ひょうてん》たるに処《お》る
據青冥而攄虹兮　遂儵忽而捫天
　青冥《せいめい》に拠《よ》り虹《にじ》を攄《ちょ》し、遂《つい》に儵忽《しゅくこつ》として天《てん》を捫《な》ず 1
吸湛露之浮涼兮　漱凝霜之雰雰
　湛露《たんろ》の浮涼《ふりょう》たるを吸《す》い、凝霜《ぎょうそう》の雰雰《ふんぷん》たるに漱《くちすす》ぐ 2

依風穴以自息兮　忽傾寤以嬋媛
風穴《ふうけつ》に依《よ》りて以《も》って自息《じそく》し、忽《たちま》ち傾寤《けいご》し以《も》って嬋媛《せんえん》たり 3

馮崑崙以瞰霧兮　隠岷山以清江
崑崙《こんろん》に馮《よ》りて以《も》って霧《きり》を瞰《なが》め、岷山《びんざん》に隠《よ》りて以《も》って江《こう》を清《きよ》くす 4

憚涌湍之礚礚兮　聽波聲之洶洶
湧湍《ようたん》の礚礚《かいかい》たるを憚《はばか》り、波声《はせい》の洶洶《きょうきょう》たるを聴《き》く

紛容容之無經兮　罔芒芒之無紀
紛容容《ふんようよう》として之《こ》れ経《けい》無《な》く、罔芒芒《ぼうぼうぼう》として之《こ》れ紀《き》無《な》し

軋洋洋之無從兮　馳委移之焉止
軋洋洋《あつようよう》として之《こ》れ従《したが》う無《な》く、馳委移《ちいい》として之《こ》れ焉《いず》くにか止《いた》る

漂翻翻其上下兮　翼遙遙其左右
漂翻翻《ひょうほんほん》として其《そ》れ上下《じょうげ》し、翼遥遥《よくようよう》として其《そ》れ左右《さゆう》す 5

氾潏潏其前後兮　伴張弛之信期
氾潏潏《はんけつけつ》として其《そ》れ前後《ぜんご》し、伴《とも》に張弛《ちょうし》して之《こ》れ期《き》に信《しん》たり 6

観炎氣之相仍兮　窺煙液之所積

炎気《えんき》の相《あ》い仍《よ》るを観《み》、煙液《えんえき》の積《つ》む所《ところ》を窺《うかが》う 7

悲霜雪之倶下兮　聴潮水之相撃
霜雪《そうせつ》の倶《とも》に下《くだ》るを悲《かな》しみ、潮水《ちょうすい》の相《あ》い撃《う》つを聴《き》く

借光景以往來兮　施黄棘之枉策
光景《こうけい》を借《か》りて以《も》って往来《おうらい》し、黄棘《こうきょく》の枉策《おうさく》を施《ほどこ》す

求介子之所存兮　見伯夷之放迹
介子《かいし》の存《あ》る所《ところ》を求《もと》め、伯夷《はくい》の放迹《ほうせき》を見《み》る 8

心調度而弗去兮　刻著志之無適
心《こころ》に調度《ちょうど》して去《さ》らず、志《こころざし》を刻著《こくちょ》して之《こ》れ適《ゆ》く無《な》し

そびえ立つ高い岩峰に登り立ち、天を摩《ま》する雌蜺《めすにじ》とともにある
青冥《てんくう》の中に身を置き、虹をよじ登り、そのまま、あっという間に、天と接触した
しとど降りた露の珠を口に吸い、びっしり凝結した霜で口を漱《すす》いで〔身を清める〕
風穴《ふうけつ》に身を寄せてしばし休息すると、たちまちに視界が広がり、思いは果てしない
崑崙山《こんろんさん》に身を置いて霧の動きを監視し、岷山《びんざん》に身を寄せて江水《こうすい》の清らかさを保つ

ざあざあと流れる急湍《きゅうたん》に心を震わせ、わきあがる波音に耳を傾ける
ここには、混沌がもくもくと広がり秩序はなく、虚無が茫々と広がって規律もない
我が一行は、混乱を極めて治められず、むやみに走り回って、目的地がない
ひらひらと飛んで上下し、あてどなく馳せて左右する
水が溢れるように、前へ、後ろへ連なり、互いに速度を調整しつつ、会合の約束だけは守ろうとする
炎熱の気が集まっている様子を観察し、液体が深く積み重なった場所をうかがう
霜と雪とがこもごも降るのに心を痛め、海潮がどうどうと鳴るのを聴く
時間がある間にと道を進め、黄色い棘《とげ》のはえた曲がった鞭を馬にあてる
介子推《かいしすい》が遺したものを探し求め、伯夷《はくい》の大きな行ないのあとを見ようとする
心を調えて、探索を止めず、志を明確にして、これ以外に行く先はない

1　この一段は、主人公の天上遊行を述べることを中心とする。もし前段から意味的な断絶がないとすれば、彭咸《ほうかん》の居るところが天上遊行の果てにあることになろう。高巖は神話的な宇宙山で、天に至るための階梯。天問に「阻にして西征の窮まるに、巖　何にして越ゆ」(二〇五頁)とある巖も、普通の人間には登れない宇宙山をいうものであった。

雌蜺は、二重の虹の外側の色の薄い方。蜺は霓に同じ。蜺が画くカーブは天球の曲線を反映したものであり、蜺が天を支えるアーチをなすという観念があったものか。攄虹は虹を手づかみにすること。その虹のアーチを手づかみにして天によじ登るという意味に取った。

2 浮涼の意味は不明。浮源に作るテキストもある。旧注は湛露と凝霜とで我が身を清めるのだという。

3 風穴は神話的な地名。この世界に吹き込む風が出てくる洞窟。「淮南子」覧冥訓に、鳳凰の宇宙的な飛翔を述べて「昆侖の疏圃を過《よぎ》り、砥柱《しちゅう》の湍瀬《たんらい》に飲み…入日に節を抑え、弱水《じゃくすい》に羽翼し、暮れに風穴に宿る」とあり、その注に「風穴は北方の寒風、地より出るなり」という。嬋媛の語のこの場合の意味、よく解らないが、王夫之《おうふし》「通釈」が「空遊自得」と釈するのを参考にした。

4 岷山は、四川省の奥地にあり、古くは長江が発源する山だと考えられていた。「尚書」禹貢篇に「岷山に江を導く」とある。聖山の一つであったのだろう。

5 このあたり、原始の混沌に近づいたため、主人公の一行も混乱に陥ったことを描写するのであろうか。紛容以下、句頭に三字の形容語が載せられた句が並べられる。「紛たること容容」と読み下すこともできるが、三字が密接に結びついて一つの形容語を成していることを重んじて、あえて送りがな的なものは付けない。

6 ここで、主人公は、なんとか秩序を取りもどそうとする。張弛は車の速度を調整すること。信期の期は、離騒の「不周に路して以って左に転じ、西海を指して以って期と為す」(九八頁)の期と同様に、会合の約束。「補注」は伴の字をそむく(畔)の意味に読み、約束を守らないこととする。伴張弛も三字で一つの形容語を成す可能性があろう。

7 炎気と煙液とは陰陽の根源。天上遊行の途上に、それらが累積する様子を目睹する。

8 介子は介子推。晋の文公の臣下。惜往日篇に「介子　忠にして立ちながら枯れ、文君寤りて追求す」(三三七頁)とあった。伯夷は殷末周初の賢人。橘頌篇でもその最後を伯夷の事跡に言及して閉じている。天地の間を遊行する途上で、こうした古い賢者たちの遺跡を目にすることができるとされているのは、「山海経」にも見えるように、時間の隔たりが距離の隔たりとして表象される、すなわち太古のことが極遠の地に現存すると考える、神話的な地理学の特徴である。

曰

曰《い》わく

吾怨往昔之所冀兮　悼來者之悐悐

吾《われ》　往昔《おうせき》の冀《こいねが》う所《ところ》を怨《うら》み、来者《らいしゃ》の愁愁《てきてき》たるを悼《いた》む1

浮江淮而入海兮　従子胥而自適

江淮《こうわい》に浮《う》かびて海《うみ》に入《い》り、子胥《ししょ》に従《したが》いて自適《じてき》せん

望大河之洲渚兮　悲申徒之抗迹

大河《たいが》の洲渚《しゅうしょ》を望《のぞ》み、申徒《しんと》の抗迹《こうせき》を悲《かな》しむ2

驟諫君而不聴兮　重任石之何益

驟《しば》しば君《きみ》を諫《いさ》むるも聴《き》かれず、重《おも》きこと石《いし》を任《にな》うも之《こ》れ何《なん》ぞ益《えき》あらん

心絓結而不解兮　思蹇産而不釋

心《こころ》　絓結《かいけつ》して解《と》けず、思《おも》い　蹇産《けんさん》として釈《と》けず3

曰《い》うには

わたしは過去の人々の願いが空しかったことを傷み、将来の人々も苦労を重ねるで
　あろうことに心を痛める

江淮《こうわい》の流れに乗って海に入り、伍子胥《ごししょ》に従って心のままに生きたいと願うが

大きな流れの水辺をはるかに望み、申徒狄《しんとてき》の立派な行ないが無意味に終わったこと

を悲しむ
いく度も主君を諫《いさ》めたが聴きいれられず、重い石を背負って投身自殺してもなにの意味もない
心は糸が絡まったまま解けず、思いは行き悩んで晴れることがない

1 悲回風篇の最後に曰で始まる一段が配されているのは、この部分が乱辞としての性格を持っていたのであろう。それを乱曰と記さないところに、九章第二類としての特徴があるのかも知れない。慦は惕に同じ。慦慦は気苦労をすること。この二句は、過去にも未来でも、心に祈願を懐く者は、つねに憂愁の中に生きねばならないという。ゲーテの「ただ憧れを知る者だけに、わたしの悲しみが解る」(ミニョンの歌)という表現と重なるところがあるのであろうか。

2 子胥は伍子胥。春秋末年の人物。呉王夫差《ふさ》が覇業を成し遂げるのに力があったが、後に夫差と意見を異にし、自殺を命じられる。その死体は川に流され、水神となって、銭《せん》塘江《とうこう》の大波を起こすとされる。「史記」伍子胥列伝、「呉越春秋」、「越絶書」などに詳しい。渉江篇に「伍子　殃いに逢う」(二七五頁)とあった伍子が伍子胥のこと。申徒は申徒狄。殷末の人。紂王《ちゅうおう》を諫めて聴かれず、石を背負って水に飛び込んで死んだとされる。

「荘子」大宗師篇に申徒狄の名が見え、その「釈文《しゃくもん》」に「殷時の人。石を負って自ら河に沈む」という。伍子胥、申徒狄、ともに水神としての性格が注目されている。

3 任石は石を荷って投身自殺すること。たとえ申徒狄のように石を荷って水に飛び込んでも、なにの効果もない。主人公は、我が身を犠牲にしても世に役立ちたいと願うが、その身を犠牲にしたむかしの賢者たちの行ないも結局は無意味であった。それゆえ、最後の二句に述べるように、どのように生きるべきかという問いに結論が得られず、心の鬱屈は晴れることがないまま、この篇は終わっている。

遠《えん》遊《ゆう》第五

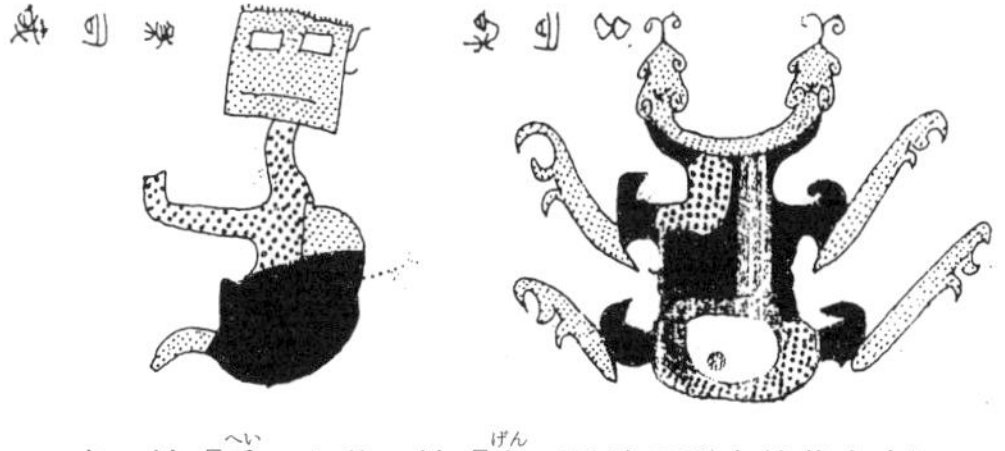

春の神「秉《へい》」と秋の神「玄《げん》」(長沙子弾庫楚墓帛書)

遠遊は、離騒《りそう》の基礎にあったシャマニスティックな天上遊行の伝承をもとにして、それが神仙思想としての色彩を濃くしてきた段階で作られた作品。漢代の司馬相如《しばしょうじょ》「大人《たいじん》の賦」(「史記」司馬相如伝)との類似が指摘されている。王逸《おういつ》「楚辞章句」がこの篇に付した序は、屈原《くつげん》が讒言者《ざんげんしゃ》や俗人たちの排斥に遭い、山野を彷徨する中で、心中の鬱憤を遊仙に託して作った作品だとしている。

天(神々の世界)と人間界との間に神仙的存在を想定する神仙思想は、戦国末期から前漢時代にかけて、人々の心を強く引いた。人間は、神にはなれないまでも、仙人にはなれるとして、神仙となった人々の伝記などが多く書かれたのである。しかし、秦始皇帝、漢の武帝などによる神仙探求は、いずれも失敗に終わった。遠遊の記述は、早い時期の神仙思想の内実を知るための貴重な資料となる。

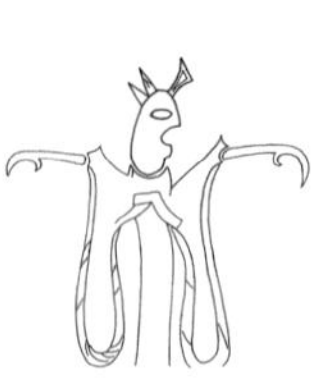

悲時俗之迫阨兮　願輕擧而遠遊
時俗《じぞく》の迫阨《はくあく》を悲《かな》しみ、軽挙《けいきょ》して遠遊《えんゆう》せんと願《ねが》う 1
質菲薄而無因兮　焉託乘而上浮
質《しつ》　菲薄《ひはく》にして因《よ》る無《な》く、焉《いず》くにか託乗《たくじょう》して上浮《じょうふ》せん
遭沈濁而汚穢兮　獨鬱結其誰語
沈濁《ちんだく》にして汚穢《おわい》なるに遭《あ》い、独《ひと》り鬱結《うつけつ》して其《そ》れ誰《たれ》にか語《かた》らん 2
夜炯炯而不寐兮　魂煢煢而至曙
夜《よる》　炯炯《けいけい》として寐《い》ねず、魂《こん》　煢煢《けいけい》として曙《あかつき》に至《いた》る 3

この時代の人々の狭量さに絶望をし、高く飛んではるかに遊行したいと願う
しかし、資質に乏しく、手がかりもなく、なにに身を託すれば天に昇れるのだろう
頑迷さと不潔さに直面し、ひとり心は鬱屈するが、それを語れる人もいない
夜、目がさえたまま眠ることができず、魂は揺れ動いて、暁を迎える

1　時俗の語、離騒にも「固より時俗の工巧なる、規矩に偭きて改め錯く」(三六頁)とあった。当世風の生き方。なお司馬相如《しばしょうじょ》「大人《たいじん》の賦」も「世俗の迫隘《はくあい》を悲しみ、掲《さ》りて軽挙して遠游せんとす」の句で始まり、遠遊と密接な関係を持つことを示す。

2　沈濁は頑迷な主君の様子をいい、汚穢は不潔な讒臣たちの行ないをいうとされる。

3　炯炯は耿耿《こうこう》に通じる。不眠のさま。一説に不安のさま。「詩経」邶風《はいふう》・柏舟篇に「耿耿として寐ねず、隠《おも》き憂いのあるが如し」。煢煢は孤独なさま。あるいは不安なさま。九章の悲回風篇にも見えるように、不眠の夜を過ごしたあと、天上遊行に出発するというのが、楚辞の背後にあった宗教的な実修を基礎にした文芸の一つのかたちである。

惟天地之無窮兮　哀人生之長勤
　天地《てんち》の無窮《むきゅう》なるを惟《おも》い、人生《じんせい》の長《なが》く勤《つと》むるを哀《かな》しむ
往者余弗及兮　來者吾不聞
　往者《おうしゃ》　余《われ》及《およ》ばず、来者《らいしゃ》　吾《われ》聞《き》かず[1]
歩徙倚而遙思兮　怊惝怳而乖懷
　歩《あゆ》み徙倚《しい》して遥《はる》かに思《おも》い、怊《うれ》い惝怳《しょうこう》として懐《おも》いに乖《そむ》く

意荒忽而流蕩兮　心愁悽而增悲
　意《い》　荒忽《こうこつ》として流蕩《りゅうとう》し、心《こころ》　愁悽《しゅうせい》して悲《かな》しみを増《ま》す
神儵忽而不返兮　形枯槁而獨留
　神《しん》　儵忽《しゅくこつ》として返《かえ》らず、形《かたち》　枯槁《ここう》して独《ひと》り留《とど》まる[2]
內惟省以端操兮　求正氣之所由
　内《うち》に惟省《いせい》し以《も》って操《そう》を端《ただ》し、正気《せいき》の由《よ》る所《ところ》を求《もと》む[3]

天地が無窮であることに思いをいたし、人の生が苦労に満ちていることを悲しむ
過去はもう変えることができず、未来がどうなるかも聞き知ることができない
あてどなく歩みつつ遥かなるものを思い、愁いに閉ざされて、願いはかなわない
とりとめのない思いがどこまでも広がり、心はふさいで、悲しみが増すばかり
魂はするすると脱け出し、肉体だけが枯れ木のように遺された
内にみずからを顧みて行ないを正し、真正なる気がどこに由来するかを尋ねようとする

1 「往者　余及ばず、来者　吾聞かず」の句について、朱熹《しゅき》「集注」は、作者（朱熹は

屈原《くつげん》を作者とする）には、神仙長生説がでたらめであることはわかっていた、しかし正義を貫く自分に対して冷たかった世間がこの先どうなるかを見とどけたいという強い願望が、長生不死を求めるこの作品を生み出したのだ、と説明している。

2 神が霊魂、形が肉体。肉体を脱け出して、霊魂だけが遊行するのである。枯槁は生き物が生命力を失うこと。「老子」第七十六章に「万物草木の生くるや柔脆たり。その死するや枯槁す」とある。霊魂が遠遊するため飛び去ったあと、生命力を喪った肉体が地上に留められる。

3 正気は、天地の根源にある、正真の気の意味であろうか。あまり古い用例を見ない語彙。文天祥《ぶんてんしょう》「正気の歌」に「天地に正気あり、雑然として賦して流形す。下りては則ち河岳となり、上りては則ち日星となる」。

漠虚靜以恬愉兮　澹無爲而自得

漠《ばく》とし虚静《きょせい》にして以《も》って恬愉《てんゆ》し、澹《たん》とし無為《むい》にして自得《じとく》す

聞赤松之清塵兮　願承風乎遺則

赤松《せきしょう》の清塵《せいじん》を聞《き》き、風《ふう》を遺則《いそく》に承《う》けんと願《ねが》う **1**

貴眞人之休德兮　美往世之登仙
真人《しんじん》の休徳《きゅうとく》を貴《たっと》び、往世《おうせい》の登仙《とうせん》を美《び》とす 2
與化去而不見兮　名聲著而日延
化《か》と与《とも》に去《さ》りて見《み》えず、名声《めいせい》は著《あら》われて日《ひ》びに延《の》ぶ
奇傅說之託辰星兮　羨韓衆之得一
傅説《ふえつ》の辰星《しんせい》に託《たく》するを奇《き》とし、韓衆《かんしゅう》の一《いつ》を得《う》るを羨《うらや》む 3
形穆穆以浸遠兮　離人群而遁逸
形《かたち》　穆穆《ぼくぼく》とし以《も》って浸《ようや》く遠《とお》く、人群《じんぐん》を離《はな》れて遁逸《とんいつ》す
因氣變而遂曾擧兮　忽神奔而鬼怪
気《き》の変《へん》に因《よ》りて遂《つい》に曾挙《そうきょ》し、忽《たちま》ち神《しん》のごとく奔《はし》り鬼《き》のごとく怪《かい》たり 4
時髣髴以遙見兮　精皎皎以往來
時《とき》に髣髴《ほうふつ》として以《も》って遥《はる》かに見《あら》われ、精《せい》　皎皎《こうこう》として以《も》って往来《おうらい》す
絶氛埃而淑尤兮　終不反其故都
氛埃《ふんあい》を絶《た》ちて淑尤《しゅくゆう》たり、終《つい》に其《そ》の故都《こと》に反《かえ》らず
免衆患而不懼兮　世莫知其所如

衆患《しゅうかん》を免《まぬが》れて懼《おそ》れず、世《よ》は其《そ》の如《ゆ》く所《ところ》を知《し》る莫《な》し

みずからを虚しくして心を楽しませ、深々と無為《むい》の中に沈んで自得《じとく》し
赤松子《せきしょうし》の高邁な事績を聞いて、かれが規範として示した遺風を受け継ぎたいと願う
真人《しんじん》の優れた徳を貴び、過ぎし世の登仙者たちを賛美する
かれらは万物の変化に従って姿を消したが、その明らかな名声はいつまでも絶える
　ことがない
傅説《ふえつ》が辰星《しんせい》に身を託したことを仰ぎ見、韓衆《かんしゅう》が根源的な一《いつ》を体得したことに憧れる
肉体は調和を保ちつつ次第に現実から乖離し、人々の群れから離れてこの身を隠す
気の変化を借りてそのまま高く飛翔し、神の如く奔走して、鬼《き》の如く変化する
時に遠くにその姿をぼんやりと現わし、精神《たましい》は輝きつつ縦横無尽に往来する
猥雑物を超越して最善を保持し、最後まで、その故都《ふるさと》にもどることがない
すべての患いから解放されて懼《おそ》れるものなく、世の人々にはその行方が知られない

1　赤松は赤松子。代表的な仙人の一人。「列仙伝」に、赤松子なる者は神農の時代の雨師である。…しばしば崑崙山《こんろんさん》の頂上に行き、いつも西王母《せいおうぼ》の石室に身を寄せ、風雨に乗

って天地の間を往来したという。清塵は俗世を超越した事績。塵は遺塵の語などに見えるように人の事績をいう。

2 真人は道を体得した者。「荘子」大宗師篇に、いにしえの真人は、水に入っても濡れず、火に入っても熱からず…眠っているときには夢を見ず、目覚めているときには憂いを懐かないという。

3 傅説は殷の武丁の宰相。離騒に「説 築を傅巌に操るも、武丁 用いて疑わず」(八六頁)とあった。ここでは傅説が得道者、仙人としてとらえられている。「荘子」大宗師篇の道を得た者を列挙した中に、傅説は道を得ると、武丁を補佐して、天下をまるまる手に入れ、東の維《い》(天地をつなぐ大綱)を登り、箕星の尻尾に跨り、星々と並んだと見える。箕星の側に見える傅説星が傅説の天に昇った姿なのだというのである。辰星は東方の星座、蒼龍の一部。それが傅説星だとする説があったのであろう。韓衆は韓終ともいう。洪興祖《こうこうそ》「補注」は「列仙伝」を引いて、斉人の韓終は、斉王のために仙薬を採集したが、王がその薬を服用しようとしなかったため、みずから服用して、仙人となったという。一を得るとは天地の根源の道理を体得すること。「老子」第三十九章に「天は一を得て以って清らかに、地は一を得て以って寧《やす》らかに、神は一を得て以って霊に、谷は一を得て以って盈《み》つ」とある。

4 曾挙の曾は飛び上がること。この場合の曾挙は、高く飛翔すること、天へと昇ること。離騒に「溘として風を埃ちて余　上征す」（六〇頁）とあり、風に乗って天に昇るとされていたが、ここでは気の変化を借りて天に昇ると抽象化されている。以下の天上遊行の記述も、離騒の天上遊行の描写に比べれば観念的・哲学的なものとなっている。

恐天時之代序兮　耀靈曄而西征
　天時《てんじ》の代序《だいじょ》し、耀霊《ようれい》　曄《かがや》きて西征《せいせい》するを恐《おそ》れ **1**
微霜降而下淪兮　悼芳草之先零
　微霜《びそう》の降《くだ》りて下淪《かりん》し、芳草《ほうそう》の先《さき》に零《お》つるを悼《いた》む
聊仿佯而逍遙兮　永歴年而無成
　聊《いささ》か仿佯《ほうよう》して逍遥《しょうよう》し、永《なが》く年《とし》を歴《へ》るも成《な》る無《な》し
誰可與玩斯遺芳兮　晨向風而舒情
　誰《たれ》か与《とも》に斯《こ》の遺芳《いほう》を玩《もてあそ》ぶ可《べ》き、晨《あした》に風《かぜ》に向《む》かいて情《おも》いを舒《じょ》す
高陽邈以遠兮　余將焉所程
　高陽《こうよう》　邈《ばく》として以《も》って遠《とお》く、余《われ》　将《は》た焉《いず》くにか程《てい》する所《ところ》ぞ **2**

季節が次々と替わってゆき、耀《かがや》く太陽も西へと馳せて〔時間が過ぎることを〕恐れ
〔冬が来て〕薄い霜が地上に降るとき、香草が真っ先に萎れてしまうのを悲しむ
ひとまずはあてどなく彷徨するが、年を経ても、成果はなにもないだろう
遺された芳香を共に楽しむ者もなく、明け方、風の中にみずからの思いを発散する
高陽《こうよう》皇帝ははるか昔の存在、わたしはどこでその能力を発揮すればよいのだろう

1 天時は主として季節をいう。耀霊は太陽。太陽が急速に西に傾くことをいって、自分に遺された時間が多くないことを寓意するのであろう。

2 高陽は古《いにしえ》の皇帝顓頊《せんぎょく》のこと。離騒の冒頭に「帝　高陽の苗裔にして、朕が皇考を伯庸と曰う」(一二頁)とあったように、離騒の主人公の遠祖であり、楚王朝の祖先でもある。程の語、九章の懐沙篇に「伯楽　既に没すれば、驥　焉くにか程せん」(三一八頁)とあった。

重曰

重《かさ》ねて曰《い》わく [1]

春秋忽其不淹兮　奚久留此故居

春秋《しゅんじゅう》　忽《こつ》として其《そ》れ淹《とど》まらず、奚《なん》ぞ久《ひさ》しく此《こ》の故居《こきょ》に留《とど》まらん

軒轅不可攀援兮　吾將従王喬而娛戲

軒轅《けんえん》　攀援《はんえん》す可《べ》からず、吾《われ》　将《まさ》に王喬《おうきょう》に従《したが》いて娯戯《ごぎ》せんとす 2

湌六氣而飲沆瀣兮　漱正陽而含朝霞

六気《りくき》を餐《さん》して沆瀣《こうかい》を飲《の》み、正陽《せいよう》に漱《くちすす》ぎて朝霞《ちょうか》を含《ふく》む 3

保神明之清澄兮　精氣入而麤穢除

神明《しんめい》の清澄《せいちょう》なるを保《たも》ち、精気《せいき》　入《い》りて、麤穢《そわい》　除《のぞ》かる 4

順凱風以従遊兮　至南巣而壹息

凱風《がいふう》に順《したが》いて以《も》って従遊《しょうゆう》し、南巣《なんそう》に至《いた》りて壱《ひと》たび息《いこ》う 5

見王子而宿之兮　審壹氣之和德

王子《おうし》に見《まみ》えて之《ここ》に宿《しゅく》し、壱気《いっき》の和徳《わとく》なるを審《つまびら》かにす 6

重ねていう

季節の巡りは止まらず、たちまちに過ぎゆく時間の中で、どうしていつまでも元の住み処に留まっておられよう

軒轅《けんえん》(黄帝《こうてい》)のもとによじ登ってゆくことはできず、わたしは王子喬《おうしきょう》のもとに行って楽しく娯ごすのだ

六気《りくき》を摂食し、沆瀣《こうかい》を飲み、正陽《せいよう》の気でうがいをし、朝焼けの光りを口に含む

体中に澄み切った神明《しんめい》を保持するとき、純粋な気が注入され、穢《けが》れた気は排出される

南風の来る方向へと遊行をし、南巣《なんそう》までやって来て、そこで一たび、休息する

王子喬に日通りをして、一夜を過ごし、純一なる気が調和し、生命力に溢れることをはっきりと認識した

1 重曰とあることについて「章句」は、主人公の憤懣がまだ十分には尽きないため、重ねて述べたものだとする。乱曰などと同様に、楚辞文芸の形成に関わる技法を反映した部分だと考えたい。ただ乱辞に比べて長大であり、曰の字を冒頭に冠することにより、元来の作品に新しい篇章を付加することができたのであろう。

2 軒轅は太古の皇帝である黄帝の呼び名。「史記」五帝本紀の冒頭に「黄帝なるものは、少典の子、姓は公孫、名を軒轅という」とある。軒轅というのは軒轅の丘にいたからだとも、車を発明したからだともされる(軒も轅も馬車に関わる名称)。王喬は王子喬のこ

と。この段の最後に見える王子も王子喬をいうとされる。著名な仙人。「列仙伝」に「王子喬なるものは、周の霊王の太子晋なり」といい、嵩山《すうざん》に登って仙人になったとされる。この段の記述に拠れば、王子喬は南方の極遠の地に居る。仙人たちは水平方向の遠方の地に居るとされたのであろう。主人公は、天上の聖帝のもとには昇れない。かわりに極遠の地に仙人を訪ねるのが遠遊の遊行の基本なのである。

3 六気とは、朝霞・淪陰《りんいん》・沆瀣・正陽・玄・黄の六つの気。「章句」は「陵陽子明経」の「春には朝霞を食す。朝霞とは、日の始めて出《い》でんとするときの赤黄の気なり。秋には淪陰を食す。淪陰とは、日の没せし以後の赤黄の気なり。冬には沆瀣を飲む。沆瀣とは、北方の夜半の気なり。夏には正陽を食す。正陽とは、南方の日中の気、これなり。天地の玄黄の気とあわせて、これを六気となす」という説明を引用する。遠遊に見える神仙観念は気の哲学と密接に関連し、服気の実修とも結びついていた。

4 この場合の神明は、神秘な世界と接触できる能力をいうのであろうか。「易林」旅之漸卦に「黄帝は…聖にして神明」とある。みずからのうちに神明を保つことによって、穢れた気を体内から排出し、代わりに純粋な気を取り込むことができる。

5 凱風は南風。南巣は極南の地。南方の神鳥である朱雀の巣があるとされる。

6 壱気は混じりけのない氣。あるいは、陰陽に二分される前の、天地の根源となった氣。

真理の啓示が、仙人のもとで、夜間に行なわれるとされていることにも注意すべきであろう。

曰道可受兮　不可傳
曰《い》わく、道《みち》は受《う》く可《べ》くも、伝《つた》う可《べ》からず[1]

其小無内兮　其大無垠
其《そ》の小《しょう》に内《うち》無《な》く、其《そ》の大《だい》に垠《ぎん》無《な》し

無滑而魂兮　彼將自然
而《なんじ》の魂《たましい》を滑《みだ》す無《な》く、彼《かしこ》に自然《しぜん》を将《もち》いよ[2]

壹氣孔神兮　於中夜存
壱気《いっき》の孔《はなは》だ神《しん》なるを、中夜《ちゅうや》に存《そん》せよ

虚以待之兮　無爲之先
虚《きょ》にして以《も》って之《こ》れを待《ま》ち、無為《むい》を之《こ》れ先《さき》とせよ

庶類以成兮　此德之門
庶類《しょるい》は以《も》って成《な》る、此《こ》れ徳《とく》の門《もん》たり[3]

王子喬《おうしきょう》が云った、道《みち》は体得できても、それを言葉で伝えることはできない
それを小さいといえば、これ以上に微小なものはなく、それを大きいといえば、無限に広がっている
おまえの魂を乱すことなく、本来のあり方を保ちつつ、ものごとに対処せよ
神秘極まる純一の気を、真夜中に身に着けるのだ

からっぽな心で事物の到来を待ち、無為をこそ、なによりも尊重すべきだ
すべての存在はそのようにして完成する、これこそが生命の根源の門なのだ

1 曰以下は王子喬の言葉。「道は受く可くも、伝う可からず」という観念は、「荘子」大宗師篇の「それ道は、情あり、信あり。為すなく、形なし。伝うるべくも、受くべからず。得るべくも、見るべからず」とある考え方に対応する。王子喬の言葉を聞いたあと遊行に出発するという筋書きは、離騒の主人公が南方の重華《ちょうか》(舜帝《しゅんてい》)のもとを訪れて意見を徴したあと天上遊行に出発するという過程と重なり合うだろう。

2 自然の語、「老子」第二十五章に「人は地に法《のっと》り、地は天に法り、天は道に法り、道は自然に法る」とあり、天・地・人の背後にある道の根源が自然である。

3 門は、万物がそれをくぐって、この世界に姿を表わすところ。逆に根源に至る通路でもある。「老子」第一章に「玄のまた玄、衆妙の門」、第六章に「玄牝の門、これを天地の根という」。

聞至貴而遂徂兮　忽乎吾將行
至貴《しき》を聞《き》きて遂《つい》に徂《ゆ》き、忽乎《こっこ》として吾《われ》将《まさ》に行《ゆ》かんとす

仍羽人於丹丘兮　留不死之舊郷
羽人《うじん》に丹丘《たんきゅう》に仍《よ》り、不死《ふし》の旧郷《きゅうきょう》に留《とど》まる 1

朝濯髪於湯谷兮　夕晞余身兮九陽
朝《あした》に髪《かみ》を湯谷《ようこく》に濯《あら》い、夕《ゆう》べに余《わ》が身《み》を九陽《きゅうよう》に晞《かわ》かす

吸飛泉之微液兮　懷琬琰之華英
飛泉《ひせん》の微液《びえき》を吸《す》い、琬琰《えんえん》の華英《かえい》を懐《いだ》く 2

玉色頩以脕顏兮　精醇粹而始壯
玉色《ぎょくしょく》　頩《へい》として以《も》って脕顔《ばんがん》、精《せい》　醇粋《じゅんすい》にして始《はじ》めて壮《そう》たり

質銷鑠以汋約兮　神要眇以淫放
質《しつ》　銷鑠《しょうしゃく》して以《も》って汋約《しゃくやく》たり、神《しん》　要眇《ようびょう》として以《も》って淫放《いんほう》す 3

嘉南州之炎徳兮　麗桂樹之冬榮
南州《なんしゅう》の炎徳《えんとく》を嘉《よみ》し、桂樹《けいじゅ》の冬《ふゆ》に栄《はな》さくを麗《れい》とす

山蕭條而無獸兮　野寂寞乎無人
山《やま》　蕭条《しょうじょう》として獣《けもの》無《な》く、野《の》　寂寞《せきばく》として人《ひと》無《な》し 4

載營魄而登霞兮　掩浮雲而上征

営魄《えいはく》を載《の》せて霞《か》に登《のぼ》り、浮雲《ふうん》を掩《おお》いて上征《じょうせい》す 5

命天閽其開關兮　排閶闔而望予
天閽《てんこん》に命《めい》じて其《そ》れ関《かん》を開《ひら》かせ、閶闔《しょうこう》を排《はい》して予《われ》を望《のぞ》む 6

召豐隆使先導兮　問大微之所居
豊隆《ほうりゅう》を召《め》して先導《せんどう》せ使《し》め、大微《たいび》の居《お》る所《ところ》を問《と》う 7

集重陽入帝宮兮　造旬始而觀清都
重陽《ちょうよう》を集《あつ》めて帝宮《ていきゅう》に入《い》り、旬始《じゅんし》に造《いた》りて清都《せいと》を観《み》る 8

王子喬《おうしきょう》の貴い言葉を聞いて遊行の心を固め、すぐさま出発の準備をした
丹丘《たんきゅう》にいる羽人《うじん》のもとを訪ね、永遠の生命を伝える太古の集落で一夜を過ごす
明け方には湯谷《ようこく》で髪を洗い、夕方には九つの太陽のもとで身体《からだ》を乾かし
ほとばしる生命の泉の玄妙な液体を飲み、玉《ぎょく》の花びらを服用する
玉の色が輝いて顔色はつややかに、体質は純化されて、これまでにない力が備わり
身体は精錬し直されて柔軟に、精神は精緻さを加えて、自由奔放に活動する
南方の地の炎の徳（陽の生命力）を喜び、桂《かつら》の樹が冬にも花を付けているのを讃嘆す

る
山は静まりかえって、獣はおらず、原野はさびれはて、人の姿がない
魂を載せたまま朝霞《あさやけ》の領域に登るべく、浮雲に乗って天へと昇りゆく
天門《てんもん》の番人に門を開くよう命じると、正門を押し開いて、わたしを出迎える
豊隆《ほうりゅう》(雲の神)を呼び寄せて道案内をさせ、大微《たいび》がどこにあるかを尋ね
重なる陽の気を集めて天帝の宮殿に入り、旬始《じゅんし》のもとに至り、清冽な都《まち》を目睹《もくと》する

1 羽人は羽の生えた人。仙人の一種。天と地との間に羽の生えた仙人がいるとされたこと、漢代の方格規矩鏡の画像などから確かめられる。丹丘について「章句」は、昼も夜も明るいところだとする。おそらくは極南の陽の気に満ちる地点なのであろう。旧郷は、離騒本文の最後、主人公が天の高みへ昇る途中にそれを見たとされている(一〇三頁)。遠遊の旧郷は、太古以来の祖霊たちが住まう共同体を指していうのだと考えられる。

2 朝に髪を濯うこと、離騒に「朝に髪を洧盤に濯う」(七〇頁)と見えた。九陽は、十個の太陽のうちの九つ。十個の太陽のうち、一つだけが天上を運行し、他の九つは、順番を待って、宇宙樹のこずえに懸かっているとされた。そうした九つの太陽がたむろするのは夜の世界だと考えられたのであろうか。飛泉について「補注」は「六気は日入りて

飛泉となる」と説明するが、よく解らない。琬も琰も美玉の名。

3 玉色以下の二聯は、体質を入れ替えることをいう。

4 この一聯は、これまでの生命力に溢れる描写とうまくつながらない。あるいは地上世界の寂寞たる様子を述べ、エネルギーに満ちる天界と対比したものか。

5 載営魄の語、「老子」第十章に「営魄に載りて一を抱き、よく離《はな》るるなからんか」と見えるが、本当の意味はよく解らない。霞は六気の一つの朝霞。真っ赤な朝焼けには生命力がこもるとされた。日本でも仙人は霞を食らうとされるが、その霞は、元来は朝焼け・夕焼けの真っ赤な気。それを体内に取り込むのである。

6 天閽は天門を守る門番。離騒には「吾　帝閽をして関を開か令むるも、閶闔に倚りて予を望む」(六六頁)とあって、主人公は天門を入ることを拒否されるのであるが、ここでは天門は大きく押し広げられ、主人公はなにの障害もなく天門をくぐることができる。離騒において、主人公が天上にあっても不遇であったことの意味が忘れられてしまい、楚辞文芸の背後にあった元来の精神が大きく変質していたことが示唆される。

7 大微は太微に同じ。天帝の宮廷。中国古代の天文学では、北極星(天帝の居所)の周囲に太微宮を形成する星座があるとされる。

8 旬始のこと、星の名だともされるが、よく解らない。強いて推測をすれば、旬始は時間の始まりのときをいい、そこに原初の人類たちが住む清らかな共同体があると考えられた。都は宗廟が置かれた邑《まち》。離騒において、天上遊行の果てに目睹する旧郷（一〇三頁）とも通じるのであろう。

朝發軔於太儀兮　夕始臨乎於微閭
朝《あした》に軔《じん》を太儀《たいぎ》に発《はっ》し、夕《ゆう》べに始《はじ》めて於微閭《いびりょ》に臨《のぞ》む 1
屯余車之萬乘兮　紛容與而竝馳
余《わ》が車《くるま》の万乗《ばんじょう》なるを屯《あつ》め、紛容与《ふんようよ》として並《なら》び馳《は》す
駕八龍之婉婉兮　載雲旗之逶蛇
八龍《はちりょう》の婉婉《えんえん》たるに駕《が》し、雲旗《うんき》の逶蛇《いい》たるを載《の》す
建雄虹之采旄兮　五色雜而炫燿
雄虹《ゆうこう》の采旄《さいぼう》を建《た》つれば、五色《ごしょく》雑《まざ》りて炫燿《げんよう》す
服偃蹇以低昂兮　驂連蜷以驕驁
服《ふく》偃蹇《えんけん》として以《も》って低昂《ていこう》し、驂《さん》連蜷《れんけん》として以《も》って驕驁《きょうごう》たり 2
騎膠葛以雜亂兮　斑漫衍而方行

騎《き》　膠葛《こうかつ》して以《も》って雑乱《ざつらん》し、斑漫衍《はんまんえん》として方《はじ》めて行《ゆ》く

撰余轡而正策兮　吾将過乎句芒

余《わ》が轡《たづな》を撰《と》りて策《むち》を正《ただ》し、吾《われ》将《まさ》に句芒《こうぼう》を過《よぎ》らんとす 3

歴太皓以右轉兮　前飛廉以啓路

太皓《たいこう》を歴《へ》て以《も》って右《みぎ》に転《てん》じ、飛廉《ひれん》を前《さき》だて以《も》って路《みち》を啓《ひら》かしむ 4

陽杲杲其未光兮　淩天地以徑度

陽《よう》　杲杲《こうこう》として其《そ》れ未《いま》だ光《ひか》りあらず、天地《てんち》を淩《しの》ぎて以《も》って径度《けいど》す

風伯爲余先驅兮　辟氛埃而清涼

風伯《ふうはく》　余《わ》が為《ため》に先駆《せんく》し、氛埃《ふんあい》を辟《のぞ》いて清涼《せいりょう》たり

鳳皇翼其承旂兮　遇蓐收乎西皇

鳳皇《ほうおう》　翼《よく》して其《そ》れ旂《き》を承《う》け、蓐収《じょくしゅう》に西皇《せいこう》に遇《あ》う 5

擥彗星以爲旍兮　擧斗柄以爲麾

彗星《すいせい》を擥《と》りて以《も》って旍《せい》と為《な》し、斗柄《とへい》を挙《あ》げて以《も》って麾《き》と為《な》す 6

叛陸離其上下兮　遊驚霧之流波

叛陸離《はんりくり》として其《そ》れ上下《じょうげ》し、驚霧《きょうむ》の流波《りゅうは》に遊《あそ》ぶ

時曖曃其曭莽兮　召玄武而奔屬

時《とき》　曖曃《あいたい》として其《そ》れ曭莽《とうぼう》し、　玄武《げんぶ》を召《め》して奔属《ほんぞく》せしむ 7

後文昌使掌行兮　選署衆神以竝轂

文昌《ぶんしょう》を後《あと》にして行《こう》を掌《つかさど》ら使《し》め、　衆神《しゅうしん》を選署《せんしょ》して以《も》って轂《こく》を並《なら》べしむ 8

路曼曼其悠遠兮　徐弭節而高厲

路《みち》　曼曼《まんまん》として其《そ》れ悠遠《ゆうえん》なり、　徐《おもむ》ろに節《せつ》を弭《とど》めて高《たか》く厲《わた》る

左雨師使徑侍兮　右雷公以爲衞

雨師《うし》を左《ひだり》にして径侍《けいじ》せ使《し》め、　雷公《らいこう》を右《みぎ》にして以《も》って衛《えい》と為《な》す

欲度世以忘歸兮　意恣睢以担撟

世《よ》を度《わた》らんと欲《ほっ》して以《も》って帰《かえ》るを忘《わす》れ、　意《い》　恣睢《しき》として以《も》って担撟《けっきょう》たり

內欣欣而自美兮　聊媮娛以自樂

内《うち》　欣欣《きんきん》として自《みずか》ら美《び》とし、　聊《いささ》か媮娯《ゆご》して以《も》って自《みずか》ら楽《たの》しむ

涉青雲以汎濫游兮　忽臨睨夫舊鄉

青雲《せいうん》に渉《のぼ》りて以《も》って汎濫《はんらん》して游《あそ》び、　忽《たちま》ち夫《か》の旧郷《きゅうきょう》を臨睨《りんげい》す

僕夫懷余心悲兮　邊馬顧而不行

僕夫《ぼくふ》 懐《おも》い、余《わ》が心《こころ》 悲《かな》しみ、辺馬《へんば》 顧《かえり》みて行《ゆ》かず 9

思舊故以想像兮　長太息而掩涕
　旧故《きゅうこ》を思《おも》いて以《も》って想像《そうぞう》し、長《なが》く太息《たいそく》して涕《なみだ》を掩《おお》う
汜容與而遐擧兮　聊抑志而自弭
　汜容与《はんようよ》として遐《はる》かに挙《あ》がり、聊《いささ》か志《こころざし》を抑《おさ》えて自《みずか》ら弭《とど》む

早朝に天帝の廷《てい》から車を出立させ、夕方になり、やっと於微閭《いびりょ》の山を目の前にした
一万輛にも上る我が車列は、一団となり、目もあやに、一斉に駆ける
しなやかに身をくねらせる八頭の龍に車を牽かせ、車にはたなびく雲の旗を載せ
雄虹《にじ》を采旄《しるしばた》に建てると、その五つの彩りがきらきらと目を射る
二頭の引き馬は、競い走って高く低く、副《そ》え馬は、蹄をそろえ、元気いっぱい馳せ
騎馬はごちゃごちゃと入り乱れ、目くるめく行列を作って、出発をする
我が馬の手綱を取り、鞭をしっかり握って、わたしは句芒《こうぼう》のもとを訪れようとし
太皓《たいこう》のもとで右へと方向を転じ、飛廉《ひれん》(風神)を先に立てて、道案内をさせる
耀《かがや》く太陽がまだ地上に光りを送らぬ暁に、天地のはるかな高みをまっすぐに横切り
風伯《ふうはく》が我が隊列の先駆けを務めると、空中の埃《ちり》は除かれて、清涼の気が満ちわたる

鳳凰《ほうおう》は、馬車に寄り添いつつ旂《き》の旗を掲げ、西皇《せいこう》のもとで蓐収《じょくしゅう》と出会った
彗星を引き寄せて旍《せい》の旗とし、北斗の柄杓《ひしゃく》を掲げて麾《き》(さしず旗)とする
繚乱として昇ったり降《くだ》ったりし、急速な霧の流れの中を遊行し
時は暮れがたに向かい、光りが薄れるとき、玄武《げんぶ》を召し寄せて、後続を命じた
文昌《ぶんしょう》を従えて、行列を整えさせ、神々に役目を与えて、車馬行列に加わらせ
行く道ははるか遠く続き、車の速度を抑えつつ、高くへ翔《かけ》ろうとする
雨師《うし》を左に配して走り仕えをさせ、雷公《らいこう》を右に配して護衛を務めさせる
俗世を超越せんとし、帰ることなど思慮の外、心は恣《ほしいまま》に、意気は高く挙がる
心中に喜びが溢れ、みずからを肯定し、しばし楽しみに自身をゆだねる
青い雲の領域にまで昇って、どこまでも遊行を続けようとしているとき、ふと目の前に旧郷の光景が広がった
御者は懐かしみ、我が心は悲しみ、副え馬は後ろを振り返って、進もうとしない
古くからの知人たちに思いをはせ、長いため息をついて、涙を掩《おお》う
どこまでも高みに昇ってゆこうとするが、ここでひとまず逸《はや》る思いをみずから抑える

1 発軔は車止めを外すこと、馬車を出発させること。太儀は天帝が政治を執る朝廷。於微閭は微母閭、医無閭、医巫閭などとも表記される神話的な山名。遼東地域にあると想定されている。「周礼」夏官・職方氏に「東北を幽州という、その山鎮を医無閭という」とある。この天上遊行は、東方の極遠の地から出発をする。

2 旄は、竿から房飾りをぶらさげた旗の一種。虹を五色の房飾りとしたのである。服は服馬、車を牽く二頭の馬。驂はその外側の副え馬。

3 句芒は東方の神、春の神。一説に東海の神。「淮南子」時則訓に「東方の極、碣石山《けつせきざん》より、朝鮮を過《よぎ》り、大人《たいじん》の国を貫き、東のかた日出の次、榑木の地、青土樹木の野に至るまで、太皞《たいこう》、句芒の司るところのもの、万二千里」とある。

4 太皓は太皞に同じ。太皞も東方を治める神。「礼記」月令《がつりょう》篇に「孟春の月…その帝は太皞、その神は句芒」とあるのによれば、太皞が春の季節全体を支配し、句芒はその下で具体的な仕事をするとされたのであろう。なお、太皞が天下を治めた際の称号が伏羲《ふくぎ》だとされる。

5 翼は左右にあって介添えをすること。旂は旗の一種で、交龍(昇り龍と下り龍)とが画かれているという。蓐収は西方、秋の神。「礼記」月令篇に「孟秋の月…その帝は少皞《しょうこう》、その神は蓐収」とある。「淮南子」時則訓に「西方の極、昆侖より、流沙《りゅうさ》、沈羽《ちんう》を絶《わた》り、西のかた三危《さんき》の国、石城金室、飲気の民、不死の野に至るまで、少皞、蓐収の司るところのもの、万二千里」と見える。西皇のことは、離騒にも「蛟龍を麾きて以って梁津たらしめ、西皇に詔げて予を渉ら使む」(九八頁)と見えた。この場合は少皞をいうのであろうか。

6 旆は旌に同じ。旄と同様に、竿から房飾りを垂らし、さらに羽毛飾りを付けたものだとされる。麾は軍を指揮する際に用いる旗。

7 玄武は北方の星座。漢代の画像には、四神の一つとして北方に配され、蛇と亀とが絡まりあった姿に画かれる。

8 文昌は星の名。六つの星が文昌宮を形作る。

9 この二聯は、離騒本文最後の「皇の赫戯たるに陟陞し、忽ち夫の旧郷を臨睨す。僕夫悲しみ、余が馬　懐い、蜷局し顧みて行かず」(一〇三頁)の二聯の表現を襲う。離騒で、余が馬は懐うと間接的に主人公の思いを表現するのに対し、ここでは、余が心は悲しむと直接的に述べられ、表現の洗練度が劣るといえよう。なお離騒本文は、天の最高処へ昇りゆくことを描写するこれらの句で終わるのであるが、遠遊では主人公の遊行はさらに続く。

指炎神而直馳兮　吾將往乎南疑
炎神《えんしん》を指《さ》して直《ただ》ちに馳《は》せ、吾《われ》　将《まさ》に南疑《なんぎ》に往《ゆ》かんとす

覽方外之荒忽兮　沛罔象而自浮
方外《ほうがい》の荒忽《こうこつ》たるを覧《み》、沛罔象《はいもうしょう》として自《みずか》ら浮《う》かぶ [1]

祝融戒而蹕御兮　騰告鸞鳥迎宓妃
祝融《しゅくゆう》　戒《いまし》めて蹕御《ひつぎょ》せしめ、騰《のぼ》りて鸞鳥《らんちょう》に告《つ》げ宓妃《ふくひ》を迎《むか》えしむ [2]

張咸池奏承雲兮　二女御九韶歌
咸池《かんち》を張《は》り承雲《しょううん》を奏《そう》し、二女《にじょ》　御《はべ》りて九韶《きゅうしょう》　歌《うた》う [3]

使湘靈鼓瑟兮　令海若舞馮夷
湘霊《しょうれい》をして瑟《こと》を鼓《こ》さ使《し》め、海若《かいじゃく》に令《れい》して馮夷《ひょうい》を舞《ま》わしむ [4]

玄螭蟲象竝出進兮　形蟉虯而逶蛇
玄螭《げんち》　蟲象《ちゅうしょう》　並《なら》び出進《しゅつしん》し、形《かたち》　蟉虯《りゅうきゅう》として逶蛇《いい》たり [5]

雌蜺便娟以增撓兮　鸞鳥軒翥而翔飛
雌蜺《しげい》　便娟《べんけん》として以《も》って撓《どう》を増《ま》し、鸞鳥《らんちょう》　軒翥《けんしょ》として翔飛《しょうひ》す

音樂博衍無終極兮　焉乃逝以俳佪

音楽《おんがく》　博衍《はくえん》にして終極《しゅうきょく》無《な》く、焉《ここ》に乃《すなわ》ち逝《ゆ》きて以《も》って俳佪《はいかい》す

舒弁節以馳騖兮　逴絶垠乎寒門

節《せつ》を舒弁《じょへい》して以《も》って馳騖《ちぶ》し、絶垠《ぜつぎん》を寒門《かんもん》に逴《こ》ゆ[6]

軼迅風於清源兮　從顓頊乎増冰

迅風《じんぷう》を清源《せいげん》に軼《こ》え、顓頊《せんぎょく》に増氷《ぞうひょう》に従《したが》う[7]

歴玄冥以邪徑兮　乘間維以反顧

玄冥《げんめい》を歴《へ》て以《も》って邪径《じゃけい》し、間維《かんい》に乗《の》りて以《も》って反顧《はんこ》す[8]

召黔羸而見之兮　爲余先乎平路

黔羸《けんるい》を召《め》して之《こ》れを見《み》さしめ、余《わ》が為《ため》に平路《へいろ》に先《さき》んぜしむ[9]

經營四荒兮　周流六漠

四荒《しこう》を経営《けいえい》し、六漠《りくばく》を周流《しゅうりゅう》す[10]

上至列缺兮　降望大壑

上《のぼ》りて列缺《れっけつ》に至《いた》り、降《くだ》りて大壑《たいかく》を望《のぞ》む[11]

下崢嶸而無地兮　上寥廓而無天

下《しも》　崢嶸《そうこう》として地無《ちな》く、上《かみ》　寥廓《りょうかく》として天無《てんな》し

視儵忽而無見兮　聴惝怳而無聞
　視《し》　儵忽《しゅくこつ》として見《み》る無《な》く、聴《ちょう》　惝怳《しょうこう》として聞《き》く無《な》し
超無爲以至清兮　與泰初而爲鄰
　無為《むい》を超《こ》えて以《も》って清《せい》に至《いた》り、泰初《たいしょ》と隣《となり》を為《な》す12

炎神《えんしん》の方向へまっすぐに車を駆けらせ、わたしは南疑《なんぎ》の山へと向かう
茫漠と広がる世界の果てを見たいと、はやる気持ちのままに、天上へと飛び立った
祝融《しゅくゆう》は慎重に先ばらいをし、鸞《らん》の鳥に強く命じて宓妃《ふくひ》を迎えに行かせた
咸池《かんち》の楽隊をそろえ、承雲《しょううん》の曲を演奏し、二人の神女が側にあって九韶《きゅうしょう》が歌われる
湘水《しょうすい》の精霊には瑟《こと》を演奏させ、馮夷《ひょうい》が舞うようにと海若《かいじゃく》(海神)に指示を出させた
玄螭《げんち》と蟲象《ちゅうしょう》とが並んで登場し、その舞う姿は婉《たお》やかで柔軟《しな》やか
蜺《にじ》の女神は軽快に身体を撓《たわ》め、鸞の鳥は翼を振るい、高く舞い飛ぶ
楽の音はひろびろと広がり果てしないが、いま、これを棄て、さらに遊行を続ける
轡《くつわ》を開放して自由に馬車を駆けらせ、寒門《かんもん》の地で絶垠《ぜつぎん》(大地の果て)を越えた
清源《せいげん》において疾風を追い越し、増氷《ぞうひょう》の地で顓頊《せんぎょく》のもとを訪れる
玄冥《げんめい》のもとを通って斜めに道をとり、天地をつなぐ大綱を登りつつ、後を振り返る

黔嬴《けんるい》を呼び寄せて状況を見させ、安全な道を求めて、さきがけを務めさせる
四方の世界の果てを経巡《へめぐ》り、天と地とをくまなく遊行する
天球の裂け目にまで昇り、下れば四海《しかい》全体がはるかに望まれる
下方には深々とした空間が広がって大地はなく、上方はからっぽで天も存在しない
眼は焦点を失って、なにも見えず、耳は聴覚を失って、なにも聞こえない
無為を超越して至清《しせい》の空間に至り、泰初《たいしょ》(天地の始まり)と並び立った

1 この最後の一段には、離騒では描かれなかった、宇宙の最高処への飛翔と、そこでの視覚も聴覚をも超越した神秘的な体験が述べられる。その最高処は北方の世界の果てにあるとされていたらしい。炎神は南方の炎帝。南疑は九疑山《きゅうぎさん》(九嶷山)。舜帝《しゅんてい》の廟があるとされ、離騒では主人公が天上遊行をする出発地点となっている。「章句」は炎帝祝融のもとにもどって意見を求めたのだと説明をする。出発の地点に立ちもどって、新しい出発の相談をするのである。沛は、九歌の湘君篇に「沛として吾　桂舟に乗る」(一一九頁)とあるように、いそいそと出発すること。罔象はそれを形容する語であるが、意味が取りにくい。

2 祝融は南方の神。「山海経」海外南経に「南方の祝融、獣身にして人面、両龍に乗る」

とある。「尚書大伝」洪範五行伝には「南方の極、北戸《ほくこ》より南のかた炎風の野に至るまで、帝の炎帝と神の祝融、これを司る」という。蹕御は先ばらいをすること。九疑山にもどった主人公は祝融の助言を求めた。祝融は、主人公が天の最高処へ出発するのを引き留めようとして、宓妃を迎え、音楽で主人公を楽しませようとする。宓妃は洛水《らくすい》の女神だとされる。離騒に「吾 豊隆をして雲に乗り、宓妃の在る所を求め令む」(七〇頁)とあった。

3 咸池は堯帝《ぎょうてい》の時代の舞楽、承雲は黄帝《こうてい》の時代の舞楽だとされる。「周礼」春官・大司楽に「乃ち黄鍾《こうしょう》を奏し、大呂《たいりょ》を歌い、雲門を舞い、以って天神を祀る。乃ち大蔟《たいそう》を奏し、応鍾《おうしょう》を歌い、咸池を舞い、以って地示《ちぎ》を祭る」とある。雲門が承雲のことなのだという。二女は堯帝の二人のむすめで舜帝の妃だとも、湘水の二人の女神だともされる。九歌の湘君・湘夫人篇を参照。韶は舜帝の音楽、それが九つの楽章からなるので九韶と呼ばれる。主人公は天上遊行の途上で、太古の音楽を耳にするのである。離騒本文最後の「九歌を奏し、韶を舞い、聊か日を仮りて以って媮楽す」(一〇三頁)の部分に対応するのであろう。ただ遠遊の主人公は、そうした天上の音楽をも棄ててさらなる高みへと昇ってゆく。

4 海若は海神。「荘子」秋水篇に北海若《ほくかいじゃく》と呼ばれる海神が登場する。馮夷は河の神。「荘子」大宗師篇に「馮夷これ(道)を得て、以って大川に遊ぶ」とある。

5 玄螭は黒いみずち(下級の龍)、蟲象は罔象(みずはのめ)、いずれも水に棲む精霊。蟉虬はぐにゃぐにゃした様子。これら水棲の精霊たちが、音楽にあわせて、魚龍漫衍《ぎょりょうまんえん》の戯《ぎ》のようなパフォーマンスを行なうのであろう。

6 絶垠は大地が終わるところ。寒門は北極にある門。天地をつなぐ門で、風がその門を通ってこの世界に吹き込む。「淮南子」墬形訓に「八紘の外、乃ち八極あり…北方を北極の山といい、寒門という」とある。

7 顓頊は北方を支配する帝。「淮南子」天文訓に「北方は水なり。その帝は顓頊、その佐は玄冥。権《はかり》を執りて冬を治む。その神を辰星となし、その獣は玄武」とある。増氷は北方の地名。

8 玄冥は北方の神。前注に見えた。間維は天と地とを結ぶ大きな綱。大地はその四方の果てにある四本の大綱で天からぶらさがっているとされた。主人公はその大綱を登って天に達しようとするのである。「国語」周語下に「星と日辰の位は、みな北維《ほくい》にあり。顓頊の建つるところなり」といい、北方の大綱(北維)が顓頊と関係づけられている。

9 黔嬴は天上の造化の神。一説に水の神。黔雷、含雷などとも表記される。

10 四荒、六漠の荒・漠は、ともに縁辺地域をいう。

11 列缺のこと、よく解らない。「天隙電照」とする応劭《おうしょう》の注からすれば、天球上の割れ目が列缺で、そこから漏れる光が稲妻だとされたのであろうか。主人公は、天の最高処である天球に達した。「陵陽子明経」には、列缺は大地から一千四百里の上方に位置するという。大壑は海底に開いた穴。東海の水が溢れないのは、そこから排水されているからだとされる。「山海経」大荒東経に「東海の外に大壑あり」。「列子」湯問篇には、より詳しく「渤海の東、幾億万里なるやを知らず。大壑あり。実にこれ無底の谷たり。その下は底なし。名づけて帰墟という」と説明する。この場合の大壑は、大地を取り巻く四海全体をいうのであろう。

12 泰初について「荘子」天地篇に「泰初には無無《むむ》あり、無名あり」といい、その成玄英疏は「泰は太、初は始めなり。元気の始めて萌ゆる、これを太初という」と説明する。「荘子」の場合は哲学的な泰初であるが、遠遊では神話的な泰初をいうのであろう。主人公の旅は、天地の極遠処に至り、時間の始まりまで回帰したところで終わる。

卜《ぼく》居《きょ》第六

鐘鼓舞踏図(曾侯乙墓漆画)

卜居は、次の漁父《ぎょほ》と並んで、屈原《くつげん》伝説を基礎にして作られた作品。屈原伝説とは、「史記」屈原伝が書き留めているように、楚の国の忠臣であった屈原が、有能であるがゆえに同僚たちから嫉妬を受けて讒言《ざんげん》され、楚王からも退けられて、山野を彷徨する中で、楚辞の諸作品を作った。そののち絶望をした屈原は、汨羅《べきら》の淵に身を投じて水死したとするものである。屈原と称する人物が篇中に登場するのであるが、王逸《おういつ》「楚辞章句」は、この篇も屈原自身が作ったものだとしている。ちなみに朱熹《しゅき》は、屈原自身には占うべきなんの迷いもなかったのだが、是非を卜《ぼく》するというかたちを取って、正直《せいちょく》な生き方に背いている世俗に警告したのだと説明している。

卜居の語は、普通は住み処を定めるという意味に使われるが、ここでは、おのれが世に居するに、いかに行動すればよいかを卜するという意味だとされる。卜居、漁父は「文選《もんぜん》」巻三十三に採られている。

屈原既放　三年不得復見　竭知盡忠　而蔽鄣於讒　心煩慮亂　不知所従　乃往見太卜鄭詹尹

屈原《くつげん》既《すで》に放《はな》たれ、三年《さんねん》、復《ま》た見《まみ》ゆるを得《え》ず。知《ち》を竭《つく》し忠《ちゅう》を尽くすも、讒《ざん》に蔽鄣《へいしょう》せらる。心《こころ》煩《わずら》い慮《りょ》乱《みだ》れ、従《したが》う所《ところ》を知《し》らず。乃《すなわ》ち往《ゆ》きて太卜《たいぼく》の鄭詹尹《ていせんいん》に見《まみ》ゆ。1

屈原《くつげん》は、宮廷から放逐されたあと、三年がたったが、再びは楚王に謁見することができなかった。知慮の限りを尽くし、ひたすら忠に務めたのであるが、讒言によって、忠誠心は覆い隠されてしまった。心に思い煩い、考えは千々に乱れて、どうすればよいのかわからない。そこで太卜《たいぼく》の鄭詹尹《ていせんいん》のもとを訪れて面会をした。

1　太卜は占卜を司る役人たちの長。「周礼」春官に太卜の職があり、「周易」などのほか、夢占いも司っている。漢王朝にも太卜の官があり、秦の官制を引き継いだものであった。ここの太卜は楚国の太卜職なのであろうか。詹尹は占尹《せんいん》に通じるとされ、そうだとすれば実名というより占卜職の長官という意味。

曰　余有所疑　願因先生決之　詹尹乃端策拂龜　曰　君將何以教之

曰《い》わく、余《われ》 疑《うたが》う所有《ところあ》り、願《ねが》わくは先生《せんせい》に因《よ》りて之《こ》れを決《けっ》せん。詹尹《せんいん》 乃《すなわ》ち策《さく》を端《そろ》え亀《かめ》を払《はら》いて曰《い》わく、君《きみ》 将《は》た何《なに》を以《も》って之《こ》れに教《おし》えんとす。1

屈原が云った、わたしには心に決めかねることがあります。先生《あなた》の卜筮《ぼくぜい》によって決着をつけたいと願っております。鄭詹尹《ていせんいん》は、筮竹をそろえ、亀甲を拭って「卜筮の準備をすると」云った、あなたは、わたしにいかなることを占うよう命じられるのでしょうか。

1　教というのは、相手の要望に従うことを、教えを受けると謙譲して表現したもの。

屈原曰

屈原《くつげん》 曰《い》わく

吾寧悃悃款款　朴以忠乎
吾《われ》　寧《むし》ろ悃悃款款《こんこんかんかん》として、朴《ぼく》にして以《も》って忠《ちゅう》ならんか
將送往勞來　斯無窮乎
将《は》たまた往《おう》を送《おく》り来《らい》を労《ねぎら》い、斯《ここ》に窮《きゅう》する無《な》からんか 1
寧誅鋤草茅　以力耕乎
寧《むし》ろ草茅《そうぼう》を誅鋤《ちゅうじょ》し、以《も》って力耕《りきこう》せんか
將游大人　以成名乎
将《は》たまた大人《たいじん》に游《あそ》び、以《も》って名《な》を成《な》さんか 2
寧正言不諱　以危身乎
寧《むし》ろ正言《せいげん》して諱《い》まず、以《も》って身《み》を危《あや》うくせんか
將從俗富貴　以媮生乎
将《は》たまた俗《ぞく》に従《したが》い富貴《ふうき》たりて、以《も》って生《せい》を媮《たの》しまんか
寧超然高擧　以保眞乎
寧《むし》ろ超然《ちょうぜん》として高挙《こうきょ》し、以《も》って真《しん》を保《たも》たんか
將哫訾栗斯　喔咿儒兒　以事婦人乎

将《は》たまた呢訾《そくし》栗斯《りつし》、喔咿《あくい》儒児《じゅじ》として、以《も》って婦人《ふじん》に事《つか》えんか 3

寧廉潔正直　以自清乎

寧《むし》ろ廉潔正直《れんけつせいちょく》にして、以《も》って自《みずか》ら清《きよ》くせんか

将突梯滑稽　如脂如韋　以潔楹乎

将《は》たまた突梯滑稽《とっていこっけい》、脂《あぶら》の如《ごと》く韋《かわ》の如《ごと》く、以《も》って潔楹《けつえい》せんか 4

寧昂昂　若千里之駒乎

寧《むし》ろ昂昂《こうこう》として　千里《せんり》の駒《こま》の若《ごと》からんか

将氾氾　若水中之鳧　與波上下　偸以全吾軀乎

将《は》たまた氾氾《はんはん》として　水中《すいちゅう》の鳧《かも》の若《ごと》く、波《なみ》と与《とも》に上下《じょうげ》し、偸《ぬす》みて以《も》って吾《わ》が軀《み》を全《まった》くせんか

寧與騏驥亢軛乎

寧《むし》ろ騏驥《きき》と与《とも》に軛《くびき》を亢《あ》げんか

将随駑馬之迹乎

将《は》たまた駑馬《どば》の迹《あと》に随《したが》わんか

寧與黄鵠比翼乎

寧《むし》ろ黄鵠《こうこく》と翼《つばさ》を比《なら》べんか 5
将與鶏鶩争食乎
将《は》たまた鶏鶩《けいぼく》と食《しょく》を争《あらそ》わんか
此孰吉孰凶　何去何従
此《こ》れ孰《いず》れが吉《きつ》　孰《いず》れが凶《きょう》なる、何《いず》れを去《さ》り何《いず》れに従《したが》わん
世溷濁而不清
世《よ》　溷濁《こんだく》して清《きよ》からず
蟬翼爲重　千鈞爲輕
蟬翼《せんよく》を重《おも》しと為《な》し、千鈞《せんきん》を軽《かる》しと為《な》す 6
黄鐘毀棄　瓦釜雷鳴
黄鐘《こうしょう》　毀棄《きき》され、瓦釜《がふ》　雷鳴《らいめい》す 7
讒人高張　賢士無名
讒人《ざんじん》　高張《こうちょう》し、賢士《けんし》　無名《むめい》なり
吁嗟默默兮　誰知吾之廉貞
吁嗟《くさ》し黙黙《もくもく》たれば、誰《たれ》か吾《われ》の廉貞《れんてい》なるを知《し》らん

屈原が云った
わたしは、まごころを尽くし、飾ることなく、誠意を奉げるべきなのだろうか
それとも、日常生活にどっぷり漬かって、平穏無事な人生を送るべきなのだろうか
田野に雑草を刈りつつ、農作業に精を出すべきなのだろうか
それとも、地位ある人のもとに身を寄せて、名声を挙げるべきなのだろうか
なに憚ることなく正しい意見を述べて、我が身を危うくすべきなのだろうか
それとも、大衆に迎合して富貴を得、面白おかしく一生を過ごすべきだろうか
俗世をふりすてて高尚な道を求め、みずからの「真」を大切にすべきなのだろうか
それとも、へらへらと追従笑《ついしょうわら》いをしつつ、婦人《おんな》たちの言いなりになるべきだろうか
清廉潔白でまっすぐに行動し、みずからの清い生き方を貫くべきなのだろうか
それとも、融通無碍に、脂のよう、なめし革のように、ぬらぬらと生きるべきなの
　だろうか
意気高く、千里を走る駿馬のようであるべきなのだろうか
それとも、ぷかぷかと水に浮かぶ鴨のように、波まかせに上下し、我が身の安全を
　はかるべきなのだろうか
駿馬たちと並んで、天翔《あまがけ》る馬車を牽くべきなのであろうか

それとも、駑馬《どば》の足跡をとことこと追いかけてゆくべきなのであろうか
黄鵠《こうこく》と翼を並べて飛翔すべきなのであろうか
それとも、ニワトリやアヒルたちと餌を奪いあうべきなのであろうか
これらは、どちらが吉でどちらが凶、どちらを避けどちらに従うべきなのであろう
世の中は溷濁《こんだく》して、公明さが失われ
蟬の羽根が重いとされ、千鈞《せんきん》のものが軽いとされる
黄鐘《こうしょう》(雅楽の鐘)は廃棄され、土釜《どがま》が大声を挙げている
讒言者が勢いを振るい、賢者はその名を世に知られることがない
慨嘆するばかりで黙っていたなら、誰がわたしの清廉貞節を知ってくれるのだろう

1 以下、屈原の言葉として、「寧〜、将〜」の二句を重ね、二者択一の形式で、自分の取るべき道を占うようにと鄭詹尹《ていせんいん》に依頼をする。ただここで挙げられる二者択一は浅薄な内容ばかりで、答えが見え透いており、離騒に見えたような深い懐疑はそのあとを留めていない。悃悃も欵欵も誠心誠意を尽くす様子。送往労来は、目前の事態に対応するだけの日々を過ごすこと。無窮は困窮することがないこと。

2 大人は高位の人、権力者。「周易」乾卦の九二に「龍の田にあるを見る。大人に見《まみ》ゆ

るに利あり」とある。

3 保真の真の内容、捉えにくい。「章句」は保真を「玄黙を守る」と釈する。真の字は儒教の経典では使用されず、神仙家・道家の用語だとされる。呢訾栗斯は人の顔色をうかがうさま、喔咿儒児は強いて笑顔を作るさま。このあたり、双声《そうせい》・畳韻《じょういん》(語尾の韻字を重ねる)の擬態語が多用され、漢字一字一字の意味を追っても解釈できない。

4 突梯滑稽は世間に逆らわぬさま。潔楹はへつらうさま。

5 黄鵠は千里を飛ぶ大鳥。「商君書」画策篇に「黄鵠の飛ぶや、一挙千里」とある。

6 鈞は重さの単位。三十斤が一鈞。一斤は、戦国時代には、二五〇グラム前後だとされる。

7 黄鐘は宗廟音楽の中心となる楽器。瓦釜は日用品であるが、それを叩いて歌をうたうのであろう。

詹尹乃釋策而謝曰
夫尺有所短　寸有所長
物有所不足　智有所不明

詹尹《せんいん》乃《すなわ》ち策《さく》を釈《お》き謝《しゃ》して曰《い》わく
夫《そ》れ尺《しゃく》にも短《たん》とする所有《ところあ》り、寸《すん》にも長《ちょう》とする所有《ところあ》り **1**
物《もの》に足《た》らざる所有《ところあ》り、智《ち》に明《あき》らかならざる所有《ところあ》り **2**

數有所不逮　神有所不通
用君之心　行君之意
龜策誠不能知此事

数《すう》に逮《およ》ばざる所有《ところあ》り、神《しん》に通《つう》ぜざる所有《ところあ》り 3
君《きみ》の心《こころ》を用《もち》い、君《きみ》の意《い》を行《おこ》なえ
亀策《きさく》も誠《まこと》に此《こ》の事《こと》を知《し》る能《あた》わず

鄭詹尹《ていせんいん》は、これを聴くと、筮竹《ぜいちく》を置いて、辞謝して云った

そもそも一尺でも短いとされることもあれば、一寸でも長いとされることもあります
物質世界にも欠けたところがあり、智慧を用いても明らかにできないことがあります
術数《じゅっすう》を用いても不可知な領域があり、神明でも解明できないことがあります
あなたの心に従い、あなたの意思でもって行動してください
占卜でも、あなたが挙げられたようなことがらについては、判断ができないのです

1 尺は優れた能力を持つもの、寸は平凡な能力しか持たぬものを指すのだという。「章句」は、駿馬もせまい庭で走らせるには適せず、一方、平凡な鶏も時を告げることができるという例を挙げている。

2 物にも足らざる所のある例として、「章句」は、大地が東南方向で欠けて海となっているいることを挙げている。

3 数は術数。天・地・人の相互関係を数理構造を通して知ろうとする、占い・易学などの基礎技術。

漁《ぎょ》父《ほ》第七

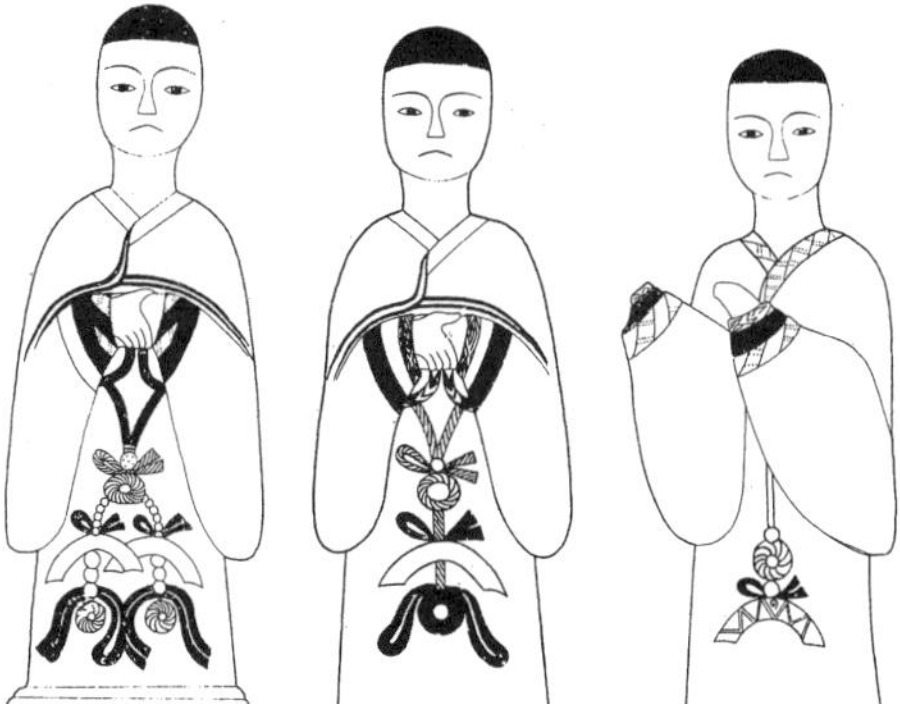

佩玉《はいぎょく》人物(信陽長台関二号楚墓木俑《もくよう》)

この篇は、屈原《くつげん》伝説に拠りつつ、屈原と江畔の隠逸者である漁父《ぎょほ》との対話を創作し、屈原の生き方と隠逸的な生き方とを対比しようとしている。両者の生き方に対し直接には優劣がつけられていないが、作品全体としては、隠逸の方に心を惹かれているように見える。王逸《おういつ》はこれも屈原自身の作品だとしている。なおこの篇は「史記」屈原伝にそのまま引かれている。

隠逸者(隠者)の存在は、中国伝統文化の中で特有の位置を占め、政治的な反抗者から趣味的な隠者まで、さまざまな形で儒教文化に対して疑義を呈している。

屈原既放　遊於江潭　行吟澤畔

顔色憔悴　形容枯槁

漁父見而問之　曰

子非三閭大夫與　何故至於斯

屈原《くつげん》既《すで》に放《はな》たれ、江潭《こうたん》に遊《あそ》び、沢畔《たくはん》に行《こう》吟《ぎん》す

顔色《がんしょく》憔悴《しょうすい》し、形容《けいよう》枯槁《ここう》す1

漁父《ぎょほ》見《み》て之《こ》れに問《と》いて曰《い》わく2

子《きみ》は三閭大夫《さんりょたいふ》に非《あら》ざるか、何《なん》の故《ゆえ》にか斯《ここ》に至《いた》る3

屈原《くつげん》は宮廷から放逐されると、水辺を彷徨《さまよ》い、詩を吟じつつ水沢地帯を歩いていた

その顔色は憔悴し、姿かたちからは生気が失われていた

漁父《ぎょほ》が、そうした屈原を見かけて、問いかけて云った

あなたは三閭大夫《さんりょたいふ》ではありませんか、どうしてこんなありさまになられたのですか

1 「史記」屈原伝では「屈原は江浜に至り、被髪して沢畔《たくはん》に行吟す」という。枯槁は枯れ木のような様子。

2 漁父は民間に生活する隠逸者の代表。たとえば「荘子」漁父篇には漁父と孔子との接触の物語りを通して、儒家思想と異なる隠逸的な生き方が述べられている。「論語」微子篇の長沮《ちょうそ》・桀溺《けつでき》の故事などからもうかがわれるように、水辺で隠逸者(ユング的にいえば老賢者)と対話をするという物語り的(演劇的)様式があったのであろう。なお漁父の父の字の発音はフであるが、尊敬すべき年長の男性を父と呼ぶときにはホと発音するのが慣例。孔子のことを尼父《じほ》と呼ぶなど。

3 三閭大夫のこと、離騒の序に「屈原は楚(の王室)と同姓、懐王《かいおう》に仕えて三閭大夫となる。三閭の職は、王族の三姓、いわく昭・屈・景を掌る」と説明している。主要な王族を管理するのが三閭大夫。

屈原曰
擧世皆濁　我獨清
衆人皆醉　我獨醒
是以見放

屈原《くつげん》　曰《い》わく
世《よ》を挙《あ》げて皆《みな》濁《にご》り、我《われ》　独《ひと》り清《きよ》し
衆人《しゅうじん》　皆《み》な酔《よ》いて、我《われ》　独《ひと》り醒《さ》む
是《ここ》を以《も》って放《はな》たる1

屈原が云った

世間の者がみな泥水に染まっておる中で、わたし一人が清らかだ
人々がみな酔っぱらっている中で、わたし一人が醒めている
さればこそ放逐されたのだ

1 見放の見は受け身を表わす。放逐された。

漁父曰
聖人不凝滯於物　而能與世推移
世人皆濁　何不淈其泥而揚其波
衆人皆醉　何不餔其糟而歠其釃
何故深思高擧　自令放爲

漁父《ぎょほ》曰《い》わく
聖人《せいじん》物《もの》に凝滞《ぎょうたい》せず、能《よ》く世《よ》と推移《すいい》す1
世人《せいじん》皆《み》な濁《にご》らば、何《なん》ぞ其《そ》の泥《どろ》に淈《まみ》れ其《そ》の波《なみ》
を揚《あ》げざる
衆人《しゅうじん》皆《み》な酔《よ》わば、何《なん》ぞ其《そ》の糟《かす》を餔《く》らい其《そ》の
釃《り》を歠《すす》らざる2
何《なん》の故《ゆえ》にか深思《しんし》高挙《こうきょ》して、自《みずか》ら放《はな》たれ令《し》む
るを為《な》す

漁父《ぎょほ》が云った
聖人は、ものごとにこだわらず、世の中のあり方に柔軟に対処するのだ
世の人がみな汚れておるなら、なぜあなたもその泥水にまみれてバチャバチャせぬのか
人々がみな酔っぱらっているなら、なぜあなたもその粕《かす》を食らい、残酒を啜《すす》らないのか
なぜ深刻に思慮し、行ないを高くして、みずから求めて放逐されたりしたのか

1 この場合の聖人は、道家的な色彩の濃い聖人。「荘子」漁父篇では、孔子が漁父を「それ聖人か」と云っている。
2 歠は飲む。釃はかすざけ、酒の二番絞り。

屈原曰
　屈原《くつげん》　曰《い》わく
吾聞之　新沐者必弾冠　新浴者必振衣

吾《われ》之《こ》れを聞《き》く、新《あら》たに沐《もく》する者《もの》は必《かなら》ず冠《かんむり》を弾《はじ》き、新《あら》たに浴《よく》する者《もの》は必《かなら》ず
衣《ころも》を振《ふる》うと 1

安能以身之察察　受物之汶汶者乎
安《いず》くんぞ能《よ》く身《み》の察察《さつさつ》たるを以《も》って、物《もの》の汶汶《ぼんぼん》たるを受《う》くる者《もの》ならんや 2

寧赴湘流　葬於江魚之腹中
寧《むし》ろ湘流《しょうりゅう》に赴《おもむ》き、江魚《こうぎょ》の腹中《ふくちゅう》に葬《ほうむ》らるるも

安能以皓皓之白　而蒙世俗之塵埃乎
安《いず》くんぞ能《よ》く皓皓《こうこう》の白《しろ》きを以《も》って、世俗《せぞく》の塵埃《じんあい》を蒙《こうむ》らんや

屈原が云った
わたしは聞いている、髪を洗う者は必ずまず冠の埃《ちり》を払い、身を洗う者は必ずまず
衣服を振るって塵《ちり》を落とすと
潔白な身をもって、穢《けが》れた外物を受け容れることなど、どうしてできようか
たとえ湘水《しょうすい》の流れに身を投じ、魚の餌となって身を亡ぼすことになるとしても
輝くような純白が世俗の塵埃に汚されることに、どうして耐えられよう

1 「荀子」不苟篇に「新たに浴するものはその衣を振い、新たに沐するものはその冠を弾く、人の情なり。それ誰かよくおのれの潐潐《しょうしょう》たるを以って、人の掝掝《かくかく》たるを受くるものならんや」とある。その楊倞《ようりょう》の注は、潐潐を明察のさま、掝掝を惛惛《こんこん》たる(事物に通ぜぬ)さまと説明する。他人の馬鹿さ加減が自分に移らぬようにと、衣冠を振るうのだと解釈するのである。

2 察察は潔白なさま、汶汶は汚れたさま。この場合の汶は、ブンではなくボンと発音する。

漁父莞爾而笑　鼓枻而去
歌曰
滄浪之水清兮　可以濯吾纓
滄浪之水濁兮　可以濯吾足
遂去　不復與言

漁父《ぎょほ》莞爾《かんじ》として笑《わら》い、枻《ふなばた》を鼓《こ》して去《さ》る[1]
歌《うた》いて曰《い》わく
滄浪《そうろう》の水《みず》清《す》まば、以《も》って吾《わ》が纓《えい》を濯《あら》う可《べ》し
滄浪《そうろう》の水《みず》濁《にご》らば、以《も》って吾《わ》が足《あし》を濯《あら》う可《べ》し[2]
遂《つい》に去《さ》り、復《ま》た与《とも》に言《い》わず[3]

漁父《ぎょほ》はニッコリと笑うと、船舷《ふなばた》を叩き、歌をうたいつつ去って行った
その歌にいう

滄浪《そうろう》の水《ながれ》が澄んでおれば、我が冠の纓《ひも》を洗えばよい
滄浪の水が濁っておれば、我が足を洗えばよい、と
そのまま去って行って、再びは言葉を交わすことがなかった

1 莞爾は思わずこぼれる笑み。「論語」陽貨篇に、孔子が、弟子の子游《しゆう》が治める武城のまちに行ったところ、弦歌の声が聞こえた。孔子は莞爾として笑い、自分の教えを愚直に守っている弟子に対し、ちっとやりすぎではないかと云ったとある。枻を鼓することを「章句」は船舷《ふなばた》を叩くことだとする。船舷を叩きつつ歌をうたったのは、そうした種類の舟歌があったのであろう。

2 滄浪の水は「尚書」禹貢篇に見えて、漢水の一部の呼び名だとされている。長江の分流である夏水《かすい》も滄浪と呼ばれただろうことについては、九章の哀郢篇の注(二八三頁)に言及した。楚地域には、いくつも滄浪と呼ばれる河川があったのであろう。滄浪の水の歌は「孟子」離婁上篇では孺子《じゅし》の歌として引用されており、次のように云っている、「不仁にしてともに言うべければ、則ち何の亡国・敗家かこれあらん。孺子ありて歌いていわく、滄浪の水清まば、以って我が纓を濯うべく、滄浪の水濁らば、以って我が足を濯うべしと。孔子いわく、小子よ、これを聴け。清まばここに纓を濯い、濁らばここ

に足を濯う。自らこれを取るなり(自分自身の選択にまかされている)」。

3 「復た与に言わず」とは、それぞれが自分自身で選んだ道を進んだことをいう。ここでは、屈原的な生き方と、隠逸者的な生き方とが、ともに善しとされていることに注目したい。

九《きゅう》辯《べん》第八

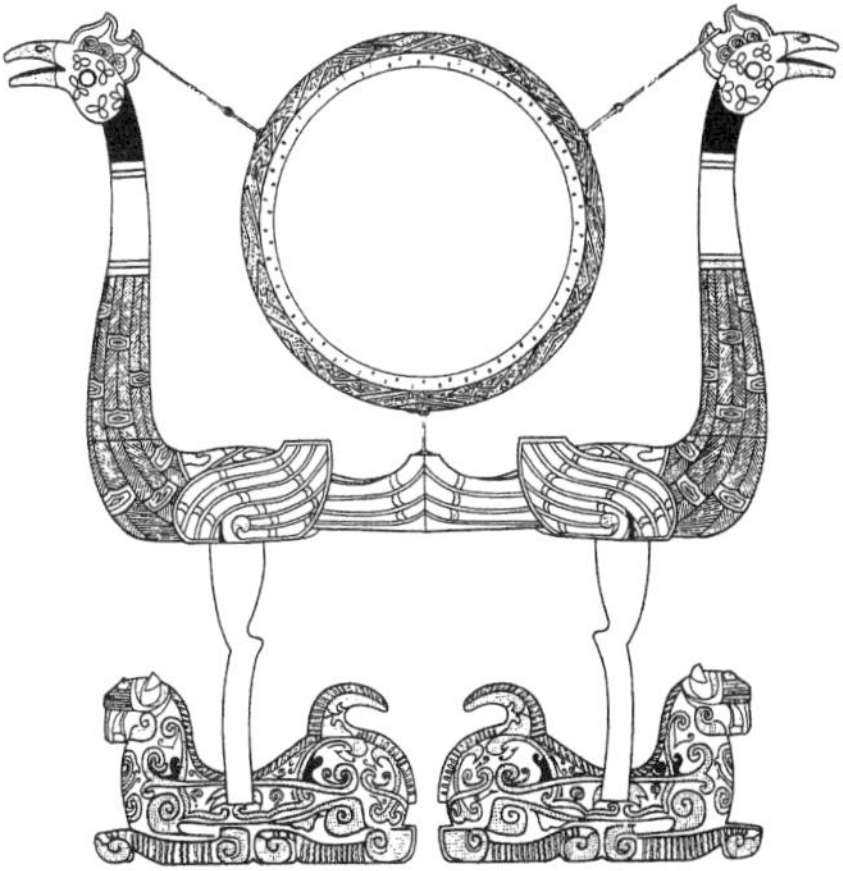

虎鳳座《こほうざ》と太鼓(江陵望山二号楚墓)

王逸《おういつ》がこの篇に冠した序では、九辯《きゅうべん》(九弁)を楚の大夫であった宋玉《そうぎょく》の作品だとしている。宋玉は、その師である屈原《くつげん》が忠を尽くしたのに楚の宮廷から放逐されたことを悲しみ、この篇を作って師の志を替わって述べたものだと説明している。「文選《もんぜん》」巻三十三も宋玉の作品として九辯五首(九辯の前半部分)を収めている。宋玉については、「史記」屈原伝に「屈原 既に死するの後、楚に宋玉・唐勒《とうろく》・景差《けいさ》の徒なるものあり。みな辞を好みて賦を以って称せらる。然れどもみな屈原の従容たる辞令を祖とするも、終に敢えて直諫するなし」といって、宋玉らは、屈原の文学を表面的に引き継いだが、その精神は引き継がなかったとしている。「文選」所収の「風の賦」「高唐の賦」「登徒子好色の賦」などの賦作品も宋玉の作だとされており、そうした賦文芸の中では、宋玉の宮廷幇間芸人的な性格が強く表明されている。

九辯は、離騒《りそう》に「啓に九辯と九歌《きゅうか》とあり」(五一頁)とあるように、元来は天上の音楽であって、それを夏《か》王朝の啓王《けいおう》が地上にもたらしたとする言い伝えがあった。

九辯の辯について王逸の序は変の意だとするが、十分な説明がない。おそらく辯と呼ばれる韻文のスタイルがあったのであろう。辯は辯述の文芸であり、饒舌の技法が用いられた。この篇でも、秋を悲しむ(悲秋)という主題をめぐって饒舌に言葉が展開され、漢代の賦文芸の言葉を敷陳する技法につながっている。ただいささか饒舌に過ぎて、作品が中だるみしているようにも感じる。

この篇は、表現者が植物と一体になって秋という季節を悲しむことを主題にしており、楚辞文芸の香草の伝承を引き継いだものといえよう。

なお本文の段落分けは洪興祖《こうこうそ》「楚辞補注」のテキストが十段に分けるのに拠った。「補注」の章分けが完善だとするのではないが、朱熹《しゅき》「楚辞集注《しっちゅう》」などが本文を九段に分けているのには無理が見え、必ずしも九という数字にこだわる必要はないと考えるからである。事情は、九歌十一篇の場合と同様であろう。

悲哉秋之爲氣也
蕭瑟兮草木搖落而變衰
憭慄兮若在遠行
登山臨水兮送將歸

泬寥兮天高而氣清
寂寥兮收潦而水清
憯悽增欷兮薄寒之中人
愴怳懭悢兮去故而就新
坎廩兮貧士失職而志不平
廓落兮羇旅而無友生
惆悵兮而私自憐

悲《かな》しき哉《かな》、秋《あき》の気《き》為《た》る也《や》[1]
蕭瑟《しょうしつ》として、草木《そうもく》 揺落《ようらく》して変衰《へんすい》す[2]
憭慄《りょうりつ》として、遠行《えんこう》に在《あ》り[3]
山《やま》に登《のぼ》り、水《みず》に臨《のぞ》み、将《まさ》に帰《かえ》らんとするを
送《おく》るが若《ごと》し

泬寥《けつりょう》として、天《てん》 高《たか》く、気《き》 清《す》み[4]
寂寥《せきりょう》として、潦《ろう》を収《おさ》めて水《みず》は清《きよ》し[5]
憯悽《さんせい》として欷《き》を増《ま》し、薄寒《はくかん》 之《こ》れ人《ひと》に中《あた》る[6]
愴怳《そうこう》 懭悢《こうろう》として、故《こ》を去《さ》りて新《しん》に就《つ》く[7]
坎廩《かんらん》として、貧士《ひんし》 職《しょく》を失《うしな》いて志《こころざし》 平《たい》ら
かならず[8]
廓落《かくらく》として、羇旅《きりょ》にありて友生《ゆうせい》 無《な》し[9]
惆悵《ちゅうちょう》として、私《ひそ》かに自《みずか》ら憐《あわ》れむ[10]

燕翩翩其辭歸兮蟬寂漠而無聲
雁廱廱而南遊兮鵾鶏啁哳而悲鳴
獨申旦而不寐兮哀蟋蟀之宵征
時亹亹而過中兮蹇淹留而無成

燕《つばめ》翩翩《へんぺん》として其《そ》れ辞帰《じき》し、蟬《せみ》寂漠《せきばく》として声無《こえな》し
雁《かり》廱廱《ようよう》として南《みなみ》に遊《あそ》び、鵾鶏《こんけい》啁哳《とうたつ》として悲鳴《ひめい》す[11]
独《ひと》り旦《あした》に申《いた》るまで寐《い》ねず、蟋蟀《しっしゅつ》の宵《よる》に征《ゆ》くを哀《あわ》れむ
時《とき》亹亹《びび》として中《なかば》を過《す》ぎ、蹇《けん》とし淹留《えんりゅう》して成《な》る無《な》し

悲しいものだ、秋の気のありさまは
蕭瑟《しょうしつ》として、草木は葉を落として、衰えゆく
憭慄《りょうりつ》として、遠い旅路の空にあり
山に登り、あるいは水辺近くで、故郷にもどる知人を見送るようだ
泬寥《けつりょう》として、天は高く、気は澄みきって
寂寥《せきりょう》として、秋の出水も収まって、水は清らか

憯悽《さんせい》として、むせび泣きを抑えかね、うすら寒さが身にしみる
愴怳懭悢《そうこうこうろう》として、古い友人たちから隔たり、見知らぬ人々の間で生活をする
坎廩《かんらん》として、貧しい知識人が仕事を失い、不満の気持ちを抑えかねている
廓落《かくらく》として、遠い旅路にあって、友として親しむ者もなく
惆悵《ちゅうちょう》として、ひとりみずからを憐れむばかり
燕は羽をはばたかせて帰りゆき、蟬も静まって鳴き声は絶えた
雁《かり》は鳴きつつ南にわたり、鵾鶏《こんけい》は細く長く悲しげな声をあげる
明け方になるまで寝付かれぬまま、寝床に近づく蟋蟀《こおろぎ》に我が思いを重ねる
時間は確実に進み、盛りを過ぎたが、行き詰まったまま、なにも成し遂げられない

1 この場合の気は、単に空気を意味するに止まらず、秋という季節を成り立たせている根本的な要素としての氣。その秋の気が本質的に「悲」という性格を具えている。この悲も感情的な悲哀という水準を越えてその背後にあるものをいう。その悲が発動する具体的な場面が、以下に縷々として述べられるのである。

2 蕭瑟は寒々としたさまを形容する双声《そうせい》の語。以下に双声・畳韻《じょういん》の形容語が多く使われているが、その発音を重視して、強いて訳することはしない。ショウシツという発声

（当時の発音は現在とはいささか異なるであろうが）が詩意と不可分なのである。

3 憭慄は心が寒々とするさま。

4 泬寥はすっからかんで空虚なさま。

5 寂嵺は人気《ひとり》なく静まりかえったさま。潦は長雨、その長雨による出水。秋の出水のことは「荘子」秋水篇にも見える。

6 憯悽は悲しみが心を占めるさま。

7 愴怳も懭悢も、ものごとが希望通りには運ばず、失意の悲しみにあるさま。

8 坎廩は失意のさま。

9 廓落は荒漠たる空間の中にたよりなく存在しているさま。

10 惆悵は心の晴れぬさま。

11 鵾鶏は鶴に似て黄白色の鳥だという。啁哳は鳴き声がせっぱつまって鋭いさま。

悲憂窮慼兮獨處廓
有美一人兮心不繹
去鄉離家兮徠遠客

悲憂《ひゆう》　窮慼《きゅうせき》して、独《ひと》り廓《かく》に処《お》る
美《び》なる一人有《いちにんあ》りて、心《こころ》は繹《と》けず 1
郷《きょう》を去《さ》り家《いえ》を離《はな》れて、徠《き》たりて遠《とお》く客《きゃく》たり

超逍遙兮今焉薄
專思君兮不可化
君不知兮可奈何
蓄怨兮積思
心煩憺兮忘食事
願一見兮道余意
君之心兮與余異
車既駕兮朅而歸
不得見兮心傷悲
倚結軨兮長太息
涕潺湲兮下霑軾
忼慨絶兮不得
中瞀亂兮迷惑
私自憐兮何極
心怦怦兮諒直

超《ちょう》とし逍遙《しょうよう》して、今《いま》焉《いず》くにか薄《せま》る
専《もっぱ》ら君《きみ》を思《おも》うも、化《か》す可《べ》からず
君《きみ》の知《し》らざるを、奈何《いかん》とす可《べ》き
怨《うら》みを蓄《た》め、思《おも》いを積《つ》み
心《こころ》 煩憺《はんたん》して、食事《しょくじ》を忘《わす》る 2
一《ひと》たび見《まみ》えて、余《わ》が意《い》を道《い》わんと願《ねが》うも
君《きみ》の心《こころ》 余《われ》と異《こと》なる
車《くるま》 既《すで》に駕《が》し、朅《さ》りて帰《かえ》らんとし
見《まみ》ゆるを得《え》ずして、心《こころ》 傷悲《しょうひ》す
結軨《けつれい》に倚《よ》りて、長《なが》く太息《たいそく》し 3
涕《なみだ》は潺湲《せんかん》とし、下《くだ》りて軾《しょく》を霑《うるお》す
忼慨《こうがい》 絶《た》たんとするも得《え》ず 4
中《ちゅう》 瞀乱《ぼうらん》して迷惑《めいわく》す
私《ひそ》かに自《みずか》ら憐《あわ》れみて、何《なん》ぞ極《きわ》まらん
心《こころ》 怦怦《ほうほう》として、諒直《りょうちょく》なり 5

悲しみ、いたたまれない気分のまま、がらんとした空間に、独りいる
思いを奉げる一人のお方がいるゆえ、むすぼれた気持ちは解けることがない
故郷を去り、家を離れて、遠い土地で旅人となり
あてどない我が彷徨《さすらい》は、どこが終着点なのだろうか
ひたすらご主君のことを思うが、ご主君の気持ちを変えることはできない
ご主君がわたしのことを理解してくださらぬことを、いかんともできないのだ
不如意の思いが心中に積み重なり、気持ちは鬱屈して
心は乱れ憂えて、食事をも忘れてしまう
一度でよいから目通りをし、自分の思うところを申し上げたいと願ったのだが
ご主君の御心は、わたしと通い合うところがなく〔拒絶をされた〕
馬車の準備を整えて、出立《しゅったつ》し、帰ろうとはするが
目通りができなかったことで、心は悲しみ傷つき
馬車の手すりに身を寄せつつ、長いため息をつき
涙は滂沱《ぼうだ》と流れて、軾《しきみ》を濡らしたのであった
慷慨《こうがい》の思いは、絶とうとしても絶つことができず
心中は暗み乱れて、とまどいだけが続く

みずからを憐憫する気持ちは止めようがなく
我が心は、ひたすら、まごころを貫くことばかりを思っている

1 美一人は、楚辞文芸の美人の伝承を承けて、主人公が忠誠を尽くす主君を指していう。
2 食事について「補注」は、食と事(つとめ)だと説明している。
3 結軨は馬車の車箱の中に横向けに渡された握り棒。次句の軾は車箱前縁の握り棒。当時の馬車は緩衝装置が不十分で、運行中、振動が激しく、握り棒を持って乗った。
4 忼慨について「補注」は、壮士が志を得ぬことだとする。
5 怦怦は心が急《せ》くさま。

皇天平分四時兮　竊獨悲此廩秋
皇天《こうてん》　四時《しいじ》を平分《へいぶん》するも、窃《ひそ》かに独《ひと》り此《こ》の廩秋《りんしゅう》を悲《かな》しむ 1
白露既下百草兮　奄離披此梧楸
白露《はくろ》　既《すで》に百草《ひゃくそう》に下《くだ》り、奄《たちま》ち此《こ》の梧楸《ごしゅう》を離披《りひ》す
去白日之昭昭兮　襲長夜之悠悠

白日《はくじつ》の昭昭《しょうしょう》たるを去《さ》り、長夜《ちょうや》の悠悠《ゆうゆう》たるに襲《よ》る

離芳藹之方壮兮　余萎約而悲愁

芳藹《ほうあい》の方《まさ》に壮《さか》んなるを離《はな》れ、余《われ》萎約《いやく》して悲愁《ひしゅう》す

秋既先戒之以白露兮　冬又申之以嚴霜

秋《あき》既《すで》に先《ま》ず之《こ》れを戒《いまし》むるに白露《はくろ》を以《も》ってし、冬《ふゆ》又《ま》た之《こ》れに申《かさ》ぬるに厳《げん》霜《そう》を以《も》ってす

收恢炱之孟夏兮　然欿傺而沈藏

恢炱《かいたい》の孟夏《もうか》を収《おさ》め、然《しか》して欿傺《かんてい》して沈蔵《ちんぞう》す 2

葉菸邑而無色兮　枝煩挐而交横

葉《は》菸邑《よゆう》して色無《いろな》く、枝《えだ》煩挐《はんじょ》して交横《こうおう》す

顏淫溢而將罷兮　柯彷彿而萎黃

顔《がん》淫溢《いんいつ》して将《まさ》に罷《や》めんとし、柯《えだ》彷彿《ほうふつ》として萎黄《いこう》す 3

萷櫹槮之可哀兮　形銷鑠而瘀傷

萷《こずえ》櫹槮《しょうしん》して之《こ》れ哀《あわ》れむ可《べ》く、形《かたち》銷鑠《しょうしゃく》して瘀傷《おしょう》す

惟其紛糅而將落兮　恨其失時而無當

其《そ》の紛糅《ふんじゅう》して将《まさ》に落《お》ちんとするを惟《おも》い、其《そ》の時《とき》を失《うしな》いて当《あ》たる無《な》きを恨《うら》む

擥騑轡而下節兮　聊逍遙以相佯
　騑轡《ひひ》を擥《と》りて節《せつ》を下《くだ》し、聊《いささ》か逍遥《しょうよう》して以《も》って相佯《しょうよう》す

歳忽忽而遒盡兮　恐余壽之弗將
　歳《とし》　忽忽《こつこつ》として遒《せま》り尽《つ》き、余《わ》が寿《とし》の将《なが》からざるを恐《おそ》る

悼余生之不時兮　逢此世之俇攘
　余《わ》が生《せい》の時《とき》ならず、此《こ》の世《よ》の俇攘《きょうじょう》に逢《あ》うを悼《いた》み 4

澹容與而獨倚兮　蟋蟀鳴此西堂
　澹容与《たんようよ》として独《ひと》り倚《た》てば、蟋蟀《しっしゅつ》　此《こ》の西堂《せいどう》に鳴《な》く

心怵惕而震盪兮　何所憂之多方
　心《こころ》　怵惕《じゅってき》して震盪《しんとう》し、何《なん》ぞ憂《うれ》うる所《ところ》の多方《たほう》なる

仰明月而太息兮　歩列星而極明
　明月《めいげつ》を仰《あお》ぎて太息《たいそく》し、列星《れっせい》に歩《あゆ》みて明《あかつき》に極《いた》る

天帝は四つの季節を平等に分けたのだが、この凜冽《りんれつ》たる秋にこそ悲しみが発動する

白い露が草の上におりるとき、たちまち梧《あおぎり》や楸《ひさぎ》はばらばらとその葉を散らす
太陽が明るく照り輝く時節は去り、果てしなく夜の長い季節となった
草木が薫り高く繁茂した季節は遠く、わたしは元気を失い、悲しみに沈む
秋がまず白い露で警告を与え、冬が冷たい霜で季節の厳しさを重ねてゆく
生命《いのち》に溢れた夏の始めの盛んさは失われ、すべてはちぢこまり、奥にひそんでしまった
木の葉は黒ずんで色を失い、枝ばかりが秩序なく乱れ重なっている
樹木全体が衰えに向かい力尽きようとし、大枝も明確な輪郭を失い萎れてしまった
梢《こずえ》は寒々として憐れむべく、そのかたちはやせこけ、病み傷ついている
ばらばらになり亡びに向かうことを懸念するが、時節を失って、なにの対処もできぬことを悔やむばかり
馬車の手綱を取り、ゆるやかに馬を進め、ひとまず心のびやかに過ごそうとするが
歳月はまたたく間に尽きようとし、我が寿命ももう長くはないことが心を曇らせる
わたしが生まれ合わせたのは不本意な時代、多事な世の中と遭遇したことを痛み
あてどなくさまよい、独りぼっちで立てば、蟋蟀《こおろぎ》がこの西の座敷で鳴く
心は懼《おそ》れ震える、なんと憂いはさまざまなかたちを取ってやって来ることかと

明月を仰いでため息をつき、星々の下を歩みつつ、暁を迎えた

1 廩秋の廩は凜に通じ、身にしむ寒さ。

2 恢炱は万物が自由に成長すること。欿傺はその反対。

3 菸邑は傷つくさま。煩挐は無秩序に重なり合うこと。顔は姿かたちと釈されるが、より具体的に樹木の一部をいう可能性もあるだろう。淫溢は、この場合は積漸《せきぜん》(事態がしだいしだいに一定の方向に動くこと)の意だとされる。

4 俇攘は事態が急であわただしいこと。

竊悲夫蕙華之曾敷兮　紛旖旎乎都房

竊《ひそ》かに悲しむ　夫《か》の蕙華《けいか》の曾敷《そうふ》し、紛《ふん》として都房《とぼう》に旖旎《いぢ》たるを[1]

何曾華之無實兮　從風雨而飛颺

何《なん》ぞ曾華《そうか》の実無《みな》く、風雨《ふうう》に従《したが》いて飛颺《ひよう》す

以爲君獨服此蕙兮　羌無以異於衆芳

君《きみ》の独《ひと》り此《こ》の蕙《けい》を服《ふく》すと以為《おもい》しに、羌《ああ》　以《も》って衆芳《しゅうほう》と異《こと》なること無《な》し

閔奇思之不通兮　將去君而高翔
奇思《きし》の通《つう》ぜざるを閔《かな》しみ、将《まさ》に君《きみ》を去《さ》りて高翔《こうしょう》せんとす 2

心閔憐之慘悽兮　願一見而有明
心《こころ》　閔憐《びんれん》して之《こ》れ慘悽《さんせい》たり、一《ひと》たび見《まみ》えて明《あ》かすところ有《あ》らんと願《ねが》う

重無怨而生離兮　中結軫而増傷
怨《うら》み無《な》くして生離《せいり》するを重《おも》い、中《うち》に結軫《けっしん》して傷《いた》みを増《ま》す 3

豈不鬱陶而思君兮　君之門以九重
豈《あ》に鬱陶《うつよう》として君《きみ》を思《おも》わざらんや、君《きみ》の門《もん》は以《も》って九重《きゅうちょう》なり 4

猛犬狺狺而迎吠兮　關梁閉而不通
猛犬《もうけん》　狺狺《ぎんぎん》として迎《むか》え吠《ほ》え、関梁《かんりょう》　閉《と》じて通《つう》ぜず

皇天淫溢而秋霖兮　后土何時而得漧
皇天《こうてん》　淫溢《いんいつ》して秋霖《しゅうりん》あり、后土《こうど》　何《いず》れの時《とき》にか漧《かわ》くを得《え》ん

塊獨守此無澤兮　仰浮雲而永歎
塊《かい》として独《ひと》り此《こ》の沢無《たくな》きを守《まも》り、浮雲《ふうん》を仰《あお》ぎて永歎《えいたん》す

蕙《めぼうき》の華が重なりあいつつ、宮殿いっぱいに咲き誇っていたという思い出が悲しい
なんとしたことか、咲き誇った華は実をつけることなく、風雨を受けて飛び散ってしまった
ご主君はこの蕙をこそ身に着けられるだろうと思ったのに、思いがけなくも芳草一般と変わらぬ処遇を受けた
一途な思いが通じなかったことを悲しみ、ご主君のもとを離れ、高く天翔《あまがけ》ようとする
みずからを憐れんで心は沈む、一度だけでよいからお目見えし、わかっていただきたいと願ったのだが
ご主君になんの隔意もないのに生き別れにならねばならぬことが衝撃で、心は鬱屈し、悲しみがつのる
つもる思いは抑えがたいが、ご主君がおられるのは九重《ここのえ》の門のかなた
獰猛な番犬がわたしに向かいギャンギャン吠え立て、通り道は厳重に閉ざされている
天帝は、あり余る水分を秋雨となして降らせ、大地はなかなか乾くことがない
しかし、わたしはひとり、恵みの雨を受けられぬまま、浮雲を仰いで、嘆きは尽き

ることがない

1 旖旎は咲き誇るさま。都房は宮殿内の一室をいうのであろうか。朱熹《しゅき》「集注」は奥向きのへやで、古人が花草を植えたところであろうと推測する。宮殿内で咲き誇る香草の華は、主人公が、いっとき、宮廷内で自由に腕を振るったことを象徴する。

2 奇思は優れた思い。自分の主君への思いをいう。

3 重は深い念い。結軫を「補注」は「怨を結びて軫憂す」と釈する。軫も心中に憂いを懐くこと。

4 鬱陶は思いが積み重なった状態。九重の門について、「礼記」月令篇の鄭玄注に、天子の九門として、路門、応門、雉門《ちもん》、庫門、皐門《こうもん》、城門、近郊門、遠郊門、関門の名を挙げている。

何時俗之工巧兮　背縄墨而改錯
　何《なん》ぞ時俗《じぞく》の工巧《こうこう》なる、縄墨《じょうぼく》に背《そむ》きて改《あらた》め錯《お》く
却騏驥而不乗兮　策駑駘而取路
　騏驥《きき》を却《しりぞ》けて乗《の》らず、駑駘《どたい》に策《さく》して路《みち》を取《と》る 1

當世豈無騏驥兮　誠莫之能善御
当世《とうせい》　豈《あ》に騏驥《きき》無《な》からんや、誠《まこと》に之《こ》れ能《よ》く善御《ぜんぎょ》する莫《な》し
見執轡者非其人兮　故駶跳而遠去
見《み》るに轡《くつわ》を執《と》る者《もの》　其《そ》の人《ひと》に非《あら》ず、故《ゆえ》に駶跳《きょくちょう》して遠《とお》く去《さ》る
鳧鴈皆唼夫粱藻兮　鳳愈飄翔而高擧
鳧雁《ふがん》　皆《み》な夫《か》の粱藻《りょうそう》を唼《ついば》み、鳳《ほう》　愈《いよ》いよ飄翔《ひょうしょう》して高挙《こうきょ》す
圜鑿而方枘兮　吾固知其鉏鋙而難入
圜鑿《えんさく》にして方枘《ほうぜい》なれば、吾《われ》　固《もと》より其《そ》の鉏鋙《そご》して入《い》り難《がた》きを知《し》る
衆鳥皆有所登棲兮　鳳獨遑遑而無所集
衆鳥《しゅうちょう》　皆《み》な登棲《とうせい》する所有《ところあ》るも、鳳《ほう》　独《ひと》り遑遑《こうこう》として集《とど》まる所無《ところな》し
願銜枚而無言兮　嘗被君之渥洽
枚《ばい》を銜《ふく》みて言《い》う無《な》からんと願《ねが》うも、嘗《かつ》て君《きみ》の渥洽《あくこう》を被《こうむ》る[2]
太公九十乃顯榮兮　誠未遇其匹合
太公《たいこう》　九十《きゅうじゅう》　乃《すなわ》ち顕栄《けんえい》するは、誠《まこと》に未《いま》だ其《そ》の匹合《ひつごう》に遇《あ》わざればなり[3]
謂騏驥兮安歸　謂鳳皇兮安棲

騏驥《きき》に安《いず》くに帰《き》すと謂《い》い、鳳皇《ほうおう》に安《いず》くに棲《す》むと謂《い》う

變古易俗兮世衰　今之相者兮擧肥
古《いにしえ》を変《か》え俗《ぞく》を易《か》えて世《よ》は衰《おとろ》え、今《いま》の相《そう》する者《もの》　肥《ひ》を挙《あ》ぐ

騏驥伏匿而不見兮　鳳皇高飛而不下
騏驥《きき》　伏匿《ふくとく》して見《あら》われず、鳳皇《ほうおう》　高《たか》く飛《と》びて下《くだ》らず

鳥獸猶知懷德兮　何云賢士之不處
鳥獣《ちょうじゅう》も猶《な》お徳《とく》に懐《なつ》くを知《し》る、何《なん》ぞ賢士《けんし》の処《お》らずと云《い》う

驥不驟進而求服兮　鳳亦不貪餧而妄食
驥《き》　驟進《しゅうしん》して服《ふく》を求《もと》めず、鳳《ほう》も亦《ま》た貪餧《たんだい》して妄《みだり》に食《しょく》せず

君棄遠而不察兮　雖願忠其焉得
君《きみ》　棄遠《きえん》して察《さっ》せず、忠《ちゅう》を願《ねが》うと雖《いえど》も其《そ》れ焉《いず》くんぞ得《え》ん

欲寂寞而絕端兮　竊不敢忘初之厚德
寂寞《せきばく》として端《たん》を絶《た》たんと欲《ほっ》するも、窃《ひそ》かに敢《あ》えて初《はじ》めの厚徳《こうとく》を忘《わす》れず

獨悲愁其傷人兮　馮鬱鬱其何極
独《ひと》り悲愁《ひしゅう》して其《そ》れ人《ひと》を傷《いた》み、馮《ひょう》　鬱鬱《うつうつ》として其《そ》れ何《なん》ぞ極《きわ》まらん 4

霜露慘悽而交下兮　心尚幸其弗濟
霜露《そうろ》　慘悽《さんせい》として交《こも》ごも下《くだ》るも、心《こころ》　尚《な》お其《そ》の済《な》らざるを幸《ねが》う
霰雪雰糅其增加兮　乃知遭命之將至
霰雪《せんせつ》　雰糅《ふんじゅう》して其《そ》れ増加《ぞうか》し、乃《すなわ》ち遭命《そうめい》の将《まさ》に至《いた》らんとするを知《し》る 5
願徼幸而有待兮　泊莽莽與壄草同死
徼幸《ぎょうこう》にして待《ま》つ有《あ》るを願《ねが》うも、泊莽莽《はくぼうぼう》として壄《や》草《そう》と与《とも》に同《おな》じく死《し》す 6
願自往而徑遊兮　路壅絶而不通
自《みずか》ら往《ゆ》きて径遊《けいゆう》せんと願《ねが》うも、路《みち》は壅絶《ようぜつ》して通《つう》ぜず
欲循道而平驅兮　又未知其所従
道《みち》に循《したが》いて平駆《へいく》せんと欲《ほっ》するも、又《ま》た未《いま》だ其《そ》の従《したが》う所《ところ》を知《し》らず
然中路而迷惑兮　自壓按而學誦
然《しか》して中路《ちゅうろ》にて迷惑《めいわく》し、自《みずか》ら圧按《あつあん》して誦《しょう》を学《まな》ぶ
性愚陋以褊淺兮　信未達乎従容
性《せい》　愚陋《ぐろう》にして以《も》って褊浅《へんせん》、信《まこと》に未《いま》だ従容《しょうよう》に達《たっ》せず 7

なんといまの世の人々の処世に巧みなことよ、設計図を無視して部材を配置し
駿馬は退けて乗らず、駑馬《どば》を鞭打って、しゃにむに進もうとする
いまの世にも駿馬がいないはずはない、それを十分に御せる者がないだけなのだ
見てみれば、轡《くつわ》を執る者に人を得ず、それゆえ馬は跳ねて、どこかへ行ってしまう
鴨や雁は穀物や水草をついばんで腹を満たしているが、鳳凰《ほうおう》は、かえって高く飛んで、〔地上の食物などに眼を向けない〕
円いほぞ穴に四角いほぞをはめ込もうとすれば、食い違ってはめ込めないのはわかりきったこと
凡鳥たちには皆ねぐらがあるが、鳳凰だけは、あてどなく、身の落ち着けどころがない
口をふさぎなにも言わずにおこうと思うのだが、以前に、ご主君の恩義を受けたことが忘れられない
太公望《たいこうぼう》が九十になってやっと貴顕の地位に昇れたのは、それまでふさわしい主君に遇えなかったから
駿馬はだれのもとにいるというのか、鳳凰はどこに棲んでいるというのかとばかり云って〔探しもしない〕

古来のやり方を変えた結果、世は衰微し、いまは外観ばかりで人物を判断する
そのため、駿馬は隠れて姿を見せず、鳳凰は高く飛んで、降りてはこない
鳥獣だって徳ある者に心を寄せる、〔徳ある者がいないのだから、〕優れた人物がしかるべき地位におらぬのは当然ではないか
駿馬はすすんで馬車を牽こうとやって来るのではない、鳳凰もがつがつと食を求めたりはしない
ご主君から遠ざけられて本心を察してはいただけない、忠を尽くしたいと願うが、それも不可能
黙ってご主君との縁を絶とうとすれば、以前にご恩寵を被ったのが忘れられない
ひとり悲しみ、心は傷つき、胸を満たす鬱屈の思いは果てしない
霜と露とが寒々と乱れ降ったときには、事態が決定的にならぬことを心に願ったのであるが
霰《あられ》と雪が雑《ま》じりあって厳しさを増すとき、自分の運命も窮まったことを覚った
万一の僥倖から将来が期待できるかとも願ったが、死屍累々たる野草とともに枯れ果てることとなった
ご主君のもとにまっすぐ駆けつけたいと願うが、そのための道は塞がって通じない

正しい道に従い、穏やかに馬車を進めたいとも思うが、どこへ行けばよいのかわからない

かくして道の途中で行き迷い、みずからの心を抑え、まねて歌を作ろうとする

天性は、愚鈍で偏狭、心のびやかに過ごすという境地にはとうてい到達できない

1 このあたりの表現は、離騒の「固より時俗の工巧なる、規矩に偭きて改め錯く。縄墨に背きて以って曲を追い、競いて周容するを以って度と為す」(三六頁)を承けたもの。また、騏驥が賢臣を意味し、その賢臣を能《よ》く御する主君がいないことを嘆くのも楚辞文芸の基本的な句法。

2 枚を銜むとある枚は箸のような形態で、うっかり言葉を発しないよう、横向けに口に含む。「周礼」秋官・銜枚氏の職文に、軍旅や田役《かり》の際に枚を銜むよう命じるとある。

3 太公は太公望呂尚《りょしょう》。「史記」斉太公世家に、太公望の呂尚は困窮生活を送り老年を迎えたが、釣りをしていたところ、周の文王に見出され、その軍師となったという。それが九十歳の時だとは書かれていない。「説苑」尊賢篇は、太公望は七十歳で周の宰相となり、九十歳で斉の国に封じられたという。

4 「文選」が載せる九辯はここまで。ここに段落があるとされていたのであろう。朱熹

の「集注」や王夫之《おうふし》の「通釈」などもここで段分けをする。
5 弗済の済は成るという意味。不運が完成する。霜露が下りて事態が厳しくなってきたときには、どん底状態にまではならぬだろうと僥倖を期待していたが、霰雪が降って、自分の運命も極まったことを知った。
6 泊莽莽は荒漠たるさま。次の段にも「泊莽莽として垠り無し」とある。
7 誦は、九章の惜誦という篇題にも見えるように、歌謡の一種。一篇の終わりに歌謡を作ったことでまとめるのは、楚辞文芸がそうした歌謡伝承者と強く結びついていたことの反映であろう。この段の最後に「未だ従容に達せず」という。従容の語は、九章の抽思篇などにも見え、不遇の中でおのれを保ちつつ生活するという意味に用いられていた。ここではその従容のしかたもわからないという。楚辞伝承者たちの社会的環境はさらに追いつめられたものになっていたのであろうか。

竊美申包胥之氣盛兮　恐時世之不固
　窃《ひそ》かに申包胥《しんほうしょ》の気《き》の盛《さか》んなるを美《び》とし、時世《じせい》の固《かた》からざるを恐《おそ》る **1**
何時俗之工巧兮　滅規榘而改鑿

何《なん》ぞ時《じ》俗《ぞく》の工巧《こうこう》なる、規《き》榘《く》を滅《めつ》して改《あらた》め鑿《さく》す

獨耿介而不隨兮　願慕先聖之遺教
独《ひと》り耿介《こうかい》として随《したが》わず、先聖《せんせい》の遺教《いきょう》を願慕《がんぼ》す

處濁世而顯榮兮　非余心之所樂
濁世《だくせい》に処《お》りて顕栄《けんえい》するは、余《わ》が心《こころ》の楽《ねが》う所《ところ》に非《あら》ず

與其無義而有名兮　寧窮處而守高
其《そ》の無義《むぎ》にして名《な》有《あ》るより、寧《むし》ろ窮処《きゅうしょ》して高《たか》きを守《まも》らん

食不媮而爲飽兮　衣不苟而爲溫
食《しょく》の媮《とう》ならざるを飽《ほう》と為《な》し、衣《い》の苟《かりそめ》ならざるを温《おん》と為《な》す

竊慕詩人之遺風兮　願託志乎素餐
窃《ひそ》かに詩人《しじん》の遺風《いふう》を慕《した》い、志《こころざし》を素餐《そさん》に託《たく》さんと願《ねが》う[2]

蹇充倔而無端兮　泊莽莽而無垠
蹇充倔《けんじゅうくつ》して端《はし》無《な》く、泊莽莽《はくぼうぼう》として垠《かぎ》り無《な》し

無衣裘以禦冬兮　恐溘死而不得見乎陽春
衣裘《いきゅう》の以《も》って冬《ふゆ》を禦《ふせ》ぐ無《な》く、恐《おそ》らくは溘死《こうし》して陽春《ようしゅん》を見《み》るを得《え》ざらん[3]

申包胥《しんほうしょ》の気節の高さをひとり賛美し、いまの世の人が節操を守ろうとしないことに
　心を痛める
なんと現今の人々の処世の巧みなことか、設計図を無視してほぞ穴をあけるのだ
おのれを貫いて世俗に従わず、先の世の聖人たちが遺された教えに心を寄せ
濁った世の中で出世することなど、わたしが心に願うところではない
義に背いて高名を得るよりは、困窮の中で高い節操を守りたい
まっとうに手に入れた食物でこそ満腹でき、ちゃんとして得た衣服こそが温かい
詩人たちの遺した風儀に心を寄せ、かれらが素餐《そさん》を非難したことを、わたしも生き
　方の指針にしたい
我が境涯は行き詰まり、伝手《つて》もなく、荒漠として果てしない場所にいる
冬の寒さを禦《ふせ》ぐ裘《かわごろも》もないまま、あっけなく死んで、陽《あたた》かい春を目にすることはな
　いのだろう

1 申包胥は春秋末年の楚国の人。呉《ご》の軍が楚のみやこに攻め入ったとき、秦の援助を求めて、秦の朝廷に立って、七日七晩、啼きつづけた。「史記」伍子胥列伝に、秦の哀公は申包胥の行動を憐れみ、楚は無道ではあるが、こうした臣下がいる以上、亡ぼすわけ

にはいかぬと云って、楚に援軍を出したという。

2 詩人とは「詩経」所収の詩歌の作者たち。「詩経」魏風・伐檀篇に「彼の君子は、素餐せず」とある。素餐とは、職位にあって役に立たず、無駄に禄を食《は》んでいること。

3 溘死の語、離騒に「寧ろ溘死して以って流亡するも、余　此の態を為すに忍びざるなり」(三八頁)と見えた。

靚杪秋之遙夜兮　心繚悷而有哀
　靚《しず》かなる杪秋《びょうしゅう》の遥夜《ようや》、心《こころ》　繚悷《りょうれい》して哀《あい》有り 1
春秋逴逴而日高兮　然惆悵而自悲
　春秋《しゅんじゅう》　逴逴《たくたく》として日《ひ》びに高《たか》く、然《か》く惆悵《ちゅうちょう》して自《みずか》ら悲《かな》しむ
四時遞來而卒歲兮　陰陽不可與儷偕
　四時《しいじ》　遞来《ていらい》して歳《とし》を卒《お》え、陰陽《いんよう》　与《とも》に儷偕《れいかい》なる可《べ》からず 2
白日晼晩其將入兮　明月銷鑠而減毀
　白日《はくじつ》　晼晩《えんばん》して其《そ》れ将《まさ》に入《い》らんとし、明月《めいげつ》　銷鑠《しょうしゃく》して減毀《げんき》す
歲忽忽而遒盡兮　老冉冉而愈弛

歳《とし》 忽忽《こつこつ》として遒《たちま》ち尽き、老《お》い 冉冉《ぜんぜん》として愈《いよ》いよ弛《し》す 3

心搖悦而日幸兮　然怊悵而無冀

心《こころ》 揺悦《ようえつ》して日《ひ》びに幸《さいわ》いとするも、然《か》く怊悵《ちょうちょう》して冀《こいねが》う無《な》し

中憯惻之悽愴兮　長太息而増欷

中《なか》 憯惻《さんそく》して之《こ》れ悽愴《せいそう》たり、長《なが》く太息《たいそく》して欷《き》を増《ま》す

年洋洋以日往兮　老嵺廓而無處

年《とし》 洋洋《ようよう》として以《も》って日《ひ》びに往《ゆ》き、老《お》い 嵺廓《りょうかく》として処《ところ》無《な》し

事亹亹而覬進兮　蹇淹留而躊躇

事《こと》 亹亹《びび》として進《すす》むを覬《のぞ》むも、蹇《けん》とし淹留《えんりゅう》して躊躇《ちゅうちょ》す 4

静まりかえった晩秋の長夜に、心はむすぼれて悲哀を懐く
歳月は遠く去って、日々に馬齢を重ね、思いは落ちこみ、ひとり悲しむ
四つの季節が次々めぐって一年は終わり、寒暑の交代からも置いてけぼりにされた
太陽は傾いて日没に近づき、月も欠け崩れて、形を失おうとしている
寿命はたちまちのうちに尽きんとし、老いが忍び寄って、衰えがつのる

心が揺らぎ、僥倖の訪れを日々に待つが、結局は落胆して希望が絶たれる
胸中は悲しみに閉ざされ、ため息ばかりをつき、忍び泣きがつのる
歳月は、あてどもないまま、日々に過ぎゆき、がらんとして居場所もないまま老齢を迎えた
事態が展開し、自分も役立つことがあるかと期待はするが、結局は現状のまま足踏みするばかり

1 杪秋の杪は末の意。繚悷は思いが絡まりあって鬱屈すること。
2 儷偕は仲良くいっしょにいること。
3 弛は弓のつるを緩めるというのが原義。
4 亹亹は事態が確実に進展すること。

何氾濫之浮雲兮　猋壅蔽此明月
何《なん》ぞ氾濫《はんらん》たる浮雲《ふうん》の、猋《ひょう》として此《こ》の明月《めいげつ》を壅蔽《ようへい》す 1
忠昭昭而願見兮　然露曀而莫達

　忠《ちゅう》　昭昭《しょうしょう》として見《まみ》ゆるを願《ねが》うも、然《か》く霠曀《いんえい》して達《たっ》する莫《な》し

願皓日之顯行兮　雲濛濛而蔽之
　皓日《こうじつ》の顕行《けんこう》を願《ねが》うも、雲《くも》　濛濛《もうもう》として之《こ》れを蔽《おお》う

竊不自聊而願忠兮　或黕點而汚之
　窃《ひそ》かに自《みずか》ら聊《りょう》せずして忠《ちゅう》を願《ねが》うも、黕点《ちんてん》して之《こ》れを汚《けが》す或《あ》り

堯舜之抗行兮　瞭冥冥而薄天
　堯舜《ぎょうしゅん》の抗行《こうこう》、瞭冥冥《りょうめいめい》として天《てん》に薄《せま》るも

何險巇之嫉妬兮　被以不慈之僞名
　何《なん》ぞ険巇《けんき》たる嫉妬《しっと》の、被《こうむ》るに不慈《ふじ》の偽名《ぎめい》を以《も》ってす [2]

彼日月之照明兮　尚黯黮而有瑕
　彼《か》の日月《じつげつ》の照明《しょうめい》なる、尚《な》お黯黮《あんたん》して瑕《きず》有《あ》り

何況一國之事兮　亦多端而膠加
　何《なん》ぞ況《いわ》んや一国《いっこく》の事《こと》、亦《ま》た多端《たたん》にして膠加《こうか》するをや [3]

なんとしたことか、次々と湧き出る雲は、あっという間に輝く月を隠してしまう

曇りなきまごころをご主君にお示ししたいと願ったが、事態はかき曇って、思いを伝えることができなかった
白日のごとく輝かしく行動することを願っても、もくもくとした雲がそれを覆ってしまう
みずからの安全は無視し、まごころを尽くしたいと願ったが、汚点を擦《なす》り付け、穢《けが》されてしまった
堯帝《ぎょうてい》や舜帝《しゅんてい》の立派な行ないは、耀《かがや》きわたり、天の高さにも匹敵するものであったがなんとしたことか、立ちふさがる嫉妬が、子供への愛情を欠くという偽の名を貼り付けた
明るく輝く日月も、覆い隠されて、傷つけられることがある
ましてや国家全体に関わることがらは、一筋縄にはゆかず、行き違うことばかりなのだ

1　日月の光が浮雲に隠されるという表現は、中国古代文芸にしばしば見られる比喩で、日月が主君を、浮雲が奸臣《かんしん》・権力者を意味し、忠臣の心が讒佞者《ざんねいしゃ》に妨害されて主君に伝わらないことをいう。ただここでは、みずからを明月に譬えている。猋は犬が走ること

をいい、急速な事態の変化を形容する。
2 このあたりの表現は、九章の哀郢篇の「堯舜の行ないを抗げ、瞭杳杳として天に薄るも、衆の讒人　之れ嫉妬し、被るに不慈の偽名を以ってす」(二八九頁)を襲う。
3 ここで突然に一国之事の語が出てくること、理解しにくい。膠加は事態が順調には進まぬさま。

被荷裯之晏晏兮　然潢洋而不可帯
　荷裯《かちゅう》の晏晏《あんあん》たるを被《き》る、然《しか》れども潢洋《こうよう》として帯《おび》す可《べ》からず[1]
既驕美而伐武兮　負左右之耿介
　既《すで》に美《び》に驕《おご》り武《ぶ》を伐《ほこ》るも、左右《さゆう》の耿介《こうかい》なるに負《そむ》く
憎慍惀之脩美兮　好夫人之慷慨
　慍惀《うんゆ》の脩美《しゅうび》なるを憎《にく》み、夫《か》の人《ひと》の慷慨《こうがい》を好《この》む[2]
衆踥蹀而日進兮　美超遠而逾邁
　衆《しゅう》　踥蹀《しょうちょう》として日《ひ》びに進《すす》み、美《び》　超遠《ちょうえん》として逾《いよ》いよ邁《すす》む
農夫輟耕而容與兮　恐田野之蕪穢

農夫《のうふ》　耕《こう》を輟《や》めて容与《ようよ》たれば、恐《おそ》るらくは田野《でんや》は之《こ》れ蕪穢《ぶわい》せん

事綿綿而多私兮　竊悼後之危敗

事《こと》　綿綿《めんめん》として私《わたくし》多《おお》ければ、窃《ひそ》かに後《のち》の危敗《きはい》を悼《いた》む

世雷同而炫曜兮　何毀譽之昧昧

世《よ》　雷同《らいどう》して炫曜《げんよう》し、何《なん》ぞ毀誉《きよ》の昧昧《まいまい》たる

今脩飾而窺鏡兮　後尚可以竄藏

今《いま》　脩飾《しゅうしょく》して鏡《かがみ》を窺《うかが》うも、後《のち》には尚《な》お以《も》って竄蔵《ざんぞう》す可《べ》し 3

願寄言夫流星兮　羌儵忽而難當

言《げん》を夫《か》の流星《りゅうせい》に寄《よ》せんと願《ねが》うも、羌《ああ》　儵忽《しゅくこつ》として当《あ》たり難《がた》し

卒壅蔽此浮雲兮　下暗漠而無光

卒《つい》に此《こ》の浮雲《ふうん》に壅蔽《ようへい》され、下《した》　暗漠《あんばく》として光《ひか》り無《な》し

堯舜皆有所擧任兮　故高枕而自適

堯舜《ぎょうしゅん》　皆《み》な挙任《きょにん》する所《ところ》有《あ》り、故《ゆえ》に枕《まくら》を高《たか》くして自適《じてき》す

諒無怨於天下兮　心焉取此怵惕

諒《まこと》に天下《てんか》に怨《うら》む無《な》し、心《こころ》　焉《なん》ぞ此《こ》の怵惕《じゅってき》を取《と》らん

棄騏驥之瀏瀏兮　馭安用夫强策
騏驥《きき》の瀏瀏《りゅうりゅう》たるに乗《の》らば、馭《ぎょ》　安《いず》くんぞ夫《か》の強策《きょうさく》を用《もち》いん 4
諒城郭之不足恃兮　雖重介之何益
諒《まこと》に城郭《じょうかく》の恃《たの》むに足《た》らず、重介《じゅうかい》と雖《いえど》も之《こ》れ何《なん》の益《えき》あらん
邅翼翼而無終兮　忳惛惛而愁約
邅翼翼《てんよくよく》として終《お》うる無《な》く、忳惛惛《とんこんこん》として愁約《しゅうやく》す
生天地之若過兮　功不成而無效
天地《てんち》に生《い》くるは之《こ》れ過《す》ぐるが若《ごと》く、功《こう》　成《な》らずして効《こう》も無《な》し
願沈滯而不見兮　尙欲布名乎天下
沈滞《ちんたい》して見《まみ》えざらんと願《ねが》うも、尚《な》お名《な》を天下《てんか》に布《し》かんと欲《ほっ》す
然潢洋而不遇兮　直怐愗而自苦
然《しか》して潢洋《こうよう》として遇《あ》わず、直《た》だ怐愗《こうぼう》して自《みずか》ら苦《くる》しむ
莽洋洋而無極兮　忽翱翔之焉薄
莽洋洋《ぼうようよう》として極《きわ》まる無《な》く、忽《たちま》ち翱翔《こうしょう》して之《こ》れ焉《いず》くにか薄《せま》る
國有驥而不知棄兮　焉皇皇而更索

国《くに》に驥《き》有《あ》るも乗《の》るを知《し》らず、焉《なん》ぞ皇皇《こうこう》として更《さら》に索《もと》む

甯戚謳於車下兮　桓公聞而知之
　甯戚《ねいせき》　車下《しゃか》に謳《うた》い、桓公《かんこう》　聞《き》きて之《こ》れを知《し》る 5

無伯樂之善相兮　今誰使乎譽之
　伯樂《はくらく》の善《よ》く相《そう》する無《な》し、今《いま》　誰《たれ》か之《こ》れを誉《ほ》め使《し》めん 6

罔流涕以聊慮兮　惟著意而得之
　罔《もう》とし流涕《りゅうてい》して以《も》って聊《いささ》か慮《おも》い、惟《こ》れ著意《ちゃくい》して之《こ》れを得《え》たり

紛純純之願忠兮　妬被離而鄣之
　紛純純《ふんじゅんじゅん》として之《こ》れ忠《ちゅう》を願《ねが》うも、妬《と》　被離《ひり》として之《こ》れを鄣《さえぎ》る

華やかな芙蓉《はすのはな》の単衣(うちかけ)を着《つ》けてはみても、ぶかぶかで帯も結べない〔のと同様に〕
ご主君は才能に驕《おご》り、武力を誇られるが、お側の優れた人材を活用できていない
深い思いを秘めた人々の美質を憎み、おおげさなことを云う人々を寵愛されて
凡庸な人々が踵《きびす》を接して日ごとに昇進し、優秀な人々は遠く離れて行ってしまった

農夫が耕作をやめて、ぶらぶらしておれば、田畑は荒れてしまうことになるだろう
政治が因習にとらわれ私情ばかりで動かされるとき、将来の危機が心配される
世の中は付和雷同して仲間褒めばかり、毀誉褒貶の基準も失われた
現在、身を飾り立て鏡を見て悦に入っている者も、やがてはその身を人々の目から
　隠そうとすることになるやも知れない
流れ星に思いを伝えようと思っても、あっという間に消え去って、役には立たぬ
結局は流れる雲に覆い隠されて、地上世界は暗澹として光りを失ってしまった
堯帝《ぎょうてい》、舜帝《しゅんてい》はともに優秀な臣下を任用し、それゆえ、悠々自適の日常を送り
当時、天下になにの怨みごともなく、心配に心を震わせることなどなかった
風の如く駆ける駿馬に乗れば、御するために強く鞭を当てる必要がない
〔そうした駿馬がいないなら〕城郭も恃むに足らない、重武装も役に立たない
行き詰まり、なにの結果も得られぬまま、愁いの中で行動を慎んでいるが
天地の間に生きるのは駆け去るようにわずかな時間、なにもできぬうちに終わって
　しまいそうだ
身を潜めて表に出ずにおこうとは思うが、天下に名を知られたいとの願いがのこる
かくして方向も定まらぬ世界の中にあって不遇のまま、みずからの心を苦しめるば

かり
茫漠として果てのない世界、そこで翼を羽ばたかせ、どこへ行こうというのか
国に駿馬がいるのに、それに乗ることを知らず、心せわしく別の馬を探してどうしようとするのか
甯戚《ねいせき》が馬車の下で歌をうたっていたとき、斉《せい》の桓公《かんこう》は、それを聞いて、その人物を知った
伯楽《はくらく》のごとき馬の目利きがいない現在、だれに良馬を高く評価させればよいのか
心はかき曇り、涕を流して思うには、心を定めてみずからの道を貫くこと
純一の思いでまごころを奉げたいと願う、たとえ嫉妬が広がり、覆い隠そうとするにしても

1 この一聯は、みずからを誇ろうとする主君を、身に合わない華やかな衣服を着けていると風刺する。裯は上着の上にはおる短衣。
2 九章の哀郢篇にも「慍惀の脩美なるを憎み、夫の人の忼慨を好む」(二八九頁)とあった。
3 この一聯の比喩の意味、ほんとうはよく解らない。

4 馬は臣下に、その御者は主君に比喩される。駿馬は有能な臣下を意味する。
5 甯戚が斉の桓公に見出され、その補佐を務めたことについては、離騒に「甯戚の謳歌する、斉桓 聞きて以って輔に該う」(八六頁)とあった。
6 伯楽は馬の価値を見分ける能力を具えた人物。「呂氏春秋」観表篇に、古《いにしえ》の相馬(馬を見てその善悪を判断する)を善くする者の代表として、趙の王良《おうりょう》、秦の伯楽、九方堙《きゅうほういん》が挙げられている。韓愈「雑説」に「世に伯楽ありて、然る後に千里の馬あり。千里の馬は常にあれども、伯楽は常にはあらず」という。

願賜不肖之軀而別離兮　放遊志乎雲中
　願《ねが》わくは不肖《ふしょう》の軀《み》を賜《たまわ》りて別離《べつり》し、志《こころざし》を雲中《うんちゅう》に放遊《ほうゆう》せん[1]
椉精氣之摶摶兮　鶩諸神之湛湛
　精気《せいき》の摶摶《たんたん》たるに乗《の》り、諸神《しょしん》の湛湛《ゆうゆう》たるを鶩《ぶ》す
驂白霓之習習兮　歴群靈之豐豐
　白霓《はくげい》の習習《しゅうしゅう》たるを驂《さん》とし、群霊《ぐんれい》の豊豊《ほうほう》たるを歴《ふ》
左朱雀之茷茷兮　右蒼龍之躣躣

朱雀《しゅじゃく》の茇茇《はつはつ》たるを左《ひだり》にし、蒼龍《そうりょう》の躍躍《やくやく》たるを右《みぎ》にす 2

屬雷師之闐闐兮　通飛廉之衙衙
　雷師《らいし》の闐闐《てんてん》たるを屬《つら》ね、飛廉《ひれん》の衙衙《ぎょぎょ》たるに通《つう》ぜしむ

前軽輬之鏘鏘兮　後輜乗之従従
　軽輬《ちりょう》の鏘鏘《しょうしょう》たるを前《まえ》にし、輜乗《しじょう》の従従《しょうしょう》たるを後《あと》にす 3

載雲旗之委蛇兮　扈屯騎之容容
　雲旗《うんき》の委蛇《いい》たるを載《の》せ、屯騎《とんき》の容容《ようよう》たるを扈《したが》う

計専専之不可化兮　願遂推而爲臧
　計《けい》　専専《せんせん》として之《こ》れ化《か》す可《べ》からず、遂推《すいすい》して臧《ぞう》を為《な》すを願《ねが》う

頼皇天之厚徳兮　還及君之無恙
　皇天《こうてん》の厚徳《こうとく》に頼《たの》み、還《かえ》りて君《きみ》の恙《つつが》無きに及《およ》ばん

不肖なる我が身をお返しいただき、御元《おんもと》を離れ、天空のうちに心を遊ばせるべく
まん丸い純粋な気《き》を馬車とし、溢れかえる神々の群れを駆り立てて
意気盛んな白い霓《にじ》を副《そ》え馬とし、数限りない神々のもとを遍歴すべく出立いたしま

す

高く飛ぼうとする朱雀《すじゃく》を左に配し、駆けだそうとする蒼龍《そうりょう》を右に配して
ゴロゴロ鳴る雷神を後に従え、快足の風神には道案内をさせます
シャンシャンと鳴る軽輬《ちりょう》の車が先に立ち、ゴトゴトいう輜軿《しへい》の車が後に従い
長くなびく雲の旗を馬車に立て、騎馬の群れがムクムク湧く雲のように側に付き添います
我が思いは一筋で変えることはできず、このまま善しとするところを貫く所存
天の神の恩恵を被り、戻りますまで、どうかご主君にはご健勝であられますように

1 不肖の軀を賜るというのは、主君の許可を得て職を辞すること。骸骨を乞うなどとも表現される。主君に向かって表明する離別の言葉で九辯は終わる。

2 「礼記」曲礼上篇に、行軍を述べて「行くに朱鳥を前にして玄武を後にし、青龍を左にして白虎を右にし、招揺(北斗七星)は上にあり」という。朱雀と蒼龍とを対にしている九辯に比べ、曲礼篇の記述の方が四神の四方への配置が整っている。

3 軽輬は軽快な馬車。鏘鏘と鳴るのは軛《くびき》に付けられた鑾《らん》の鈴。輜乗は幌がついた馬車。

招《しょう》魂《こん》第九

鎮墓獣《ちんぼじゅう》(信陽長台関二号楚墓)

王逸《おういつ》が招魂に冠した序では、この篇を宋玉《そうぎょく》の作とする。宋玉は屈原《くつげん》の弟子だとされる。師の霊魂が、不遇の心労の中で、身体からさまよい出てしまったのを、招きもどそうとしてこの作品を作ったのだと説明している。一方で、屈原自身がみずからの彷徨する魂を招くために作った作品だとする説もある。あるいはまた秦の国で客死した楚の懐王《かいおう》の魂を招いたものだともされる。招かれるのが生霊《いきりょう》であったか、死霊であったのかについても意見が分かれる。

この作品は、楚文化地域の巫覡《ふげき》による招魂儀礼を基礎にし、招魂儀礼に伴う言語的表現が、屈原伝説と結びついて成立したと考えるべきであろう。作品の最初に魂を招かれる主人公が登場して自序する部分があることから推測すれば、この篇は単なる歌謡ではなく、劇の形式で演じられていたのかも知れない。

招魂の記述を通して当時の人々の宇宙構造観をうかがうことができる。ただ四方の極遠の地の描写はあまり詳しくないのが残念である。

朕幼清以廉潔兮　身服義而未沫
朕《われ》幼《おさな》くして清《せい》以《も》って廉潔《れんけつ》、身《み》に義《ぎ》を服《ふく》して未《いま》だ沫《や》まず[1]

主此盛徳兮　牽於俗而蕪穢
此《こ》の盛徳《せいとく》を主《しゅ》とするも、俗《ぞく》に牽《ひ》かれて蕪穢《ぶわい》す

上無所考此盛徳兮　長離殃而愁苦
上《かみ》此《こ》の盛徳《せいとく》を考《かんが》うる所無《ところな》く、長《なが》く殃《わざわ》いに離《かか》りて愁苦《しゅうく》す

帝告巫陽曰
帝《てい》巫陽《ふよう》に告《つ》げて曰《い》わく[2]

有人在下　我欲輔之
人有《ひとあ》りて下《した》に在《あ》り、我《われ》之《こ》れを輔《たす》けんと欲《ほっ》す

魂魄離散　汝筮予之
魂魄《こんぱく》離散《りさん》す、汝《なんじ》筮《ぜい》して之《こ》れを予《よ》せよ[3]

巫陽對曰

巫陽《ふよう》 対《こた》えて曰《い》わく
掌㝱 上帝其命難従
掌夢《しょうぼう》なり、上帝《じょうてい》 其《そ》の命《めい》従《したが》い難《がた》し 4
若必筮予之 恐後之謝
若《も》し必《かなら》ず筮《ぜい》して之《こ》れを予《よ》すれば、後《のち》の謝《しゃ》するを恐《おそ》る 5
不能復用巫陽焉
能《よ》く復《ま》た巫陽《ふよう》を用《もち》いざらん

〔主人公が登場〕
わたしは若年より清廉潔白に努め、義を体して、いささかも怠ることがなかった
我が盛徳を発揮しようと努めたのだが、世俗の影響を被り、汚されてしまい
ご主君は我が盛徳を評価してくださらず、苦境に陥り、愁いに沈むこととなった
〔上帝と巫陽《ふよう》との問答〕
上帝が巫陽に告げて云った
ある人物が地上世界におり、わたしはかれに力添えをしたいと思っている

かれの魂は身体から離散してしまった、おまえは筮《うらな》って身体にもどしてやってくれ
巫陽が答えて云った
そうしたことは掌夢《しょうぼう》の職務であって、上帝さまのご命令であっても従えません
まず筮ったあと、魂をもどそうとするなら、時期を失ってしまう恐れがあります
こうした状況にあって、巫陽《わたし》はなにの役にも立たないのです

1 王逸《おういつ》「章句」は清と廉との違いを説明して、清はものを求めぬこと、廉はものを受け取らぬことという。沬は懈《おこた》り已《や》めること。

2 朱熹《しゅき》「集注」もいうように巫陽の返事にはよく解らないところが多い。朱熹は脱誤があるのだろうと推測している。巫陽の名は「山海経」海内西経に、開明獣《かいめいじゅう》の東方に、巫《ふ》彭《ほう》・巫《ふ》抵《てい》・巫陽・巫《ふ》履《り》・巫《ふ》凡《はん》・巫《ふ》相《しょう》がいて、不死の薬を操作していると見えるが、招魂の巫陽との関係は不明。

3 魂はたましいの内の純粋(精神的)な部分、魄はたましいの内の形而下的(肉体的)な部分。生人のたましいは魂と魄とが結合して成り立っている。その魂と魄とが分離し、魂がどこかへ行ってしまったとき、招魂儀礼を行ない、魂をもとの身体に呼びもどそうとする。之を予すとある予について、離散した魂に寄り添って、もとの肉体にもどしてや

ることだという。

4 掌夢は夢占いを掌る職務であろう。「周礼」春官・占夢の職文には六種類の夢の吉凶を占うことが見える。ここに掌夢のことが見えるのは、夢もまた霊魂が肉体から離脱した結果、見るものだという宗教的観念に基づくものであろう。

5 この部分も意味が不分明であるが、ひとまず、緊急に招魂を行なうべきであって、巫陽が卜筮などをしているうちに、手遅れになってしまうとする解釈に従った。

乃下招曰
魂兮歸來
去君之恒幹　何爲四方些
舍君之樂處　而離彼不祥些

魂兮歸來
東方不可以託些
長人千仞　唯魂是索些

乃《すなわ》ち下《した》に招《まね》いて曰《い》わく
魂《こん》よ、帰《かえ》り来《き》たれ
君《きみ》の恒幹《こうかん》を去《さ》り、何為《なんすれ》ぞ四方《しほう》す 1
君《きみ》の楽処《らくしょ》を舎《す》てて、彼《か》の不祥《ふしょう》に離《かか》る

魂《こん》よ、帰《かえ》り来《き》たれ
東方《とうほう》は以《も》って託《たく》す可《べ》からず
長人《ちょうじん》千仞《せんじん》、唯《こ》れ魂《こん》を是《こ》れ索《もと》む 2

十日代出　流金鑠石些
彼皆習之　魂往必釋些
歸來歸來　不可以託些
魂兮歸來
南方不可以止些
雕題黑齒　得人肉以祀　以其骨爲醢些
蝮蛇蓁蓁　封狐千里些
雄虺九首　往來儵忽　吞人以益其心些
歸來歸來　不可以久淫些

十日《じゅうじつ》代《こも》ごも出《い》で、金《きん》を流《なが》し石《いし》を鑠《と》かす 3
彼《か》れは皆《み》な之《こ》れに習《なら》うも、魂《こん》往《ゆ》かば必《かなら》ず釈《と》けん
帰《かえ》り来《き》たれ、帰《かえ》り来《き》たれ、以《も》って託《たく》す可《べ》からず
魂《こん》よ、帰《かえ》り来《き》たれ
南方《なんぽう》は以《も》って止《とど》まる可《べ》からず
雕題《ちょうだい》と黒歯《こくし》と、人肉《じんにく》を得《え》て以《も》って祀《まつ》り、
其《そ》の骨《ほね》を以《も》って醢《かい》と為《な》す 4
蝮蛇《ふくだ》は蓁蓁《しんしん》、封狐《ほうこ》は千里《せんり》
雄虺《ゆうき》の九首《きゅうしゅ》なる、往来《おうらい》すること儵忽《しゅくこつ》、
人《ひと》を呑《の》みて以《も》って其《そ》の心《しん》を益《えき》す 5
帰《かえ》り来《き》たれ、帰《かえ》り来《き》たれ、以《も》って久《ひさ》しく淫《あそ》ぶ可《べ》からず

魂兮歸來
西方之害　流沙千里些
旋入雷淵　爢散而不可止些
幸而得脱　其外曠宇些
赤螘若象　玄蠭若壺些
五穀不生　藂菅是食些
其土爛人　求水無所得些
彷徉無所倚　廣大無所極些
歸來歸來　恐自遺賊些

魂兮歸來
北方不可以止些
增冰峨峨　飛雪千里些
歸來歸來　不可以久些

魂《こん》よ、帰《かえ》り来《き》たれ
西方《せいほう》　之《こ》れ害《がい》あり、流沙《りゅうさ》　千里《せんり》
旋《たちま》ち雷淵《らいえん》に入《い》り、爢散《びさん》するも止《や》む可《べ》からず[6]
幸《さいわ》いにして脱《だっ》するを得《う》るも、其《そ》の外《そと》　曠宇《こうう》たり
赤螘《せきぎ》　象《ぞう》の若《ごと》く、玄蜂《げんほう》　壺《つぼ》の若《ごと》し
五穀《ごこく》　生《しょう》ぜず、藂菅《そうかん》　是《こ》れ食《しょく》す
其《そ》の土《つち》　人《ひと》を爛《と》かし、水《みず》を求《もと》むるも得《う》る所無《ところな》し
彷徉《ほうよう》して倚《よ》る所無《ところな》く、広大《こうだい》にして極《きわ》まる所無《ところな》し
帰《かえ》り来《き》たれ、帰《かえ》り来《き》たれ、恐《おそ》らくは自《みずか》ら賊《ぞく》を遺《おく》らん

魂《こん》よ、帰《かえ》り来《き》たれ
北方《ほっぽう》は以《も》って止《とど》まる可《べ》からず
増氷《ぞうひょう》は峨峨《がが》、飛雪《ひせつ》は千里《せんり》
帰《かえ》り来《き》たれ、帰《かえ》り来《き》たれ、以《も》って久《ひさ》しくす可《べ》か

魂兮歸來　君無上天些
虎豹九關　啄害下人些
一夫九首　拔木九千些
豺狼從目　往來侁侁些
懸人以娭　投之深淵些
致命於帝　然後得瞑些
歸來歸來　往恐危身些

魂兮歸來　君無下此幽都些
土伯九約　其角觺觺些
敦脄血拇　逐人駓駓些
參目虎首　其身若牛些

らず

魂《こん》よ、帰《かえ》り来《き》たれ、君《きみ》 天《てん》に上《のぼ》る無《な》かれ
虎豹《こひょう》 九関《きゅうかん》にありて、下人《かじん》を啄害《たくがい》す 7
一夫《いちふ》 九首《きゅうしゅ》、木《き》を抜《ぬ》くこと九千《きゅうせん》
豺狼《さいろう》の従目《じゅうもく》なる、往来《おうらい》すること侁侁《しんしん》たり 8
人《ひと》を懸《か》けて以《も》って娭《たの》しみ、之《こ》れを深淵《しんえん》に投《とう》ず
命《めい》を帝《てい》に致《いた》し、然《しか》る後《のち》に瞑《めい》するを得《う》
帰《かえ》り来《き》たれ、帰《かえ》り来《き》たれ、往《ゆ》かば恐《おそ》らくは身《み》を
危《あや》うくせん
魂《こん》よ、帰《かえ》り来《き》たれ、君《きみ》 此《こ》の幽都《ゆうと》に下《くだ》る無《な》かれ 9
土伯《どはく》は九約《きゅうやく》、其《そ》の角《つの》は觺觺《ぎぎ》
敦脄血拇《とんばいけつぼ》、人《ひと》を逐《お》うこと駓駓《ひひ》たり 10
参目《さんもく》にして虎首《こしゅ》、其《そ》の身《み》は牛《うし》の若《ごと》し

此皆甘人
歸來歸來　恐自遺災些

魂兮歸來　入脩門些
工祝招君　背行先些
秦篝齊縷　鄭綿絡些
招具該備　永嘯呼些
魂兮歸來　反故居些

此《こ》れ皆《み》な人《ひと》を甘《あま》しとす
帰《かえ》り来《き》たれ、帰《かえ》り来《き》たれ、恐《おそ》らくは自《みずか》ら災《わざわ》いを
遺《おく》らん

魂《こん》よ、帰《かえ》り来《き》たり、脩門《しゅうもん》より入《い》れ[11]
工祝《こうしゅく》君《きみ》を招《まね》き、背行《はいこう》して先《さき》んず[12]
秦篝《しんこう》と斉縷《せいる》と、鄭綿《ていめん》絡《らく》たり[13]
招具《しょうぐ》該備《がいび》し、永《なが》く嘯呼《しょうこ》す
魂《こん》よ、帰《かえ》り来《き》たり、故居《こきょ》に反《かえ》れ

〔招魂の儀礼〕

そこで、下方世界に向かって、魂を招いて云った
魂よ、帰り来たれ
あなたのいつもの身体から脱け出し、なぜ四方へ行こうとされるのか
あなたの安楽な居所を棄てて、わざわざ災難を被ろうとされるのか

魂よ、帰り来たれ
東方の地には身を置くことができない
身の丈《たけ》千仞の巨人が、ひたすら魂を探し求めて、これを食べようとしている
十個の太陽が代わるがわる昇り、金属を溶かし、石をもとろかす
かの地の人々は慣れているだろうが、魂がそこに行けば、きっと分解してしまう
帰り来たれ、帰り来たれ、そんなところに身を置くことはできない

魂よ、帰り来たれ
南方の地には止《とど》まることができない
額に入れ墨をした人々、お歯黒の者たちがいて、人肉を求めて祭祀を行ない、その
　骨は醢《しおから》にしてしまう
蝮蛇《どくへび》がウョウョと集まり、大狐《おおきつね》が千里を駆けて獲物を探している
九頭の雄虺《おろち》が、すばやく往来し、人を丸呑みにして強心剤とする
帰り来たれ、帰り来たれ、そこに長く止まることはできない

魂よ、帰り来たれ
西方は恐ろしいところ、流沙(砂漠)が千里に広がり

たちまち雷淵《らいえん》に引き込まれ、身体がばらばらになっても、苦しみは終わらない
幸いに脱出できたとしても、外にあるのは広漠たる無人の空間
赤い蟻は象ほどの大きさ、黒い蜂は壺《ひょうたん》のよう
五穀は生えず、人々は雑草や水辺の植物を食べ物としている
その土に触れれば人の肌を焼け爛《ただ》れさせ、水を求めても、探し当てられない
あてどなく彷徨《さまよ》って身の落ち着けどころがなく、広大にして極まりがない
帰り来たれ、帰り来たれ、そこに居れば、求めてみずからを傷つけることになろう

魂よ、帰り来たれ
北方の地には止まることができない
氷山が峨々《がが》とそびえ立ち、吹雪が千里の地を吹き渡る
帰り来たれ、帰り来たれ、そこに久しく止まることはできない

魂よ、帰り来たれ、天に昇ってはならない
九重の天門《てんもん》には虎豹《こひょう》がおり、下界から来た人に噛みついて傷つける
九つの頭のある男がいて、〔一日に〕九千本の樹木を引っこ抜いている

縦に眼が付いた豺狼《さいろう》が、ズシズシと音を立てて歩きまわり
人を捕らえると、ぶら下げておもちゃにしたあと、深い淵に投げ込む
上帝に訴えて許可を得たあとでないと、安らかに瞑目することもできない
帰り来たれ、帰り来たれ、そこに行けば身を危うくすることにもなろう
魂よ、帰り来たれ、幽都《ゆうと》(地下世界)に下ってはならない
土伯《どはく》(大地の神)が九重にとぐろを巻き、研ぎ澄まされたその角《つの》
背中が盛り上がり、指は血にまみれて、すばやく人を追いまわす
三つ目で、虎の頭を持ち、その身体は牛のようなものたちがいて
こうした連中は、みな好んで人間を食らう
帰り来たれ、帰り来たれ、そこに行けば、わざわざ災難を招き寄せることにもなろう

魂よ、帰り来たり、脩門《しゅうもん》より入られよ
工祝《みこ》があなたを招き、後ろ向きに歩きつつ先導をする
秦《しん》の国の篝《かご》と斉《せい》の国の縷《いと》と、鄭《てい》の国の綿を結んで作った「魂衣《こんい》が立派にしたてられている」

魂招きの道具はそろい、長く声を引いて魂に呼びかける
魂よ、帰り来たり、もとの住み処にもどられよ、と

1 恒幹はいつもの身体。幹を閈に作るテキストに拠れば、これまで住んできた里郷。招魂に特徴的な語尾の助辞「些」について、沈括《しんかつ》「夢渓筆談《ぼうけいひつたん》」巻三には「今、夔峡《ききょう》・湖湘および南北江の獠人《ろうひと》は、おおよそ禁呪の句尾に、みな些と称す」といい、楚地域の少数民族の間に、宗教的な唱えごとの最後に些の語を付ける風習が伝わっていることを指摘している。

2 長人は背の高い巨人。「山海経」海外東経に大人国《たいじんこく》が見える。また「国語」魯語下に見える防風氏《ぼうふうし》は、その骨の一節だけで馬車の車箱いっぱいになったとされ、人の身の丈の最短と最長とをめぐる孔子の議論が記録されている。一仞は七尺。

3 十個の太陽が東方の扶桑の樹に懸かっており、十日に一度の天上遊行を待っているとされた。それゆえ、東方は酷熱の地だとされるのである。

4 雕題は額に入れ墨のある民族をいう。「礼記」王制篇で五方の民について述べた中に、南方の民を蛮という。雕題・交趾のものたちで、食べ物を調理しないものもいるといい、その鄭玄注は、文様を雕することであって、その肌を刻んで色彩を塗り込むことをいう

と説明する。

5 虺は毒蛇。天問に「雄虺の九首にして、儵忽たるは　焉くに在る」(一九三頁)と見えた。

6 雷淵のこと、よく解らないが、砂漠の中に大きな蟻地獄のような淵があると考えられたのであろうか。王夫之《おうふし》「通釈」はこの淵を西海(世界の西の果てに在る海)のことだとしている。

7 豹は虎の一種と考えられた。「説文解字」第九篇に「豹は、虎に似て、圜文なり」とある。豹は雌の虎だとする説もある。九関は天帝の宮殿にある九重の天門。天門のそばに虎豹がいる様子は馬王堆《ばおうたい》漢墓出土の帛画《はくが》(飛衣)にも画かれている。

8 豺狼はヤマイヌやオオカミ。従目は縦目。目頭と目じりが水平でなく上下方向に配されている目。

9 幽都は地下の支配者の宮殿があるところ。そこに大地の神である土伯がいる。幽都は中国の地獄観念の原初的なものであり、道教にも引き継がれる。

10 九約は、九重にとぐろをまくこと。土伯は蛇のような形態を持つと考えられていたのであろうか。敦脈血拇の意味、よく解らない。

11 脩門を「章句」は楚のみやこ郢都の城門だとする。九章の哀郢篇に見える龍門と同様の城門の一つとするのである。招魂の実修の中で、魂をくぐらせるために設けられる魂門の一種と考えるべきかも知れない。

12 工祝の工もまた巫覡《ふげき》をいう。「詩経」小雅・楚茨篇に「工祝は告を致す」とある。

13 秦篝・斉縷・鄭綿は招魂のための道具(招具)。秦・斉・鄭と地名を挙げるのは、最高級品を取りそろえたという意味であろう。篝は魂が依りついた縷や綿を盛るための竹かごであろう。「儀礼」士葬礼篇には、建物の屋根で招魂を行ない、魂が依りついた衣服を投げおろして篋《きょう》(竹製の箱)で受け取る場面が記述されている。

天地四方　多賊姦些
像設君室　靜閒安些
高堂邃宇　檻層軒些
層臺累榭　臨高山些
網戸朱綴　刻方連些
冬有突廈　夏室寒些
川谷徑復　流潺湲些

天地四方《てんちしほう》、賊姦《ぞくかん》多《おお》し
像《かたち》どりて君《きみ》が室《しつ》を設《もう》け、静《しず》かにして間安《かんあん》なり **1**
高堂《こうどう》と邃宇《すいう》と、檻《かん》ありて軒《のき》を層《かさ》ね
層台《そうだい》と累榭《るいしゃ》と、高山《こうざん》に臨《のぞ》む **2**
網戸《もうこ》に朱綴《しゅてい》し、方連《ほうれん》に刻《きざ》む
冬《ふゆ》に突廈《ようか》有《あ》り、夏室《かしつ》　寒《さむ》し
川谷《せんこく》　径復《けいふく》して、流《なが》れ　潺湲《せんかん》たり

光風轉蕙　氾崇蘭些
經堂入奧　朱塵筵些
砥室翠翹　挂曲瓊些
翡翠珠被　爛齊光些
蒻阿拂壁　羅幬張些
纂組綺縞　結琦璜些
室中之觀　多珍怪些
蘭膏明燭　華陽備些
二八侍宿　射遞代些
九侯淑女　多迅衆些
盛鬋不同制　實滿宮些
容態好比　順彌代些
弱顏固植　謇其有意些
姱容脩態　絚洞房些
蛾眉曼睩　目騰光些

光風《こうふう》　蕙《けい》を転《てん》じ、崇蘭《すうらん》を氾《ゆら》す 3
堂《どう》を経《へ》て奥《おう》に入《い》れば、朱《しゅ》の塵《じん》と筵《えん》 4
砥室《ししつ》に翠翹《すいぎょう》ありて、曲瓊《きょくけい》を挂《か》く
翡翠《ひすい》の珠被《しゅひ》は、爛《らん》として光《ひか》りを斉《ひと》しくし
蒻阿《じゃくあ》　壁《かべ》を払《はら》いて、羅幬《らちゅう》　張《は》らる 5
纂組《さんそ》と綺縞《きこう》と、琦璜《きこう》を結《むす》び
室中《しっちゅう》の観《かん》、珍怪《ちんかい》多《おお》し
蘭膏《らんこう》の明燭《めいしょく》、華陽《かよう》　備《そな》わり
二八《にはち》　侍宿《じしゅく》して、射《あき》れば遞代《ていだい》す
九侯《きゅうこう》の淑女《しゅくじょ》、多《おお》く衆《しゅう》に迅《まさ》り
盛鬋《せいせん》　制《せい》を同《おな》じくせず、実《じつ》に宮《きゅう》に満《み》つ 6
容態《ようたい》　好比《こうひ》、順《じゅん》に弥《ひさ》しくして代《か》わり
弱顔《じゃくがん》なれども固植《こしょく》、謇《けん》として其《そ》れ意《い》有《あ》り
姱容《かよう》にして脩態《しゅうたい》なるもの、洞房《どうぼう》に絚《み》ち
蛾眉《がび》にして曼睩《まんろく》、目《め》　光《ひか》りを騰《は》す

靡顔膩理　遺視矊些
離榭脩幕　侍君之閒些
翡帷翠幬　飾高堂些
紅壁沙版　玄玉梁些
仰觀刻桷　畫龍蛇些
坐堂伏檻　臨曲池些
芙蓉始發　雜芰荷些
紫莖屛風　文緣波些
文異豹飾　侍陂陁些
軒輬既低　歩騎羅些
蘭薄戶樹　瓊木籬些
魂兮歸來　何遠爲些

靡《び》顔《がん》にして膩《じ》理《り》、遺《い》視《し》　矊《べん》たり
離《り》榭《しゃ》脩《しゅう》幕《ばく》に、君《きみ》の間《いとま》に侍《じ》す
翡《ひ》帷《い》と翠《すい》幬《ちゅう》と、高《こう》堂《どう》を飾《かざ》り
紅《こう》壁《へき》と沙《さ》版《ばん》と、玄《げん》玉《ぎょく》の梁《りょう》
仰《あお》ぎて刻《こく》桷《かく》を観《み》れば、龍《りょう》蛇《だ》を画《えが》き
堂《どう》に坐《すわ》りて檻《おばしま》に伏《ふ》し、曲《きょく》池《ち》に臨《のぞ》む
芙《ふ》蓉《よう》　始《はじ》めて発《ひら》きて、芰《き》荷《か》を雑《まじ》え
紫《し》茎《けい》の屛《へい》風《ふう》、文《あや》　波《なみ》に縁《よ》る[7]
文《ぶん》異《い》の豹《ひょう》飾《しょく》、陂《は》陁《た》に侍《じ》し
軒《けん》輬《りょう》　既《すで》に低《つど》い、歩《ほ》騎《き》　羅《つら》なる[8]
蘭《らん》薄《はく》　戸《こ》に樹《う》え、瓊《けい》木《ぼく》の籬《まがき》あり
魂《こん》よ、帰《かえ》り来《き》たれ、何《なん》ぞ遠《とお》きを為《な》す

天上も地下も四方の土地も、みな危険に満ちているが
昔通りにしつらえてあるあなたの居室は、静かでのどやかだ

高い建物と奥深い屋根とが、重なり合って軒を連ね
いく層もの高台からは、高い山をまぢかに臨むことができる
透かし装飾の扉は朱色に縁取られ、太い門楣《まぐさ》には彫刻がほどこされて
冬を快適に過ごすための奥まった建物があり、夏のための部屋は涼しい
谷川の水が庭園の中を曲折しつつ、サラサラと流れゆき
〔雨上がりの〕光りを含んだ風が蕙草《めぼうき》を舞わせ、群れ咲く蘭《らん》を揺らせる
広間から奥室に通れば、そこには〔あなたが坐るべき〕朱色の承塵《しょうじん》と筵席《えんせき》とがあり
石畳の部屋は翡翠《かわせみ》の尾羽根で飾られ、曲がった玉《ぎょく》のカーテン止めが壁にぶら下がる
翡翠と玉とで飾った寝具は、目もあやに、四方に光を放ち
部屋の隅には水草で編んだ壁掛けが配され、薄絹の幕が張られている
その幕には、組み紐と練り絹の紐が付いて、玉の飾りが結ばれ
室内に陳列されているのは、数多くの珍奇な品々
蘭の膏《あぶら》の灯火《ともしび》が明るく輝いて、美人たちが勢ぞろいし
八人二組の女子楽団がお側に侍り、君が飽きれば、次々と入れ替わって演奏をする
各地の諸侯のもとから集められた女官たちは、ずば抜けた才媛ばかり

盛り上げた髪型のそれぞれに異なる女性たちが、宮殿に満ち溢れる
その容貌は美しく、親しみやすく、彼女たちが入れ替わりつつお側に侍り
たおやかに見えても、しっかりした気骨を保ち、自分の意見をまっすぐに述べる
奥向きの部屋にいるのは、容貌うるわしく、すらりとした容姿の女性たち
美しい眉、みずみずしい眸《ひとみ》、きらきらと輝く目
整った顔貌、きめ細かな肌、意味ありげな流し目
彼女たちが、離宮の高殿《たかどの》の大きな幔幕の張られた部屋で、つれづれをお慰めする
翡翠《かわせみ》の羽根紋様の几帳ととばりとが、立派な広間をひときわ引き立て
朱色《べんがら》の土壁と丹沙を塗った木壁の上には、黒玉のような梁《はり》が渡されている
目を上に向けて、彫刻のある垂木《たるき》を見やれば、そこには龍蛇《りょうだ》が画かれ
広間に坐って欄干《てすり》越しに下を見ると、入り組んだ沚《なぎさ》を持つ苑池が目の前に広がる
花開いたばかりの蓮《はす》に、菱《ひし》などの水草が入りまじり
紫の茎の水葵《みずあおい》は、波をかぶるごとに綵《あや》模様を水面に画きだす
目にあざやかな豹柄の衣服を着けた衛士たちが、階下に侍り
高級馬車が集い、歩兵、騎兵が整列して〔あなたの外出を待つ〕

門際に植えられた蘭は茂みをなし、美しい木材を用いた垣根が連なる
魂よ、帰り来たれ、なぜ遠方へ行こうとされるのか

1 この一段では、前段で描写した天地四方の危険に比べて、現世の居室がいかにすばらしいかを縷々と述べ、現実的な快楽を列挙して、魂をおびき寄せようとする。その現世生活の情景は王侯のもののようで、そこから楚の懐王《かいおう》の魂を招くために招魂が作られたという解釈も出たのであろう。

2 台も榭も人工的な高台。台は土を固めて築いたもの、榭はそれに木造建築が付随するものだとされる。台は元来は宗教的な祭祀の施設であったが、春秋戦国時代には宗教性が薄れ、各地に遊覧の場としての台榭が築かれた。楚の国の台としては章華台《しょうかだい》が有名で、二十世紀後半に、その遺跡だろうとされる建築跡の発掘が行なわれている。

3 光風について「章句」は、雨が止み太陽が出て風が吹くと草木に光ありと説明する。風が吹いて植物がきらきら輝くさま。

4 塵は承塵をいう。建築物には天井板が張られず、主人の坐る座の上だけに板が張られた。それが承塵。

5 蒻阿のこと、よく解らない。水草で編んだ壁掛けの一種か。

6 九侯の淑女は、配下の領主たちから集められた采女《うねめ》たち。それらの女性たちがそれぞれの出身地の盛髻（髪型）をそのまま保っているのは、秦が征服した諸侯ごとに宮殿を建て、それぞれの国ぶりをみやこの咸陽《かんよう》で再現したのと同様の意図であろうか。

7 屛風は水草の名、莕菜（荇菜）のこと。荇菜はあさざ。食べられる。

8 陂陁は階（きざはし）。軒輬は軒車（帷幕をめぐらせた馬車）と輬車（ソファー付き馬車か）。いずれも外出用の高級馬車。

室家遂宗　食多方些
稲粢穱麥　挐黄粱些
大苦鹹酸　辛甘行些
肥牛之腱　臑若芳些
和酸若苦　陳呉羹些
臑鼈炮羔　有柘漿些
鵠酸臇鳧　煎鴻鶬些
露鷄臛蠵　厲而不爽些

室家《しっか》　遂宗《ついそう》にして、食《しょく》は多方《たほう》
稲粢《とうし》　麦《むぎ》を穱《えら》び、黄粱《こうりょう》を挐《まじ》う 1
大苦《だいく》鹹酸《かんさん》、辛甘《しんかん》　行《よろ》しく
肥牛《ひぎゅう》の腱《けん》、臑若《じじゃく》して芳《かんば》し
酸《さん》を和《わ》し苦《く》を若《じゃく》して、呉羹《ごこう》を陳《なら》べ
鼈《べつ》を臑《に》、羔《こう》を炮《あぶ》りて、柘漿《しゃしょう》有《あ》り 2
鵠《こく》　酸《さん》にし鳧《ふ》を臇《あつもの》にし、鴻鶬《こうそう》を煎《あぶ》り
露鷄《ろけい》　蠵《けい》を臛《かく》にし、厲《れい》なれども爽《そう》ならず

粔籹蜜餌　有餦餭些
瑤漿蜜勺　實羽觴些
挫糟凍飲　酎清涼些
華酌既陳　有瓊漿些
歸來反故室　敬而無妨些

粔籹《きょじょ》　蜜餌《みつじ》、餦餭《ちょうこう》有《あ》り
瑤漿《ようしょう》　蜜《みつ》を勺《しゃく》し、羽觴《うしょう》に実《み》たす
糟《かす》を挫《のぞ》きし凍飲《とういん》、酎《ちゅう》　清涼《せいりょう》たり
華酌《かしゃく》　既《すで》に陳《なら》び、瓊漿《けいしょう》有《あ》り
帰《かえ》り来《き》たりて故室《こしつ》に反《かえ》れ、敬《けい》して妨《さまた》げ無《な》し

ご一族の方々が数多く集い、〔あなたを饗するための〕ご馳走も多種多様
稲《もちごめ》と稷《きび》、それに麦を厳選し、黄粱《こうりょう》を混ぜ込んだご飯
味噌と塩と酢とを用い、辛さ、甘さをうまく調和させ
肥えた牛の腱《りん》は、じっくり煮られて、良い香りを放つ
酸っぱさを抑え、苦さを加味した、江東《こうとう》風のスープが並べられ
スッポンの煮もの、小羊のあぶり焼き、サトウキビのジュースが添えられる
クグイを酢漬けにし、カモをポタージュにし、ヒシクイとツルとの肉をあぶり
地鶏《じどり》と大亀のスープは、強烈ではあるが口になじむ
ワタオコシに蜜を塗ったお団子、砂糖菓子が並び
玉《ぎょく》を溶かしたようなジュースに蜜を加えて、羽觴《さかずき》に満たす

酒粕を除き去った冷酒、芳醇な酒が澄んでつめたく
華やかな紋様の、酒を汲むためのひしゃくが並び、つややかな飲料水が添えられる
帰って居室にもどられよ、そこでは人々があなたを大切にし、なにの心配事もない

1 この一段は、美味な食物を並べ立てて述べ、離散した魂を釣ろうとしている。ただその盛大な料理の記述の具体的な内容については、解らないところが多い。

2 漿は、酒と並列される古代中国の飲料。清涼飲料水。茶が三国時代ころから一般に飲まれるようになる以前は、酒と漿とが祭祀や宴席の場に供された。「周礼」天官には酒人と並んで漿人の職務規定が記されている。

肴羞未通　女樂羅些
敶鍾按鼓　造新歌些
涉江采菱　發揚荷些
美人既醉　朱顏酡些
娭光眇視　目曾波些

肴羞《こうしゅう》　未《いま》だ通《とお》らざるに、女楽《じょがく》　羅《つら》なる 1
鍾《しょう》を陳《なら》べ鼓《こ》を按《う》ち、新歌《しんか》を造《はじ》め
渉江《しょうこう》と采菱《さいりょう》と、揚荷《ようか》を発《はっ》す 2
美人《びじん》　既《すで》に酔《よ》い、朱顔《しゅがん》　酡《た》たり 3
娭光《きこう》　眇視《びょうし》し、目《め》　波《なみ》を曾《かさ》ぬ

被文服纖　麗而不奇些
長髮曼鬋　豔陸離些
二八齊容　起鄭舞些
衽若交竿　撫案下些
竽瑟狂會　搷鳴鼓些
宮庭震驚　發激楚些
呉歈蔡謳　奏大呂些
士女雜坐　亂而不分些
放敶組纓　班其相紛些
鄭衛妖玩　來雜陳些
激楚之結　獨秀先些
菎蔽象棊　有六簙些
分曹竝進　遒相迫些
成梟而牟　呼五白些
晉制犀比　費白日些

文《ぶん》を被《こうむ》り纖《せん》を服《ふく》して、麗《れい》にして不《おお》いに奇《き》なり 4
長髪《ちょうはつ》　曼鬋《まんせん》、艶《えん》　陸離《りくり》たり
二八《にはち》　容《よう》を斉《ととの》え、起《た》ちて鄭舞《ていぶ》す 5
衽《おくみ》　交竿《こうかん》の若《ごと》く、案《あん》を撫《ぶ》して下《くだ》る 6
竽瑟《うしつ》　狂会《きょうかい》し、鳴鼓《めいこ》を搷《う》つ
宮庭《きゅうてい》　震驚《しんきょう》し、激楚《げきそ》を発《はっ》す 7
呉歈《ごゆ》と蔡謳《さいおう》と、大呂《だいりょ》を奏《そう》す
士女《しじょ》　雑坐《ざつざ》し、乱《みだ》れて分《わ》かたず
組纓《そえい》を放陳《ほうちん》し、班《はん》として其《そ》れ相《あ》い紛《みだ》る
鄭衛《ていえい》の妖玩《ようがん》、来《き》たりて雑陳《ざっちん》し
激楚《げきそ》の結《もとどり》、独《ひと》り秀先《しゅうせん》す
菎蔽《こんへい》と象棋《ぞうき》と、六簙《ろくはく》有《あ》り 8
曹《くみ》を分《わ》かちて並《なら》び進《すす》み、遒《あわただ》しく相《あ》い迫《せま》る
梟《きょう》を成《な》して牟《ぼう》、五白《ごはく》を叫《よ》び
晋制《しんせい》の犀比《さいひ》、白日《はくじつ》に費《かが》やく

鏗鍾搖簴　揳梓瑟些
娯酒不廢　沈日夜些
蘭膏明燭　華鐙錯些
結撰至思　蘭芳假些
人有所極　同心賦些
酎飲盡歡　樂先故些
魂兮歸來　反故居些

鍾《しょう》を鏗《つ》き簴《きょ》を揺《ゆ》るがし、梓瑟《ししつ》を揳《ひ》き
酒《さけ》を娯《たの》しみて廃《はい》せず、日夜《にちや》に沈《しず》む
蘭膏《らんこう》の明燭《めいしょく》、華鐙《かとう》 錯《さく》たり
至思《しし》を結撰《けつせん》すれば、蘭芳《らんほう》 仮《いた》る
人《ひと》に極《きょく》する所《ところ》有《あ》りて、同心《どうしん》に賦《うた》う
酎飲《ちゅういん》 歓《かん》を尽《つ》くして、先故《せんこ》を楽《たの》します
魂《こん》よ、帰《かえ》り来《き》たり、故居《こきょ》に反《かえ》れ

ご馳走が運び込まれる前から、女の楽人たちが整列しており
鐘を連ね太鼓を鳴らして、最新の歌曲を披露し
渉江《しょうこう》の歌、采菱《さいりょう》の歌、揚荷《ようか》の歌が始まる
美しい人に酔いがまわって、顔が赤く染まり
いたずら好きそうな瞳で目を細め、いく度も秋波《しゅうは》を流す
紋様のある、細かい目の絹の衣服を着け、その麗しさはとびぬけて
長い髪、つややかな鬢《びん》毛、そのあでやかさは眩《まばゆ》いばかり

容貌がそろった、八人二列の舞女たちが、鄭国（中原《ちゅうげん》風）の舞いを始め
衣装の衽《おくみ》が、竿《さお》のように交差する激しい舞いのあと、リズムを抑えつつ下座へもどる
竽《ふえ》と瑟《こと》とが競うように合奏され、太鼓が打ち鳴らされて
宮殿の庭をとどろかせて、激楚《げきそ》の音楽が始まり
呉《ご》の国の歌、蔡《さい》の国の民謡が歌われ、楽隊が大呂《だいりょ》の調子で伴奏をする
男も女性たちも思いのままに座を占め、入り乱れて男女の区別がなく
印綬の組み紐も冠のあご紐も外してしまい、身分を忘れた無礼講
鄭国・衛国の美女たちが入って来て座の間に坐り
楚国風の髷《まげ》を結った女性が、他を圧して、鮮やかにその場を取り仕切る
玉《ぎょく》の箸《ちょ》と象牙の棋《こま》、六博《ろくはく》のあそび道具が準備され
左右に分かれて駒を進め、互いに相手を負かそうと、競い合う
梟《きょう》の目が出れば倍の点数、五白《ごはく》の目が出ますようにと叫び
晋国製の犀《さい》の角《つの》細工の用具は、耀《かがや》いて、太陽のように目を射る

懸架《スタンド》を揺るがさんばかりの勢いで鐘を突き、梓《あずさ》の瑟を演奏して
酒を楽しんで杯を置くひまもなく、昼夜の別なく沈湎《ちんりん》する
蘭《らん》の膏《あぶら》を燃やす明るい灯火、その火皿には華やかな透かし紋様が刻され
想いの深い人々がここに集まると、おのずと蘭の香りがただよう
それぞれが思いをこらし、心を一つにして歌い
美酒を飲んで歓を尽くし、故人たちをも楽しませる
魂よ、帰り来たり、もとの住み処にもどられよ

1 本篇の最後の段では、主として宴席における歌舞芸能の楽しみを述べて、魂をおびき寄せようとする。

2 渉江、采菱、揚荷(陽阿)は歌の題目。おそらくは南方の水郷地域の民謡に由来する歌曲なのであろう。「淮南子」俶真訓に「足に陽阿の舞いを蹀《ふ》み、手に緑水の趨《ふし》を会す」とあり、舞いを伴ったのであろう。

3 この美人の役目ははっきりしない。楽人のうちの歌い手なのであろうか。そうだとすると、酒を飲みつつの演芸ということになりそうである。

4 不奇の不は強調するための否定表現。不顕というのも同様で「おおいに顕らか」とい

う意味。こうした場合の不の字は丕とも書かれる。

5 鄭舞は中原風の、最新流行の舞踊。儒家の人々は、こうした中原先進地帯で流行する楽舞を嫌い、鄭衛《ていえい》の音《おん》と呼んで、亡国の音楽だとした。楚の地の渉江などの歌曲で始まった音楽が、やがて中原の音楽へと展開する。

6 この二句、舞いの様子を形容するのであるが、具体的になにをいっているのかよく解らない。

7 激楚は曲の名だとされる。司馬相如《しばしょうじょ》「上林《じょうりん》の賦」にも、宮中の音楽を述べて「鄢郢《えんえい》繽紛たりて、激楚 風を結ぶ」という。五聯あとにも「激楚の結」と見えるが、そちらは髪型のことだとされる。その激楚が一番だとされており、楚の人々のお国自慢が見えて、ほほえましい。

8 六簙は六博に同じ。すごろくのような盤上遊戯。蔽《へい》(箸)を投げて、出た数で棋《こま》を進める。梟や五白はこの遊戯の蔽の目(賽の目)に関わる用語であろうが、詳細は不明。漢代の画像石や陶塑《とうそ》には六博で遊ぶ様子がしばしば表わされている。その側に多く酒樽が画かれており、酒宴の席での遊びであったことがうかがわれる。

亂曰

乱《らん》に曰《い》わく

獻歲發春兮　汨吾南征
菉蘋齊葉兮　白芷生
路貫廬江兮　左長薄
倚沼畦瀛兮　遙望博
青驪結駟兮　齊千乘
懸火延起兮　玄顏烝
步及驟處兮　誘騁先
抑騖若通兮　引車右還
與王趨夢兮　課後先
君王親發兮　憚青兕
朱明承夜兮　時不可以淹
皋蘭被徑兮　斯路漸
湛湛江水兮　上有楓
目極千里兮　傷春心
魂兮歸來　哀江南

献歳《けんさい》　発春《はっしゅん》、汨《いっ》として吾《われ》　南征《なんせい》す
菉蘋《りょくひん》　葉《は》を斉《ととの》え、白芷《はくし》　生《しょう》ず
路《みち》　廬《ろ》江《こう》に貫《い》で、長薄《ちょうはく》を左《ひだり》にし
沼《ぬま》に倚《よ》り瀛《えい》を畦《けい》して、遥《はる》かに博《はく》を望《のぞ》む[1]
青驪《せいり》　駟《し》に結《むす》び、千乗《せんじょう》を斉《そろ》え
懸火《けんか》　延起《えんき》し、玄顔《げんがん》を烝《じょう》す[2]
歩《ほ》及《およ》び驟《しゅう》と処《しょ》と、誘《さそ》いて先《さき》に騁《は》せ
抑《よく》と騖《ぶ》と若《したが》い通《つう》じ、車《くるま》を引《ひ》きて右還《ゆうかん》す
王《おう》と夢《ぼう》に趨《は》せ、後先《こうせん》を課《か》す[3]
君王《くんおう》　親《した》しく発《はっ》し、青兕《せいじ》を憚《おどろ》かす
朱明《しゅめい》　夜《よ》を承《う》けて、時《とき》　以《も》って淹《ひさ》しくす可《べ》からず
皐蘭《こうらん》　径《みち》を被《おお》い、斯《こ》の路《みち》　漸《ひた》る
湛湛《たんたん》たる江水《こうすい》、上《ほとり》に楓《ふう》有《あ》り[4]
目《め》　千里《せんり》を極《きわ》めて、春心《しゅんしん》を傷《きず》つく
魂《こん》よ、帰《かえ》り来《き》たれ、江南《こうなん》は哀《かな》し[5]

乱《らん》にいう
新しい歳の春の始め、わたしは、ひたすら南へと道をいそぐ
菉《かりやす》と蘋《うきくさ》とは一斉に葉を伸ばし、白芷《よろいぐさ》も芽生えそめた
行く道は廬《ろ》江《こう》に出、長薄《ちょうはく》を左に見て
水辺にたたずみ、大きな湖水のかなたに、遠い平原を望みやる
〔その平原では、かつて〕黒馬を馬車につなぎ、千輛の車馬をそろえて〔巻き狩りがなされ〕
〔夜の狩りには〕篝火《かがりび》は明々と野を焼き、天を焦がして、空全体が赤く染められた
徒歩の者、馬を馳せる者、勢子《せこ》たちがいて、わたしは、先に立って獣を追いかけ
馬の速度を調整しつつ、ご主君の車を導き、獲物の前をふさいで、右に旋回した
ご主君とともに雲夢《うんぼう》の沢《たく》に馬を馳せ、わたしはご主君の馬車の先後に侍る者たちに指示を出し
ご主君は、みずから矢を射て、黒い野牛を驚かせたのであった
白日が夜を継ぎ、昼と夜とが次々と交代をして、時の流れは止《とど》むべくもない
水辺に生える蘭《らん》は小道を遮るばかりに繁茂し、行くべき道は水にひたされている

溢れんばかりの江水《こうすい》、そのほとりに楓《かえで》の樹が立つ
千里のかなたに眺望を馳せようとし、春の心は悲しみに傷つく
魂よ、帰り来たれ、江南の地にあるのは、哀しみばかり

1 廬江と長薄とは地名。ただこの廬江は安徽省巣湖《そうこ》近辺の廬江ではないだろうとされる。畦瀛の畦の字、区と釈されるが意味を取りにくい。瀛は水池の中央をいうとされる。博は平らな広がり。

2 玄は天と釈される。「章句」は、篝火が延焼して野沢を焼き、煙は上りて天を烝し、天を黒く染めると釈す。

3 夢《ぼう》は水沢地。楚では草沢を夢と呼ぶという。この場合は江北から江南に広がる雲夢の沢をいうのであろう。「周礼」夏官・職方氏の職文で九州を述べた中に「正南を荆州という。その山鎮を衡山といい、その沢藪《たくそう》を雲瞢《うんぼう》(夢)という」とある。雲夢は狩猟地でもある。雲夢沢の様子やそこでの楚王の巻き狩りについては、司馬相如「子虚《しきょ》の賦」に詳しい。

4 楓について「爾雅」釈木篇に「楓は欇欇《しょうしょう》のこと」とあり、その郭璞《かくはく》注に、楓樹は白楊に似て、葉は員《まる》くして岐《わかれめ》あり。脂ありて香ると説明する。この楓は、北方のメープルツ

リーではなく、南方の楓香樹《ふうこうじゅ》のことだとされる。南方の少数民族、苗族などはいまも楓香樹を神聖視している。

5 哀江南の語は、南北朝末期、梁王朝の滅亡とともに江南から北朝に移住した庾信《ゆしん》がみずからの生涯を振り返って作った作品、「哀江南の賦」の篇題にもなっている。

解　説

楚辞の成立

楚辞は、詩経《しきょう》と並んで、中国先秦《せんしん》時期を代表する二大詩華集の一つである。詩経(詩三百篇)のテキストが、春秋時代の後半期には現在に伝わるものに近いかたちに定まっていたであろうと推定されるのに対して、楚辞は、戦国時代の後半期から前漢時代の初期にかけて、その基幹をなす作品群が形成された。詩経の成立が楚辞の形成よりも四、五百年、先立つのである。しかし、歌謡の成立の一般的な過程に照らして両者の内容を比較してみるとき、楚辞の諸作品の方に、詩歌として、より古い様相が留められていることが興味深い。

古代歌謡が形成される基盤にはさまざまな条件ときっかけとが存在したに違いなく、それが成長する過程もそれぞれの文化地域ごとに特徴があったであろう。しかし、歴史的な視点でそれらを見てみるとき、祭祀儀礼の中から歌謡が生まれるという大きな流れがあったことは確かである。詩歌のすべてが宗教的な場から成長したとまではいえないにしろ、多くの様式の古典的な芸能が宗教的な場における歌と語りとにその起源を持っているのもまた事実なのである。

詩経に収められた詩歌のうち、その古い部分には宗教歌謡がまとまったかたちで存在していた。詩経の中の頌《しょう》と呼ばれている部分がその代表であり、頌の諸篇の多くは宗廟における祭礼の場で演奏される楽歌に起源を持つものだと推測される。ただ、そうした作品においては、儀礼の様相が客観視されて平静に描写されており、その中に人々の神々に対する宗教的感情が直接に表明されることはあまり多くない。

それとは対照的に、楚辞の中でも古層に属する作品には、宗教的な感情を表出することを主な動機として形成されているように見えるものが少なくない。詩経のように平静に宗教儀礼に相い対するのではなく、楚辞の諸作品の中には、祭祀の対象である神々に対して懐く祭祀者たちの深い思いの表出が作品の根幹をなしているものがいくつもあり、そうした作品群が楚辞の中でも成立時期がとりわけ早いものだと推測されるのである。神々への思いが直截に表明されている点を重視すれば、宗教儀礼から文芸へという流れの中で、楚辞は、詩経に比べて、より原初的な様相を示しているということができるだろう。

こうした文芸形成過程における逆転現象が見られるのは、楚辞文芸を育てたであろう楚地域の文化が、中原《ちゅうげん》地域からは隔たった南方の長江中流域に展開し、そこにはなお原始的な宗教観念とそれを反映した歌舞を伴う宗教儀礼が遺存していたことに由来すると考えられる。中原の人々がすでに忘れてしまっていた、人間が宗教儀礼に関わる際のナイーブな感情の動きの諸様相が楚辞作品の中には留められているのである。もちろんそうした現象は、中国南方地域が文化的に遅れていたことを意味するのではなく、中原地域とは異なる文化伝承を保持し、独自の文化を育てていたことを反映しているのである。

楚国の起源については、さまざまな説がある。そうした議論を単純化していえば、長江中流域の在地の農耕民たちの上に、支配者階層が乗っかるというかたちで、楚の国はできあがっていた。楚国の支配者階層に属する文化は、中原の文化と通い合うところがあったであろう。商代(殷代)の中期(二里崗期《にりこうき》)には、現在の武漢近辺に位置する盤龍《ばんりょう》城《じょう》遺跡に宮殿が建てられており、その宮殿は中原の宮殿建築制度をそのまま踏襲したものであった。おそらく長江中流域に、中原勢力の植民地が置かれ、そこが中原文化の江南への発信基地となっていたのであろう。商代末年から西周初年にかけての時期に属する、洞庭湖《どうていこ》南岸の寧郷《ねいきょう》近辺の遺跡からは、特色ある重厚な青銅器がいくつも出土している。青銅器文化の伝播は、単に技術的な伝承が楚地域で受容されただけに止《とど》まらず、

左図：大禾人面方鼎(寧郷)
上図：その銘文(大禾)

北方の制度や観念を南方に伝える契機ともなったと考えられる。楚国の文化の最上層では、こうした中原文化(とりわけ殷商文化)に由来する要素が受け継がれており、それが国家組織形成の核となり、その下に恒常的な生活をおくる在地の民衆たちがいたのである。楚国の文化もまた、支配体制の二重構造を反映して、支配階層に属するものと民衆層に属するものとの二層に区分できるであろう。この二つの文化層の相互関係の上に、楚国の特徴的な文化が築き上げられた。たとえば楚の国では特殊な月名(正月、二月などに対応する月名)が用いられているように、長江中流域に独自の文化伝統が形成されたのであった。

　楚辞の源流となった原楚辞《げんそじ》とも呼ぶべき文芸が、この文化の二重構造のどこに位置していたのか(支配階層的要素が強いのか、あるいは民衆的要素が強いのか）については、それを判断するための資料が不足している。おそらくは二重構造の双方に関係を持ちつつ、独自の文芸を築き上げてきたのであろう。わたし自身は、その文芸が在地の人々の文化の影響を受けるところが大きく、それが楚辞文芸の独自性の基礎になっていたのではないかと考えている。在地文化に基礎を据えた巫覡《ふげき》たちの宗教的な伝承がその文芸に大きな影響を与えていたと推測するのである。

原楚辞文芸の核心となったのは、神々を招いて行なう祭祀行事であり、その祭祀の場では迎神歌・享神歌・送神歌がうたわれていた。現在に伝わる九歌《きゅうか》の原型となる歌謡群である。祭祀を享けた神々が喜び、惜しみなく恩恵を施すとき、参加した人々もまた喜びに満たされる。そうした祭祀を通しての神々との恒常的な接触が人々の日常生活の安寧を保障していたのであった。

こうした祭祀歌謡のほかに、原楚辞文芸の中には、英雄叙事詩も含まれており、それが、離騒《りそう》が形成される基礎となった。現在に伝わる離騒の中では、その中段をなす、女神を訪ねる旅の記述は短く端折られているが、原離騒では、主人公の、楚の各地の山川に住まいする女神たちを次々と訪ねて旅をする記述が長大に続いていたのだろうと想像される。オデッセウスの旅を語るのと同様の、放浪の英雄の長篇叙事詩が語られていたのである。放浪する英雄は濃厚に、神、あるいは巫覡としての性格を具えていた。

こうした祭祀歌謡、あるいは祭祀演劇としての性格が強かった原楚辞を基礎にしつつ、戦国末期という激動の時代の中で、時代と社会の変化に対する苦悩を結晶化させて、現在に伝わる楚辞文芸の基礎が形成されたのだと考えられる。そうした文芸の変革を行なったのは、時代変化の諸様相を広い視点で凝視ができる、知識人的な人々であったのだろう。ただ、知識人ではあったが、かれらは、香草をめぐる伝承など楚文化の基礎に深く通じており、祭祀文芸と密接な関わりを持っていた。そうした伝承的な要素を受け継ぎつつ、それに新しい意味を付与し、自分たちの心情を結晶化して吐露することが可能な文芸形式を作り上げたのであった。

楚辞の展開

こうした楚辞文芸の形成過程を考慮に入れつつ、現存の楚辞諸作品のそれぞれの特徴を概括的に、以下に述べてみよう。

九歌

人々の神々への思いを核にして作られた楚辞作品のうちでも、その典型として挙げられるのが九歌の諸篇である。九歌十一篇の最後に置かれている礼魂《れいこん》篇には、祭祀に伴う歌舞の様子が描かれて、その最後は、次のような句でまとめられている(一七一頁)。

春蘭兮秋菊　　春には蘭《らん》を、秋には菊を献じて
長無絶兮終古　　いつまでも絶ゆることなく、とこしえに祭祀を奉げまつらん

この礼魂篇には、神々と祭祀者との間にしっかりとした信頼関係が結ばれており、その関係は永遠に変わることがないのだという確信が表明されている。そこにはゆったりとした時間が流れ、その中で演じられる楽しげな歌舞の様子が描写されているのである。こうした神々と祭祀者との間に結ばれた安定した関係は、原楚辞文芸の基盤を直接に引き継いだものなのである。

しかし、そうした神と人との間の安定した関係は、時代の展開とともに、早々と失われてしまった。九歌の中核部分をなす諸篇は、そうした神との安定した関係が喪失してしまったことへの嘆きを表明する作品なのである。祭祀者は心をこめて神々を招くが、神々はなかなか降臨しない。たとえ降臨はしても、すぐに去っていってしまう。祭祀者たちは、神々に対して、飽かぬ思いをつねに懐き、そうした状況への嘆きを歌に表明し

た。湘君《しょうくん》篇や湘夫人《しょうふじん》篇がそうした作品の代表をなすであろう。湘君篇には、祭祀者と神との関係が恋愛関係に比されて、次のように歌われている(一二一頁)。

心不同兮媒勞　　心が離れておれば、仲人《なこうど》は苦労をし
恩不甚兮輕絶　　二人の関係が十分に深くなければ、簡単に断絶してしまう

……

交不忠兮怨長　　わたしとの関係を忠実に守ろうとはせず、わたしはいつも怨むばかり
期不信兮告余以不閒　　二人で会うはずの約束を違えて、その暇《いとま》がないと伝えてきた

祭祀者と神との関係を男女の交わりに比するのは、単なる比喩であるには止まらなかったであろう。朱熹《しゅき》が推測するように、女神を祀るのは男巫《だんふ》であり、男神を祀るのは女《じょ》巫《ふ》だとする祭祀儀礼の基本的なかたちがあったと考えられるのである。祭祀者は、恋人である神の来訪をひたすら待ち焦がれるが、神はなかなかやって来ない。やって来た神

も、そそくさと立ち去ってしまう。神と共にある時間は楽しい。しかし逢瀬はあまりにも短い。祭祀者はつねに充たされぬ思いの中にある。礼魂篇に見えていた、ゆったりとした時間の流れは失われてしまって、時間は急速に流れて、事態は祭祀者の願いに背く方向へと確実に変化してゆく。こうした神・人関係の変化は、楚辞文芸を支えていた社会の基本的な構造が、戦国時代後半期から漢代初年にかけて、大きく変質したことを反映したものであったに違いない。

湘夫人篇は、次のような句で始まる(一二九頁)。

帝子降兮北渚
目眇眇兮愁余
嫋嫋兮秋風
洞庭波兮木葉下

帝の御子《みこ》なる湘夫人は、北の水辺に降《くだ》られた
目に映る、そのはるかな遠さが、我々に愁いをもたらす
嫋嫋《じょうじょう》と吹く秋風
洞庭湖《どうていこ》は波立って、木々は盛んに落葉する

神との間のはるかな隔たりが祭祀者の憂いを引き起こすのであるが、その神を見つめようとする祭祀者(シャマン)の視線の中に、洞庭湖をめぐる自然の情景が闖入してくる。詩経に登場する自然が、自然をありのままに写したというより、多かれ少なかれ比喩

的な意味をこめて表現されている(詩経の伝統的な解釈学では興《きょう》や比《ひ》と呼ばれている)のに対して、楚辞が描く自然は、祭祀者が思いをこめて神を求めるなかで、その視界に入ってくる自然なのである。それは、ときには祭祀者の思いをはぐらかすような自然の風景であったりもする。単なる比喩を越えて、人間たちの感情の動きと密接に結びついた自然の描写が、楚辞文芸の中で可能となっているのである。

　楚辞が基本的に憂いの文学であることと対応して、秋という季節、その秋の自然を注視する視点が楚辞文芸の中で成熟をする。成立時期は少し遅れるのであるが、九辯《きゅうべん》の、

　悲哉秋之爲氣也　　悲《かな》しき哉《かな》、秋《あき》の気《き》為《た》る也《や》
　蕭瑟兮草木搖落而變衰　　蕭瑟《しょうしつ》として、草木《そうもく》　揺落《ようらく》して変衰《へんすい》す

の句(四二八頁)に始まり、縷々として秋の憂いを述べるような作品を生み出すことにもなるのである。そうした季節の中での感情の種々相の文芸への定着も、それを根源までたどれば、神々へ寄せる憧れと、それが実現しない悲しみの中で、目に入ってくる自然の風景を基礎としていたといえるであろう。植物を主体とした自然の循環と人間的生命との一体感があり、それが、植物的生命力が衰退に向かう秋という季節と、人々の悲し

みとを密接に結び付けていたのである。

離騒

離騒は、楚辞文芸の中核をなす作品である。この作品では、主人公の遍歴が第一人称で歌われており、地上で始まったその不如意と苦難の遍歴は、やがて天上世界にまで及んで、神々の世界の中を孤独に彷徨する主人公の姿が描かれている。

離騒は、主人公がみずからの古い家系を誇り、自分が優れた能力と道徳性を持っていることを誇示する言葉から始まる。主人公は、主君のもとにあって、自分の能力を発揮して世の中に有益な活動をしたいと願うが、有能であるがゆえに人々の嫉妬を買い、讒《ざん》言《げん》を被って、主君からも疎んぜられるようになる。

主人公と主君との関係が男女の関係に比せられ(主君は美人と呼ばれている)、主人公がひたすら主君のことを思っても、主君はそっけない態度を取るという設定は、九歌に見えた、祭祀者と神との間に結ばれる男女関係を引き継いでいる。神と人との関係が、離騒では主君と臣下との関係に移行しているが、双方の関係を共通して支えているのが恋愛感情であった。しかもそれは人から神に奉げ、臣下が主君に奉げる一方的な想いなのである。

現実世界での不如意から、主人公は天上世界に昇り、そこに身の落ち着けどころを求めようとする。主人公が地上を離れ、天上を遊行するのは、こうした叙事詩が、シャマニズム的な宗教儀礼にその基礎を置いていたことを示唆するであろう。離騒の主人公には、エクスタシーの中でみずからの天上遊行を語るシャマンとしての性格が強いのである。

北方のシャマンたちが脱魂状況で行なう天上遊行の自叙としては、尼山《ニィシャン》巫女の記録が典型的な例として遺っている。ただ、北方のシャマンたちは、身に多くの金属製品を着け、それらを鳴らしながら脱魂の儀礼を行なうのであるが、楚辞の登場人物たちは身に香草をまとって、遊行に出発をする。香草の存在が南方のシャマニズムの特徴の一つであったのだろうか。楚辞文芸の中で、種々の香草が、単に主人公の高潔さを比喩するというだけに止まらない意味を具えて出現するのは、その背後にあった、植物と人間の生命力が同調していると信じる宗教的な観念を引き継いだものであったのだろう。

主人公は、現実世界を見限って、天上遊行へと出発をする。天上世界を遊行しながら、神話的な女神たちと関係を結ぼうとさまざまに試みるのである。しかし、そうした試みはみな成果なく終わってしまう。女神たちはそれぞれの連れ合いと仲良く夜を過ごして、主人公には見向きもしない。

この女神探求の部分は、叙事詩の中では、いくらでも引き延ばせる部分である。前述のように、もしかすると、離騒の基礎となった文芸の中では、主人公はさらに多くの女神のもとを経巡《へめぐ》る場面があったのかも知れない。もし主人公が時間に追われておらぬのであれば、女神を求める旅を永遠に続けることも可能であったはずである。しかし、時代の激変の中で時間観念も大きく変化し、時間に迫られる中でなされる、主人公の性急な探索は、結局、すべて実を結ぶことがなく終わる。こうした無益な彷徨を重ねた結果、主人公は、このままではだめだという結論を得て、地上から天界への第一の出発に重ねて、天上世界にあって、二度目の出発を決心するのである。

離騒の最後には、女神たちの世界を越えて、天上の最高処へ昇ってゆく主人公の姿が描かれている。地上的な望みのすべてを放棄し、超越的な世界の中に身を没しようとするのである。これは地上的なもののすべてに対する告別であり、それは一方では、地上的なあり方に対する鋭い批判をなし、同時にまた現実に対する復讐となっているともいえるだろう。

地上でも不遇であり、天上に昇ってもまた不幸である主人公像を結晶化させた離騒の作者たちは、おそらくは戦国時代後半期の激動の時代を、おのれを貫いて妥協なく生きようとしていたのであろう。地上での不如意が天上に昇って癒されるといった安易な筋書きで満足することなく、人間が、為すことあらんとするが故に見舞われる不幸の意味を最後まで突き詰めて考えようとしているのである。そうした強い精神のあり方が基礎となって、離騒は他にない鋭い内容を含んだ作品に作り上げられたのであった。

古来のテキストでは、離騒は、他の楚辞の諸作品と区別をして、「離騒経《りそうけい》」と呼ばれていた。その経典である離騒を理解するための参考作品として、楚辞の諸作品が離騒の周囲に集められ、やがて一つにまとめられて、現在の楚辞が編成されたのであろう。そうした附属作品のうち、天問《てんもん》は、離騒の背後にあった歴史意識を考えるために参考となるものであろうし、招魂《しょうこん》は、世界の果てにまで及ぶ神話的地理知識を反映して、離騒の主人公の異世界への放浪と対照することができる。

天　問

天問は、全篇が疑問句を連ねるというかたちで成り立った特異な篇である。その最初は宇宙創成に関わる神話的な知識を問う句から始まるが、やがて歴史事実を問いただす内容の句へと変化してゆく。句形も、最初は四字句を基本として成り立っていたが、やがて複雑な句形が取られるようになる。天問は、時代を経る中で成長をし、それぞれの時代の意識を定着した、いくつもの層から形成されていたことが、その文体の変化からもうかがわれる。しかし一方で、そうした変化の中でも揺るがない一本の軸があったことも忘れてはならない。

天問に列挙されている疑問は、単純に知らないことを尋ねているといった質問ではない。提出される疑問の並び方から見ても、質問者は明らかにその答えを知っていたと推測される部分がある。なぜ、すでに知っていることをわざわざ尋ねたのであろうか。天問の最初の部分は、神話的な知識が師から弟子に伝授される際の、一種の教理問答に由来するのではないかと想像される。巫祝《ふしゅく》的な性格の強い教師が弟子に向かって、天地創造や天地の構造に関する質問を出し、弟子の知識の程度を確かめつつ教育が行なわれたのであろう。

天問の質問は、歴史時代に近づくにつれて、その性格が変化してゆく。使命を帯びて地上に登場した英雄たちが、なぜ一途にその使命を果たすことはせず、かれらを遣わした天の命令に背くようなことをしたのかが尋ねられる。その代表的な例が、太古の大洪水の治水に当たった禹《う》の場合である(一九七頁)。

禹之力獻功　　禹は力を尽くし功績を建てたいと考え
降省下土四方　　天より大地に降《くだ》り、四方を巡察していたのであるが

焉得彼嵞山女　　かの塗山氏《とざんし》のむすめを見つけると
而通之於台桑　　彼女と台桑《だいそう》の地で情を交わしたのはなぜなのか
閔妃匹合　　それは配偶者を得て連れ合いとなり
厥身是繼　　子孫を遺したいと願ってのことであったが
胡維嗜不同味　　なぜ凡人とは好むところが異なるはずの聖人の禹が
而快鼂飽　　一時の欲望に身を任せたりしたのか

前段では、治水にいそしんでいたはずの禹王が、なぜ、その途上で塗山氏のむすめと仲良くなったのかと、任務の一時的放棄の理由を尋ねる。後段では、それに答えて、世継ぎが欲しかったのでそうしたのだ(すなわち質問者は答えを知っていたのである)と云ったあと、聖人である禹王は、俗情とは無縁であるはずなのに、一時の欲望を抑えきれず、塗山氏のむすめと情を通じたのはなぜなのかと重ねて尋ねる。

天問の歴史部分には、いく人もの英雄や反逆者たちが登場するが、そうした者たちが女性関係で身を持ち崩したという故事が取り上げられることが多いのは、あるいは、離騒に見えた、無情な女神たちの探訪といった筋書きの屈折した継承であったのだろうか。女神との接触に失敗した離騒の主人公は、その女神について、その美を鼻にかけて、わがままであり、日々、自堕落な生き方をしているなどと評しているのである。おそらく、これはやせ我慢の句なのではなく、美という、元来は絶対的な価値を持っていたものが、時代の変化の中で揺らいでいることを反映していると考えるべきであろう。

天問の最後に近い部分では、天命に対する懐疑が表明され、自問自答のようなかたちで、主として政治的な場で、どのように生きるのが正しいのかと問われている(二三〇頁)。

天命反側　　天命はころころと変転するが
何罰何佑　　いかなる者を罰し、いかなる者を助けるのが原則なのか
齊桓九會　　斉《せい》の桓公《かんこう》は九度まで会盟を行なったが
卒然身殺　　その身はあっけなく死ぬこととなった
……
何聖人之一德　　聖人は同一の徳を共有しているはずなのに
卒其異方　　なぜその処世はさまざまであるのか
梅伯受醢　　梅伯《ばいはく》は醢《しおから》にされる一方
箕子佯狂　　箕子《きし》は狂人のふりをし〔てその身を守っ〕たのであった

こうした天命が果たして正しい者を賞し、悪人を罰しているのかという疑惑、加えてそうした天命のもとにあって、人はどのように生きればよいのかという天問最終段が提示する疑問は、司馬遷《しばせん》が「史記」列伝の最初に云う、「余《われ》 甚だ惑えり、儻《もしく》は所謂《いわゆ》る天道なるものは、是《ぜ》なるや、非《ひ》なるやと」と言表するような疑惑ときわめて近い位置にあったといえるであろう。

巫覡たちの神話的知識の伝授にその起源を持つのであろう天問は、人間世界を支配する道理に対する疑問の表明で終わっている。巫祝階層の中から、みずからの運命を見つめる「知識人」的な人々が生まれてくる軌跡を、天問が問う疑問の内容の変化が映し出しているように見える。

なお、天問の基礎になっていた神話や歴史についての知識には、楚文化的な要素がほとんど見えず、戦国末年ころの中原の人々が持っていたと考えられる知識と大きく変わるところがないことに注意する必要があるだろう。近年、楚帛書《そはくしょ》ほか、いろいろな楚簡(とりわけト筮祭禱簡《ぼくぜいさいとうかん》などと呼ばれているような簡牘《かんとく》)が発見されて、楚地域の神話や祭祀の特徴的な様相が、同時代資料を通して、具体的にうかがえるようになってきた。しかしそうした新しい出土資料から得られた知見が、必ずしも楚辞の内容と対応するわけではない。天問に見られる歴史知識は、むしろ当時の中原地域におけるものに近い。強いていえば、古代の聖帝たちに始まる儒家的な歴史とは少し距離のある、「竹書紀年《ちくしょきねん》」などに表明されているような歴史観と重なる所が大きいように見えるのである。

楚辞の諸作品には、確かにその歌謡を取り巻く風物や地理的環境については、楚地域に由来するのであろう特異な要素が多く留められている。その表現にも楚地域の方言的な語彙が用いられているとされる。しかし、その歴史観など観念的な部分については、中原文化と大きく異なるところがない。そうした文化的な二重性を兼ね具えた人々が楚文化の中に成長しており、おそらく戦国時代の末年のころには、それらの人々(知識人的な人々)が楚辞文芸に深く関わるところがあったのだと推測される。

離騒のあとを承けて、九章《きゅうしょう》、遠遊《えんゆう》以下の諸篇が作られるが、そうした作品の中では、離騒の核心にあった、現実世界に対する鋭い問いかけの姿勢は失われつつあった。離騒では、天上に昇った主人公の前に、天の門はぴったり閉ざされたままで、そこをくぐることが拒否をされる。しかし遠遊では、主人公を迎えて、天門はするすると開かれている。離騒において、天上にあっても受け容れられない主人公の不遇が形象化されていたことの意味が、この段階になって、すでに理解できなくなっていたのである。

おそらくは漢王朝が成立し、世の中が一定範囲ではあるが安定を得たとき、楚辞文芸から、その文芸を成り立たせていた精神的な緊張が失われていった。凡庸な作品しか生み出せなくなったのである。前漢時代から後漢時代にかけて、「賢人失志《けんじんしっし》の賦」などと呼ばれる、知識人がおのれの不遇を詠《うた》う作品が作り続けられてはいるが、それらの作品は「無病の呻吟」などと評せられるように、たいして不遇でもないのに、自分を悲劇的に位置づけ、その憂いを強いて表明するものであった。このような作品しか生み出せなくなったとき、楚辞文芸が文学史の表舞台から退場すべき時代が来ていたことが知られるのである。

楚辞の伝承

秦末、漢初の戦乱の最後の局面は、漢楚の争いとも呼ばれている。漢王朝の成立を阻止しようとしたのが、項羽《こうう》が率いる、楚地域の勢力をまとめた軍団なのであった。そうした時代に広く流行したのが、四面楚歌の熟語でも知られる楚歌《そか》である。項羽は、滅亡に瀕したとき、愛人の虞美人《ぐびじん》との別れを嘆いた楚歌をうたったとされている。もちろん、「虞や、虞や、若《なんじ》をいかんせん」という歌を項羽が作ったという証拠はない。むしろ項羽をめぐる物語りに伴う歌謡作品であったと考えるべきであろう。ただ、漢の高祖が率いる兵士たちがみんなして楚歌をうたっていたという「史記」の記事には一定の根拠があったのであろう。前漢時代に入っても、王族など、貴種ともいうべき人々が苦難に直面した中で歌ったとされる楚歌がいくつも記録されており、これらもまた悲劇的な物語りに伴う楚歌形式の歌謡であったと考えられる。この時代、こうした悲劇的内容を特徴とする楚歌が多くの人々の心をとらえていたことが知られるのである。

楚辞が広く知られるようになるのは、楚歌の流行より少し遅れるのかも知れない。もちろん楚辞作品は楚地域においては戦国後半期以降、ずっと伝承されていたに違いないが、それが中原地域にまで伝播するのは、前漢の武帝時期(前一四〇—前八七)の直前のころであったと推測される。楚の地域的な文芸であった楚辞が中原にまで伝わるに際しては、その媒介をしたのは賈誼《かぎ》という人物であったのだろうか。あるいは賈誼自身ではなかったにしても、似たような経歴の知識人が楚地域にあって楚辞文芸と接触し、それを中央の朝廷文化圏へ紹介したのだと推測される。

「史記」屈原伝

「史記」巻八十四は、屈賈《くつか》列伝とも呼ばれるように、その巻に屈原《くつげん》と賈誼との二人の伝記があわせて収められている。そのうちの賈誼伝によれば、賈誼は洛陽《らくよう》の人。才能にあふれた人物で、漢の文帝の抜擢を受け、二十歳あまりで博士となると、法律制度の改定などの職務に従事した。しかし有能であり、王権強化を目指す改革を提唱したため、有力者たちから憎まれ、その讒言を被った。結局、文帝からも疎んぜられて、中央政府から追われ、長沙王呉差《ちょうさおうごさ》の太傅《たいふ》(助言役)となった。楚の地に左遷された賈誼は、湘水《しょうすい》を渡るに際して、「弔屈原の賦」(「文選《もんぜん》」巻六十では「弔屈原の文」と呼ばれている)を作り、屈原の運命と重ね合わせて、自分の境遇を嘆いた。その賦は次のような言葉で始まる。

共承嘉惠兮　ご主君の篤いご恩恵に謹み従いつつ
俟罪長沙　長沙の地で罰を受けることを待つ身であるわたし
側聞屈原兮　伝え聞いたところ、屈原は
自沈汨羅　みずから汨羅《べきら》の淵に身を投げたとのこと
造託湘流兮　ここに謹んで湘水の流れに託し
敬弔先生　先生へ心からなる弔意をお伝えいたします
遭世罔極兮　巡りあわせられた時代は混乱を極め
乃隕厥身　そうした中で生命を落とされたとのこと

嗚呼哀哉　　ああ、哀しいことです
逢時不祥　　生まれあわせられた時代が好《よ》くなかったのです

洞庭湖の東岸に位置する長沙の近辺には、不遇の中で汨羅の淵に身を投げて死んだ屈原と呼ばれる人物の伝説が流布していた。長沙へ左遷された賈誼は、現地でそうした言い伝えに接触し、屈原の運命と自分の境遇とを重ね合わせたのである。長沙の地では、屈原は投身自殺をして神となったとされており、水神として尊崇されていたのであろう。屈原が水神とされていたことは、五月五日(端午《たんご》)の龍船競争(競渡《けいと》)が、投身をした屈原を救うために行なわれる(「荊楚歳時記《けいそさいじき》」杜注などに見える)という伝説にも反映をしており、賈誼が湘水の流れに託して屈原に弔意を伝えたのも、屈原が水神だとされていたからであるに違いない。

賈誼は、長沙から一旦、中央に呼び戻されたあと、今度は梁の懐王《かいおう》の太傅に任ぜられた。懐王は文帝の末むすこで、文帝の寵愛を受けていたとされる。しかし、その懐王も馬から落ちて死んでしまう。自分が補佐役としての職務を十分に果たせなかったことを悲しんだ賈誼は、間もなく逝去した。三十三歳の死であったという。

司馬遷は、「史記」の中で賈誼を賈生《かせい》と呼んで尊敬を表わしている。また賈誼の孫たちと書簡をやり取りするような関係があったとも云っている。司馬遷は、賈誼が楚の地からみやこにもたらした屈原をめぐる物語りを核にして、屈原伝を書いたのだと推測される。屈原の伝記を書くことを通して、司馬遷が懐く「発憤著書《はっぷんちょしょ》」という主張を裏付けようとしたのであった。

司馬遷は「史記」の最後に付した太史公《たいしこう》自序の中で、次のように云っている。

むかし、西伯《せいはく》の文王は、〔殷の紂王《ちゅうおう》によって〕羑里《ゆうり》に拘禁されたときに、「周易《しゅうえき》」(易経)を編み上げた。孔子は、陳や蔡のあたりで災厄に遇ったときに、「春秋」を作り上げた。屈原は放逐されて「離騒」を著わしたのであり、左丘明《さきゅうめい》は失明したあと「国語」を産み出した。孫子は足を切られたあと「兵法」を練り上げ、呂不韋《りょふい》が蜀の地へ左遷された結果、世間に「呂氏春秋」が出回ることとなった。韓非子は秦の国で幽閉されて「説難《ぜいなん》」「孤憤《こふん》」を文章にし、詩三百篇(詩経)も、その多くの篇は聖人賢者たちが心中の鬱屈を爆発させて作ったものなのである。これらの人々は、みな心に願うところがあるが、遮られて、それを思い通りに実現することができなかった。それゆえ、過去の事件を述べつつ、未来の人々に理解されることを願ったのである。

司馬遷は、大きな著述はみな不遇の中で、心中の鬱屈を託して編まれたものであり、かれ自身が著わした「史記」もまた、現実には実現できなかった思いを文章のかたちに定着し、未来の人々に理解されることを願った著作なのだと言おうとしているのである。

こうした司馬遷の発憤著書の説を裏付ける実例の一つとして、「史記」には屈原の不遇の伝記が収められる必要があった。しかし、すでに多くの人々の指摘があるように、屈原伝を書くに際して、司馬遷のもとには基礎になるような確実な歴史資料がなかった。楚辞の九章などに見える主人公の経歴に関わる言及や賈誼たちが伝えたであろう楚地域の伝説などを組み合わせて、その伝記を作り上げたのであった。そこに定着されているのは、歴史的な人物の伝記というよりも、屈原伝説と呼ぶべきものなのである。

「史記」屈原伝には、次のように云っている。屈原は、名を屈平《くつへい》といい、楚王とは同族であった。楚の懐王(前三二八—前二九九)のもとで左徒《さと》の官につき、国事にあずかり、法律整備にたずさわった。しかし同僚の讒言を被り、懐王から疎んぜられることになった。屈原は、懐王が讒言によってその聡明さを惑わされ、自分の意見を聴きいれず、邪《じゃ》佞《ねい》の者が政治を曲げ、正義が受け容れられないことに心を痛めて、離騒を作った。

司馬遷は、離騒の制作について、屈原伝の中で、次のような議論を展開している。

そもそも天なるものは人間存在の出発点である。父母なるものは人としての根源である。人は行き詰まったときその根源にもどる。それゆえ労苦疲弊した者は、みな天に呼びかけ、悲しみ傷む者は、みな父母に呼びかける。屈平は、正しい道をまっすぐに実行し、忠を尽くし智を尽くして主君に仕えた。讒言をする者が、そうした屈平と主君との間を疎隔させてしまったのである。行き詰まったと言うべきであろう。まごころを尽くしたのに疑われ、まことを行なったのに誹謗を受けた。そこに怨みが生じないはずがない。屈平が離騒を作ったのは、思うに怨みがその基礎となったのであろう。詩経の国風は、男女の愛情を好んで歌うがそれに淫することがない。小雅は、怨みと批判とを表明するが無軌道になってはいない。離騒という作品は、この両者の美点を兼ね備えていると言うことができるであろう。

ここで司馬遷が離騒について熱く語っている(離騒が国風と小雅の美点を兼ねるというのは淮南王劉安《わいなんおうりゅうあん》の言葉による)のは、もちろん離騒の文学的内容へのかれ自身の傾倒がその基礎となっているが、一方では、発憤著書の説を、より具体的な例を挙げて説明するものでもあった。ちなみに、離騒は怨みが基礎となって作られたと司馬遷がいう、その怨みを日本語のウラミの語感で理解してはならないであろう。私怨であるに止まらず公怨というべき色彩が濃かったに違いないのである。

「史記」屈原伝は、続けて、次のようにいう。当時の諸国間関係の中にあって、楚の国は、東方の斉《せい》と同盟すべきか、あるいは西方の秦《しん》と友好関係を結ぶべきか、いずれの方針を取るべきかが重要な外交問題となったとき、屈原は斉国と結ぶべきだと主張した。しかし懐王は国の有力者たちの意見を入れて、秦との友好を築こうとした。その結果、秦に翻弄されて、懐王は秦に捕らえられ、秦の国内で客死してしまった。懐王のあとを頃襄王《けいじょうおう》が継いだが、頃襄王もまた、讒言を信じて、屈原を朝廷から追い出した。屈原は原野や水辺をさまよう中で、漁父《ぎょほ》、懐沙《かいさ》の賦などの作品を作ったあと、みずから汨羅の淵に身を投じて死んだのであった。

「史記」が記した、こうした屈原伝説が後世にまで語り伝えられ、楚辞作品の理解にも大きな影響を及ぼすことになった。しかし、この屈原(あるいは屈平)という人名は先秦時代の資料にはまったく見えない。加えて、英国のディビッド・フォークス教授が指摘しているように、「淮南子《えなんじ》」にも屈原への言及が一つもないことは、とりわけ注意すべきところであろう。「淮南子」の中には、楚文化に由来する要素が多く取り入れられており、語彙の点でも楚辞作品と重なるところが少なくない。「淮南子」を配下の文人たちに編集させた、漢の王族、淮南王の劉安は、楚辞の注釈を初めて作ったとされる人物なのであった。その劉安が編纂した「淮南子」に屈原のことがまったく見えないという事実は、前漢時代の武帝時期以前には、まだ楚辞作品と屈原伝説とが結合していなかっただろうことを強く示唆するのである。

劉安「離騒伝」

この淮南王劉安が作ったという、楚辞を解釈した著述は、現在には遺らないのであるが、文献でたどれる限りでいって、最も古い楚辞の注釈なのであった。「漢書」淮南王劉安伝には、次のようにいう。

劉安は、朝廷に出て武帝に謁見すると、かれ自身が編纂した「内篇」の新出の部分(「淮南子」の一部)を献上した。武帝はその書物がいたく気に入って、他人には見せなかった。また、武帝は劉安に「離騒伝」を作るようにと命じた。早朝にその命令を受けると、昼前にはそれを献上した。

劉安が武帝の命令を受けて作ったとされる「離騒伝」をめぐっては、さまざまな議論が闘わされてきた。「離騒伝」の伝(傳)は、たとえば詩経の毛伝と同様に、注釈を意味するという主張があり、一方で、傳は傅《ふ》の字に作るべきで、傅は賦に通じて、劉安は「離騒の賦」を作ったのだという主張もある。資料が不足して、詳しい事情は知りがたいのであるが、楚辞文芸のことを聞き知った武帝が、その任地(淮南の寿春《じゅしゅん》、楚の最後のみやこが置かれた土地である)にあって楚の文化に親しく接している劉安に対して、楚辞を解り易く解説した著作を求めたことは確かであろう。

劉安が作ったのは、離騒の本文に即しつつ作られた韻文作品であったのだろうと、わたしは推測する。一つの文芸作品を解説するために、別の韻文作品を作ったのである。早朝に命令を受けたが、昼前にはもうそれが完成していたという記事には、劉安の高い才能を強調するための虚構が含まれていたかも知れない。しかし、それが個々の語彙に付けられる注釈ではなく、離騒の全体的な流れに対応した韻文作品を製作したのだとすれば、楚辞に通じていた劉安にとって、あまり長い時間を必要とする作業ではなかったであろう。このような推測をするのは、後漢時代に王逸《おういつ》がまとめた「楚辞章句《しょうく》」の内容の分析を通じても、そうした特殊な形態の注釈の存在が裏付けられるからである。

王逸「楚辞章句」

王逸の「楚辞章句」は、現在までまとまった形で遺っている、最も古い楚辞の注釈書である。楚辞のテキストは、前漢末年に、劉向《りゅうきょう》によって「屈原賦二十五篇」というかたちにまとめられた。「屈原賦二十五篇」の具体的な内容については議論もあるが、このテキストが宮中の図書館に収められ、王逸「章句」もこれを基礎にしていくつかの篇を補い、注釈を付けた。王逸の伝記は「後漢書」列伝七十の文苑伝の中に見えるが、きわめて簡単な内容に止まる。王逸は、あざなを叔師といい、南郡宣城《せんじょう》の人である。すなわち楚の文化が色濃く遺る地域で育ったのであった。元初年間(一一四―一二〇)に、地方役所から朝廷に派遣され、中央で校書郎となり、順帝の時代(一二六―一四四)には侍中にまで昇進した。「楚辞章句」を著わして、それが世の人々から広く歓迎されたほか、文章や詩賦作品を遺したとされている。

「楚辞章句」の注釈のかたちに注目するとき、注釈の方式として、大きく分けて二種類のものが混在していることに気が付く。その第一は、普通一般の形式の注釈である。離騒の冒頭「帝高陽之苗裔兮」の句(一二頁)には、次のような注釈が付けられている。「その徳が天地と合一するものが帝である。苗は胤である。裔は末である。高陽《こうよう》は、顓《せん》頊《ぎょく》が天下を支配していたときの称号」。このように、本文中の語彙を個々に解釈してゆく、きわめて一般的な注釈のかたちであって、王逸の楚辞注は、その多くの篇に対して、この形式で注釈が付けられている。

しかし一方で、いくつかの篇には、これとは異なったかたちの注釈が見られる。たとえば九章のうちの思美人《しびじん》篇の冒頭の「思美人兮」の句(三二一頁)に対しては「言己憂思念懐王也」(己《おのれ》憂思して、懐王を念《おも》うを言うなり)という注が付けられ、続く「擥涕而竚眙」の句には「竚立悲哀　涕交横也」(竚立し悲哀して、涕《なみだ》交横たるなり)とあり、さらに「媒絶路阻兮」には「良友隔絶　道壊崩也」(良友は隔絶し、道　壊崩するなり)、「言不可結以詒」に対しては「秘密之語　難伝誦也」(秘密の語は、伝誦し難きなり)という注が付けられている。

これらの注は、本文を理解するのにあまり役立たない。たとえば「擥涕而竚眙」という本文について、擥がいかなる意味か、眙がいかなる意味かを説明していないのである。さらには「秘密の言葉は広く述べ伝えることが困難だ」などと、本文からはいささか離れてしまったような筋書きが付け加えられたりもしている。さらに注目すべきことは、これらの注の文体が四字句からなり、王・横・崩・誦と韻を踏んでいることである。

こうした特徴ある形式の注は、楚辞作品の本文をこまごまと注釈するのではなく、もとの作品に対して、新しい韻文作品を対置することを通して、もとの作品への理解(オマージュ)を示すといえるものであった。前に述べた、淮南王劉安が武帝に献上した楚辞解釈も、同様のかたちのものであったと推測できそうなのである。こうしたかたちの解釈であればこそ、劉安は、それを短時間で完成することが可能であった。それが離騒伝と呼ばれたり、離騒の賦と呼ばれたりしているのも、劉安が作ったものが、注釈と韻文作品との両面を具えていたからなのであって、ある人はそれを注釈(伝)だと理解し、別の人はそれを賦作品だと理解したことの反映であろう。

王逸が楚辞に注釈を付けようとしたとき、淮南王以来の、四字句・韻文形式を取った楚辞解釈がすでに存在していた。王逸は、自分が重要だと考える作品に対しては、新しいかたちの注釈を付け、どうでもよいと思う作品には、従来の注(すなわち韻文形式の注)をそのままに襲用した。その結果、王逸の「楚辞章句」は、二種類の異質な注が併存する、まだら猫の紋様のようなものとなってしまったのである。

前漢末年から後漢時代にかけて、揚雄《ようゆう》や班固《はんご》といった文人たちは、「史記」が描いたような屈原の生き方に疑問を呈している。屈原は、おのれの才能をひけらかし、主君を責め、自分の意見が通らないと、無益に自殺をしてしまったというのである。確かに、離騒の主人公は、自分の優れた能力と純粋な行動とを言い立てて、自分を受け容れない社会を非難する。「君を思うに其れ我より忠なるは莫し」(九章の惜誦篇、二五五頁)などと云って自分の忠を強調する。もし実在の文芸作家が、無反省におのれの正当性を言い立てたとすれば、鼻持ちならないと感じる人も多いだろう。ただそうした非難は、主人公の人物像が、時代の中で苦しむ人々によって、おのれの心情を託するものとして作り上げられたものであることが理解できなくなった段階で出てきたものであることを知らねばならない。

王逸は、こうした班固たちの見解に反対をするのであるが、その反対を、楚辞作品の個々の句や語彙を、屈原の忠心を表わすものだと解釈することを通して表明しようとしている。また、王逸は、新しい楚辞テキストを提供するに際して、屈原伝説に基づく序を採用して、各篇の冒頭に配した。この王逸「楚辞章句」が、後の世まで、楚辞理解に大きな影響を及ぼすことになったのである。

王逸がまとめた楚辞のテキストは、以下のような内容から成っていた(作品の配列については異論もあるが、ひとまず現存のテキストのものに拠る)。

離騒経第一　九歌第二　天問第三　九章第四　遠遊第五　卜居第六　漁父第七　九辯第八　招魂第九　大招《だいしょう》第十　惜誓《せきせい》第十一　招隠士《しょういんし》第十二　七諫《しちかん》第十三　哀時命《あいじめい》第十四　九懐《きゅうかい》第十五　九歎《きゅうたん》第十六　九思《きゅうし》第十七

最後の九思は王逸自身の作品である。王逸は、楚辞に注釈を付けるとともに、そのテキストの最後に自分の作品を付け加えた。こうした点からも、王逸の注釈が、楚辞作品を対象化して、客観的な視点から付けられたものというよりも、みずからも楚辞文芸の伝承の中にあり、そうした立場に拠りつつ付けられた注であったと言うことができるだろう。

この「楚辞章句」が、楚辞の標準的な注釈として受け伝えられた。六朝《りくちょう》時期に晋の郭《かく》璞《はく》が楚辞注を作ったことなど、三国時代から隋唐時期にかけて、いくつも楚辞注が作られていたことが知られるが、それらはみな失われてしまった。宋代になって、洪興祖《こうこうそ》が「楚辞補注」を著わし、これが「楚辞章句」の注釈文の後に続けて挿入され、「章句」と「補注」とが一体化したテキストが後世にまで遺ることとなった。洪興祖の「補注」は、王逸が注釈を付けなかった語彙に解釈を加えたりして、時に王逸の説とは別の解釈を示したりはするが、王逸の注釈を補うものという範囲を大きくはみ出るものではなかった。

朱熹の新注

王逸の「章句」と洪興祖の「補注」とを楚辞の古注といってよいとすれば、新注と位置づけられるのが、南宋時代に朱熹（一一三〇―一二〇〇）が著わした「楚辞集注《しっちゅう》」である。朱熹（朱子）は、思想家であり、道学の師匠としてその名が知られている。そのかれが最晩年に力を注いだことの一つが楚辞の注釈を完成することであった。当時、朱熹は、その学問が偽学だとして批判を受け、弾圧を被っており、そうした状況の中で楚辞注釈の作成に力を尽くしたその動機には、司馬遷のいう発憤著書と通じるところがあったのかも知れない。

朱熹は「楚辞集注」の中で、新注と呼ばれるのにふさわしく、単に新しい注釈を書いただけでなく、土逸以来の楚辞理解の旧套から脱け出すべく、さまざまな工夫をこらしている。楚辞のテキストについては、王逸のテキストで十二番目に並べられた招隠士以下の部分に改変、削除を加え、弔屈原第十二、服賦《ふくふ》第十三、哀時命第十四、招隠士第十五、という作品を採用した。漢代の「無病の呻吟」的な作品を除き、賈誼の弔屈原と服賦（鵩鳥《ふくちょう》の賦）とを付け加えているのである。それぞれの篇の前に配されている序の文章にも訂正が加えられた。

朱熹は、「集注」の編纂と並行して、「楚辞辯証《べんしょう》」を著わしている。これは、楚辞の諸作品を理解するために必要な基本的な考え方をまとめたもので、それらを注釈の中に織りこむと煩瑣になるので、「辯証」として別にまとめたのだといっている。この「辯証」

において、楚辞文学をめぐるさまざまな問題について、朱熹独自の観点が詳しく述べられている。

この「辯証」の中で、王逸の「章句」と自分の楚辞注釈との違いについて、朱熹が「王の注は意近きも、語は疏なり」などといっているところに注目すべきであろう。すなわち、王逸の注は原文の意味をとらえているが、なぜそのように表現されたのかについては十分に考えてはいないというのである。あるいはまた「この注釈は、その本意はとらえているが、その詞命の曲折をとらえ損ねている」というのも、文芸作品は、その本意をとらえるだけでなく、その表現(詞命の曲折)の水準においても、しっかり理解されねばならないという主張である。

朱熹もまた、屈原伝説を基礎にして、楚辞作品は主君への忠なる思いを定着したものだと理解するのであるが、文学としての表現をみな忠思の表明だとして解釈することには反対をする。たとえば、九歌の諸篇も、その根本は主君へのまごころを表明したものではあるが、その表現は神に仕える意を表明するというかたちを取っており、そうした水準での表現の構造を十分に理解する必要があると強調しているのである。

朱熹は、また別に「楚辞後語《こうご》」を編纂して、楚辞の精神を受け継いでいるとかれが考えた作品五十二篇を一つにまとめている。その中には、荊軻《けいか》の「易水《えきすい》の歌」、漢の高祖の「大風《たいふう》の歌」、武帝の「秋風《しゅうふう》の辞」、王粲《おうさん》の「登楼《とうろう》の賦」、陶潜《とうせん》(陶淵明)の「帰去来《ききょらい》の辞」などの詩歌辞賦が収められている。この「後語」に集められた、さまざまなジャンルの作品群を通しても、楚辞文芸が後世に与えた影響の大きさをうかがうことができる。

楚辞の注釈は、朱熹以後、明清時期を経て、現在にいたるまで、数多く作られてきた。それらの注釈は、注釈者たちの楚辞理解の違いに基づき、それぞれに特色を持っている。しかし、その一々の詳細について、ここで述べることはしない。

楚辞の受容

古くより楚辞文芸は、主人公とされる屈原の忠の精神を結晶化させたものだとされてきた。屈原は忠の精神と行為とを代表する人物だとするのが一般的な理解なのであった。しかし、その忠の観念が内包するものは時代の中でさまざまに変化をした。郭店楚簡《かくてんそかん》(湖北省荊門市の戦国中期の楚墓から出土した竹簡文書)の中には、次のような一段がある。

魯《ろ》の穆公《ぼくこう》が子思《しし》に尋ねて云った、「どうした行動をとる者が忠臣といえるのだろう」。子思が云った、「その主君の悪をさかんに言い立てる者を、忠臣ということができます」。穆公は機嫌を損ね、挨拶だけして、子思を退かせた。

このように主君の欠点を指摘することこそが、本当の意味での忠なのだとする言説が戦国時代にはあった。しかし秦漢帝国の強大な君主権のもとでは、そうした忠は歓迎されなかった。前に述べたように、後漢時代の班固らは、屈原はおのれの才をひけらかし、その才能を認めない主君を悪く言っていると非難をする。確かに楚の懐王は、屈原の忠告を無視して身を亡ぼした暗愚な主君として、その醜名を千古に流すことになったのである。王逸が「楚辞章句」を書いて、こうした班固らの見解に反論をし、屈原の忠を強調する楚辞理解を示したのは、秦漢帝国の統治理念が揺らぎを見せてきたという時代背景と対応したものであったのだろう。

しかしそれ以後、忠の観念について、その内容を十分に深化させるような議論が展開することはなかった。楚辞中の多くの作品は、その最後が、現実世界へ離別を告げることでまとめられている。これは屈原が楚の国を離れて他国に行ったことを意味するかどうかが議論され、戦国時期の諸子たちは多くの国々を渡り歩いているが、屈原は楚の国の王族に属するゆえに、他国に行くはずがないのだなどという観念論に終始するに止まったのである。

中国の士大夫階層の中の楚辞愛好家たちは、楚辞が展開する幻想世界の記述を、他に類例のない「奇文学」として尊重した。一方で政治的に不遇であり、挫折した士人たちは、おのれを屈原に擬することが多かった。その典型的な例が朱熹の場合であろう。その晩年、朱熹の学問が偽学だとして弾圧を受ける中で、かれはその死の直前まで、楚辞の注釈に手を入れることを止めなかった。おのれの逆境を屈原のものと重ね、現世よりも後世に知己を求めようとしていたに違いない。

時代が下って、一九三〇年代、日本による中国大陸への侵略が顕著になる中で、郭沫《かくまつ》若《じゃく》や聞一多《ぶんいった》らによって、屈原が再び取り上げられることになった。秦の領土拡大に正面から反対した人物として屈原が位置づけられ、日本の侵略に正面から反対できない当時の為政者たちへの批判をこめて、屈原の人となりとその作品とが高く評価されたのである。こうした流れの中で、屈原は「愛国詩人」「人民詩人」などという称号を得て、その評価は、中国において、基本的に現在にまで受け継がれている。

このような楚辞文芸への理解と評価の歴史的変遷の後を承けて、我々は、現在、楚辞をどのように読むべきなのであろう。楚辞文芸の第一の特色は濃厚な宗教性にあるといえる。中国の士大夫階層の文学作品の中で、宗教的な色彩を濃く表現したものは、必ずしも多くはない。しかし、民衆的な文芸まで視野を広げるならば、宗教的な内容を具えた作品は乏しくないのである。神降ろしの記録もあり、また前述のように満州族のシャマン(正確にはシャマネス)の天上遊行を詳しく記した「尼山巫女」などの作品も遺されている。しかし楚辞の諸作品と、それらの、直截的な宗教的幻想の記録とは、性格を大きく異にしている。楚辞文芸は、宗教的な体験の記録が文学的表現へと転換する、その境目を文芸として定着したといえるだろう。宗教が文学へ飛躍する際に発する特殊な輝きが楚辞作品の中には留められているのである。そうした輝きは、作品が具える文学的傾向が増すにつれて、かえって失われてゆくのである。

もう一点、楚辞文芸に表明されている注目すべき特徴として、現実世界に対する告別が、多くの作品において、通奏低音のように響いていることがあるだろう。現実への別れを告げる言表が、屈原が楚の国を離れたのかどうかといった議論をも呼び起こしたのである。しかし、楚辞の作者たちにとって、現実に対する告別は、そうした現世的、政治的な現実に背くことだけを意味するのではなかった。現実に別れを告げ、現実とのつながりを諦めることによって、現実のあり方に対して、より深く切り込む視点を得ることが可能となる。一方で楚辞の作者たちは、諦めきれぬ現実(日常生活という基礎の上に成り立っている現実)への思いをも作品に定着しているのである。

離騒の主人公は現実世界に別れを告げて、天上遊行に出発をする。しかし主人公は天上世界でも受け容れられることがない。後の時代の遊仙文学が、安易で都合の良い天上世界を描くのとの間には大きな隔たりが存在している。主人公は現実を越えた世界にあっても新しい探索を止めることがない。そうした強靱な精神が楚辞文芸の基礎を支えていたのである。

おわりに

楚辞文芸をめぐっては、さまざまな疑問点が、なお未解決のままに遺されており、注釈を付けるに際して、困難に逢着することが少なくなかった。ここでは古い注釈を基礎にしつつ、意味の脈絡をなんとか追おうと努力をした。ただ、逢着する疑問の根本は、個々の語句の意味をいかに理解するかにあるのではなく、楚辞文芸全体をどのように把握するかに関わっている。楚辞への理解が深化するとき、個別の問題もおのずと解決する部分が多いのであろう。これは、その探求途上の注釈なのである。

わたしが楚辞について考えるところを最初に書物にまとめたのは『中国詩文選6――楚辞』(一九七三年、筑摩書房)であった。それ以後も楚辞をめぐって「楚辞天問篇の整理」

や「楚辞の時間意識」などいく篇かの論文を書き、それを論文集『楚辞とその注釈者たち』(二〇〇三年、朋友書店)にまとめた。京都大学へ提出した博士学位請求論文を基礎にしたものである。

上記の論文集では、楚辞文芸形成の歴史的な経過を論じるとともに、後世の注釈者たちがどのように楚辞を理解しようとしたのかについても分析を加えた。そうした探求の過程で、朱熹「楚辞集注」や汪瑗《おうえん》「楚辞集解《しっかい》」などの仕事を、その説の可否は別にして、それぞれに主張を持った注釈として興味深く読んだ。注釈者たちは、それぞれの時代を生きる中にあって、みずから文芸に関わる思いを、楚辞という作品を介し、注釈というかたちに結晶化させて遺しているのである。ここでわたしの恩師の名を挙げるならば、吉川幸次郎教授の『杜甫詩注』は、杜甫の文学活動を時代の大きな動きの中で理解しようとしたもので、独自の主張を具えた注釈であった。また高橋和巳先生の未完に終わった李商隠の評伝「詩人の運命」は、人が社会との関わりの中で文芸創作に従事することの意味を深く追及している。わたしのこの注釈も、人々が文芸の創造と伝承とに関わることの意味についてのわたしの理解を、こうしたかたちにまとめたものであって、お二方の恩師の仕事をいささかでも継ぐところがあるならばと願っている。

この注釈について、あるいは、わたしの性急な探求意欲が表面に出すぎているとの非難をこうむるかも知れない。ただ、一人の人間が一生のうちに考えられることは限られている。性急に結論を求めざるを得ないところもあるだろう。楚辞の文芸に興味を懐かれる人々(さらに広くいえば、人間の文芸活動について思いを凝らそうとしている方々)にとって、この注釈にいささかでも参考に資するところがあるならば幸いである。

二〇二一年四月

小南一郎

中山
河
(黄
霊寿
水
河
斉
即墨
臨淄
河
水
(黄
河)
晋陽
汾
水
趙
邯鄲
水
済
斉長城
泰山
琅邪
曲阜
魯
新田
魏
秦
大梁
宋
雍城
咸陽
華山
洛陽
睢陽
水
渭
水
韓
陳
終南山
商
(商於)
武関
楚方城
淮
南鄭
郇陽
宛
鄧
寿春
昭関
鄀
漢
随
曾
江)
震沢
(具句沢)
呉
(長
越
巫
巫山
水
夏
水
陵陽
郢都
鄂
江
会稽
江水(長江)
雲夢沢
楚
会稽山
水
彭蠡沢
澧
洞庭湖
巴
沅
水
汨羅
長沙
辰陽
湘
衡山
水
蒼梧
龐
九疑山(九嶷山)

楚辞・楚文化地図

楚《そ》　辞《じ》

2021年6月15日　第1刷発行
2024年6月5日　第3刷発行

訳注者　小南一郎《こみなみいちろう》

発行者　坂本政謙

発行所　株式会社 岩波書店
〒101-8002 東京都千代田区一ツ橋 2-5-5
案内 03-5210-4000　営業部 03-5210-4111
文庫編集部 03-5210-4051
https://www.iwanami.co.jp/

印刷・精興社　製本・中永製本

ISBN 978-4-00-320019-3　Printed in Japan

読書子に寄す

——岩波文庫発刊に際して——

岩波茂雄

真理は万人によって求められることを自ら欲し、芸術は万人によって愛されることを自ら望む。かつては民を愚昧ならしめるために学芸が最も狭き堂宇に閉鎖されたことがあった。今や知識と美とを特権階級の独占より奪い返すことはつねに進取的なる民衆の切実なる要求である。岩波文庫はこの要求に応じそれに励まされて生まれた。それは生命ある不朽の書を少数者の書斎と研究室とより解放して街頭にくまなく立たしめ民衆に伍せしめるであろう。近時大量生産予約出版の流行を見る。その広告宣伝の狂態はしばらくおくも、後代にのこすと誇称する全集がその編集に万全の用意をなしたるか。千古の典籍の翻訳企図に敬虔の態度を欠かざりしか。さらに分売を許さず読者を繫縛して数十冊を強うるがごとき、はたしてその揚言する学芸解放のゆえんなりや。吾人は天下の名士の声に和してこれを推挙するに躊躇するものである。このときにあたって、岩波書店は自己の責務のいよいよ重大なるを思い、従来の方針の徹底を期するため、すでに十数年以前より志して来た計画を慎重審議この際断然実行することにした。吾人は範をかのレクラム文庫にとり、古今東西にわたって文芸・哲学・社会科学・自然科学等種類のいかんを問わず、いやしくも万人の必読すべき真に古典的価値ある書をきわめて簡易なる形式において逐次刊行し、あらゆる人間に須要なる生活向上の資料、生活批判の原理を提供せんと欲する。この文庫は予約出版の方法を排したるがゆえに、読者は自己の欲する時に自己の欲する書物を各個に自由に選択することができる。携帯に便にして価格の低きを最主とするがゆえに、外観を顧みざるも内容に至っては厳選最も力を尽くし、従来の岩波出版物の特色をますます発揮せしめようとする。この計画たるや世間の一時の投機的なるものと異なり、永遠の事業として吾人は微力を傾倒し、あらゆる犠牲を忍んで今後永久に継続発展せしめ、もって文庫の使命を遺憾なく果たさしめることを期する。芸術を愛し知識を求むる士の自ら進んでこの挙に参加し、希望と忠言とを寄せられることは吾人の熱望するところである。その性質上経済的には最も困難多きこの事業にあえて当たらんとする吾人の志を諒として、その達成のため世の読書子とのうるわしき共同を期待する。

昭和二年七月